我们要当作家

爱荷华作家工作坊的生活、爱情和文学之路

〔美〕 埃里克·奥尔森　格伦·谢弗　编著
李晋　译

创于1897
商务印书馆
The Commercial Press

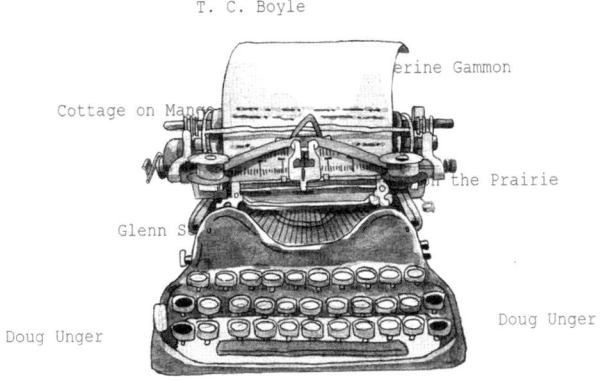

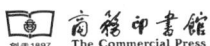

Copyright © 2011 by Eric Olsen, Glenn Schaeffer
Published by arrangement with Skyhorse Publishing
through Andrew Nurnberg Associates International Limited

中译本由商务印书馆·涵芬楼文化出版

涵芬楼文化 出品

目录

编者按	1
致谢	3
引言 协助及教唆	7

第一部分 动笔，动笔

第一章 创作产业	3
第二章 是什么让我们着魔？	13
第三章 我们都他妈的那么彬彬有礼	66

第二部分 社区，创作与"学"文学

第四章 答应所有的要求！	107
第五章 点亮火炬！抓住怪物！	176
第六章 写作技巧问题	243

第三部分 论成败

第七章 心碎与独白	299
关于本书里的各位	371
译名对照	401

编者按

埃里克·奥尔森

格伦·谢弗和我上工作坊[*]时,万斯·布杰利是我们老师,他曾在班上教导我们:你要是人还不错,就永远别用第一人称写作,除非你准备做不可靠的第一人称叙述者。不过,谢弗这家伙相当不错,我觉得他在第一章里说的内容挺可靠,看来,万斯的规则肯定有例外。

本书第二章至第七章是访谈内容,都是被采访对象的原话,但我们在每章引言部分及正文里,会穿插简要叙述,姑且说为设置场景所需。我们在这部分会冷不丁儿地用编辑常用的词"我们"来指代我们自己,指代特定作家,必要时还用了第三人称。有时,"我们"包括接受采访的全体师生。我们知道,自己也许不应代表所有人发表意见,有些人已明确强调过这点,在此我们希望大家原谅这种想当然的做法。有时,"我们"一词的内涵得以扩大,包括广义上的作家和艺术家,为此,我们希望这些作家和艺术家海涵。在这些章节里,我不会探讨和人品好坏或叙述的可靠性相关的问题。

---

[*] 这个工作坊相当于一个写作培训班。——译者注

致　谢

如果没有采访到的各位作家的慷慨参与，这本书将无法完成。我们向这些作家提了很多惹人讨厌的问题，占用了他们大量时间，他们都很包容，还很幽默，都欣然接受了我们的采访。为此，我们衷心地表示感谢。我们还想感谢戴维·希基，感谢他为本书的结构与布局提出中肯的建议；感谢康尼·布拉泽斯始终耐心地支持该项目；感谢凯西·格氏的付出，编著本书的早期阶段不堪回首，凯西始终是热心读者，这真是天赐之福；感谢迈克尔·比尔，他对奥尔森的写作信心十足，保存了奥尔森在爱荷华州学习期间的信件，考虑到奥尔森健忘，这些信件是无价之宝；感谢丹尼斯·马西斯，他仔细阅读了本书终稿，让我们成功地避免了很多令人尴尬的错误；最后，感谢谢里尔，她帮我们做了采访、还反复阅读书稿、为书稿做了索引，让全书内容更连贯，结构更清晰。谢谢大家，谢谢你们，谢谢你们！

我们必须针对写作疾病，采取特殊的预防措施，因为这是一种危险的传染病。

——彼得·阿贝拉尔，1079—1142

许多人都患上写作这种不治之症，它让我们的大脑长期处于病态。

——韦纳尔，公元1世纪

引　言　协助及教唆

比尔·曼海尔

现代文学国际研究院

新西兰惠灵顿维多利亚大学

创意写作工作坊会令人不安，而且是容易引起纷争的地方。弗兰纳里·奥康纳1947年从爱荷华毕业，奥尔森先生和谢弗先生好多年后才出生——这本书好几次指名道姓地提到弗兰纳里·奥康纳的名字。然而，奥康纳却这样说，"经常有人问我，大学是否扼杀作家。我的看法是，大学扼杀的作家还不够多。"我听说，你如果在某些论坛大声说出纳尔逊·阿尔格雷的名字，在场的爱荷华毕业生会坐立不安。就是说，有些人鄙视创意写作工作坊，他们从心底里讨厌这本书。

但创意写作工作坊提供的内容并不是爱荷华的发明。如果说该书主要为有抱负的作家提供建议，你可以从西方传统开始回顾，一直追溯到修辞学家杰弗里·德·温塞夫及埃利斯·西昂。或者，你可以追溯到其他地方。比如基里巴斯岛国。

基里巴斯是太平洋岛国——是众多小岛国之一，全球变暖可能很快殃及各岛国。基里巴斯曾是英国殖民地：吉尔伯特和埃利斯群岛。（Kiribati的发音是"基里巴斯"，是吉尔伯特的音译。）你如果大约九十年前去过那里，很可能会撞见英国殖民时期的仆人亚瑟·格林布尔，他可能已向你介绍了那里的诗人。基里巴斯诗人过着朴实的生活，不过，他们的一切行为有个共同目的，要与众不同。格林布尔的好友塔塔说，诗人应在捕捞、耕地、搭建等日常劳作中比朋友和家人更出色："只有在岛上生活方面成为公认的专家,他的艺术品才能赢得人们的尊敬。"

但基里巴斯和其他地方一样,那里的诗人会时不时地产生创作欲。正如塔塔对格林布尔所说的那样,诗人在这一时刻,会放下农活儿,不再捕鱼。他会独自来到最孤独的地方,在这里,他可以斋戒,避免与他人接触。接着,他会选中一片空地,空地朝东的风景要优美,然后,他会整夜枯坐在"颂歌之屋",等候黎明的到来。在顶礼膜拜过冉冉升起的太阳后,他回村选五个知己,把他们带到作诗地点。

下面看看接下去会发生什么:

> 他开门见山地背诵自己撰写的诗歌"草稿",这可是他通宵达旦冥思苦想的成果。朋友的任务是打断他、批评指正、随时提建议、为他喝彩,或大吼一声,让他停止朗诵,这些都取决于他们的品位。他们还常常轰他下台,因为他们也是诗人。另一方面,假如他们认为诗写得很美,他们会不厌其烦地帮他尽善尽美。他们会在无情炽热的阳光下废寝忘食地寻觅恰当词汇、找到平衡感、发现乐感,这些会让诗至臻完美,直到夜幕降临。
>
> 他们将妙语与智慧全部倾注在诗人身上,之后转身离去。诗人再次品味孤独——也许孤独会伴他几日——这期间,他思忖朋友们的建议,遵从自己的天赋,决定是否接受这些建议,是否调整或改进诗作。他全权负责完成诗歌的谱写。

格林布尔知道这做法时,这做法也许已有几百年的历史了。在我看来,这是理想的创意写作工作坊。人们在这里接纳灵感:作家开始写他真正感兴趣的内容——灵感光顾他,或许因为他已全身心投入,而且在尽力寻找灵感。不过,最后他在一个正式场合把创作拿给志同道合的作家同行,由他们仔细阅读作品并提出建议。他们对作品做出反馈,提出自己的观点,同时试图把评论和他们所理解的创作意图结合起来。作家会选择他认为有用的建议，同时会参考已完成的作品，他对该作品负全责。格林布尔的说法"教唆完美"也站得住脚——不过，也许"协助及教唆"更确切。工作坊里的每个人都是共犯。

大学工作坊与基里巴斯的工作坊有些不同。首先，我们的饮食比基里巴斯诗人的饮食要好。其次，我们的座位更舒适。还有，我们最后完成的作品也会迥然不同。我们期待出书，或在网上发表，或偶尔参加几次面向大众的作品朗诵会。基里巴斯和许多其他文化一样，诗歌以合唱表演的形式呈现，诗歌会成为歌曲，并伴有舞蹈动作。诗人会得到承认和嘉奖，不过，诗歌属于社区，由社区人们表演。

这本书中提到的作家都是于20世纪70年代住在爱荷华。如他们所言，那是过渡期。当时，爱荷华工作坊已小有名气，但仍处在发展初期。师生即兴创作，不断摸索。"创意写作"本身尚未理论化或职业化。从某角度看，当时的爱荷华在修建安全之巢，当学院继续向高深理论领域发展时，爱荷华希望想象力能在工作坊找到栖身之所。即便如此，在爱荷华工作坊里，人们显然能看到更广泛的社会变革，这反映出大学课堂里的人员构成变化。

从这本书中，我们能读到大量有关工作坊社区及工作坊的各种组织形式的内容，还能遇见很多大人物，不只限于精英。我喜欢这样的做法，在跨度较大的这些岁月里，我们跟踪走访了非常特别的一组作家。《我们要当作家》（*We Wanted to Be Writers*）不仅讲述作家们两三年间的喜怒哀乐——竞相获得一揽子资助、为社会地位焦虑、为深厚或浅薄的友谊而悲喜以及最终的创作成果等——这本书还讲述这些事件的来龙去脉。像爱荷华工作坊这样成功的项目，是漫长、丰富的写作生活中扣人心弦的一刻，就像快节奏的公路电影里的一站。一开始，有个孩子博览群书，接着，神秘事件接踵而来。几年后，父母向他挥手告别。接着，啊，爱荷华工作坊，是大写字母W（Writing，写作）的工作坊。眺望远处，你发现大家各司其职：有的成为禅宗祭司，在上培训课程有的成了房地产律师，有的经营商业帝国。这些人当中，有些是名作家。有些已封笔。有的与创作密切相关，有的与创作突然断绝关系，有的则断断续续地从事写作。不过，还没人脱离写作社区。

《我们要当作家》不奢望给读者灌输一套创作规则；它不是简化的写作手册。它只是简单意义上的叙事：促使大家读下去的只有一个原因，那就是我们熟悉的套路——若知后事如何，请听下回分解。但是，谈话让创作群体不断蓬勃发展，因此，这本书设计了许多精妙对话。书中有大量建议，这些建议以个人经历与趣闻逸事的形式出现——我们可随意挑选，像基里巴斯诗人一样，只挑选我们最愿聆听的建议。你若希望收集如何看待退稿方面的建议，希望收集如何看待拒稿的邻居，即如何一夜成名这方面的建议——那你找对了地方。同样，你如果想辩论类型小说的价值；笔记本电脑、打字机或笔的优点；不同纸张的吸引力；修改手稿与自我编辑的重要性，那请继续阅读这本书。学会如何克服作家的创作障碍。学习有关天赋、坚韧以及不同类型的运气。

工作坊里，作家们深入探讨生活，大家也有分歧。对新手作家而言，创意写作工作坊的最大优点是，发现真正意义上的读者，爱荷华工作坊学员必须是世上最认真的——他们有同情心、要求苛刻，有时有嫉妒心理，衷心赞美正在完成的作品，而不是恭维其作者。一些作者认为，批评作品的过程过于挑衅，令人不安；其他作者则认为，这过程相当随和。个别作者在爱荷华求学时认为，爱荷华工作坊缺乏人情味，他们目前还未找到理由改变这种想法。有个好处是，还没人签过保密条款。

成功的写作工作坊可以培养注意力方面的习惯。工作坊社区里，大家相互支持，但也给成员施加各种压力，比如，要满足交稿期限、约束自己，当然了，还要完成一系列个人及社会义务。最佳工作坊通过定期见面、定期完成任务，而且还通过偶尔惊艳亮相的散文和诗歌，把常规生活与惊喜融合在一起。也许，这是这本书的亮点，这本书从多方面呈现这一亮点——理解这一点，作家需培养创作习惯，但从不会以牺牲灵感为代价。

此外，还有最大的悖论——创意写作工作坊虽然邀请你加入实践与学习团体，但它让你在尤多拉·韦尔蒂称为绝对的"请勿打扰"状态下独自完成创作。你处在奇怪的空间，有同行的陪伴，但同时你也独自盯着空白屏幕或白纸发呆。如约翰·欧文所言，创作生活与电影制作团队的理念完全不同。"写小说没有合作可言；你要独自面对它。"

最后，让我们听听作家怎么谈论教师——这些教师完成了凡人难以完成的任务。这些作家谈及他们的老师与导师，如库尔特·冯内古特、约翰·契弗、罗斯·德雷克斯勒、斯坦利·埃尔金、弗兰克·康罗伊、戈登·利什、亨利·布鲁米尔，还有欧文本人。教师的风格各有千秋。有些老师可能很迂腐。有些教师几乎很少和学生见面。有些教师偏爱个别学生。约翰·欧文清楚地看到，自己的角色是协助及教唆。艾伦·格甘纳斯指出，"约翰·契弗上课，像开鸡尾酒会一样。"

大家对这些作家评价不一，尤其是斯坦利·埃尔金。小说家达米安·威尔金斯是我朋友兼同事，20世纪90年代初，他在圣路易拜埃尔金为师，据他说，当时埃尔金几乎"只剩最后一口气"。"心脏、肺部、多发性硬化症。翻书都很痛苦。"达米安陶醉在埃尔金极富戏剧性的教学中。我听他讲过好几个课堂恐怖故事。有个故事经常重复，尤其代表了埃尔金的风格："给大家最精彩的台词。"

这的确最受用。这句话甚至适用于编辑：给大家最精彩的台词。这本书正是这样做的。

第一部分

动笔,动笔

第一章

创作产业

格伦·谢弗

1977年，我从爱荷华作家工作坊毕业，获创作硕士学位，60天后，我成了比佛利山庄的股票经纪人学员。这唬人的邮政编码"90210"后来被电视神化，那地方自然是富人的天下，用斯科特·菲茨杰拉德的话来说，那种人和我们这些人完全"不同"；于是，我决定马上结交新朋友。改变我的邮政编码。开始面对困境。

尽管我从小在大洛杉矶地区长大，但我除了在日落大道上开过车外，从没去过比佛利山庄。在我看来，发生在我身上最坏的事情是，我可能会遇到叫杰伊·盖茨比的家伙，像我经历的一样，和现实生活的出入不大——只不过，这个盖茨比的资产是合法的，繁华岁月也远胜过闪烁在地平线上的虚幻。几年后，我成了拉斯维加斯地带的金融家，这可是位于莫哈韦沙漠的颇具洛杉矶风格的另一俗不可耐的梦想。我发现了一个能开发出最大娱乐用品商店的职业。

我提这点是因为经常有人问我，我这么一个爱荷华作家工作坊的美学硕士最后怎么经商了，还有，我居然还从事博彩业。要回答这问题，就得先回答其他问题，像情节紧凑的小说一样：这本书怎么出版的，为什么要出版这本书？

好吧，我们从爱荷华州的德梅因开始说起。大约在1999年，当时我是曼德勒度假集团的总裁，为《德梅因早报》（*Des Moines Register*）的编委会做了演示报告——或者，更确切地说，编委会盘查了我。那是个星期天早晨，我前来说服《早报》认可我们公司的投标，我们希望赢得为郊区草原草甸赛马场（现在叫作"赛马赌场"）提供老虎机的特许权。我在会上展示了公司资质，最后抛出杀手锏，我不经意地说了这么一句，当年在爱荷华的岁月有多悠闲。我这样给编辑们解释说，你看，我可是拿了爱荷华大学作家工作坊的美学硕士学位。大家顿时目瞪口呆。他们立即派调查记者前往爱荷华市，查证我令人质疑的说法。那是在过去，当时的报纸仍雇记者调查真相。我敢肯定，那记者打算证明我撒了弥天大谎。设想一下，一个拿了创作专业硕士学位的人，居然在拉斯维加斯的博彩公司当总裁，有比这更怪异的吗？

但这其实没那么荒谬。我早就发现，美学硕士学位为我经商立了汗马功劳。就像文学叙事需要创新一样，文学叙事旨在引起读者共鸣，经商领域里的创新，同样要赢得人们的信任，点燃人们的欲望。无论是读者还是客户，都力求用创意吸引他们的注意力（或金钱），并让这种注意力持续下去。事实上，人们的生活离不开叙事；神经科学告诉我们，我们的大脑密切关注的是，如何组织好我们的生存状态，就像正在进行的叙事一样，不断在修订、更新。因此，我们解释商业领域中的概念时，就像讲故事一样，必须做到简洁有力，使用相应的逻辑推理，同时要有戏剧性的飞跃。作家通过虚构，让我们信以为真，这种做法和企业家的做法相似：每天都从最基本的要素开始，希望改变我们的灵魂，或改变我们对世界的认识，努力在空白页或白板上表达思想（空白页或白板都拒不合作，这很可恶）。这两类人永远在起草；他们每保留一个想法，就要丢弃十个或二十个甚至五十个想法。他们会认为，下一个想法将是有史以来最精彩的——这种乐观精神却被蒙上错觉的阴影，这错觉把本来很孤独的职业变成了偶尔能带来喜悦感的勘探者的探索。

我在作家工作坊学习期间，现已过世的斯坦利·埃尔金恰好是客座教授，他的小说主题比较尖锐。如今，人们所了解的埃尔金是位绅士，但他写小说或上课时，可不是绅士。一天下午，一同学把自己写的故事拿到课上，让老师"点评"，故事是他有待完成的小说中的一章。作品主题显然是反战，但越战的愚蠢与悲剧性已得到众多作家的揭露，作品的视角完全过时。这类故事不胜枚举。为证明这点，埃尔金向故事作者发起挑战，他问作者该故事是第几章。

"第三章。"可怜的家伙说。

"还有几章？"

"七章。"

"好吧，好吧。"埃尔金若有所思地拎起手稿的一角，那样子像拎了块臭抹布。接着，埃尔金用动画片《疯狂旋律》(*Looney Tunes*)中的语调一章章地预言了该书的结构，他像杂耍演员，还能把一系列卡通声音表演成赋格曲，唐老鸭是他的咏叹调："好了，故事讲完了，乡亲们！"他总结道。

故事的作者目瞪口呆。如果有人只随意读一段话就能预测你全书的内容，你必死无疑。这点评很尖锐，其他人无言以对。卡通声音占据主导地位，就这么简单。在任何一堂课上，这个故事都会得A，但这样的故事缺少激情。这样的作品缺乏号召力，不能引起共鸣，缺乏创意。

没有新故事，只有新的讲述方式，能引起共鸣才富有生命力；生活没么称心如意，也不可预见；生活错综复杂，处处暗藏玄机，让人措手不及。我在爱荷华时的导师是小说家万斯·布杰利，那时他的创作高峰期刚刚结束，但他的早期小说创作在第二次世界大战后就一炮打响。他教给我三个原则，他认为，这三条原则构成文学创作的精华：

1. 你必须主动探索或交代自己的**情感**生活。你必须坦然面对自我，深刻剖析自己的生活经历，这样做也许很痛苦。写作变成个人的法医。是写你的**经历**，而不是你的信仰或所秉信的思想，这些经历时而放浪形骸，时而不堪回首，时而纯洁高尚：这才是你要在故事中升华和澄清的内容。

2. 你要借助戏剧性对话呈现对立的双方或关键冲突，永远不要用说明性文字呈现冲突，无法抗拒的事物值得用精彩文字来呈现，在现实生活中也是如此。

3. 你要发现一个解决问题的途径，这途径要和你开始创作时设想的途径有所不同。

要是这几条原则听起来很容易做到的话，就尽量遵循这些原则来写作。我当时只有22岁，少言寡语，我逐渐认识到一点，只有经过一段时间的发酵，做过深入思考，你才有讲故事的特权。有些天赋要通过学习来锤炼。创作通过反复实验得以提高，其中包括想象力、反复调查、大胆尝试以及敢于创新，这些都需要训练，然后付诸行动。通往有洞察力的叙事文学的写作习惯和那些真正推动业务突破的习惯相差无几。

我得知那家早报的调查记者已深入图书馆档案库查阅我的美学硕士论文时，那是60页尚未完成的小说，题目是《神圣的激励者》（*Holy Shaker*），以上这些内容我都没想到。我并不认为他特别喜欢我的论文。他还给工作坊项目副主任康妮·布拉泽斯打电话，问我当时的表现如何。我和奥尔森上学时，康妮也刚来工作坊工作。到现在我写这篇文章时，她依然是工作坊的负责人。"哦，"她告诉那位记者，"我们对格伦的印象很深。他特受欢迎；他很出色……他很聪明，也有幽默感。"上帝保佑她，她没有提及当时大家认为我不会成为作家这一点。我当时对孤独的生活比较过敏。也许我会成为总管。

结果，《早报》同意了我们的投标，不过我们没签成合同（没有记录表明草原草甸的伙计们读过我的毕业论文）。我喜欢这样想：我的美学硕士学位发挥了一定作用；《早报》编辑们明白了当今很多人似乎不明白的一个道理，有创造力的确是名副其实的优势。我在德梅因的会议经历和康妮的谨慎言辞让我重新和爱荷华州建立联系，结果间接地促成了两个新生事物的诞生：一是这本书，一是以我的名字命名工作坊总部的新建筑。

我看似弃文从商，但我从爱荷华毕业后，有好多年经常和奥尔森合作，我俩细水长流地完成一个又一个写作项目。我们在爱荷华见面，并成为好友；我们的人生道路虽有分歧，但我们并肩作战共同完成了各种写作项目，其中包括有关博彩的几篇文章，这些都已见报，还有本小说有待出版。我和《德梅因早报》会晤后，为自己的美学硕士论文被曝光感到十分沮丧，我开始有点儿着魔似的关注这个事实，假如记者能找到并阅读那60页《神圣的激励者》，那谁读不到？

很快，我决定修改《神圣的激励者》，这次我要尽善尽美，把改进后的新版本重新用旧式电动打字机打印在发黄的高纤维纸上（电动打字机也许是从史密森学会借来的，打字机上有漂亮的自动更正按钮，是当时的高科技产品中的精品），然后悄悄地把这个版本的小说放进守护森严的档案馆。旧版小说将被有创意地销毁掉，这是一大壮举。

我请奥尔森一起参与，倒不是因为他一直是职业作家和编辑，而是因为他对各式各样的欺骗了如指掌；此外，我们合作得一直很好，意见很一致，因为我们志同道合。奥尔森认为，这将是值得尝试并有后现代特征的恶作剧，不过，当我提议他不妨也为自己重新炮制一本美学硕士论文时，他表示异议。他已经写了五本书，也发表过无数杂志文章，他说他早已对作家的光环没了兴趣。我恰恰相反，哪怕出于一个诡计，或者说，正因为这个诡计，我仍可尝试一下——以这样的方式开始，并没坏处。

我们的想法是，《神圣的激励者》的任何一个修订本绝对是一种改进。大家都知道，几十年的生活经历可能会磨砺一个人的写作。另一方面，还有必要说说突如其来的青春带给你的热情，你会天真地认为，自己的早期作品有一定的潜力，只有你有过这样的经历后，你才会变得更复杂，而你那发号施令的大脑里特有的巨大删除键开始不断地敲击你，敲击出后面章节里更多，或维系创意写作过程的全部内容。

在准备这项工作时，我们想到诸如工作坊机构的相关问题，如"工作坊的方法"、创意写作过程，以及工作坊和写作愿望对我们的吸引力，这样的话，30年后我们就像安排一个约会似的。

换句话说，我们开始思考：当初那些初出茅庐的寓言家和水平有限的毛头小子诗人在爱荷华的大草原上究竟在想什么？于是，我们决定请教老同学。如果美学硕士学位曾授予我们一件物品，那就是我们一生都能联系到彼此的作者名片——奥尔森和我与这些作家建立了久经考验的深厚友情。

我们首先联系了几位昔日老友，包括约翰·欧文、唐·华莱士、桑德拉·希斯内罗丝、简·斯迈利、T. C. 博伊尔、艾伦·格甘纳斯、米歇尔·赫恩伊凡恩、杰恩·安妮·菲利普斯、罗宾·格林以及乔·霍尔德曼。每个人（多数）对爱荷华都有着美好的回忆，当然有些回忆不那么美好——的确如此，有的怀有常见的嫉妒心理，就是一位作家视另一作家的近乎完美的开场白为糟粕后激发出的仇恨，不过，这些都是参与讨论的规则——也都像"素材"一样珍贵。也许，到如今，一些回忆已浸透岁月的痕迹，或者被柏林顿东部的磨坊酒馆（那些写小说的人常去光顾的地方）里的啤酒冲洗得一片模糊，但我们采访到的每个人都有共识，工作坊给人一种大学生活的感觉。我们采访到的每个人都同意迎合我们的非分之想。他们认识我们要采访的人——比如，你还记得某某吗？记得那个时候吗？自然，这位某某作家会把我们介绍给别人。随着时间的推移，我们最终做了范围较广的采访，包括将近三十位师生。

关于如何定义我们的爱荷华班，我们一直做得相当灵活。奥尔森和我是1975年秋季入学，1977学年结束后，我们手拿刚获得的美学硕士学位。7月里一个炎热的清晨，我开着那辆屎黄色1969猎鹰车朝西隆隆驶向加州，车轮是三铬锰的，车上还配了只不够大的黑色轮胎，旅途安全颇值得质疑。"我们班"还包括那些和我们同时来学习或同时毕业的同学，他们大约从1974年秋至1978年春在工作坊学习。我们组稿旨在集思广益，我们真希望自己当年赤手空拳去爱荷华之前就思考过这些问题——书中作者自称诚实可信。我们采访的对象当中有不少人成为文学家，事业辉煌，有的从事教学或新闻或广告行业，有的成了编辑，一位作家已是电视明星。我们中的几个完全放弃创作，至少不靠写作谋生。一个成了律师，另外两个成了高科技企业家。我进了博彩业，当然还涉猎其他行业，属于四处游走那类。

下面将一一呈现我们获取的情报，将探讨我们及工作坊伙伴怎样走上创作之路、我们在工作坊的经历、我们从生活、艺术以及创意写作过程汲取的知识，还将讨论三十年来文学产业的发展情况。如果说该书有突出主题的话，那就是作家每天都面对困惑。然而，由希望滋生的坚忍不拔的精神恰恰指引作家拥抱创作，直到他们达到"衣带渐宽终不悔、柳暗花明又一村"的境界——此刻，作品的语言水到渠成，人物栩栩如生，故事也应运而生。

我们还导航创意写作过程，尝试回答以下问题，富有想象力的创作是否可以教会，如果可以的话，"工作坊模式"是否最有效。我们从采访中获知的内容不同于传统上对工作坊，尤其对爱荷华工作坊的批判：传统上，人们认为，对敏感的作家们而言，美学硕士学位项目显得非常单调、机械。从采访中我们得知，爱荷华的模式很好，如果说爱荷华校友们取得的成就能说明问题的话。

我们经常听到把工作坊与医学院的"成功率"做对比的一组令人沮丧的统计数字。不过，这些对比取决于我们如何定义"成功"，这两种辛勤劳作不具可比性。在我看来，真实的叙述是最稀有的成果，百里挑一。桂冠诗人视一首经典诗歌为成功之举，如马克·斯特兰德所说，你要有令人仰慕的东西。这就是你定义的成功。无论怎样，如果成功的含义是坚持自己的想法，并以发现恰当的词汇为乐趣的话，就我们采访的作家来看，他们的成功率近乎100%。

尽管如此，考虑到我们在同一研究机构同时就读，我认为，如今我们这些小部分涂鸦者在美国文学史上最令人瞩目。

作家要充分成长，就必须超越其早期的成败——这也相当于商务领域的创新行为，而且还要在心情与心声方面不断地创造辉煌。经常提醒自己这个事实很有帮助：像史蒂夫·乔布斯不断追求创新的企业家，他内心始终是抒情的现代派。他以人为本的目标胜过纯粹技术。因此，他有充足的成长空间。在最理想的状态下，无论在艺术还是商业领域，创新意味着，我们允许自己穿过花园围墙上那扇毫无生机、与世隔绝的大门，走向深邃而精彩的新天地，这隐喻要感谢有远见、思想激进的诗人威廉·布莱克。

死者（作家）之书

向死而生。
禅林宝训

1. 关于死者与作家

死者舔舐着一个个信封,
口中满是陈年胶水。

他想起这些事：诗人渴望发表作品，作家才尽后仅拿到作品购买权酬金，作家遭遇创作障碍时仅有涓涓流淌的稿费。

他将空的葡萄酒瓶、烈酒瓶和啤酒瓶排列成行。

死者捏出一只陶罐，雕出一尊石灰制的神祇，一尊双脚由黏土制成的名家雕塑。

他记得发掘玛雅人的青年作家。

达达主义者正确无误，超现实主义者掌握事实。玛雅人，印加人，亚特兰蒂斯丢失的经文。

青年作家以为一定有人知道答案。青年作家被迫放逐自我，生活在过去和未来之间。

死者，无论男女，均如此。

于是，死者将其作品寄给未来。

他依然愚昧无知，所有青年作家无一例外。

他为宇宙掷下高尚理念。

他翻开《莎士比亚戏剧集》,不为别的,只为寻找玩伴。

2. 再论死者与作家

苏美尔人,伊特鲁里亚人,他们很早就知道写作意味着什么。

在阁楼和地下室,在林中或闹市,在咖啡馆或酒馆,青年作家寓居于新旧之间、康复与创作之间。

死者建议他们洞彻词语。

他们打开但丁的诗集,不为别的,只为体验凄凉。

他们在迷失自我方向的甲板上摇摆。

彼此是否相差无几,自然界中数以千计的碎片?

他们联手志同道合的人,模仿、反叛、改造。

他们渴求死者的智慧,他们遭到傻瓜的愚弄。

死者曾是你们当中的一员。

像你一样,他名义上只是这个工作坊的一员。

死者为觅得传世佳句,精疲力竭,终于进入梦乡。

随后,他发掘出埃及人和西藏人,他们曾书写过他的故事。

死者,像你一样,依然填补着无知。

这无知与纵情,是作家的品质,但他首先曾经活着。

——马文·贝尔

第二章

是什么让我们着魔？

许多成功作家似乎有某种冲动让他们坚持写作，或者说，"冲动"似乎是一个常用的特征，这不足为奇。毕竟，写作不会带来多少经济收入——只有一小部分作家正经靠写作养家糊口，当然，这收入比不上对冲基金那么正经，但足以支付账单，也许每隔一年左右能到科德岛消暑。写作任重道远；大多数作家长时间盯着空白页面，冥思苦想，也许向缪斯或向任何能给他灵感的人祈祷，或至少祈祷出现妙思，或只要有思路即可。一旦灵感最终造访，若真有此事，作家内心那令人憎恶的编辑就开始发话："不行，这实在太烂。"接着，仍是"不行，这实在太烂！"最后，依然是"不行，不行，不行！哎呀，你到底在想什么？"接下来，如果我们想方设法，克服所有唠叨，终于完成任务，并投出稿件，希望它早日出版，能赚点名气，也许会收到张支票，那么十有八九，结果会是封简明扼要的退稿信：谢谢，稿件不适合我们。

但我们依然坚持不懈，能坚持不懈——也许可称为"上瘾"——似乎起到了重要作用。当然，有天赋很好，但是，正如特德·索洛塔洛夫在文章《坐冷板凳写作：第一个十年》（"Writing in the Cold: The First Ten Years"）里所说：（这文章把很悲观的内容写得精彩，讲的是创作生活中的成功或者所缺少的成功。）

这似乎不是天赋问题——有些天生的作家，就是那些似乎信手拈来、随时能写出散文或诗歌的作家，他们最终不被认可。据我所知，起决定性作用的因素是坚忍不拔。对有天赋的作家而言，这似乎与人们处理困惑、拒绝和失望的方法直接相关，包括心智与体力上的坚忍，还取决于作家如何有效地将这些融入他们的创意写作过程本身……

但坚忍来自何方？来自动力？还是冲动？

写作或任何形式的艺术创作，常常是令人身心愉悦的劳作——尤其是文思泉涌时，内在编辑此刻销声匿迹，作家的思维极其活跃，时间似乎凝固在那一刻。

对某些人来说，这种快乐几乎是神秘的体验，这想法导致整个西方史上的人们坚持认为，作家得到上帝或缪斯或任何其他神祇的点拨。甚至（尤其是）那些酒气冲天、身着脏兮兮的花呢大衣，前来爱荷华作家工作坊朗读作品，或上硕士生课的作家，人们也认为他们受了神祇的点拨。

但认为作家在某种程度上受过恩典，或很特别的这一观点比较浪漫，现在显然早已过时。最近，有书籍和文章从生物学角度论述艺术的创作动力，"艺术"是广泛意义上的，包括诸如写作、绘画和音乐制作等所有艺术活动。当今，文学批评有个"达尔文主义文学研究"分支。达尔文主义者宣称，作家不受"天使的点拨"，而受进化的压力驱动，如果不是被这种压力所欺压的话。人类在艺术创作方面的能力得到进化——有些人则有这方面的"冲动"——他们从事艺术创造，是因为这是"可适应的人类行为"，这一观点见2009年出版的两本书，都与达尔文主义艺术观相关：一本是刚过世的艺术哲学家丹尼斯·达顿写的《艺术创作本能》(*The Art Instinct*)，另一本则是研究弗拉基米尔·纳博科夫的专家布赖恩·博伊德的著作《故事的起源：演化、认知与小说》（*On the Origin of Stories: Evolution, Cognition, and Fiction*）。

我们的确倾向于把作家视为与众不同的、才华横溢的人——许多作家当然对此不疲……

编故事并讲故事的冲动在人类社会普遍存在，仅用现存少数狩猎采集部落就可以证明，这种冲动自古有之。达顿和博伊德一致认为，人类机体讲故事的欲望与能力得到进化，至少有一部分原因是，它帮助我们活下来。人的心灵似乎依赖叙事来理解世界；我们所有的人在接受信息并尝试度过每一天时，都在不断制造故事。达顿指出，编写故事是低成本、低风险的代替品，故事代替了经历，我们得以有策略地思考有可能或即将发生的事情，我们可以未雨绸缪，准备对付威胁，或获得快感。达顿说，也许更重要的一点是上床。

对，当然正确。

达顿把诸如编织故事的艺术创作比作孔雀尾巴，孔雀尾巴似乎不利于它迅速藏匿或逃离天敌，是笔奢侈的资源开支。但尾巴也是信号，它向潜在伴侣暗示，这家伙基因好，有充足资源可供铺张浪费。同样，在达尔文主义者看来，编造故事也似乎在大手大脚地耗费资源，只有在交配时炫耀才突显其意义。

也许这样理解甚至还有些道理。当然，对爱荷华的许多客座作家而言（似乎尤其是诗人），炫耀自己的写作技巧不亚于交配仪式，因为这些作家会朗诵自己的作品，出席朗诵会后必不可少的晚会，接着，你发现他们离开时，一边怀揣伏特加，一边搂着妙龄崇拜者。

不过，生育也许不是我们不谙世事的学生们愿意做的，我们都戴着酒瓶底厚的眼镜，箍着牙套，蹲着看书——像T. C. 博伊尔在散文《这猴子，我的背部》（"This Monkey, My Back"）里所说的博尔赫斯式的读书狂，这篇散文写得很风趣，写的是写作强迫症。事实上，在最坏的情况下，我们当中好多人可能对性征服束手无策。

我们在采访中统一问了一个问题：是什么让他们首先醉心于创作。答案五花八门，不过也有规律可循。很少有人能确定自己在哪一刻不可避免地成了作家。这常常是旷日持久的过程，人们先被创作理念所吸引，然后逐渐被创作俘获。我们采访的爱荷华同学在20世纪70年代中期学创作，他们普遍认为自己直到发现改变初衷为时已晚，才意识到自己已深深爱上了文学创作。

已有大量成瘾基因研究表明，有些人可能更容易有成瘾行为，既然有这种说法——写作是达尔文主义者所说的"适应性行为"，那为什么不让自己在写作方面上瘾呢？但是，假如没有成瘾行为的动因，这种基因上的倾向将无法实现。对许多接受采访的作家而言，导致创作成瘾的必要动因是书籍，特别是早年酷爱看书的人，尤其如此。

酗酒通常是后来的动因，如果不是性需求的话。

❦

戈登·门能加：我小学三年级得了风湿热。他们说，风湿热是"作家才得的病"。我在家里待了六个月，无所事事，就开始看书。六个月里，我一定读了有两百本书。记得有本书的封皮上有幅作家的照片，他坐在自家门口的前廊，十分惬意的样子。我当时想，这就是我未来的生活。我当时真的为自己生病感到郁闷。

珍妮·菲尔茨：读书得以让我从童年逃到另一世界。我父母变化无常，精神焦虑，不过，我沉浸在自己的书籍小世界时，他们就影响不到我。我读遍了写女孩成长过程的所有经典书籍：《绿山墙的安妮》(*Anne of Green Gables*)、《草原上的小屋》(*Little House on the Prairie*)，还有这些书的系列丛书，我全都一口气读完。四年级时，我读了《简·爱》(Jane Eyre)。我一知半解,但就是被这本书深深吸引。我热爱那些美丽的文字。

6岁那年,我写了第一部"小说",当然了,小说只有几页。9岁那年,老师要求我们写日记,但我写的故事比日记篇幅长多了:讲的是一个女孩的故事,她在洪水中被困,她和父母分开了,不得不靠自己的力量。当然,她最终成功获救,并帮助他人,成了英雄。

其他学生一周交两三页日记,我能交75页。老师只打个对钩。我觉得她没读过我写的故事。我那部小说最后写了300页,全是手写的。

父母知道我在写小说,但幸运的是,他们对此没太多兴趣。这太好了,因为那个年代的父母总想掌控你的一切。不过,我的写作完全属于自己。

我上高中时开始画画,后来去了罗德岛设计学院;但学费太贵,之后我去了伊利诺伊大学学艺术专业。大二那年,我又重返自己的真爱:写作。

上美术课时,他们让我们画圆圈,不让用圆规——这种活动肯定不是在鼓励我们发挥创造力——而我上的写作课却恰恰相反。于是,我转到创作专业,辅修绘画艺术。当时,美国伊利诺伊大学的小说写作专业非常出色。教授们很优秀,对学生鼓励有加。有短篇小说家马克·科斯特洛,还有位出色作家丹尼尔·柯利。他是那里一家文学期刊《上升》(Ascent)的主编。

我至今还喜欢画画,尤其喜欢画水彩画,色彩非常饱和,光影相当逼真。

米歇尔·赫恩伊凡恩:我很小就听别人读故事,书籍对我有巨大的诱惑力;我看到书里蕴藏了很多宝藏——需要解码。我拼命学习如何阅读,学会自己解码。

我一旦开始阅读,就被文字深深吸引住了,尤其是那些漂亮的方形段落，我当时竭尽全力，试图模仿。我在带有绿松石颜色划线的新闻纸上尝试写作，那时我才七八岁；我一次也许勉强能写一两句话。作家怎么填满文字空间的，每页都是美丽的正方形和长方形形状的段落？我决心仿效。我热爱纸上实实在在的文字，热爱这些文字勾勒出的世界。

加里·约里奥：我很早对写作产生了兴趣，大概在二三年级。我妈妈有个老式的雷明顿电动打字机，她常把打字机放厨房桌上，给我爸帮忙。我们住在布鲁克林的本森赫斯特区。我会给妈妈口述小剧本（每次都口述剧本）："比尔现在说什么呢？""他说，'哎呀，彭妮巴克，马戏团是不是很精彩！我们明天再玩吧。'"真的。这些东西对我来说特别私密，但我觉得，我下一步将写出更具普遍性的作品。

我成了爱写作的学生。高中英语课上，我们的作业常常是写个短篇或写首诗。我的作品很受欢迎，这促使我沿阻力最小的路径继续走下去。我决定成为作家——教师和家长这样的权威人物——鼓励我写作，我也努力表现。不过，没有哪本特别的书或事件点燃了我的创作火花。我只想做点力所能及的事情。

乔伊·哈乔：我开始从学校和图书馆借书前，我们家唯一的书（我是四个孩子当中最大的）是《圣经》（*Bible*）。《圣经》对我影响很大，特别是《所罗门之歌》（"Song of Solomon"）。我热爱那些激情洋溢的段落，我觉得布道很无聊时，就翻看这部分内容。我很大不敬，曾因给母亲读了段洛特和他女儿睡觉的故事，让母亲大吃一惊。她简直不敢相信这出自《圣经》，她认为这纯属我的想象。一切"只是你的想象"。现在依然如此。在爱荷华学习期间，我没像其他人按学界主流的要求阅读诗歌。我读的是乌干达作家阿莫斯·图图欧拉和奥考特·庇代克的作品，我逃到国际写作项目中心，那里有我的朋友们——莱昂·阿古斯塔和丹纳尔多,他们是来自印尼的诗人和剧作家。目前,我还在读那些经典作家,从泰戈尔到叶芝。我会重读聂鲁达、洛尔卡、詹姆斯·赖特和艾德里安娜·里奇的作品。我自己的诗歌创作风格介于金·大卫、杰恩·科尔特斯和吉姆·莫里森之间。

但是,成为作家并不是我的初衷。我最初的计划是这样的:我要像祖母纳奥米·哈乔一样成为画家,祖母以马匹和部落领导人为主题的画作就挂在我们家。我天生适合从事艺术创作。艺术创作不需要口若悬河,也不需要在讲台上或陌生人面前展示口才。我在学校成绩不好的唯一一门课是演讲,因为我太胆小,不敢说话。那我为什么选这门课?文字的力量一直吸引着我。我先爱上唱歌。母亲爱唱歌,她在厨房桌上的那台老式安德伍德打字机上写歌词。其实,我很痴迷打字机的机械原理,把打字机原理与创造力联系在一起,打字机是魔盒,那里面装满歌词。点唱机对我也有魔力。诗歌就是在纸上歌唱。但我生性不是作家。

桑德拉·希斯内罗丝:我们家到处都是书,有的是从图书馆借来的,有很多是墨西哥漫画书。你知道的,这些书的封面上都画着血腥的头颅,要么画着男子的脑袋被煎锅击中,要么是公共汽车冲向悬崖的场景。

我父亲是家具商,是军人后代,算是墨西哥革命后出现的新一代中产阶级。母亲的出身更卑微些:她来自穷乡僻壤,是农民。父亲更有文化素养,但妈妈却把我们引入艺术殿堂,让我欣赏音乐和歌剧,并确保我们能读到图书馆的藏书。父亲更喜欢流行艺术。他看足球比赛、体育和新闻节目。我从他那里学到流行文化,但因为他总怀念故乡,我也从他那熟悉了墨西哥,认识到艺术与日常生活关系密切。

妈妈算是全家最博览群书的读者,但她渐行渐远,她开始看的是小说,后来逐渐开始读她所了解的斯特兹·特克尔写的所有政治方面的书。她开始读艾德利契·克利佛、埃里西·弗洛姆以及土著印第安人等方面的书，都是政治书籍。因此，她对政治的了解胜过社区里的任何一个人。我们的飞镖盘上还贴着斯皮罗·阿格纽的照片。

所以，我从事的创意写作似乎和我爸妈读的内容不同。多年来，没有人知道我的创作。我从未向别人透露过这个秘密。我家人不知道我写作。我是女孩，父亲希望我能早日成家。他不介意送我上大学，因为在他看来，中产阶级女孩上大学后能嫁得更好。让他不解的是，我上完大学这么多年，结果还没找到丈夫。

埃里克·奥尔森：我老爸"二战"后离开部队，也做了多年家具商。他后来成了邮递员。我妈妈做了多年裁缝，但她曾在洛杉矶艺术学校就读。我们是很典型的工人阶级家庭，不过我们所在的工人阶级社区都有追求。**我们家到处是书，家人总在读书**。那时，**工人阶级知识分子有个传统，我想，这也许是左翼倾向**。父亲在大萧条时期曾是共产党。他读过马克思、恩格斯的全部著作，还试图组织工人革命。我觉得，共产党员往往喜好读书。父亲是移民后代，上过大学，当时他周围的大多数人从未有这个梦想：要在新世界更好地发展自己。

我家人是"每月一书俱乐部"的成员，我记得，家里每月都会买回一本书，那时全家热闹非凡。当然，我爸主要负责选书。早些时候，父亲选的大多是历史书，也有些政治书（当然，"每月一书"几乎没有左倾思想方面的书籍），都是我不感兴趣的书。妈妈偶尔会订购一本艺术类的书或小说。

我记得自己最早读过科幻小说。尤其是儿童科普系列读物，讲的是矮个、大头的古怪科学家的故事。他可能是外星人，或伪装的外星人，但我肯定回忆不起来了。他名叫第谷，我猜是根据17世纪丹麦天文学家和炼丹师第谷·布拉赫编写而成。我只记得这些都是科幻侦探小说，还记得我喜欢读这类书，其他一概不记得人物的姓氏或任何书名、情节。第谷有点儿像未来主义的福尔摩斯。

乔·霍尔德曼：我四年级开始读科幻小说，父母在圣诞节那天送了我《火箭赛马》(*Rocket Jockey*)。我从头到尾看了好几遍，最后书被老师没收了。之后，她带给我几本她女儿收集的青少年小说，只要我不在课上看就可以，我一下就迷上了这些书。

我现在不怎么读科幻小说了；因为忙着写作呢。我妻子读了很多科幻小说，她会给我推荐好书。我太挑剔，多数书都看不上。平日消遣时，我一般读犯罪小说；我喜欢读劳伦斯·布洛克、詹姆斯·李·伯克、卡尔·西亚森、爱尔摩·伦纳德的书。鲍比·克雷斯是我学生；我有时会看他写的书。

枕边书

乔·霍尔德曼：我上床睡觉会马上进入梦乡。枕边那摞书还是我几年前感冒时看的，一直放在枕边——《福克纳袖珍文集》(*The Viking Portable Faulkner*)、《乔伊斯袖珍文集》(*The Viking Portable Joyce*)、劳伦斯的《干草垛里的爱情》(*Love Among the Haystacks*)、福尔斯的《收藏家》(*The Collector*)、詹姆斯的《螺丝在拧紧》(*The Turn of the Screw*)及《其他短篇小说》(*Other Short Novels*)。都是经典。但我有好多年没翻阅这些书了。

埃里克·奥尔森：我清楚地记得当时去当地图书馆的愉快场景，我先借出同一作家写的科幻书，然后再借另一作家写的书，每当读完一个作家的所有作品、没任何新书可借时，我会很失落。我当时太年轻，不知道书的作者可能已逝去，或住在疯人院或养老院。但我面

前是科幻小说世界，我如饥似渴地读当年出版的小说：阿西莫夫、迪克、克拉克、斯宾拉德、海因莱因、西马克、布拉德伯里、李博尔、鲍彻、泽拉兹尼，对我而言，最伟大的小说也许是沃尔特·米勒的《献给莱博维茨的颂歌》(*A Canticle for Leibowitz*)。我拒绝读科幻小说以外的书。我的意思是，别提《红字》(*The Scarlet Letter*)！——没错，他们让我们读霍桑的书！见鬼，他们到现在还让孩子们读霍桑的书。

我从小就读科幻小说，一直读到青春期，所以，你可以想象，这让我的思维变得很古怪。我还记得，菲利普·K. 迪克的小说是这样的开场白："质子束偏针仪……"等等。

我上高中时碰到很严肃的态度问题，特别在文学课上。他们让我们读霍桑和《老人与海》(*The Old Man and the Sea*)，还有斯坦贝克的作品，可我想知道，质子束偏针仪去哪了？长触角、没头发的那些会读懂人心思的突变体去哪了？我们谈论20世纪50年代和60年代、苏联威胁、赫鲁晓夫在讲台上穿着那双批量生产的廉价鞋子跺脚、人造地球卫星，还有在教室里进行核攻击演习，老师试图说服我们，如果我们能迅速钻到课桌下，就能逃离原子弹轰炸。我当然知道得更多。我知道他们在撒谎，因为我读了科幻小说！我知道质子束。

科幻小说总有点儿颠覆性。我的老师们不赞成。我想，我父母也不赞成，但他们没说什么；至少我在读书，读科幻小说总比在街上和那些社区的朋克青年一起吸烟要好。因此，我觉得，读了科幻小说后，下一步自然就变得有政治头脑。老师向我们撒谎？见鬼，任何权利阶层都在撒谎！科幻小说讲的是英雄故事，他们关注幕后人士。越南战争逐渐升级。肯尼迪，然后是林登·约翰逊和尼克松都开始撒谎，所以，从科幻小说说开去，还有马尔库塞、法农、《冰上之灵》(*Soul on Ice*)等等。不过，我还是不读霍桑。我英语成绩会很糟，而这竟让我很自豪，我的英语成绩非常非常糟糕。

谢里·克雷默：我年轻时曾如饥似渴地读书。我的阅读速度很快，记性很好。我11岁读了第一本《秘密特工》(*Man from Uncle*)，书名是《千棺事理》(*The Thousand Coffins Affair*)。我爱上了这本书，全书倒背如流。我初中时开始读俄罗斯作家。我是陀思妥耶夫斯基的粉丝，上大学时我学过俄语，所以我能读懂原版书，但从未熟练掌握俄语——我老说这句话，我希望能掌握英语，这样我就通一门语言了。

我是科幻怪物，我太喜欢读科幻小说了；这是我的首选体裁，在过去二十五或三十多年的旅美时期，我正是在科幻小说里展开在美国进行的最重要的对话，是有关上帝与信仰的话题，这对我而言，真是取之不尽、用之不竭。科幻怪胎看一切事物的方法有些不同。

上大学时，我爱上了日本文学——当然了，包括川端康成、大江健三郎和安部工房这些作家——但三岛给我的影响最大，我读了他的全部著作。

1970年代时，我和其他人一样，"发现"了博尔赫斯和马尔克斯，感到无比喜悦。这些书改变了我对书的认识，不仅如此，他们还改变了我理解变化的看法。读完博尔赫斯后，我明白了一个道理，不能想当然地理解故事表面。那时，我是诗人，不是出色的诗人，但仍是诗人。我大概7岁开始写很糟糕的抒情诗，**但我16岁时在旧金山的一份免费报纸上发现了查尔斯·布科夫斯基的一首诗，这让我成为崭新意义上的一个令人怦然心动的糟糕诗人。**

埃里克·奥尔森：当然了，类型小说在爱荷华不受欢迎。在爱荷华，人们不在类型小说上花工夫，尤其在第一年里，大家还需在等级森严的制度下谋求自己的位置，希望第二年赢得令人垂涎的教学/创作奖学金。据我所知，乔·霍尔德曼是我在求学期间唯一能做到自由自在地写类型小说的老伙计。他申请来工作坊学习前就出版了小说

《战争年》(*War Year*)，写的是他在越南服役的故事。他的小说甚至在《纽约时报书评》(*New York Times Book Review*)上有整版评论文章。

乔·霍尔德曼：杰克·莱格特要是知道我在写科幻小说，他永远不会录取我。他厌恶商业小说、类型小说——凡是正常人喜欢读的，他一概不喜欢。

不过，我导师是万斯·布杰利，他觉得我已出版了作品，还能拿到稿酬，这很酷。（我到爱荷华的第一天去了办公室，看到所有研究生助理都围在一起复印资料。我问万斯，我可以做什么，他说："你在写小说，不是吗？"我说，是的，他就说，"回家，去写吧。"

其他教授大多知道我在写商业小说，他们觉得这很有趣。只有斯坦利·埃尔金例外——他不让我写任何科幻小说当作业交，他说，即使写得再好，也必然会反映社会现实，没有文学价值。为交他的作业，我写了篇有关越南战争的小说《蜘蛛网》(*Spider's Web*)，几十年后该小说变成了《1968》(*1968*)。（尽管斯坦的态度不可取，但我很喜欢他。他是为数不多的有教书热情的作家。）

T. C. 博伊尔：文学与类型小说之间的区分很细微，不过谁在乎呢？我不想被看成厚此薄彼，但我喜欢读语言优美、思想深刻的书。悬疑小说的确有情节，这当然是我们写任何书的核心目的，是出发点，但我在飞机上宁愿读品钦，也不读罗斯·麦克唐纳或迈克尔·克莱顿。他们可能有想法，但他们的写作艺术对我没吸引力。就这么简单。你知道的，悬疑小说并不吸引我，因为他们限于一种模式。悬疑小说里，你知道有人会被谋杀，有人要找出凶手是谁，或凶手不是谁。唯一的变化似乎是，新作家会推出新侦探，要么是中国人，要么是美国印第安人，要么是女人。就这些变化。这很好，很多读者都喜欢这样的变化；但我喜欢的作家，比如丹尼斯·约翰逊，他们会把你带到你从未去过的地方。这是我喜爱的。我不想知道目的地会是哪里。无论写什么，我不知道会发生什么。

枕边书

T. C. 博伊尔：罗伯特·斯通的《问题带来的乐趣》(*Fun With Problems*)、路易斯·厄德里齐的《影子标签》(*Shadow Tag*)、安东·契诃夫的《6号病房和其他故事》(*Ward No.6 and Other Stories*)、赛·蒙哥马利的《老虎的法术》(*Spell of the Tiger*)、迈克尔·卡普措的《接近岸边》(*Close to Shore*)和卡罗尔·斯克兰尼卡的雷蒙德·卡佛传记。

道格·博赛姆：我小时候也看过很多科幻小说——布拉德伯里、阿西莫夫、海因莱因、克拉克——在写作工作坊里，我写了相当多本科幻小说；但我缺乏乔·霍尔德曼的勇气，我没敢拿出来，把写的故事都毁之一炬了。我读本科时看了些常被人质疑的作品，不过，我也看过一段时间18世纪作家的作品，比如斯莫列特、戈德史密斯和斯特恩。记得在爱荷华上万斯·布杰利的课时，我读过伊塔洛·卡尔维诺和J. P. 唐利维的作品，我特欣赏这些作家，特意去找他们的所有作品去读。

我无法尝试模仿卡尔维诺，但我可以大致模仿唐利维的风格，我模仿他的风格写了个短篇。埃德娜·奥布莱恩在爱荷华市朗诵其作品时评论了一些学生习作，其中包括我写的故事。我敢肯定，她看出我在笨拙地模仿她同乡的文风，不过她很友好。不久，我意识到，唐利维的作品要比我写的更好，而且我也意识到，只需一个唐利维就足够了。我希望自己能模仿许多作家的风格。不过，康拉德和勒卡雷从他们的职业生涯中期就开始接近顶级。纳博科夫一直处于莲花的位置，高高在上，光芒四射。

格日·利普舒尔茨：嗯，我觉得说这些都挺傻的——不过，天哪，当然是的，纳博科夫。除了弗拉基米尔·纳博科夫，特别是《阿达》(*Ada*)，还能有谁比这本书写得更好。还有乔伊斯的《尤利西斯》(*Ulysses*)。最终，我开始看莎士比亚和聂鲁达的作品。但有段时间，我沉浸在《阿达》和《尤利西斯》里，那里面的段落成了我的口头禅，我真正开始写的第一本书，显然是这两本书的拙劣拼接，正是这本书让我进了爱荷华……

比尔·麦考伊：我过去演奏低音吉他，当时，我以为自己会成为低音吉他手（我当时还靠它赚了钱），但我知道，我得上大学，拿学位，我想学电影制作专业。我会参加演出，赚些钱，并研究电影。我在电影系的导师写过一本关于马克思兄弟的书，所以，他算是作家了，他开始鼓励我写作。他说，在电影行业，只有作家才挣钱，这根本不对，不过当时我俩谁都不知道这个。他鼓励我修英语系的写作和文学类课程，小说家托马斯·罗杰斯给我上了第一堂文学课。他写的《追求幸福》(*The Pursuit of Happiness*)入围美国国家图书奖决赛，那本书还拍成了电影。对了，他也是爱荷华工作坊毕业生。他的课让我大开眼界，更新了我对书的认识。

现在回想起来，我从他身上学到的似乎显而易见……书是他人经历的延伸，而不是白纸黑字。

我明白了一个道理，书像人一样以某种方式与我对话。突然间，文学创作的全过程变得不再神秘，同时也更神秘了。

他让我们读了《红与黑》(The Red and the Black)。这书让我产生共鸣。小说主人公是我的同龄人，他的生活搞砸了，就像我的生活一样，他很值得同情，就像我希望有人同情我一样。我第一次感到自己和另一个人在深层次上如此相同。是于连·索莱尔，当然是他。现在想想看，我十二三岁读《麦田里的守望者》(The Catcher in the Rye)时，大概也和霍尔顿·考尔菲德有同感，但直到我看司汤达的作品时，我才重获这种感觉。我觉得一旦你是成年人，你对书的理解就不同了。

丹尼斯·马西斯：上小学时，我参加了一个初级经典项目组，我喜欢参加星期六上午的讨论，我们会讨论自己看过的任何书籍——《红色英勇勋章》(The Red Badge of Courage)、柏拉图、儒勒·凡尔纳、《风沙星辰》(Wind, Sand and Stars)等等。我喜欢做组里的反对者。不过，我讨厌《约翰尼·特雷曼》(Johnny Tremain)。

我哥哥比我大11岁，他把自己的大学课本放在一个他知道我会偷翻的地方。我12岁左右读了《兔子，跑吧》(Rabbit Run)、《马人》(The Centaur)和《鸽羽》(Pigeon Feathers)。这就是我如何发现性知识的途径。我直到读厄普代克的作品时才知道女孩没有阴茎。

凯瑟琳·甘蒙：母亲常给我讲故事。她会编故事，基本都是关于我的故事。她和我一起读《爱丽丝奇遇记》(Alice in Wonderland)和《镜中奇遇记》(Through the Looking Glass)。她晚年时无法读小说，甚至无法读报纸，我就给她读《爱丽丝》。我家有很多藏书，墙上摆满了书，有各类书籍，从欧美经典著作到当代政治方面的书，还有科普作品和写得冷酷无情的侦探小说。你知道，20世纪50年代有遗产（Heritage）丛书，这些书配有精彩插图，还是印刷精美的限量版。我还不谙世事时就开始欣赏书的外观，包括插图、印刷文字和纸张。还有比较蹩脚的平装书，这些书的封面下流、诱人。后来，我读了写给少女的历史小说和写马的小说，上高中时，我看了《战争与和平》（*War and Peace*）和《呼啸山庄》（*Wuthering Heights*），还有《变形记》（*Metamorphosis*），不过，我没有作家的感觉，真的，只是看书而已。我读了海明威、斯坦贝克、塞林格、卡森·麦卡勒斯、杜鲁门·卡波特和哈珀·李的作品，当时他们都健在，但他们似乎都不如托尔斯泰和艾米莉·勃朗特更具生命力。

我上大学时被陀思妥耶夫斯基、伍尔夫和乔伊斯所吸引，而不是被健在的当代作家所吸引。还有贝克特，他当时还活着，但我读他的作品时，感觉他似乎已过世。我算是嬉皮士，读过《V》（*V*）、《不可言说的习惯》（*Unspeakable Practices*）、《不自然的行为》（*Unnatural Acts*）和《顺其自然》（*Play It as It Lays*），但我没意识到自己在读品钦、巴塞尔姆，或迪迪安的作品。无论是文坛，还是作家们相互认识并经常聚会，甚至传出绯闻，我一律没概念。直到我来到爱荷华，我心目中的作家形象仍是思想深刻、才思敏捷、注重精神世界而且已经作古的人。

简·斯迈利：我母亲是《圣路易环球民主党人》（*Saint Louis Globe-Democrat*）妇女专栏的编辑，该报早已停办。我有时去参观她上班的地方。我知道她靠什么生活，我见到她在报纸上的署名，我还了解所有其他情况。她没写过小说，但写过一本回忆"二战"经历的回忆录，不过没出版。无论怎样，我知道有作家这个职业，我觉得，我妈希望我成为作家，但我表示反对。我想当马术家，不过，我13岁那年个子显然太高，没法当马术家。我上大学那会儿才开始写作。

我是读很多少女系列丛书长大的——《南茜·朱尔》（*Nancy*

Drew)、《丹娜两姐妹》(The Dana Girls)、《黑骏马》(The Black Stallion),还有其他关于马的系列丛书。这些书让孩子爱上读书,等这类书不再有趣时,他们开始尝试看其他书,扩大视野。我几个女儿都看过《甜蜜高谷》(Sweet Valley High)系列丛书。如今,我女儿露西·希拉格在工作坊学习,已出版了青少年小说三部曲。

罗宾·格林:我是移民后代,是我家的第一代大学生。我家有些书,但多数时间我们都喜欢看电视娱乐节目,尤其是希德·凯撒的节目。我记得家里有《纽约客》杂志,这杂志很有名。不知何故,我知道母亲希望我当作家,尽管她没明说,她甚至不知道当作家意味着什么,她只知道作家很了不起,有地位,这显然是传统观点。

T. C. 博伊尔:我在工人阶级家庭长大。我父亲是孤儿……他在孤儿院长大,只读到八年级。我妈也只上过高中。家里没书。我读的是《每日新闻》(Daily News),每天看电视,但后来我开始博览群书,不过那些书不是我该读的。我读的都是当代书籍,写的是当时的事情。20世纪60年代末非常流行实验性质的写作。我在波茨坦纽约州立大学读书时,在大二文学课上认识了弗兰纳里·奥康纳。

下课后,我开始读非传统的文学作品——巴思、贝克特、热奈特、巴塞尔姆、库弗、马尔克斯、加德纳、科塔萨尔和品钦这些作家。我认为他们的作品有活力。我有时会重读,看看他们的作品是否有活力。不过,如今有这么多新书,只要一出新书,我就读。我也读很多和我的写作项目相关的作品。我一直关注自己喜欢的作家的动态:库弗写的所有作品。马尔克斯的所有作品,我上课多次用过马尔克斯的作品。

道格·昂格尔:我年轻时对我影响最大的书是加西亚·马尔克斯

的《百年孤独》(Cien años de soledad)。我最先知道的是小说的西文版,是洛萨达出版社的在书摊儿上的那版,这书是我父母的养子阿尔瓦罗·科伦坡的,他是我弟弟,1969年,他在布宜诺斯艾利斯发现了这本书,他看过后把书送给了我。当时,这书出版还不到一年,还没有英译本。

虽然我的西班牙语还没达到能完全读懂小说的水平,但我记得,阿尔瓦罗躺在床上大声给我朗读书中的内容,我们读到有趣的地方会开怀大笑,尤其是象征乱伦的那段,就是布恩迪亚生下来有只猪尾巴的那段,除了这段还有其他地方,这些内容让我一下就迷上了这本书。后来,我找到《枯枝败叶》(La hojarasca)的原版书,并读完了这本书,该书后来译成英文(Leafstorms)。之后,我又读了《没人给他写信的上校》(No One Writes to the Colonel),后来我继续读他的作品。当年我17岁。

后来,我发现了罗伯托·阿尔特和他写的散文集《布宜诺斯艾利斯女孩》(Las muchachas de Buenos Aires)。我喜欢他的讽刺风格、黑色幽默,略带些幻想和疯狂,我好像发现了期盼已久的声音,这声音有陀思妥耶夫斯基的力量,可用于分析我经历的文化,让我大开眼界。此外,我还读了奥拉西奥·基罗加写的恐怖而疯狂的故事集《斩首母鸡及其他故事》(La gallina degollada y otros cuentos)和《蟒蛇归来》(El regreso de Anaconda),后者写的是蛇议会,属政治幻想题裁。我后来才发现,自己年轻时读的这些书都是西班牙的严肃文学,这让我变成不同类型的读者,我切实关注了作品的语言,因为在读这些作品时我在学西语。我有很多地方一知半解。不过,这意味着我需要经常重读这些作品,我也是这样做的,经常反复阅读这些作品。

我一直热爱读书。我读过垮掉派诗人金斯堡和费林赫迪的作品,之前,我还读过杰克·凯鲁亚克的小说,我很喜欢他们传达的反文化叛逆主题。而且,不知什么原因,我找到并读了格罗夫版本的尤金·尤奈斯库写的作品:《秃头歌女》(*The Bald Soprano*)、《犀牛》(*Rhinoceros*)、《椅子》(*The Chairs*),还有其他短剧。我读书不太讲究。我记得自己读过《秃头女高音》后,就开始读伊恩·弗莱明的《最高权威》(*On Her Majesty's Secret Service*),接着读特里·萨瑟恩的《糖果》(*Candy*),后来读霍勒斯·麦考伊的《他们在射杀马,不是吗?》(*They Shoot Horses, Don't They*),我按这个顺序读,仅仅因为这些书都可在纽约街头的一角钱旧书摊上找到。

我上小学时读的都是冒险小说,但这些书并不便宜。我上四年级那会儿从头到尾读了肯尼思·罗伯茨的《西北航道》(*Northwest Passage*)。托尔·海尔达尔的那大本插图版的《孤筏重洋》(*Kon-Tiki*)是我最珍爱的一本书,讲的是他划木筏横跨太平洋旅行探险的故事,这些故事是为了证明他对哥伦布发现新大陆前的想法。我不知道这些意味着什么,我只知道自己没把读书和实际联系起来,也没想到自己会成为作家,我当时没任何所谓的"文学"意识。我读书只为逃避人生。

促使我有当作家念头的第一本书是埃利奥特·贝克的《脂粉金刚》(*A Fine Madness*),但主要是因为我特别认同他描写的那个被边缘化的疯作家。

无论在美国还是在阿根廷,我在成长过程中主要靠读书逃避生活:我在美国的家庭生活充斥着酗酒、暴力,我父母患临床性精神错乱;在阿根廷,我的家族特别有修养、有文化,但阿根廷的军事独裁很快演变成残暴的折磨、大屠杀和失踪;后来,我远赴西部,在父亲的农场工作,与外界隔离,之后,我生活在布宜诺斯艾利斯。我让书籍带我周游世界,我十分欣赏书籍,它们是我最要好的朋友。书从未让我失望。只要手边有书,我永远不会孤独。

格伦·谢弗:我一直喜欢读书,但自从读过《了不起的盖茨比》

(*The Great Gatsby*)后，我开始认真对待读书。这改变了我的人生。我当年十六七岁。我在读高中，尝试过不同身份；我读过三四遍《了不起的盖茨比》后，我其中的一个身份便成了有头衔的知识分子。我是学生荣誉学会会长、学生会的学术人员、成绩名列前茅。但是，我被列入《美国高中名人录》(*Who's Who in American High Schools*)后就开始堕落，我喜欢叛逆，我在这方面颇有天赋。我误入歧途，每况愈下，这时，辅导员建议我上成人业余补习学校。我不知道他在说什么——什么是成人业余补习学校？嗨，管它什么学校，反正上大学前有的是时间。

这种成人业余补习学校过去被称为教养院，这学校正巧和加利福尼亚州的波莫纳的一个医院连着，我在那家医院出生。学校只有两个房间，一个大房间里有许多图书馆小隔间，另一房间放着豆袋椅，早在1970年被称为"牢房"。牢房时不时地会关进犯人——吸毒分子、盗车惯犯、街头被强制执行的罪犯、扒手。这些对我来说都不陌生。外面是和病人隔开的围栏，你可以绕圈走走，或在木凳上吃三明治。我才知道，这是仿照县里屋顶上的围栏而做。这地方是这样进化而来的：教养院、奇诺市的男孩们、县城。圣昆廷是顶点。演员史蒂夫·麦奎因来自奇诺男孩们，这个当地的坏小子已改邪归正。我有几个同学一路登上圣昆廷，那才是他们的舞台。

校长是嬉皮士，稀疏的披肩发，还胡子拉碴的。我老实交代了自己逃学和好战的特点——逃学天数超过加州法律规定的最多缺勤天数——他签署了我的文件。他抽着烟，样子和蔼可亲。我只需修两门课就可毕业，就决定先修"美国公民"课，也许自己可以更好地反其道而行之。四天里，我做了朝九晚五的时间表。读教科书，参加标准化考试。我旗开得胜。

我回到波莫纳高中后，有关我的叛逆行为已传得沸沸扬扬，我的大学预修班老师觉得可以和公立学校的主管说说好话。这不，两周后，我就到了农场，顺利进了"现代美国政治"的快班，这时，嬉皮士校长叫我去他办公室。我期待得到表扬，但这次他没抽烟。事实上，他愤怒至极。我立即被勒令停学。被踢出门外，被淘汰了。他告诉我，我是他最失败的例子，居然还潜伏着。这有什么问题呢？不就是"教养院"嘛！

于是，我不得不去见学校主管，他告诉我，我不遵守学校制度。他们不会认可我在教养院完成的任何作业，还说，如果我不想返回管理性高中，就必须上完函授学校。

我们一下安静下来。函授学校？那是什么？

主管神情严肃地解释道，我得通过邮件独自在家完成学业，没有舞会，也没有游行。

什么？为什么一开始没人告诉我这些？你可以在床上学习？可以穿睡衣毕业？我想，这不就是作家的写作方式吗？

于是，我真是在沙滩上一个人上完高中的。不用上课；把作业寄出去。更特别的是，我自己制订阅读书目，包括大家常读的作品：《麦田里的守望者》、《在路上》(*On the Road*)。接下来，我一点一点地啃那些大腕作家的作品——海明威、贝娄、梅勒。我读了福尔斯的《法国中尉的女人》(*French Lieutenant's Woman*)，感到很困惑，不得不再读一遍，小说里的叙述者真难懂。我开始做读书笔记，写评论文章，都是很初级的；我还成了冲浪高手和咸水水域的远距离游泳高手。周末，我会和被困在学校的哥们儿、上大学预备班的和运动型伙伴一起聚会，我会根据自己读的书，为他们即兴表演，就像生活中的经典漫画书。他们大多被我逗乐。有人尝试自己看那些书。我脸上的皮肤开裂了，有早期皮肤癌症状。我相信，读书和海滩上的光线对我有好处。我能否一直坚持到成年呢？

艾伦·格甘纳斯：我母亲有硕士学位，当过教师，她30岁后就不再当教师，她开始要孩子。但我父亲家里有地，是农民商人。赚钱在我父亲家极其重要，像莉莲·海尔曼笔下那些贪婪的家庭一样。这些人知道所有东西的价格，但不知道东西的价值。当然了，父亲家族的宗教气氛也很浓厚。父亲在我大约9岁时皈依为福音基督徒，这对我们可是巨大损失。我拒绝接受他那些无趣的上帝观。但相悖的是，我去了一辈子教堂，吸收的内容比我想象的要多得多。

给我们上课的老师没资格教《圣经》，或者说他没资格教任何书本知识，我从那些死气沉沉的主日学校课堂里学到很多东西，其中一个是精确地诵读的力量。我听到课堂里一遍又一遍地朗读詹姆斯国王钦定本的《圣经》，我边听讲，边欣赏墙上张贴的绚丽多彩的版画，这让我明白了普通的或共同的经历，比如在花园播种或在屋内失而复得一枚珍贵的硬币，这些经历有深刻寓意，有形而上的意义。这些简单的真理意义重大。用朴实的方式讲述的普通事件可以燃烧起来、照亮一切。如果处理得当，适用个人的真理会变为普遍真理。寓言故事很重要。

格伦·谢弗：还有《了不起的盖茨比》这本书。我真希望自己的名字出现在这本书上！小说篇幅很短（什么，六万字吗？），我不到一周就读完了。之后，有一周，我决定自己写小说，还在一个横格本上用手写了第一章，像菲茨杰拉德常做的那样，把本子放膝盖上写作。我发现帕萨迪纳的亨廷顿图书馆里正展览《了不起的盖茨比》的手稿，就开车去看，我对比了自己和他的笔迹。毕竟，那小说不是上帝亲笔所做。显而易见，斯科特·菲茨杰拉德在纸上边想边写——删改、做眉批、出现了很多糟糕的拼写错误。若参加拼写比赛，我会让他惨败。但该小说的价值却一点一滴地逐步增加。创造力似乎是渐进的。你猛烈抨击他写的文字，可当你看到他的工作方法后，你就不再攻击。这有些像我从神奇的窗帘后偷看外面的世界。

安东尼·布科斯基：我父母在圣诞节和我们过生日时给我和妹妹买书。我六年级时读了《哈克贝里·费恩历险记》(*Huck Finn*)，还读了很多棒球选手的传记（比如斯坦·穆夏尔，他是波兰人），甚至还读了艾森豪威尔总统的传记。《哈克贝里·芬历险记》对我来说很难懂，因为书里用了很多方言。我读完小说后颇感自豪。我还记得，我意识到马克·吐温20世纪早期还活着，这种感觉真好。我当时一定以为，作家都来自远古时期，也许都在我出生前五百年或更早时候出生的。2月的一天，也许是1956年或1957年，我望着窗外，突然意识到，吐温五十年前还在世。这想法像流星一样突然朝我袭来。我和妹妹很喜欢得到书这样的礼物。我喜欢书的感觉，书的气味，还有书多彩的封面。

我青年时代还读了本《鲁滨逊漂流记》(*Robinson Crusoe*)，是父母送的礼物。当时书店里有卖未删节的书，不过专为年轻读者准备，所以，书里往往有漂亮插图。我现在手上有本汤姆·米尼写的《贝比·鲁斯传记》，是我看过的另一本书。书上写着"1958年6月。赠安东尼，他割草非常勤奋、非常认真。妈妈和爸爸"。这段文字让我热泪盈眶。

丹尼斯·马西斯：我来自中西部地区，出生在一个很普通的工人阶级家庭。早在20世纪70年代，我以为平民没资格成为顶级作家。我父亲这边有很多叔叔、姑姑，他们都特别聪明，但都很古怪，而且也不挣钱。他们人很聪明，但没任何建树。我不了解他们的父亲，也就是我的祖父，我祖父常被称作"世上最好的男人"。我家人想当然地认为，人好比有钱更重要。我们家一贯重视幽默感。我们经常开怀大笑。我们认为，不能让人大笑的事情毫无意义；任何能让人大笑的东西，才是最好的。

金钱、事业和成功对我父母而言没有意义。他们认定，所有成功人士都是势利小人。我哥哥学英语专业，他在一家社区大学教了30年书，我父母认为这很好。我开始上大学那会儿，父亲和我就人生规划谈心，谈了半分钟。我告诉父亲，也许我会像我哥哥一样学英语专业，因为我喜欢看故事。我不好意思地承认，也许我会尝试当作家——想成为厄普代克。父亲说，"好吧。"就这样。

战争结束后，父亲开始卖冰箱和洗衣机。他第一次见到电视时，突然产生顿悟（和我第一次看到网页的感觉一样），他处理了手里的所有家电，开始专营电视。在皮奥里亚，我们家是最先有电视的。店门口的街上人山人海，他们都来看《吉列周五夜战斗》(*Gillette Friday Night Fights*)，直到当地报纸发表了一篇社论，指责商店是公害，这情景才没持续下去。

对我来说，讲故事意味着电视。《太空英雄》(*Captain Video*)、《魔法师先生》(*Mr. Wizard*)、阿瑟·戈弗雷、杰克·帕主持的节目（如果我看到半夜，父母也不在乎），《剧院90分》(*Playhouse 90*)，还有《特务》(*Secret Agent*)。我的青春岁月都经过阴极射线管催眠流逝过去。我在爱荷华期间始终心存这样的梦想——我长大要让电动故事流进眼球里，这造就了现在的我。

简·安妮·菲利普斯：我来自西弗吉尼亚州，那里依然很闭塞。那是个讲故事的文化——城镇很小、很孤立，彼此互相认识，所有悲剧相互有联系——人口多是威尔士、英国和爱尔兰血统。那儿都是坚定、严肃、"不自吹自擂"的人。保密性很强。洞察力、观察力以及记忆过早地使用过度，我们周围总被瑞普·凡·温克尔去过的山包围，还有一些到处是死胡同的土路。这地方最适合艺术家居住，只是，当地很多艺术家还没来得及沉浸于写作，还未回避那些扼杀写作或绘画或任何其他活动的力量，就英年早逝了。**这里到处有故事可讲，空气中的故事比比皆是，我很早就受这氛围吸引。**

我7岁时，母亲让我参加了读书俱乐部，我当时看了《快乐的霍利斯特家庭》(*The Happy Hollisters*)系列丛书和《棚车儿童》(*The Boxcar Children*)，而且还陆陆续续地看了其他书。我大部分时间都在看书。我记得母亲从推销员那里买了本《亚瑟叔叔讲的睡前故事》(*Uncle Arthur's Bedtime Stories*)。书是橙色的硬皮封面，封面上画着一位慈祥的绅士和他的孙子们。书里的故事很可怕，是噩梦般的道德说教，有很多宗教故事和教育人的故事：年轻母亲让宝宝睡在他的小床上（为什么？她要去办事？我不记得了），回来后发现房子着火了；连消防员都没法阻止她冲进屋。还有个故事讲的是一个患绝症的孩子，有人告诉他，如果他想让耶稣带他走，就举手，他就举起手，当时他还穿着睡衣。还有一对兄妹为电动火车争吵不休，最后放火烧了房子，好了，你知道大概内容了。这些故事都来自从信仰基督教的贫穷地区。我很喜欢这本书，结果母亲最后起了疑心，把书拿走了。

这似乎很自然；我是通过拓展自己的阅读开始创作的。谁的书我都看，我会读反差特别大的作品，如威廉·巴勒斯、布鲁诺·舒尔茨、契诃夫、卡夫卡，当然，还有南方的文学大家，如波特、福克纳、韦尔蒂和阿吉。我很长一段时间都对自己的写作保密，这让我想写什么就写什么，不用考虑别人的反应，不用担心有什么后果。我从不在家人面前说自己是作家。他们从别处听说的。我20岁左右那会儿开始告诉密友（他们通常都是作家）我是诗人。失败的诗人能成为最优秀的小说家，我想。

唐·华莱士：我从上小学三年级就开始读书，一周读七八本书。每当我发现自己喜欢的作者，我会把那作家写的所有作品都读一遍。我只需去书架那里找。六年级时，我读完了安东尼·伯吉斯的《恩德比》(*Enderby*)系列丛书。你知道的，那个在厕所放屁和写作的诗人？

我不是最用心的学生，不过，我上八年级时，汉德逊先生做的三件事让我记忆犹新。首先，他布置我们读福克纳的《献给艾米丽的玫瑰》（"A Rose for Emily"），接着，他希望我们写个短篇。我写了个越南故事。当时，洛杉矶的种族关系很紧张。那里发生了瓦特暴乱，很多白人持枪到处乱跑；我们的童子军组是个武装团体；就连乡村俱乐部成员都开始带上了枪。《献给艾米丽的玫瑰》是写南方的，我第一次体验了南方哥特式小说，尽管我家有一半人来自孟菲斯。我写的这个越南故事讲两个士兵如何在月光下的空地里戏剧性地对峙。老师宣布，我们写的故事大多都不好，不过他发现有个故事很有趣，这让我满怀希望。结果，他开始读班里一个黑人女孩写的故事。她写的是自己经历的种族主义，我意识到，自己写的战争小故事多么幼稚。

我的老师做的第三件惊人举措是：他让我们读了《好人难寻》（*A Good Man Is Hard to Find*）。如果不是因为那天是学期的最后一天，他早被炒鱿鱼了。这真令人难以置信，我是说那个结尾，祖母被枪杀。我找到奥康纳的所有作品，读了个遍。我觉得，她写的大部分作品不如这个故事写得好。**我读过海明威的《丧钟为谁而鸣》（*For Whom the Bell Tolls*），罗伯特·约旦最后趴在桥底，于是，我开始续写。** 那天下午，我朋友戴尔来访，正好我出去了，他就看我写的故事，我回来时，他还坐在那里看，他说，故事写得相当不错；我应该继续写下去。

丹尼斯·马西斯： 厄普代克，当然了，因为他的文字生动有趣，他还是举国瞩目的重要作家。我视野狭窄，厄普代克笔下耳目一新的明喻，突然让我豁然开朗。他让我发现文字的力量。我发现自己很认同《马人》里的男孩——有一小段描写了男孩的成人生活，写他和女友在格林尼治村一张脏床上的场景，这让我瞥见自己的未来。记得几年后，我住在纽约市期间，我和女友就躺在一张脏床上。

但我不想让人觉得我似乎想写《纽约客》(*New Yorke*r)上发表的故事。我虽然在上高中，但我读的书很杂、很离奇。我喜欢看当代世界文学——日本、德国、拉美，任何外国文学作品我都喜欢看。我上高中那会儿写了篇有关荒诞戏剧的论文，是有关贝克特和尤奈斯库的内容。除《鸽羽》和《马人》外，我不喜欢读任何以类似皮奥里亚这样的地方为背景的故事。我讨厌读那些写康涅狄格州的婚姻和夫妻不忠的家庭小说。对我来说，《等待戈多》(*Waiting for Godot*)要比生活在皮奥里亚更准确。

安东尼·布科斯基：我记得大一时读了福克纳的《烧马棚》("Barn Burning")，还读了他写的其他作品。我还读过阿尔格雷的《给母亲的一瓶牛奶》(*A Bottle of Milk for Mother*)。我读完这故事后很震撼，也很高兴，因为那里面的人物有波兰人，我以前读的作品里没有这样的人物。我感到自己的存在仿佛得到证实，和我背景相似的人居然也可成为虚构作品的素材。不好的是，阿尔格雷不是波兰人，他常常描写打手、妓女、吸毒犯，和弗兰基·梅钦在《金臂人》(*The Man with the Golden Arm*)里写的一样。"梅钦"是英国化的波兰名字。

一年后，我离开大学，1964夏季，我加入海军陆战队，我在越南读了些通俗小说，如《佩顿的地方》(*Peyton Place*)、《荆棘丛》(*The Bramble Bush*)等。**我在海军陆战队期间的最后一年半时间，是在位于弗吉尼亚匡提科的基地里度过的。我偶尔会去基地图书馆读田纳西·威廉斯的剧本。他描写了一些负面的刻板形象的波兰人。**1967年夏，我从海军陆战队返回家乡，以下士军衔的职位光荣复员，那年夏天我无所事事，买了辆1959年的奥斯丁-西里汽车，读了凯鲁亚克的小说。我希望自己有所成就，不想只做父亲那样的作坊工人，也不想当保险经济人，不想干那些乏味的职业。如何做到这一点？我知道我不会成为优秀棒球运动员,因为我都三年没摸棒球了。但是,还有什么工作比较性感?我对自己说,我知道我会成为作家。

艾伦·格甘纳斯:我被送到战场。我选择去服役时间更长的海军战队,没去当一枪就会被击毙的陆军,也没去越南加入会处死刑的海军战队。我在很多方面比较幸运——我最后上了航空母舰USS"约克镇"号,上面有四千个男人。那是很久以前的事了,当时船上没电视。想象一下,四千个男人,年龄都在18岁到23岁,几个50多岁的酒鬼管着我们,在中国南海连续漂浮35天,甚至见不到陆地!想象一下,这些男人中间会发生什么:调皮捣蛋、精力充沛、变化无常、台风级的睾丸激素,还有发生在那些男人间的纵欲行为。

海军战队很明智,在船上建了图书馆,避免我们互相发生性关系、避免互相残杀。我们通常下半夜开始洗淋浴,那时会有很多人互相发生性关系。我很害怕,不敢去那里干那种事。(几十年后,那些"异性恋"家伙问我当时去了哪里,他们还给我讲我错过的节目。)我当时去哪儿了?我待在图书馆里,每晚都待到9点。这似乎是我在海上的唯一游戏。

我保持理智的唯一机会就是学知识,找事做。我当时受过画家训练。我在艺校上过一年学。但在航母上,绘画不是首选职业。我带了速写本,也有周记本,还能去借书。我真走运,我发现一本亨利·詹姆斯写的《贵妇画像》(*The Portrait of a Lady*)。我们图书馆主要收藏某个船长废弃不要的书,有很多康拉德写的书,还有福特·马多克斯·福特写的《好兵》(*The Good Soldier*)。有人当时试图收集一组军事题材的作品,但不知何故,亨利·詹姆斯的书,还有其他几本书溜了进来。我当时已整装待发。**我记得《贵妇画像》是我一口气读完的第一本小说,我步入的这个世界似乎那么熟悉、陌生、神奇。**这让我想起自己早年想当画家时的一个想法,那时,我定睛欣赏塞尚的画作，信心百倍地对自己说，"我能做到。"这全是幻想。当然了，初生牛犊不怕虎。19岁的我很无知，所以才会那么无畏。

⚜

大多数狂热读者从未尝试过写作，或者说，如果他们尝试过，他们都保密。是什么激发我们当中一些人穿过界限，从读者走向作家？我们写这本书采访了一些作家，这些作家的生活似乎有个共同轨迹，那就是，从在驾驭文字上有一点点天赋到喜欢阅读，然后走向决定命运的下一步。

有时，一个狂热的青年读者会遇到还在世的作家，他们也许在当地图书馆相遇，这作家有口臭，有头皮屑，笑声爽朗，也许，这正是未来的青年作家为自己投射的作家形象，他会突然意识到，天哪，作家也是人，也许我也能做到。或者，年轻作家写了些东西，把作品拿给他信任或尊重其想法的人看——当然，很少是家长——而且还因此获得好评，得到认可往往是非常重要的时刻。

⚜

唐·华莱士：我不确定自己何时决定成为作家，但我四年级那会儿写了第一篇故事。老师让我们写那个周末发生的一些事情，我就写和家人坐游艇出游，写发动机怎么坏了，写我们在岩石上遭海浪冲击，写爸爸如何试图重启发动机，当时，八英尺高的海浪朝我们席卷而来。我们最后绕长角（*Long Point*，加拿大安大略省南部半岛）爬过去，钻进避风处，脱离了危险。课间休息时我还在写故事，我用课间休息时间写完了故事。自那以后,我在学校一举成名,成了在课间写东西的男孩。

艾伦·格甘纳斯:你知道的,大家这样说海洛因:第一针永远免费,因为毒贩想让你上钩。我想,写作也是如此,对那些特殊人群来说是这样,我说的特殊人群也许指的是专被选出受特殊折磨的人。

写作让你上瘾,具体是这样的:你第一次尝试写作,它让你看到非常美丽的东西。你太天真,你根本不知道自己第一次写的散文到底有多好。或者说,你根本不知道自己第一次写的到底有多糟。你还来不及预测什么,也没时间重写。但你在第一时间突发的灵感和接下来发生的事情之间有巨大差距:你要靠自己的努力写出好东西,赢得自信,然后等灵感下次光顾你时继续写出作品。

有一刻总让我很感动,就是当我看到那些即使是非常、非常有天赋的人时,他们也不相信自己最初会撞上好运。他们反复修改作品,改得面目全非;他们的自我意识如此强烈,以至于他们怀疑那些来得容易的东西。他们怀疑自己的首次成功,这让他们很难写出比较自然的叙述声音。

关于职业生涯,我的看法是,你在第一次考验中生存下来了,你第二次将东山再起……这有些像赌徒的运气,接着,你第二次被击败,你再次开始,第三次、第四次、第八次……

杰克·莱格特:我亲爱的朋友奥克利·霍尔去世前挣扎着下床,试图来到键盘前,或者想找个能写字的工具,对他来说,在人生舞台即将撤去之前,他需要用文字记录下自己的思想,这是他生活中最重要的内容。再比如克里斯·巴克利,他在《纽约客》上发表过一篇故事,还写了本有关比尔·巴克利的最后时光的书,写他怎么死的。克里斯把比尔的轮椅推到他的工作室里,那里有比尔未完成的手稿,他试图在键盘上打字,希望完成书稿,可他做不到,绝望中,他转向克里斯,把他正写的一本书中的最后一段口述给克里斯……我和这两个人都有联系,如今,他俩都去了…… 我不知道,还有哪个职业能让你感到有创作欲,感到有必要写,这些是生活中最重要的内容。我的理论是,写作让我们感悟到很重要的一点,那就是,写作让生活变得意义非凡。

安东尼·布科斯基:我从哪儿得知自己可能会写作?也许是因为父亲总在饭桌上夸夸其谈,让我最终对写作产生浓厚兴趣。我爸爸是苏必利尔一家面粉厂的工人。他上白班,下午四点半左右回家。晚饭前,他要喝瓶啤酒,还要来一小杯白兰地。他趁着酒劲儿开始讲故事。他以前在大湖区和海洋上当过商船海员,他就给我们讲他自己的经历。他也讲自己青年时代的故事。这些故事很有趣,但有时他会重复。尽管如此,我和妹妹不得不吃罢晚饭,向他请示完后才能离开饭桌。就这样,我被这家伙俘虏了很多年,只要在自家桌旁,他就要讲自己的故事。

我从海军陆战队回来后,去了苏必利尔的威斯康星大学,时不时地试着写写诗歌、故事。久而久之,我在朋友中间就有了会写东西的名声。

唐·华莱士:我在圣克鲁斯加州大学上大一时,我的生活发生了转折。这项目只有通过/不及格,但我几乎都不及格。我讨厌那个班。我特讨厌英语课。英语老师的教法大错特错。我问导师怎么办,他让我听佩奇·斯特格纳上的小说课。

为了进班上课,我不得不写些东西,我续写了《丧钟为谁而鸣》之后再没写过小说。我写了首散文诗,说两个兄弟吸毒后徒手攀登沙漠里的一个峡谷,其中一个掉下悬崖。除了从悬崖掉下外,其余都是真事。第一堂课上，斯特格纳大声朗读了这个故事，哦，我真想钻到沙发底下（我们在圣克鲁斯上课时是坐沙发的）。我清楚自己很无助，因为那些高年级学生气得咬牙切齿，他们排外的小团体居然让这个乳臭未干的小青年占据。我开始写真实故事，不写散文诗了。

不过，我在上第二堂写作课前，发生了一件趣事：我几乎送命。一个周末，我去滑雪，把左上臂摔骨折了，大腿也粉碎性骨折，还摔出脑震荡。我在宿舍里躺了两个月，只去上了最后一堂课——我似乎演绎了自己写的第一个故事。

我老喜欢说这个，我上最后一堂课时，发现大家的表情真是无价之宝，但具体细节我记不太清了。不管怎么说，斯特格纳很同情我，让我通过了，这有助于我延期毕业，后来我就没去参军。

第二季度，我和纳奥米·克拉克学诗歌，她让我和一位生性敏感的年轻女作家诺伊尔·奥森汉德勒一起讨论，像我这样的粗鲁男孩和她在一起，正好构成鲜明对比。（诺伊尔也成了作家）我们读了里尔克的《给青年诗人的十封信》(*Letters to a Young Poet*)，突然间，我连续好几周都在写诗、反复修改。内奥米对我写的诗印象不错，她敦促我投稿。但她的话让我摸不着头脑。《犁头》(*Ploughshares*)？那是什么？说到诗歌，我始终没法摆脱这种感觉：只要我和那些睿智的人在一起，我就觉得自己很野蛮、很粗鲁。

我还是摇滚乐队歌手，写摇滚乐曲子，也表演。不过，我的确见过大学生诗歌大赛通知，我把自己写的几首诗投给了这个大赛。我没取胜，但我和劳伦斯·威斯勒并列第二，他当时是校园的文学权威；我上台领奖时（是非常牛津的一瓶雪利酒），看到他们很纳闷：这小朋克是什么人？现在，威斯勒在纽约大学有他自己的研究所。我想，我还是朋克，是局外人。

我19岁那会儿没有不写作的时候，但都独自一人，甚至偷偷摸摸地写。这之后，每年我都拿小说一等奖，或诗歌二等奖。我大四的导师吉姆·休斯顿风趣地说,我为了能喝到雪利酒才去参加颁奖仪式。这话说得不错,因为我回去参加第二十五届同学聚会时,大家走过来和我说,他们还弄不明白:我读书那会儿可是头号懒鬼……他们哪知道,我每天早上6点半就悄悄溜到宿舍储藏室里写千把个词的故事。

到那时,我才是货真价实的作家。我完全融入圣克鲁斯的书写文化,我在本地一家免费的低级报纸上发表作品,还开朗诵会。雷·卡佛成名前我就认识他,当时,人们把他当反面典型,警告大家不要像他那样写作:在不入流的小杂志上发表作品,酗酒,结了婚,没当老师。

加里·约里奥:我在霍夫斯特拉大学读的是英语专业,我很多产,在文学杂志上、在工作坊里比较活跃。不过,我仍在学习写作。我记得霍夫斯特拉大学的一位老师曾说,他确信,我写的一切作品都能出版。对20岁的孩子而言,这说法的确很诱人。

当时,我在读罗斯和东北城市作家的作品。我们都读《五号屠场》(*Slaughterhouse Five*),但我有点儿不肯接近科幻小说。我通过霍夫斯特拉大学一位名教授发现了爱德华·沃兰特的小说——《当铺老板》(*The Pawnbroker*)、《大门口的儿童》(*Children at the Gate*)、《人生季节》(*The Human Season*)和《"月花"的房客》(*The Tenants of Moonbloom*)。海明威写的句子最漂亮。约瑟夫·海勒和诺曼·梅勒写的是我自认为很熟悉的世界。读德莱塞让我觉得看书花的那些时间很值。我读本科时还修了很多文学翻译类的课程——托马斯·曼、君特·格拉斯。

枕边书

安东尼·布科斯基:我床边桌上摆着托马斯·曼的《三十年故

事集》(*Stories of Three Decades*),是H. T. 罗威-波特1936年从德语译过来的。我回避那些更新的译本,因为我读罗威-波特的译本时觉得离曼更近。我床边还有本约翰·欧文1975年向我推荐的一本小说,是威廉·戈因的《生存呼吸之星》(*The House of Breath*),我每隔几年都要重读这本小说,每年会重读小说的前言。我一直把戈登·韦弗的小说和短篇故事集堆放在床边。我读过他写的九本书。戈登·韦弗写得很好,但他没得到应有的认可。因为我给《明尼阿波利斯明星论坛报》(*Minneapolis Star Tribune*)写书评,总会从那里得到一两本书,我正在看小川洋子的小说《虹彩酒店》(*Hotel Iris*)。我还在重读田纳西·威廉斯的剧作。我在床边触手可及的地方放着美国图书馆出版的精美剧作,都是威廉斯1937年至1955年出版的作品。上学期我在修主讲田纳西·威廉斯和威廉·福克纳的课程,读了威廉斯的四个剧本。今年夏天,我要读完他的其余作品。

安东尼·布科斯基:毕业那年,我成了大学文学杂志《横切》(*The Crosscut*)的编辑,但我做得很差,一次我甚至拒了自己的稿子!

第二年,我去布朗大学攻读硕士学位。当时,我读了坡、霍桑、雪莱、济慈、乔叟等所有经典作家,所以过得比较充实。我在阅读方面奠定了基础。约翰·霍克斯教授在那里任教,我特喜欢《陷阱》(*The Lime Twig*),还试图模仿他的风格写故事。我在英语系楼里会看到他,我会想,喏,这可是一位作家。

我偶尔会把自己写的故事拿给爸爸看。他总说,"很好,不过我只希望你写得像杰克·安德森一样。"我想,我在马萨诸塞州列克星敦的岳父母一定被这个娶了自己女儿的家伙弄得一头雾水。"作家?"他们一定很纳闷,"他想骗谁?"

凯瑟琳·甘蒙：我上七八年级时碰到一位老师，她教数学和英语；学期末，她在我的纪念册里这样写道："你显然对文字很有感觉。希望文字能给你带来快乐。"这只是个良好祝愿，你知道的，但对一个内心很痛苦的女孩来说，这可是巨大诱惑。

我11岁第一次开始写小说。我那时喜欢画画，画着画着，我就开始构想画里人的故事，还为这些人物找到声音和文字；突然，我开始写小说了，之后一发不可收，一直写到上大学。小说背景是内战时期，纯属想象，不是我的生活经历，不过当然了，小说充斥着我的经历；尽管小说发生在另一个世界，但小说伴随我成长，从11岁至18岁都是如此。我住在洛杉矶的一所屋村住宅，周围是中产阶级邻里。那是20世纪50年代中期。我读到的作品，或看过的电影里，都没写过这个主题，所以我写的也和这无关。一次，我写了一家人逃离捷克斯洛伐克的故事。我知道什么？我看了电视报导后受到启发。我装了三天病，其实我没病，我只是待在家里想象小说中的所有人物，写出我自视很精彩的小说的第一章。父亲看了这故事，称它是"非常棒的小故事"，他还给我讲，怎样把它改写成完全不同的东西。之后，我的写作变得更私密了。

罗宾·格林：我上高中那会儿，老师当众读了我写的一篇很滑稽的文章，大家哄堂大笑。那时，我被作家梦深深吸引。我自以为在人数不多的课堂里，我的写作能力比较强，这的确是我的一己之见。艺术课上也一样；我学得比较好。我从小就喜欢绘画和阅读。我在房间里只做这两件事。我想，我喜欢独处，不过，我也和好多朋友疯玩。

我得到罗德岛设计学院的全额奖学金，但我去了布朗大学。我有艺术天赋，但我又觉得当视觉艺术家跨度很大，太不切实际。别忘了，那是女孩学打字、当秘书的时代。我也不打算当教师。

我在布朗上大三那年,带着自己写的作品去上约翰·霍克斯的小说课。他喜欢看我写的一些东西,不过对别人的作品却批评有加。我写得比较好的短篇小说,那可真叫好。我写那些故事时,似乎沉浸在很幸福的状态里,你可以自由书写,心情十分愉悦。我努力写作时却没有任何收益。大多数情况下,我模仿海明威的风格;他是我最喜爱的作家。现在可能依然如此。

我记得在布朗大学读书时,《纽约客》来了位大名鼎鼎的编辑,他选了篇我写的故事,当着三百多人朗读了这个故事。**别提我有多兴奋了。我居然写了篇值得在三百位金发碧眼的基督徒面前朗读的作品!**

他们甚至让我当布朗大学文学杂志的编辑。我真的不是很擅长,当时还犹豫不决。不过,这份工作确实让我在校园有了知名度,对我不感兴趣的人现在都认为我很了不起。可以说,写作为我赢得关注和钦佩,后来我就不怎么写了,因为我当时在那里已经从创作中得到了我想要的东西。

格伦·谢弗:我申请去加州大学欧文分校上学,因为这个学校离我那铝合金沙滩椅最近,也是最好的学校。加州大学欧文分校被称为即时大学,因为该校当时数以千计地即时招生,终身教授成员也是即时组成,这些教授都从加州大学伯克利分校、加州大学洛杉矶分校及常春藤大学调集过来,加州大学欧文分校的名声在比较文学以及文学批评圈子里迅速打响(现在依然如此)。加州大学欧文分校的美学硕士项目也瞬间建立起来,排名很靠前,主打教授有文学博物专家奥克利·霍尔和卡尔·哈特曼,他们都是爱荷华人,是我后来的导师,他们引领我前往爱荷华读书。我刚去上学时,理查德·福特是美学硕士生,客座教授有埃德·多克托罗,罗恩·苏肯尼克和威廉·英格。书籍和海滩上的阳光;我该怎么描述?我父亲是加州大学伯克利分校的有机化学博士，在他看来，高等教育的目的就是培养化学家。我的看法不一样。这让我们产生争执。

最后，我们妥协了。我上大一时浅尝了一门科学课（化学）、数学（统计）、经济学、人文学科的核心课程、剧本创作。我除了化学课得了让人心寒的C外，其余课程成绩优良。货真价实的。除化学课外，我在加州大学欧文分校运气都很好。

我上大二时有一天从图书馆经过，看到一海报，说举办第一届什么名目的作文竞赛，还会为"思想"深刻的最佳散文颁奖，奖金500美元，我回宿舍写了稿子——是写给J. D. 塞林格的一封信。我提交了稿件，居然获奖了！接着，我注册了剧本创作课，该课由酗酒成性的传奇人物威廉·英格任教——他写过《天涯何处无芳草》(*Splendor in the Grass*)、《兰闺春怨》(*Come Back, Little Sheba*)——不过开课前他自杀了，他的课由诗人鲍勃·彼得斯接上。

上这门课时，我写了个只有一个人物的独幕剧，讲的是一个孩子从精神病区出走，他站在城市公园和过往行人对话，达到自我治疗的目的，剧中对话机智幽默（这些行人都不出现，也不发声），有点儿像哈姆雷特的独白。彼得斯教授告诉我，这是他在加州大学欧文分校读到的最佳学生习作，让我拿这个作品参加了另一项竞赛，这次的奖金是1000美元。这次，我在宿舍里的涂鸦竟为我赢得1500美元，我觉得自己要上月球了，一鼓作气！

凯瑟琳·甘蒙：我父亲是报纸记者和编辑，母亲虽没写过诗歌或小说，但她语言能力很强，思想深刻，受过良好的思维训练，擅长编辑工作。她曾是舞蹈演员，把玩过各种艺术，包括文学。我觉得自己从她那儿学会了怎么欣赏美。

从上学开始交作文起，父母总给我讲如何编辑文字。母亲通常尊重家长与孩子之间的距离，但父亲却做不到。他自学成才，我觉得他曾有过文学追求，但他没在我面前表现出来。在我眼里，他独断专行、好发号施令。当时，只有我一个孩子在家住——他和前妻养育的儿子们都已长大——我觉得他对我寄予厚望。他给了我很多东西，但有那么一刻，大概是我上九年级时，我不再接受他的思想灌输。我叛逆的时候就写东西，不让父母看，直接交作业。我看到自己的小作文在课堂上能得到老师和同学的赞赏，真让我喜出望外。事后，我拿给父母看，母亲照旧立刻给出她的阐释，她觉得她应该为我操心，因为她不同意我的观点，其实，那根本不是我的观点。我觉得，她在理解我这方面有盲点。她特希望我开心；但她不理解我。

就这样，我总遭到他们的误读、误解和干涉，我做了青少年常做的事——我开始变得很私密，父母无法闯入我的生活。这属于青少年正常的反应，不同的是，多数青少年常通过恋爱、吸烟、酗酒来反抗，而我只坚守能天马行空的私密写作空间。我甚至故意笔迹潦草，这样父亲就没法从我背后看到我在写什么。我觉得自己在保护生命的真相，只有在作品中我才无拘无束，才是真实的。我当时不像现在这样明白，这是精神实践活动，但我觉得，这是我第一次努力唤醒或创建一个精神生活空间。

桑德拉·希斯内罗丝：我是家里的艺术家，但我不是唯一的艺术家。母亲会画画，还会唱歌。我兄弟基克斯也会画画。我们七个孩子都接触到了艺术，这得感谢母亲；我们参加公园里举办的公共音乐会，每周末参观博物馆，因为我们人多，所以都是免费参加。父亲从他工作的地方会带回切肉案板上用的纸张，我们用这些纸画壁画。基克斯和我负责设计主题。不过，我长大后开始自己写诗。

我喜欢写作，但我不知道自己能成为作家；我知道生活中有好多作家，但我无从得知他们怎么成长为作家的……我从来不认识作家。我是年轻的墨西哥裔美国人，还没榜样可参照。我在塑造自我。

小时候，我偷偷写作：没人知道我写东西。到高中毕业，这秘密才被人发现。有一次，老师发现我的读写和表演能力很强。我上高中才让大家知道我在创作，但我上大学后，就又改成地下创作，因为当时我得上所有的必修课。不过，我从未公开声明自己要当作家。尽管我想过这个问题，但我从没说过自己想成为作家。我妈希望我学打字，找份秘书工作，她说，这样能让我双手保持干净。于是，我开始上打字课，好有个生活来源。我打字准确率不高，但速度很快。记得有一次，是最近的事，当时我在罗马美国学院的商务中心打字，有人在旁边说，"哇，你打字真快。"我说："是啊，我靠这个吃饭。"

丹尼斯·马西斯：我从小甚至到大学都是很出色的艺术家，我读大学时，同时修绘画艺术和英国文学两门专业。纽约市的一位艺术学客座教授把我的画做成幻灯片拿给利奥·斯泰利，斯泰利主动提出，如果我有更多画作，他愿意给我办画展，但我懒得考虑。换句话说，我在艺术和梦寐以求的创作职业之间难以取舍。直到我重读自己大约13岁时读过的约翰·勒卡雷的小说时，我才真正开始立志创作。小说里有个场景，两个穿雨衣的间谍在执行不祥的使命，他们在雨夜敲门，有个小女孩开了门。小姑娘开门那一刹那，是无法复制的随机事件，这让我意识到，没有别的什么可以营造这样一种惊心动魄、难以捉摸的情感，虚构事件让我产生这样的感觉。从那刻起，写作对我来说，就是一个人能做的最重要的事情。

马文·贝尔：大学里最有趣的学生是艺术生。我知道，他们明白我不明白的东西。我认识的大多数学生来自阿尔弗雷德大学陶瓷学院设计系：画家、复制品制造人、平面设计师、陶艺家。有几个学生写诗，写小说。渐渐地，我认识了一些比较有创造力的学生。多年来我接触过各种各样的人，但我的创造力没有增加。相反，创造力只光顾阿尔弗雷德大学比较有创造力的学生。他们有自己认为重要的工作做，这很令人兴奋，也富有探索性质，所以，他们并不担心别人怎么看他们。这对我来说很新鲜。20世纪50年代，这似乎是每个人关心的问题：别人怎么看自己。

追求艺术可以使人和局外人接触。不断地追求艺术，就会变成局外人。

我喜欢怪人。我上高中时拿到业余无线电执照，常骑车去无线电收发业余爱好者的家里学无线电。那里都是怪人。我在大学里常和晚会上让那些受欢迎的男孩们所不待见的人在一起。

我给校刊写稿，最后做了编辑。我学了创意摄影——学校还没教摄影之前我就学了。我做过一段摄影工作。当时的创意摄影师绝对是怪人。我给一个毕业班做了个短片，后来我听说，波兰电影学院的一些人喜欢这个短片。不是《一只安达卢西亚狗》(*An Andalusian Dog*)，但很怪异，甚至让人惊心动魄。还有垮掉的一代。20世纪50年代，有个从小城镇来的男孩和他来自乌克兰的父亲在一起，我很自然地被这想法吸引，可能这些怪异的粗人能成为艺术家，艺术是给局外人创造的。艺术家的晚会也很有趣，生活也更精彩。

大学毕业后，我在雪城住了段时间，又在罗切斯特市待了段时间，后来去了芝加哥，最后来到爱荷华城，我给一家视觉和文学材料杂志《声明》(*Statements*)做了五年编辑，和许多诗人开始有了书信往来。多数文学杂志当时被称作"小杂志"，后来这些杂志的兴衰与编辑的热情和经济状况相关，所以很容易觉得自己是前卫。后来，我在芝加哥上了诗人约翰·洛根的课，加入了诗人群体"诗歌研讨会"，他们和洛根经常见面。再后来，我就到了作家工作坊。总之，在工作坊这里，我交了好运，择友有方，遭遇了一系列偶发的、没头绪的事件，还认识了老师和诗人同学。但更重要的是，我始终喜欢探索适合我的思想。对我来说，诗歌是另一种思维方式。我喜欢思考。

思考需要文字。但我喜欢思考文字背后的含义。这需要诗歌。你应该明白，对大多数诗人而言，"感觉第一"（卡明斯），但这感觉有共同之处，也有非同寻常的感觉。此外，大脑和我们认作情感的东西紧密相连。无论在什么情况下，我从未感到有必要通过诗歌向世人证明我的情感世界有多丰富。

艾伦·格甘纳斯：我起初也想成为艺术家，我画得很精确，画的交叉影线也技高一筹，为此受到表扬。但我在艺校看到一点，就创造性而言，我的天赋恐怕只能达到十分之一。我要是坚持成为画家，一定会创造出美丽的作品；我喜爱波纳尔和那些荷兰大师，热爱马奈和贝拉斯克斯，但我认为，自己的作品会是比喻性质的。我的画作会比较保守，我想，更近代的最佳作品不应如此。

我上过宾夕法尼亚美术学院，记得我们上课时临摹经典雕像。是些真人大小的裸体石膏神和女神，和托马斯·伊肯斯在同一教室里授课用过的雕像一样。拿张淡蓝灰色的纸，还有黑白两色粉笔，感觉很美妙，在阴雨天尤其如此。教师给你分配的任务是，临摹你看到的雕像。你研究它的正反两面，逐渐真正地爱上雕像。我画的雕塑都是名作，这让我感到很恬静。我踏上写作征途后，面对文字丰碑，借鉴了艺术学校所传授的临摹方法。任何一个重要人物，不论他们有几个学位，都是自学成才。**我就是在作家工作坊自学成才的人。我这样学文学：我会模仿狄更斯的风格写一页故事，模仿简·奥斯丁写最后一章，给出皆大欢喜的结局，模仿弗吉尼亚·伍尔夫的口气写晚宴。**我还会尝试模仿亨利·詹姆斯的小说，写故事中间的一章，然后学巴尔扎克写故事的开篇。我就用这个简单方法学会了写作。不过，后来我发现自己的所有训练都以19世纪散文为蓝本。如果一句话以主语加动词开始，下一句就用从句开头，把主语和动词放到最后。这种写法很老派，让人感觉亲切，显得很幽闭，催人泪下。我很认真，特别较真，我们自学成才的人都这样。我学到这些规诫的方法，就和学会用木炭复制宙斯的后背一样。

这都发生在一艘拥挤不堪的军舰上，对我而言，写作成了某种意义上的盔甲。我亲自书写作品，因为我那会儿刚开始在报务员学校里学打字。但最终证明，手写非常舒适，我的文字占满了一个又一个周记本。我仍保存着这些周记本，但我几乎无法读过去写的那些文字。我当时只有19岁，是青少年，一个被强行送到战场上的青少年，我完全被孤立起来，和四千人生活在一起，待在一大块金属材料的玩意儿上，漂在海上。我写的有些内容听起来像青春期来临前的13岁女孩，在痛苦和自怜的深渊中不能自拔，用的全是从课上词汇表里学来的大词，但也有些故事写得不错。有些东西写得简直就是一堆乔伊斯风格的东西，我现在不会这样写，也不知道该怎么写！船上那些伙计会看着我写东西。"嘿，教艘（教授），干啥哩，给老太太写信呐？"

"写几封短信。"我小心翼翼地答道。

"嘿，伙计，写我了吗？"

格日·利普舒尔茨：我本来要当家里的音乐家。我会弹钢琴。我有天赋，但没有自律。不知怎的，除了需要在琴上敲打外，我还需要语言。我喜欢音乐，但可以这样说，文字让我自投罗网。我不停地写啊写，其实，我把写作当成消遣，减轻内心痛苦。

是我的高中男友——伤了我的心，但我不怪他。我准备嫁给他时（我们连续拍拖了七年），他已经对我没兴趣了。我的意思是，他对我完全没了兴趣。我从一个大学预科生苗子变成嬉皮士，但他并没改变——我男友当时是足球队队长，我是拉拉队队长。我想尽一切办法让他回心转意，但无济于事。后来，我父母搬到佛罗里达，把全家都迁过去了，哦，太痛苦了。我不肯去。我搬到纽约市，开始写啊，写啊。

我开始写小说，好让自己断了自杀念头。我知道，这有点儿戏剧性，但这是真的。我看到大家都回避我，我知道大家的想法。我的人生乱套了。我不能结束自己的生命，因为我们远亲当中有人自杀了——现实太可怕了，我必须找到一条出路，写作就是出路。文字帮我疗伤。我知道这听起来是陈词滥调，但文字确实可以表达我的情感，文字的力量很大，能把思想转化成字词，让我远离自己，让自我合法化，让自我显得有幽默感，天哪，这是救命稻草。

后来我进了爱荷华，我还是伤心欲绝。

谢里·克雷默：我想我在大学期间是诗人。我先是在韦尔斯利学院读书。他们说，这是全美最漂亮的大学校园，有自己的大湖，令人陶醉，一个修剪过的大灌木丛园子，有华兹华斯的诗中提到的灌木……就是这处地方。我太喜欢这个校园了。我居然告别这美妙绝伦的田园美景，花了一年时间去韦尔斯利学院跟理查德·威尔伯学诗歌，他给我的成绩是B，**我连哭了五天。简直是世界末日！不过，我没有中断写诗。我想，什么都无法阻挡我写诗**。几年前，我才明白，写不好诗的诗人还是诗人。这就是我的写照。

第二学期，我修了一门禅的课程，**教授让我们做禅宗项目**，于是，我写了六首俳句，当作期末论文交上去了。**教授给了我A+**，她写道，她简直目瞪口呆；她无法明白，坐姿很差的人竟能写出这么美的俳句。但是，我这门启蒙课所得的A+无法减少诗歌课成绩带给我的痛苦——这是我从保罗·瓦列里那里最初学到的教训：深度比准确度容易一百倍。我缺乏写诗需要的严谨。后来，我写了个短篇，题目是《脚趾》（"Toes"），你可以想到，这故事讲的是脚趾，我用这篇故事参加了大四英语文学创作奖杰克琳最佳英语奖竞赛，结果我获奖了，我心想，哇，这很容易。于是，我就不再当全职低劣诗人，我跳上小说之舟。

我仍酷爱禅宗诗歌。走在佛蒙特州的森林里时，我会写俳句，这习惯让我身心愉悦。我发现，你可以整个秋天只写一首俳句；不必用纸张，什么都不用，只需反复琢磨。

道格·博赛姆：我过完12岁生日后的那个夏天开始写作。我认为书有强大力量，写作赋予了这种力量。此外，我特喜欢看书，我认为，写书应该同样给人快感。哦，我当时只有12岁。我很喜欢私密空间；写作是非常私密的活动，这点很吸引我。

母亲对我从事创作还算支持。父亲对我的爱好反映得没那么积极，但也还行。他们都认为我应有一技之长，需要找到一份白天上班的工作，直到我源源不断地收到出版商和《纽约客》寄来的支票，他们才不这样想了。

道格·昂格尔：我在芝加哥大学上学时，一开始走的是医科大学预科生的路子，不过很快就放弃了。一个原因是，当时到处动荡不安。还有，我在合众国际社有熟人，我开始给他们当自由职业摄影师。我被新闻吸引，喜欢和社会接触，还喜欢写些外面发生的事情。我还上了理查德·斯特恩（1952—1954年在爱荷华）开的创作课。我觉得自己有故事可写。我一直和兄弟待在纽约街头，就那些事，和我在芝加哥一起玩的大多数孩子都没有类似背景，我开始写这个主题的小说，我真的很天真，我的第一部小说写得很差，不过，斯特恩对我有兴趣，这还不错。我就换了专业，转学人文学科的通识教育，我把自己写的小说当作学士论文提交。斯特恩把小说交给兰登书屋，贾森·爱泼斯坦花了1500美元得到购买权！我写的第一本小说的书名是《菲弗特里》(*Fevertree*)。

我在芝加哥又晃了半年，做新闻、摄影。我是合众国际社的新手摄影师，也是照片大使，拍摄了1972年的总统竞选。那年冬天，爱泼斯坦给我打电话说："你干吗不来纽约，我给你找个活儿干？"就这样，我去了纽约。爱泼斯坦安排我当代笔，替伊冯·扬·塔尔的烹饪书系列写增补本。结果，我住在小阁楼，经常和圣马克的诗歌项目组的人在一起，给爱泼斯坦赚钱的一个人代写书，替别人写书，一半时间都在饿肚子。同时，我还重写了很多次小说，爱泼斯坦永远觉得我写得不够好。嗯，杰森最后不出这本小说了，我们在他的办公室里大吵了一场。我朝他大喊。他也朝我大喊，还朝我扔两磅重的一本书《安泰》(*Antaeus*)；我差点儿送命。他对我说，"滚，自己出名去吧。"我打电话问斯特恩，"我该怎么办？"斯特恩说，他会努力让我进爱荷华。我还没申请呢，理论上说，当时申请的时间太晚了，但斯特恩给那里的人打了电话，并让他们见我一面。我就寄去小说，两周后，我收到回信，我被录取了，而且还得到助理职位，在《爱荷华评论》(*Iowa Review*)帮忙。到那会儿，我才完成申请程序，其余工作都通过理查德·斯特恩在爱荷华的关系完成，我至今仍要感谢他，感谢他对我的作品抱有信念。

我离开纽约去了父亲在南达科他州的牧场，帮他收干草，赚了些钱，后来坐公交车去了爱荷华市，我在那里买了辆平板卡车，卡车很快就抛锚了。起初，我住在卡车里。天很热，四处是蚊蝇，我把手动打字机放在前排座位上。就这样，我开始了爱荷华的生活——住在一辆停靠街边的空气憋闷的卡车里。

比尔·麦考伊：我修过托马斯·罗杰斯给本科生开的一门文学课，又修他教的写作课，这门课让我收获很大。这期间，我读了他写的第一本小说《追求幸福》，我特喜欢这本书，又看了他写的第二本小说，我也很喜欢那本书，特想成为他那样的作家。

我当时写的东西显然是汤姆的作品的重新组合，但我不是有意模仿他，我当时就那样想。他看出了这一套，但他还是觉得我写得不错；后来，等我快毕业的那个学期，他问我毕业后有何打算，我说不知道，没想过这个问题。我说，也许我可以留在宾夕法尼亚州立大学读研。他说，如果我要读研，应该去爱荷华作家工作坊，还说，如果我决定申请去工作坊，他会给我写推荐信。我做了番调查，觉得爱荷华听上去很有趣，就接受了他的建议。看来，汤姆帮了我大忙。我当时不知道，他那年秋天还打算去爱荷华作家工作坊教书呢。

T. C. 博伊尔：大学毕业后，我开始教书，免得被征兵去打仗。我没有任何教学经验，根本不知道怎么教书。我不怎么备课，还经常吸毒，是嬉皮士青年，很狂野，我开始写故事，并把这些故事发出去。一个伟大的奇迹发生了。《北美评论》(*The North American Review*)的编辑罗布利·威尔逊接受了我的故事《OD和肝炎铁路或胸围》(*The O.D. and Hepatitis Railroad or Bust*)，这故事让我断定自己可以进爱荷华作家工作坊，我只听说过这家工作坊。我崇拜的所有作家都在那里待过，或任教，或和爱荷华有联系。我当时还一并投了篇稿件，名叫《溺水》(*Drowning*)，我被录取了，我不知道谁读了这故事，也不知道录取始末。

埃里克·奥尔森：我觉得，我对写作艺术的兴趣可以追溯到20世纪60年代后期，我当时是反战运动成员。最初，我在加州学医学预科专业，和其他大一学生一样，但有机化学的一门必修课（现在被人们不那么友好地称为"有机学"）让我完全断了学医的念头。而且，无论怎么说，我在学习上都不如其他学生那么用心。最重要的是，我讨厌所有的英语必修课。学"有机学"甚至比所有新生必修的一门课"英语1-A"还有趣。这门课由不敬业的研究生讲授，你能看出的，他更喜欢写自己的博士论文，我敢肯定，论文是有关17世纪的英国诗歌，要么是类似话题。同时，越南战争的炮火在燃烧。我的同龄男青年都被运到那里送死，我加入了反战运动——运动就在伯克利开展的，我怎能不参加？我当时休学了，不过，我认为这是懦弱行为，我觉得加州是庞大的"废品加工厂"，当时很流行这个说法。我决定，自己需要全身心地投入反战使命，就辍学了，我还宣布自己打算单打独斗对抗义务征兵制度。说我当时需要成人监督，这话说得很轻。

不久，我开始写单页的反战长文——类似"打倒当权者"和"去他的，我们不会去"这样的东西——我们在办公室的油印机上印出这些文章，办公室里全是无政府主义者、支持民主社会的学生，甚至还有几个黑豹党成员，他们往往时不时地躲在周围，然后把毒品兜售给住在高级社区的白人孩子。**这非常有趣；每个写反战长文的人都四处奔走，把长文贴在电线杆和布告栏上，振臂高呼，打倒当权者。**我写的文字绝对没有特别之处，但我当时希望自己写的东西能产生些影响力，这很有趣，做得有点儿冲。当然，忆往昔，我们感到"冲"，其实是因为油印机油墨当中散发出溶剂的烟雾；我们住的房间通风不好。

尽管我喜欢写作，或至少喜欢那些油雾，但我直到在爱荷华大学读大四时，才真正开始尝试写类似小说的作品。这是在战争结束后，我已返校，并再次退学，再次返回。我不是特上心的学生。我断断续续花了八年时间才读完大四。战后的这些年里，尽管我十分憎恨在加州上学时学的几门英语课，但我发现自己不自觉地三番五次地去听和文学（被视为文学的，不只是科幻小说）相关的课。尽管我们写长文时被油墨烟雾熏得头昏脑涨，但我常想起那段美好时光。

简·斯迈利：我上大学后才开始写作，是大四那会儿。我开始写小说，写耶鲁大学学生陀思妥耶夫斯基式的生活。小说里甚至还有一幕悲惨的车祸。我那时已婚，和丈夫还有其他两三个耶鲁大学研究生住在纽约州北部。日子毫无头绪，因为我们没工作，没人有计划（我们屋的一个小伙子当时在写东西，匿名把故事卖给发表爱情故事为主的杂志，另一个人的毒瘾很重，靠在卡兹奇山打扑克维持生活）。我真的很喜欢写小说。我想，我能写一辈子小说。我打印出小说后，小说有两百一二十页，至少在篇幅上这算是小说。我大四的导师很喜欢这小说，他觉得小说本身让人惊叹，但他没主动提出帮我出版小说，这反倒是好事，反正，出版小说这想法几乎不可思议。写完就足够了。我拿了学位，我知道自己想要什么。我想写作。

乔伊·哈乔：我永远忘不了那天。那天，我走进新墨西哥大学的绘图工作室，告诉我的绘画老师尼克·阿卜杜拉说，我要从绘画艺术专业转到创作专业。那是个十字路口。我结束了一段情感，但我仍爱恋绘画艺术。艺术工作室是我的避难所，是校园里唯一完全属于我的地方。我觉得自己不得不做出选择。我不可能同时写作、画画。我需要集中精力。我违背了自己4岁时做出的承诺。

对我来说，诗歌创作之路是条看不见的路。我4岁时决定当"一名艺术家"。对我来说，这意味着二维艺术，尤其是绘画。我也喜欢音乐，但因为母亲追求的音乐之路似乎不是一帆风顺，我在音乐那里没找到明显抓手。但我祖母纳奥米·哈乔·福斯特和姨妈洛伊丝·哈乔·鲍尔都是艺术家。她们积极创造艺术。我看过她们的画作，我们家有祖母在旅行中收集的原版画作和艺术品。我渴望像她们一样。她们受过教育，见多识广，来自部落领导队伍。我4岁时做出的选择并没那么自觉。我并非总分析自己的选择。这是我"本来就知道"的东西。

我4岁时没有诗人做榜样。写诗不是我的选择。母亲写歌词。她写的歌词不是朗费罗、丁尼生或弗罗斯特的诗歌。我不认识任何土著作家，我家没这样的人。我踏上诗歌创作之路后才知道，亚历山大·波西这位名气不大的美国诗人和我同属一个部落,他是我表弟。

一次,我遇到了第一位土著诗人西蒙·奥尔蒂斯,并听了他的诗歌朗诵,立即加入当时美国西南地区的作家和诗人圈子——莱丝莉·西尔科、利奥·罗梅罗、里卡多·桑切斯和吉恩·弗鲁姆金——而且我也开始去听大学请来的诗人的现场朗诵会,有约翰·洛根、安妮·瓦尔德曼等,我决定在新墨西哥大学跟从大卫·约翰逊参加第一次诗歌工作坊。他引导我们相信自己带有神话性质的直觉,他对诗歌的激情深深感染了我们。可以说,**诗歌俘获了我,诗歌对我同情有加。诗歌这样告诉我:你不知道如何倾听,你需要学会如何说话,需要学会如何恩赐,你要跟随我**。这就是我的收获。诗歌成了我的主人。我沉浸在诗歌世界里。

如果我不是带着两个孩子的单身母亲,很可能不会觉得有必要做出选择。诗歌在过去和现在都是苛刻的主人。但独自抚养孩子意味着我的学习和实践时间很有限。只有当孩子们长大后,我才重新捡起音乐。我现在开始重新捡起绘画艺术。

凯瑟琳·甘蒙:我上七年级时,父亲把我在学校画的画儿拿给他仰慕的权威人士看,权威人士告诉他,"哦,这孩子很有才华,你应当鼓励她。"于是,父亲开始送我上周六的艺术课,我挺喜欢上这些课,但有时觉得……你知道这种感受的,你是个孩子,如果你做的事情和其他孩子做的不同,你要是让人发现后,那感觉会很怪异,能理解吧?不管怎样,过了几年,来了位新老师,他让我们画静物,我觉得这有点儿像宣传艺术。我就不去上课了。我当时有种很强烈的意识——可能现在还有——先有艺术,然后就出现商业了。

之后,我开始上专人教的艺术课。这些都非常好,但我不知道自己要做什么;总有老师教我,要么是父亲总要看我的作品。相比之下,写作不仅是私密的,而且完全属于我自己,我写作时知道下一步要做什么,知道接下来的难题是什么,问题是什么,下一步怎么操作。如果我不知道,我不需要别人告诉我,我只需在先前的基础上继续深入探索。很久以后,我学会如何从写作反馈中学习——我是从爱荷华的老师莱尼·迈克尔斯、爱荷华以及普罗文斯敦的同行那里学到的。但我不需要反馈督促我前进,也不需要依赖反馈找到下一步的解决方案,即使下一步没走对,我也不需要反馈。在艺术领域,我需要指导;我没有任何发挥直觉的余地。如果你给我出了道题,我可以给出很有趣的回应,但完全靠自己的方法不奏效。

我准备上大学时,这种差异还没那么显著,但我内心依然渴求艺术和创作。后来,加州大学洛杉矶分校的一位美术老师告诉我,我不能兼顾。我不知道这建议是否可行,但我认为他是智者。后来我拿了波莫纳学院的奖学金,最终学了哲学专业。父亲希望我学数学或物理。所以,我第一年就修了这些课。我也修了门艺术课,但因为我有些基础,就没听导论课;我本应和同学一起上导论课,不应去听那门看起来很高深的课。这门课从社会角度看也很高深。因为这些孩子都抽烟、喝酒,我还没学会呢。我没法和他们交流,和老师也没建立联系,老师和我的关系也一样,这就是我在大学修艺术课的经历。

不过,我听讲时在笔记本上画满了画儿。大一上英文课时,我们在学《伊利亚特》(*The Iliad*),我发现自己画了根据作品改编的电影的开场画面,就开始思考电影作为媒介可以把我认为自己具备的绘画与语言能力结合起来。那年,这想法越来越强烈,我开始研究怎么离开波莫纳学院,去加州大学洛杉矶分校学电影专业。我收集到所有信息和必要的申请资料,找院长谈了话,但我得跟父母请示。他们说,不行,不可能——一方面,他们从未听说过我在这方面一直有浓厚兴趣,我怎么才能证明这不是一时冲动?我只好作罢,继续留在波莫纳学院。但我还是打算进入电影业,大四那年,我被加州大学洛杉矶分校的研究生电影专业录取。值得庆幸的是,生活又改变了我的人生轨迹，因为我怀孕了，后来结了婚，再后来搬到伯克利定居。如今，我女儿是电影制片人，我做了外婆。

艾伦·格甘纳斯：《波特诺的怨诉》(*Portnoy's Complaint*)刚出版后，我仍在海军服役，还在"约克城"号上。我用零售价买到该小说的精装本；该小说好评如潮。倒不是我与世隔绝，因为我和其他60个男性一起住，我只是特别希望能和这个叫道格拉斯的家伙交流，他在甲板上徘徊，戴副龟甲纹框的眼镜，金黄色头发梳在一边，长得像高中生。他好像读过书，这是我真正关心的。我只想找人交流读书体会。

一次，我故意当他的面看《波特诺》，你知道的，这样可以找到话题，最后他说，"哦，我看见你在读新出的畅销书。"我很高兴地答道，"没错。"他听说书里有很多性描写，我表示赞同。他终于开始讨论读书的感受了，我很兴奋。我们继续聊，我冒昧地说了些自己的看法，好抛砖引玉，他问，"菲利普·罗斯是犹太人吗？"

我记得当时这样想，上帝，这就是我今后总要卡壳的地方；甚至是那些愿意讨论书的人，他们的大脑也一片空白。这次的短暂交谈几乎让我有了自杀念头。看来，文学和性一样是编码语言，只有我才讲这种语言。我的目标是找到一个可以交流思想的伙伴。我认为，**从某种角度说，文学恰恰给你提供了这样的机会……你会感到，球网那边有人。文学本身甚至可以为一个人创造群体。我大喊。回声会传到我这里**。我终于发现，有人真的可以连续几个小时讨论读书体会，我真的得救了。

对了，船上其他人觉得，我的写作能力在某些方面非常实用。我现在被称为"教授"。这说明我可以帮人写家书。毫不奇怪，许多同船伙伴高中就辍学了，基本上是半文盲。成为武装部队的一员，是他们可以找到的一份工作。他们至少人高马大，身体健康，还听从指挥。就这样，我开始给全世界的女性写信，比如给别人的妻子和女朋友写情书，还给最近被光顾的菲律宾妓女们写色情信。这种训练很有效，远比素描石膏女神有效。我根据这素材写了个中篇小说。和我最喜欢的男性一起写情书，造就了我们密不可分的情欲联系。我经常会为某男执笔写色情信，我非常非常渴望和他发生关系，但又不敢接近他。他会让我看他老家那位姑娘的玉照。她往往比英俊但愚笨的水手的文化程度更高。我会很快替他表达思想——很像大鼻子情圣（*Cyrano de Bergerac*）西哈诺。我们会一起写那些狂野的信件，这些信写得越来越色情，越来越具体。我当时采访了当事的男孩，问有关他和情人做过的和没做过的，这样会启发我酝酿下封信的内容。我们的交往逐渐很密切，有时，这些家伙会带来他们妻子或女友的来信，把信交给我，让我打开看——我不会称他们是潜在的火箭专家。我们会找个僻静角落，找个属于"我们"的地方，我会激情澎湃地给他读情人的回信。那信写得很色，想想看，有关性交前的委婉前奏居然越过千山万水！她的信可能会这样写，"亲爱的火箭，没料到你居然那么有诗意。昨晚读着你的来信，我那儿变得很湿润，读到你说你怎么想要我的那段儿，我的法兰绒睡衣、床单和床垫全都湿透了……"

这经历真令人陶醉。回头想想这段经历，我发现，虽然我无法从共同生活的四千人里找到个文化人，但我以一种奇怪的方式发现了一种语言交流形式，这让我和那些依赖我创作的人紧紧联系在一起。

尽管相隔很远，但我至今依然觉得那些曾被我点燃浪漫情怀的女孩很亲切。从某种程度上讲，我从写作中发现的力量不仅源自模仿19世纪的小说文字，同时也来自睡在我周围那些呆呆地吹着口哨的英俊的比利·巴德[①]们。

我离开海军部队后去了萨拉·劳伦斯学院，跟从格雷斯·佩利

---

① 是美国作家麦尔维尔（1819—1891年）的作品《水手比利·巴德》中的主人公。这位作者写的《白鲸》被认为是美国最伟大的小说之一。——中文出版者注

学习。我还是有慧眼，发现她和约翰·契弗以及斯坦利·埃尔金一样，是当时很了不起的作家。她在生活和创作中都身手不凡。虽然她一生致力于结束越南战争，但她从不指责我被挟持参加了这场战争。当时，没有哪个作家能比格雷斯更纯洁、更有独创性。我把自己模仿19世纪时期写作风格的一个故事拿给格雷斯看，她说，"哦，亲爱的，写得非常出色。但人们不那么写了。这些句子本身写得很好，但是，嘿，现在的要求可不只这些了……"我一直希望自己记下她的原话。她告诉我，这个时代的主题是如何和他人相处，人们该如何谋生，他们为生存牺牲了什么，他们选择拯救什么。到那时我将成为什么？22岁时？我只说，"哦，好的。"我一路小跑，回到房间，花了两天时间，写了我认为是第一个真正的故事的作品——《一个家庭，反复如此》(*One Family, Repeatedly*)，后来，故事发表在现已停刊的杂志《追寻》上。故事讲的是一个家庭的系列写照，要说这家庭已经解体纯属多余——但故事讲的是一个部落的背叛和妥协、神话和传奇。但在我开始写20世纪的故事前，大概要跨越七十多年吧，我要永远感谢自己为此做出的前期准备工作，我花了三年半时间模仿19世纪的文学作品。

第三章

我们都他妈的那么彬彬有礼

一切都从那封来自工作坊的信开始,这封信写得彬彬有礼:"亲爱的奥尔森先生",或"亲爱的谢弗先生",或"亲爱的希斯内罗丝女士,我们很高兴地告诉你,你已被创作班录取……"

我们会彬彬有礼地回信:"亲爱的兰德尔女士",或"亲爱的莱格特先生",或"亲爱的布拉泽斯女士,我打算秋季去爱荷华州上学。得知被创作班录取,我十分高兴,我期待着成为小说工作坊的一员"。

或者,再如这样的回信,"亲爱的兰德尔女士,您今年冬天在百忙中回答了我提出的许多问题,特此致谢。申请学校往往让人感到没有头绪,但您和具体处理我的申请书的工作人员做到了有条不紊。期待与您会面。"

或者这样写,"亲爱的布拉泽斯女士,因为我自食其力(或者,更确切地说,多数情况下是我妻子养活我们),我对爱荷华市的就业前景很感兴趣。"

或者这么写,"亲爱的布拉泽斯女士,是的,我对您所说的可能会提供的打扫房间的工作十分感兴趣!"

随后,我们会收到工作坊的回信,确认他们已收到我们的经济资助申请。之后,我们会接到通知,"对爱荷华市的住房情况的简要说明",我们被善意地提醒到,这里的住房"相当昂贵,往往很难找到",信中建议我们6月或7月来考察,看能否找到住处——我们没几个人这样做。信末写得让人备感温暖,"如对工作坊有疑问,或如果我们能在任何方面帮助您安排学习生活,请尽管来信告知。"

之后,我们会收到另一封特别彬彬有礼的信:"亲爱的奥尔森先生"——是坏消息,有关爱荷华大学第一年助学金的内容:"根据目前我们对助学金的考虑,现已没有名额。由于资金短缺,我们无法为您提供明年的助学金。"

信里没这层意思:我们之所以没得到任何助学金,是因为我们能力不够。当然了,那些第一年没得到助学金的人都会这样猜测,但工作坊负责人非常照顾我们这群渴望成为作家的人心理极为脆弱,他们提供了另一种解释方法,很巧妙地给出非主观解释:没有钱,想到是因为这个原因,我们会觉得容易接受。我们也买账,我们很有礼貌地回复:"无论怎样,不管全国经济是否景气,我要在爱荷华注册学习,我要感谢那些为我提供学习机会的老师们。"

等开学碰到同学后,我们才发现,尽管预算上有削减,有些人的确在第一年就拿到助学金。也许我们有些人马上会气得"发抖"(frisson)——工作坊的一些家伙会用这个词形容他们的愤怒,而"愤怒"这个词的频率似乎过高,不过,这种愤怒很快会被淡忘,确实如此,有什么可抱怨的?难道我们没被工作坊录取吗?我们还年轻。我们才华横溢。我们前途无量!

"我们可是生育高峰期那批人中的精英。"爱荷华77级小说班和78年戏剧班学员谢里·克雷默回忆说。"**我们思想深刻,见多识广,相比上一代人,我们比较富足。我们甚至都会游泳!第二次世界大战前没人会游泳。现在大家都会游泳!**更好的是,尼克松已经辞职,战争也结束了,我们肯定不会再出现类似战争的那些错误。请记住,这是艾滋病泛滥前的情况,艾滋病可毁掉了所有乐趣。那个年代可能发生的最坏的事情也就是疱疹……"

而且,我们绝对彬彬有礼。

这种彬彬有礼似乎和陪伴我们长大的作家原型理论相矛盾，当时的作家原型是，思想自由、酗酒成性、不讲卫生、头发蓬松、精神解放，摒弃资产阶级传统——鄙视资产阶级传统——住在巴黎，渴求真正的艺术。

"我们这批学生更多是来自所谓的'好学校'，都得益于由真正的作家讲授的写作课。"马文·贝尔这样说道。他1963年毕业于工作坊，服过军役，1965年又回到爱荷华教书，2005年退休。

贝尔一语中的。的确如此。可以说，我们是第一代通过彬彬有礼的申请和录取这个过程、加入写作游戏的作家，不是通过非凡智慧或无礼行为才打赢这攻坚战。我们中的大多数人读本科时至少修过一门写作课，所以教写作课的老师很多都是工作坊的研究生，这不足为奇。爱荷华是全美第一个设创作项目班的地方，专门生产一批有硕士学位，甚至有点儿教学经验的教创意写作的教师。这些男性（以前从事这行的女性较少）后来纷纷建立自己的创作项目，要么借鉴爱荷华的做法，要么反其道而行之。到20世纪70年代中期，爱荷华已建立起一套行之有效的侦察系统，这套系统让爱荷华的前景更美好、更光明——或者，我们喜欢这样认为——或者，我们有时劝他们要不惜一切代价，避免出现爱荷华"工厂"现象，当然，这只能让这个地方更诱人。"他们思想深刻。"贝尔这样评论新一代作家。"他们受理论的影响会使用行话，会用越来越专业化的美学理论。他们开始把重点放在自己的事业上，他们在学生时代就开始发表作品，这和我们当时的情况不一样，我那个年代里，这种做法还比较罕见。他们成了职业作家，不像我当学生那会儿的作家，新一代作家群体追求新潮、反传统。我们这里容不下小地方来的粗鄙之人。这是我们的损失，我感觉。""一天下午，我在大厅里和万斯·布杰利边走边聊。"乔·霍尔德曼回忆道，他是1973年进工作坊学习的。"万斯刚读过我的小说《战争年》。他问我，班上是否有学生老兵，我说，据我所知没有。

'他们打算怎么写第一本小说？'他又问。'写研究生院？'"那时和现在一样，大家已然能嗅到那些对创作项目持批评态度那批人带有屈尊的蔑视口吻——尤其针对爱荷华，爱荷华可是个招人耳目的靶子——他们生产"工作坊作品"、"家庭式写作"。诗人艾伦·泰特当时在普林斯顿大学主持创作项目，他抱怨说，"那些具备学术资格的"作家竭尽全力给那些不是作家的人上课，这些学生将来又给那些不是作家的人上课。年年都能听到这样的议论。当然了，这些人的基本假设是，作家是天生的，是教不出来的，美学硕士学位不值钱，是骗局，是学术界的庞式骗局。马克·麦格尔在他那本内容详实、时而显得很高深的专著《项目时代》(*The Program Era*)这样写道，"年轻人产生创作欲后——传说里的人物——，就开始想当然地索要申请材料。"（麦格尔本人这样强调说）麦格尔认为，问题就在于这与传统作家观之间的冲突：作家的浪漫理想靠灵感、内在动力、不屈不挠的意志，还要与缪斯耳鬓厮磨，反对资产阶级规范，但这些未来的作家还要申请写作项目。不过，我们已经申请了。知道是怎么申请的吗！我们填好申请表，粘上信封，贴上邮票，把信发出去。如果我们因怀疑这是否是渴望当作家的年轻人应该做的事而感到一丝不安，我们很快让这种感觉消灭在萌芽状态。我们到底该怎么做？受艺术折磨的作家所渴望的浪漫理想却因为他们的机遇受到威胁而变得复杂。

⚜

简·安妮·菲利普斯：我不太记得第一次听说爱荷华是什么时候了。西弗吉尼亚大学唯一的"创作课"老师让我考虑申请俄亥俄州保龄球绿地地区的写作项目。但这想法在当时看来似乎很疯狂。我只想毕了业，到处旅行。

我去了加州，然后和狗狗萨莎去了博尔德，萨莎长着一双金色眼睛，粉色鼻子。萨沙跟我到处旅行已有12年，包括去爱荷华上学（这是后来的事），我上课时她去河里游泳。我从英语－哲学楼出来，她会在那里等我。

我去博尔德最初是因为诗人比尔·马修斯的一句话，我是在西弗吉尼亚大学碰到他的，他告我说，科罗拉多大学开始授予美学硕士学位了。这项目后来未能实现。我就留在博尔德当服务生，在打工期间写作。我记得，在那洛巴学院听完一个作品朗诵会后和格雷戈里·科索邂逅。创立那洛巴学院的是纽约诗人和垮掉派作家们，他们认为爱荷华很无聊、太学术。**科索一定听说了我在申请去爱荷华，因为他用力扭我的鼻子。"别去爱荷华，"他说，"你从爱荷华出来时，鼻子会错位的。"**

我得了单核细胞增多症，回家过了一个冬天，重新休整一下，我申请了几所学校，同时我在一个乡村小学当助理，我申请了米苏拉的蒙大拿大学，是因为理查德·雨果在那儿。蒙大拿大学没录取我。我写了第一个故事《埃尔帕索》（*El Paso*），申请上爱荷华的小说班或诗歌班。我被小说班录取，最初几个月内，我发现小说更有颠覆性，形式上不受那么多限制。

杰弗里·艾布拉姆斯：爱荷华名声在外。我在俄亥俄州迈阿密大学的写作教师总会提到爱荷华，他还在课上借鉴工作坊形式。

我很天真。我当时根本不知道进爱荷华的竞争有多激烈。我读本科那会儿在写作上取得一些成功，所以想当然地认为自己能被录取。我甚至没考虑过申请其他创作班项目。

大学毕业后，我去了爱荷华，去得太早了。我在爱荷华没享受到迈阿密给我的关怀和支持。爱荷华竞争太激烈，我没有那么多创作激情了。工作坊的风格以猛烈攻击为主，这让我难以忍受。我还没那么多自信，不能对所有不良行为和姿态一笑了之。此外，很多学员都见过世面。他们在和老师交往以及开晚会方面技高一筹。他们会选对书籍阅读，而且讨论时很对路。年长的学员和二年级学生的思维非常活跃，这让我备受打击。我还能贡献什么？我怎么才能在本科生里出类拔萃？我应该在社会上至少待一年；我应该充分利用在爱荷华的时光。

戈登·门能加：尽管我要从北爱荷华州大学毕业时，我曾写信给在米苏拉任教的理查德·雨果，说我想申请美学硕士学位，我是他的忠实粉丝（当时我在写剧本、故事、诗歌等），但爱荷华是我唯一认真考虑过要去的地方。可是，理查德回信说，不要来米苏拉。"去爱荷华，"他写道，"我讨厌这里的杂种。"于是，我就申请爱荷华的诗歌班和小说班，都被录取了。那时，我相信自己无所不能，不过我跟乔力·格雷厄姆和吉姆·高尔文上过几次诗歌工作坊后，开始集中写小说。

简·安妮·菲利普斯：如果从流派上讲，我在西弗吉尼亚大学跟从温斯顿·富勒"研究"过诗歌，富勒很喜欢罗伯特·布莱和《赤裸诗集》(*Naked Poetry*)里的出色诗人。我在小杂志上发表过几首诗，比如《新文学》(*New Letters*)和《Io》(*Io*)，我的第一本书《甜心》(*Sweethearts*)由一家小出版社——特拉克出版社出版，是我去爱荷华前的那年6月出的。当时，我其实对写诗更感兴趣。我被小说班录取了，还得到一笔助学金，但最初，我计划重新申请进入诗歌班。

我真的一无所知，也不知道该期待什么。我们在西弗吉尼亚大学时只需上交自己写的诗作，这些诗作被油印成紫色副本供课堂讨论，但我们是大课，一共35人，课桌成行排列；没有研讨会的专用桌，不是"工作坊"。我想爱荷华也大致如此。我不在乎这个。我只想写作，不想当服务员。我对学位帮我找到工作不抱任何幻想。这只是一种生活方式，它能让我连续两年从事创作。

不过，我去了爱荷华后，发现自己喜爱小说，段落的力量让人敬畏，给人安全感，还蕴含爆发力。读者始终有意识地阅读页面上的一首诗，但我们读段落时，无需调整自己的预期，也无需武装自己。我们直接吸收文字与观点，把它们变成自己的想法。我们读诗、崇拜诗歌语言。读小说让我们感受到小说的魅力。

桑德拉·希斯内罗丝：一开始，我也想当诗人。我在洛约拉认识一位教诗歌的老师，他在爱荷华时是唐纳德·贾斯蒂斯的学生。他告诉我必须跟爱荷华的唐纳德·贾斯蒂斯学写诗。我觉得这家伙就是我老师，他之所以对我感兴趣，是因为他认为我是优秀作家。我是优秀作家，不过，从某种意义上说，这家伙也帮了自己的忙。我们有了外遇。我当时非常非常年轻，我以为，作家普遍有外遇。你得生活、违反规则、跳钢管舞、有外遇。我不知道怎样成为作家。不过，我的确申请了爱荷华的诗歌班，因为那时别人说什么我就做什么。

安东尼·布科斯基：我1968年左右就听说了爱荷华，那时我还在威斯康星大学苏必利尔分校上本科。工作坊的几个校友——鲍勃·麦克罗伯茨、鲍勃·克罗蒂和杰弗里·克拉克当时被任命在苏必利尔教一两年书。我从他们那里听说了一点儿有关爱荷华的事情，尽管他们从不鼓励我申请爱荷华。唐纳德·贾斯蒂斯当时也在苏必利尔参加为期两周的夏季研讨会，我1974年申请去爱荷华时就知道他在爱荷华工作坊。我打算先走学术路线，拿个英语博士学位，于是就申请南卡罗来纳大学、康奈尔大学、弗吉尼亚大学和路易斯安那州立大学等几个地方。但我一直在写小说，我当时想，既然在写小说，为何不尝试申请爱荷华的美学硕士学位。不知怎的，我到今天还不知道自己怎么如此幸运，居然被工作坊录取了。我记得自己打点行装准备前往爱荷华的几星期前，看着地图，望着地图上那些无限浪漫的地名，我们后来都很熟悉这些地名了：锡达拉皮兹，甚至爱荷华市和爱荷华州的地名，两个词押头韵，同样有吸引力。几年后，我在爱荷华市的西尔斯（Sears）商场为唐纳德·贾斯蒂斯服务，我当时在投诉部门工作。我记得他投诉了有关自行车的事情。看来，即便是诗人，他们有时也要发牢骚。

乔伊·哈乔：我觉得自己是从劳森·稻田那里第一次听说可以去爱荷华读研的，劳森是我的低音弹奏者朋友、爵士乐朋友，还是我导师。西蒙·奥尔蒂斯是国际写作项目中心成员，我不记得他鼓励我申请上那里的研究生院。认真对待创作的学生当中最流行的话是，这是适合你申请的地方。然而，同样有许多人试图劝我别申请。我很纠结，因为我觉得自己和美国中部、和爱荷华没感情，那地方对我没吸引力。我也知道，我受到的诗歌写作训练和爱荷华写作工作坊倡导的诗歌写作风格相反。我受传统影响，对我来说，文字绝对举足轻重，文字可改变天气，回顾过去，展望未来，至少在字面上可以做到这些。

我在新墨西哥州拉斯克鲁塞斯的波尔多·戴尔·索尔出版社出过一本诗集《绝唱》（*The Last Song*）。我已在新墨西哥州和民族文坛拥有一批读者。我知道自己很可能不会被录取。如果我被录取，我已决定去爱荷华，尽管我担心自己带着两个年幼的孩子去爱荷华生活两年会有困难。我只想接受最佳创作班训练。

我也很清楚自己不想要什么。我不想当服务员，而靠我目前的美学学士学位，我只能找到这份工作。我想从事两年创作，得到我需要的指导，探讨诗歌创作和文学领域。我需要创作群体。

我申请了四所学校：跟从蒙大拿大学的理查德·雨果学习、新墨西哥州立大学、亚利桑那大学，还有爱荷华大学。除爱荷华外，我申请到其他学校的奖学金或助教职位。爱荷华什么都没提供。

我不知道申请过程是怎么操作的，不过，后来我听说，有些女生是他们根据照片挑选出来的。考虑到工作坊里许多教授和女生之间的那种掠夺成性的氛围，我并不觉得奇怪。我经常想，他们是否因为喜欢照片上的我才录取了我，而不是喜欢我写的诗，尤其是我写的诗歌的特点和风格。

枕边书

乔伊·哈乔：枕边书？叶芝的《作品选集》（*Collected Works*）；罗伯特·莫斯的《梦者的死亡册》（*The Dreamer's Book of the Dead*）、《博伽梵歌》（*Bhagavad-Gita*）；帕姆·尤斯奇科的《疯狂的爱》（*Crazy Love*）、《你的命运卡》（*Cards of Your Destiny*）、《罗伯特·李的军营》（*Robert Lee Camp*）；《马斯科吉语言辞典》（*Dictionary of the Muscogee Creek Language*）、《火焰的圣女》（*The Virgin of Flames*）、《克里斯·阿巴尼》（*Chris Abani*）等等。

道格·博赛姆：我从小在欣斯代尔长大。高中毕业后，我去克利夫兰的凯斯西保留地大学学物理。几年后，我发现自己更喜欢文学。后来，我转学去了伊利诺伊州盖尔斯堡的诺克斯学院。我发现那里有创作班。任课老师罗宾·梅斯教授非常敏感，善于鼓励学生。我是从他那里得知有爱荷华作家工作坊的。梅斯已在20世纪60年代中期去了那里。我没想过竟会有这样的地方。

我在创作生涯中平生第一次遭受的比较大的打击是，1972年秋我没被工作坊录取。怀着热血青年不可理喻的百倍信心，我决定等到1973年再申请。期间，我在写作，同时在一家冰箱厂的生产线上第二个轮班（下午四点到半夜），这家工厂在前伊利诺伊大草原上占地20英亩。你若需要占地20英亩的楼房，现在可以去租，因为工厂现已空无一人，可供租赁——已空了好多年。

凯瑟琳·甘蒙：我结婚几年后，离开丈夫，那时我又开始写东西，这次写的是小说，有关我经历过的反文化生活。就像我童年写的故事一样，先为人物找到叙述声音，但我整整找寻了一年才找到声音，找到方法，想象我目前的生活，不只是改改人物名字、写现实生活。当时，我和女儿仍住伯克利，和别人合租一栋房，几乎过着嬉皮士生活。记得有一次，别人说我不是真正的嬉皮士，因为我太能读书了——他说，我其实是披头士。这还是我卖掉家中所有书之前的事，卖掉书后"全家"就有地方跳舞，有地方喝酒。还有人说，我们这批人不算真正的嬉皮士，因为我们太能喝了。我们当然不是那种滴酒不沾的嬉皮士。

我和女儿过着这样的嬉皮士生活，几年后，我们定居在俄亥俄州的黄温泉市。我在那里做两份兼职，在安提亚克当秘书，还兼职做酒保，我写完了小说初稿，都是手写的。周末，我在办公室打字机上输入初稿，边打字边修改，这期间，我不停地喝酒、参加聚会、谈恋爱、失恋。我的生活有点儿精神分裂症的特点。我当时到了这么一种状态，需要摆脱这些反文化的东西，我想，上研究生院会达到这个目的。我在加州大学圣克鲁斯分校期间，一直对"意识的历史"班感兴趣，我想过申请去那里学习。大约同一时间，我从一本华而不实的反文化杂志上读到盖尔·戈德温写的文章——《那些日子》(*In These Times*)，那本书和爱荷华有联系。她在文中写道，工作坊学员大多都是越战老兵和离婚妇女，他们都是30岁左右，拖家带口。我读完文章后为之一振，有个声音对我说，这就是我要做的。我当时29岁，结过婚，有个女儿。对我来说，那篇文章里描写的生活比较有可能实现。

仅一个月前，在圣诞节期间，我从办公室借了打字机，重新输入小说修改稿。就这样，我的老板得知我对创作感兴趣，他后来递给我那本介绍工作坊的杂志。

我就申请了爱荷华。我还申请了圣克鲁兹，想看看结果怎样。坦率地说，我以为会被圣克鲁兹录取，不会被爱荷华录取。但圣克鲁兹没录取我，爱荷华反而录取了我；我想，这是老天的安排。

唐·华莱士：我从圣克鲁兹毕业，获得用英语创作同性恋小说的学位，获过短篇小说奖，小说选篇发表在《采石场》(*Quarry*)杂志上。后者邀请我参加隆重的文艺晚餐，这是我第一次去这样的场合。几周后，女主人敲响了我那摇摇欲坠的维多利亚风格的大门，让我做她情人。她年龄比我大，是半吊子沙龙女主人。有人提示我说，她的长期伴侣刚抛弃她，去了爱荷华，她这个伴侣上本科时就在《纽约客》发表了作品。（不，亲爱的读者，她没在我这里享受同样的待遇——她甩了我，我怀疑是因为审美分歧，她发现我最近写的故事里没写她。）

爱荷华和研究生院并不是我的目标。我还没注意到，和我一样爱好写作的好朋友去那里了。我花了一年时间搞创作、培育花园，在我那维多利亚式的客厅里唱摇滚。有几个月，我坐通勤车去建筑工地上班，在泥坡莫豆田建一个可移动的家庭公园。这工作结束后，我没通过考试，别人都把我叫作在《纽约客》上发表作品的那家伙的替身情人，我就去圣克鲁兹县当了3A夜间紧急调度员。我和卡车司机、救护医师，还有警察通过无线电通话，引导他们前往事故现场，处理汽车造成的各种灾难，我成了可自行操作的电波里的声音，美其名曰，"处理紧急事件的警长"，九个月来，我独自守着一部有20个键的电话。没人来电时，我就睡在小床上，白天，我在办公桌前写短篇小说，是有关一个作家的故事，写他如何预见自己不可避免地被女人抛弃，那女人的旧情人在《纽约客》上发表过作品。

枕边书

丹尼斯·马西斯：有大量廉价外国文学平装本，都是企鹅出版的译作，川端康成、三岛由纪夫、君特·格拉斯、雷纳尔多·阿里纳斯……只要不是写新英格兰有钱人为离婚焦虑的作品就可以。（具有讽刺意味的是，厄普代克写的东西很吸引我，但我眯起眼睛，假装厄普代克写的是南部的伊利诺伊州，不是马萨诸塞州。）一次，我问布拉德利的导师要书单，他不情愿地给了我一份很变态的书单，其中包括《项狄传》(*Tristram Shandy*)、罗伯特·穆其尔的《没有个性的人》(*Die Mann Ohne Eigenshaften*，我只认识这几个德语词)，拉美作家如博尔赫斯和科塔萨尔的作品《跳房子》(*Hopscotch*)，还有几本我当时在读的书，很无聊的。他说，"你不必读这些东西，你只需知道这些书的封面就足够了。"具有讽刺意味的是，这居然为我赢得研究生入学考试的创纪录成绩。

丹尼斯·马西斯：我从小在皮奥里亚长大，在布拉德利大学获得学士学位。我很幸运，在布拉德利大学遇到导师乔治·钱伯斯，他是诗人，有些疯狂，还是实验小说家，他在波士顿师从罗伯特·洛厄尔，后来去爱荷华教书，当时的工作坊主任是乔治·斯塔巴克。他鼓励我说，如果我想创作，就要拿美学硕士学位，不过他警告我说，爱荷华是个大工厂。他瞧不上爱荷华鼓吹的传统教学模式，尽管他是波士顿名门出身，他也看不上东海岸流行的自尊自大。我申请上研究生院时，爱荷华是我的第三选择。我被纽约城市学院录取。安东尼·伯吉斯在那里任教，他们出版小报式的文学杂志。我特喜欢这杂志，但对一个从皮奥里亚来的孩子来说，纽约市很不现实。伊利诺伊大学芝加哥分校也录取了我。那里（应该的）的创作班有个很新的项目。爱荷华录取了我，给了我研究助理职位，但我选了伊利诺伊大学芝加哥分校的助教职位——这是重大失误。那项目糟透了，后来我退学了。我在工厂干了几年后重新申请去爱荷华。

我第一次申请去爱荷华时（我查看档案时发现的；有人发现，你只要提出要求，就能查自己的档案，这在开学第一周算是廉价的娱乐活动），有个评委（可能是汤姆·博伊尔）认为我是"天才"，他在评分表上这样写，"给他张足球赛季门票，再赠他辆汽车——给什么都行！只要他能来！"不过，杰克·莱格特被我的写作样本激怒，其他读者马上加入辩论，足足写了四页单倍行距的评论文章，才勉强让杰克放弃其立场，我得到助教职位。我第一年没同意去爱荷华，那会儿根本不知道申请经济资助有多困难。我第二次申请爱荷华时被录取了，但这次没得到任何助学金。我还是去了。我先前在电影实验室工作时有点儿积蓄。在爱荷华期间，我一度靠救济粮票过日子。

乔·霍尔德曼：我申请时不是很了解爱荷华，只通过一两篇杂志文章知道这地方。我写的第一部小说《战争年》被录用后，开始专职从事创作，妻子盖伊和我有个交易：我搞两年创作，她在学校教学。如果两年后我的收入不够我俩生活，我们会重新考虑。

不过，我们后来才知道她的校长竟是个疯子。她无法在那里工作。我们刚从墨西哥回来时发现，我们可以靠我写的科幻短篇小说过上比较舒适的生活，小说就更不用说了。那时，《战争年》刚刚出版，《纽约时报书评》出了整页评论，这本书受到好评。于是，我给爱荷华寄去这本书和书评，还简单介绍了我的计划：如果他们提供助学金，我就可以去爱荷华；否则，我会去墨西哥。我没申请其他任何学校。他们录取了我，给了我"助教"职位——只收三个学期的学费，然后全职教一学期的课。

唐·华莱士：一天，我在圣克鲁兹书店的书架边遇到一个作家朋友，他告诉我说，我的其他作家朋友全都申请了作家班。**有人告诉我，圣克鲁兹的作家应申请去米苏拉，因为爱荷华和东海岸都挺牛。**我申请了爱荷华，因为既然所有真正热门的圣克鲁兹作家都申请了米苏拉，我们可能会雷同。还有——这一点更关键——我当时因为失恋近乎自杀，极度抑郁，加上整夜处理汽车事故，和那些把自己锁在车外的酒鬼们周旋，这些让我更郁闷，但即使如此，我觉得自己已做好准备，在文学系好好吃苦。

我所有朋友当中，有的被录取了，有的没被录取。我假装不知道。6月下旬的一天，我收到薄薄的一封信，我被录取了。我赤脚站在不那么现代化的圣克鲁兹市的滚烫的人行道上，第一次最后环顾了四周：我眼里的圣洛伦索河，我那40平方英尺菜园，我那雅致的浅棕色维多利亚式房子——还有住我隔壁的新女友。我知道，我要离开某种意义上的伊甸园，走向更冷酷、艰难的未知地，但突然间我又无法迅速离开这个伊甸园。

格伦·谢弗：我在前面说过，我在加州大学欧文分校上本科时修过奥克利·霍尔教的写作课，爱荷华让我魂牵梦绕。我当时就是这种想法，似乎爱荷华的美学硕士学位能让你有出路，但转念一想，我的出路还会比拿到美学硕士学位更好。我决定拿个文学批评博士学位。我当时认为（我以为是我第一个发现这个想法）自己会得到在英语系教文学的终身职位，可以在周末写小说。我的意思是，这样做能有多难？

我被布朗大学和加州大学欧文分校的博士项目录取了。我没那么多钱上布朗大学,只好留在欧文,这是个天大的错误。1974年春我毕业,第二年秋天,我开始读研,这期间发生了些变化。人文学科全被解构了!一切有根基的内容如今几乎化为灰烬,就在前欧文农场发生的事。我拿到学士学位后,是个彻底的新批评家。我们细读很多主要作品,主要是诗歌,搜寻三个技巧的使用情况:隐喻、讽刺和悖论。你会在诗中发现悖论,接着你明白自己的确读过这首诗。但是,我开始读研那时已经没有克林斯·布鲁克斯的市场了。我们不再读任何主要作品。我们不再读书,因为我们读的东西都那么新鲜。雅克·德里达在他巴黎的卧室里生产理论,几天后,这些理论就会落在耶鲁大学的J.希利斯·米勒的手中,接着会你传我,我传你,这些理论油印后传到加州大学欧文分校,欧文是新兴理论帝国的最外围,然后,这些内容会被分发到我们手里,我们会欣喜若狂,像未驯化的爱尔兰僧侣注定是文字的最后守护神,即将被挪威人或退化的新批评家杀害。因此,我们不得不读那些散发着油印溶剂气味的脏兮兮的初印本,我们几乎看不懂那些内容。文学批评理论家们高高在上:我们在研究哲学,这可与启蒙时代以来所做的研究同等重要。让小说见鬼去吧。

马文·贝尔:我不认为以社会政治为核心的文学理论爆炸彻底让作家失去重心。严肃作家早已明白,语言并不纯净,语言有时间感,有主观性和相对性。这是常识。多数情况下,理论授权给文学评论家,让他们自视比较重要,而且最后变得非常时髦。那些不懂摇滚乐的教授如今可滔滔不绝地谈论怎么跳摇滚。一些诗人还写了能博得他们好感的诗。

我记得英语系一位同事说,他需要为新书找个主题,但他很难找到能让读者做出阐释的诗人。这句话的含义是,诗歌与批评之间有不可逾越的鸿沟。

当今世界以脱节的方式运转着:一个互联网页上的10项内容、非线性的电影时间、有线电视新闻屏幕上的滚动条和工具条、体育新闻节目中间夹杂的喋喋不休的"评论员"声音、衬衫上的广告。生活缺乏连续性，就像剪辑照片时镜头突然过渡后的效果。

事实上，我们看世界像万花筒一样千变万化，这种现象促使我创造出一种新形式的诗歌，叫作"死者诗歌"（dead man poems）。"死者诗歌"一句句向你走来。句子有弹性，可有多角度联系。例如，第15行可能和第14行没有直接联系，但与第3行或第12行和第20行有联系。仅仅使用脱节及语法中的突然中断等技巧是头脑简单的做法，不会有多少意义。万花筒不是脱节的。万花筒有组装、拆卸和重组的作用。

谁还需要定义"美"？下面是E.E.卡明斯的诗：

有关艺术话题
何必劳神思考

你我各有所爱
我只喜欢一派

普通人的幸福感
和我的不无两样
漂亮女孩不穿衣
胜过千万尊雕塑

格伦·谢弗：我讨厌解构主义。这种突变版本没经受住时间考验。解构有什么内容？是文学知识吗？解构不是方法，不是学科，也不是美学理论。我很快得出结论：让我离开这里！我去找奥克利·霍尔，他曾告诫我别读博士。"我知道你受不了。"他告诉我。

我可以忍受的却是我上本科时写的故事,奥克利也特喜欢这个故事——《踢腿》(*Kicks*),故事讲述了一个青少年的内衣恋物癖。但我需要写出更多作品申请上爱荷华,我花了整个圣诞假期,炮制出几篇故事,把这些故事和《踢腿》一起寄给爱荷华——甚至到今天为止,就证明我有能力而言,这是发生在我身上最重要的事情了——我被录取了。我告诉第一任妻子黛比,"我要当腰缠万贯的名小说家!"

⚜

当时的爱荷华享有很高声誉,至少对我们当中过于乐观或耽于幻想的人而言,他们会想当然地认为爱荷华的美学硕士与在文学界名利双收之间有直接因果关系,这样想也许有点儿太简单了。几乎从爱荷华成立全美第一家创作班以来——不过,可能不是世界第一,因为莫斯科的高尔基研究所可能比爱荷华早成立几年,还有,基里巴斯诗人以领先几个世纪雄踞第一——爱荷华才开始批量生产一系列重要作家。就在这里,弗兰纳里·奥康纳动笔写了《智血》(*Wise Blood*)、菲利普·罗斯写了《放任》(*Letting Go*),华莱士·斯特格纳、保罗·恩格尔、罗伯特·布莱、马文·贝尔、奥克利·霍尔、比尔·迪基、约翰·加德纳、约翰·欧文,还有许多作家都从这里起步。约翰·契弗、库尔特·冯内古特、罗伯特·潘·沃伦、罗伯特·洛厄尔、约翰·贝里曼、斯坦利·埃尔金等文学界的任何重要作家前来任教,或至少来举办过作品朗诵会,要么来参加过晚会。我们都这样想,也许与这里相关的任何事情都有可能影响我们。

有关爱荷华作家工作坊的起源和发展的著述已有很多。工作坊自己的网站对其历史的总结写得很好。任何有兴趣了解这方面的读者,当然该去看看斯蒂芬·威尔伯斯写的《爱荷华作家工作坊》(*The*

Iowa Writers' Workshop），该书写了20世纪70年代中期以来的工作坊历史，内容很全面。

作诗课也叫"写诗"，于1897年春季学期在爱荷华首次开设。这做法在当时还不算特别激进；美国各地几所大学也开设类似课程。当时的学术界普遍认为，学生可能会受益于自己国家的文学，他们至少会时不时地读些自己国家的文学作品。当时，学校鼓励文学专业的学生阅读主要文本，不仅仅读对这些文本的评论。当年，学校甚至还鼓励学生认真对待作家对自己作品的评价，还要仔细思考这些评论！更令人难以置信的是，年轻绅士——一个世纪前，总是年轻绅士——时不时地应邀前来涂鸦，自己写首诗，因为在那个因循守旧的时代，一些学院派人士认为，人们可以通过尝试写作，学到对诗歌或小说创作有用的知识。当然，那个时代的人们还想当然地认为，凡是精神正常的年轻绅士，都不会在完成课上要求的诗歌创作之外坚持写诗。

到1922年，爱荷华的研究生院宣布，所有创作——包括诗歌或小说或"艺术作品"，或包括音乐和艺术在内的表演节目——均可作为申请更高学位的资料提交。不过，1925年前，没人敢这样尝试，那年，音乐系这样做了。

1929年，北卡罗来纳大学英语教授诺曼·福斯特（发音"firster"）在英语系会上建议，硕士学位论文可以是一组诗，或其他形式的创作。北卡罗来纳州还无法决定这是否可行，福斯特接到爱荷华大学的邀请，前往爱荷华大学文学院做负责人，他们当时已开始采纳他的建议。

正如D. G. 迈尔斯在颇有洞见的介绍工作坊运动的论著《大师的教导》（*The Elephants Teach*）所说，**福斯特认为，文学界学者已"脱离文学创作；结果导致诗人（以及诗人的观点）被排除在学术研究范围外"**。福斯特主张在学术界推广创作，他希望推动各类文学研究。他认为，文学创作是文学批评的天然盟友。这是美丽的梦想：福

斯特是不可救药的浪漫派。

有了福斯特领导文学院，加上他不断敦促，而且多亏爱荷华大学已营造出接纳这一理念的氛围，爱荷华大学开始创建一个结构清晰的项目，给写出作品的学生授予研究生学位，构建固定的师资队伍，引进来访作家，赞助开展作家朗诵会，总之，这发展成我们今天所知的创作班，又名爱荷华作家工作坊。

英语专业的第一个硕士学位于1931年授予了学位论文是作品的一位学生。第二年，又给五位这样的学生颁发了硕士学位，其中有华莱士·斯特格纳和保罗·恩格尔，恩格尔的诗集《破旧的地球》（*Worn Earth*）为他赢得耶鲁大学年轻诗人奖。1936年，工作坊作为一个正式实体，在威尔伯·施拉姆的负责下开办，施拉姆的主任职位一直做到1941年，后来由保罗·恩格尔接任。

这一切让人想知道：为什么选爱荷华这个地方？据诗人罗伯特·布莱（1954年至1956年在爱荷华作家工作坊学习）说，"我们第一家作家工作坊居然会在爱荷华州中部成立，这是发生在美国的一桩怪事。"

但是，这很怪吗？我们难道不能这样问：为什么不能在爱荷华建工作坊呢？尽管人们都相信这个浪漫的概念，即作家喜欢孤军奋战，但作家似乎渴望社会，渴望与开诚布公、思想包容的同事交流，同事们会警告你说，你要让大家读烂东西，会让自己很难堪。作家也渴望有读者，因为否则的话，写作有什么意义？作家工作坊首先是个即时性社区中心。

这样的机构没有首先在文学中心的纽约市（或者我们从小就接受这样的教育，认为纽约就是文学中心）扎根，这看起来也许有些奇怪。但是，也许正是这个原因，曼哈顿才没有培育出第一个设立创作班的作家工作坊。纽约要培育作家的教室有什么用？纽约已有作家聚集的各类场所：咖啡馆、沙龙、读书会，还有各种晚会，在晚会上作家能得到即时反馈，可以一醉方休，可以泡妞（如果一切顺利的话）。纽约是大西洋和巴黎之间相对距离较近的一站，在纽约，你可以享受到同等待遇，只是场景换了一下，那里还有美食和葡萄酒。**事实上，爱荷华作家工作坊发展的活力有一部分因为其局外人身份，即，其地点不在纽约市附近。**正如威尔伯斯所写，地域主义"是爱荷华大学工作坊发展过程中的重大文学影响因素"。威尔伯斯所说的"地域主义"指的是20世纪早期的文学运动，这种运动鼓励作家摆脱东部主导文化的影响，转向他们的成长环境寻求素材。

地域主义占主导地位的同时，爱荷华市还成立了许多作家俱乐部，旨在促进"文学文化"，这些俱乐部举办的活动包括公众演讲、辩论，还有公开攻击别人——现在人们还这样做吗？——还有写作。这还是在大家普遍认为素养对社会有益的时代，俱乐部不仅吸引了社区成员，还吸引了学生，他们可以为自己的作品寻找有思辨力的读者。许多大学教师也参加了这些俱乐部活动，大学与社区之间进行了"对话"，俱乐部充当的是早期实验室，今天我们所知的作家工作坊正是这样演变而来：我们就以下内容举行圆桌讨论，比如讨论作家作品、邀请作家来访、举办朗诵会，开办文学杂志。

爱荷华有着全球最肥沃的土壤，这不妨碍什么。爱荷华遍布富有的家庭农场，这些农场主也许只是第二或第三代欧洲移民，他们恪守启蒙运动的核心价值观。他们看重勤俭节约的传统，也重视教育，不过他们可能没空阅读，因为他们得完成诸如挤奶、种植以及修篱笆等农活儿，想想看，他们的孩子要去上大学，要过上更好的生活！他们乐于缴纳税款，资助政府建造那里最优秀的公立大学之一，爱荷华大学。他们也乐意支付这些税款，因为诸如辛勤工作、诚实守信、社区意识以及普及教育这些价值观在当时都很重要。那个年代还不像现在这么流行愚蠢呆滞；那时，呆滞就是，嗯……呆滞。

随着工作坊的蓬勃发展，福斯特成立某种评论家和作家可和睦共处的学术乌托邦的愿望却落空了。D. G. 迈尔斯的书名有来历，它指的是弗拉基米尔·纳博科夫被任命为工作坊的文学教师时哈佛大学语言学家雅各布森所说的一句话。"下一步我们做什么？"罗曼·雅各布森问。"我们是不是要请大象教动物学？"

雅各布森的问题突显出两个问题，这两个问题引发了针对作家与作家工作坊的一场争论，这争论自古有之。一个问题已旷日持久，它纠缠不休、惹人生厌、无法解决，而且也许无法回答，即，创作是否可以教会（第四章里详述）。雅各布森似乎持这种观点，创作无法教会，至少不会被作家教会。另一问题涉及许多学者对一些作家所持的怀疑态度，如果不是彻底不屑的话。大多数任教作家没受过正规的基础学术训练，至少在哈佛大学把纳博科夫当演员那时是这样的。他们没有博士学位。其中好多最优秀的作家甚至没上过大学！他们不读理论。换句话说，他们不是圈里人。即使那些有美学硕士学位的作家后来也遭到质疑，因为那不是真正的学位。

这个分歧也反映了更深层的相对世界观。迈尔斯总结得很好，他认为这是分析文学文本的两种不同方式。一种观点是，文本由诸如历史学、经济学、无意识、性别以及种族等客观力量主导，这些都由学术界来阐释。另一种观点是，文本由个别思想所创建。"两者之间的区别是，作家必须做到灵活：有能力保持客观、能转移注意力、能想象出更多的可能性——而学者则掌握一种统筹安排的能力。"

到20世纪70年代中期，随着解构主义和批判理论家们的宣战，这些矛盾逐渐升级。1968年，法国作家罗兰·巴特宣布作者死了。接着，雅克·德里达、米歇尔·福柯、前纳粹分子保尔·德·曼写的不堪卒读的宣言，开始在大西洋这边英语系的原始传真机上，通过一卷卷发热的传真纸印出来，大家狂热地争相传阅，不肯落伍。如果作者这一概念已经死了，那作者说的话就没有固定含义了！如果文本没有固定含义，那就没有哪种分析方法可以算作权威！如果没有一种分析方法可算作权威，那批评就是一种想象行为！突然间，真正有意义的行为就是文学批评！批评家才真正有创意：他们没有被追求意义的过时理想所蒙蔽！作家过时了！

旧真理摇摇欲坠时，全国各地的作家工作坊开始迅速增长，这并非巧合。写作工作坊成为相信文学有价值、并喜欢读文学作品的这批人的最后堡垒。他们有时甚至搞创作。

同时，出版业正发生巨变。我们申请工作坊时想当然地认为，我们把自己的命运和一个相当于产业的文化机构捆绑在一起，在这个机构里，编辑在几年内培养出人才，有潜力的作家出版的作品由销量一般发展到受评论界好评，并成为有一定经济实力的作家。我们看着20世纪50年代的电影场景长大，那里面上演的是斯文传统式的创作讨论会，在阿尔冈金宾馆享用三巡马提尼酒的豪华商务午餐，或是这样一个场景：出版社的总管们乘5点20分的俱乐部专车返回威彻斯特，路上边品鸡尾酒，边欣赏手稿。不过，假如过去的生活方式的确如此，等我们到爱荷华后，它早已淹没在杜松子酒里了，或已进入历史的垃圾堆。那些声称真正喜欢文学、上了年纪的编辑们，已被促销专家所代替，他们实行的是一个崭新的商业模式，要么流行，要么淘汰，因为由金融工程师经营的跨国公司不断在收购一个又一个有名气的小出版社，还要求这些出版社付给它们百分之二十的利润，作为投资回报。

曾发表短篇小说并且稿酬颇丰的杂志，要么主张缩短小说篇幅，要么是有的杂志完全停业。《星期六晚邮报》（*The Saturday Evening Post*）和《柯莱尔斯》（*Colliers*）杂志曾一度青睐诸如厄尼斯特·海明威、薇拉·凯瑟、J.D.塞林格以及库尔特·冯内古特这些作家，但到了我们这一代,这些杂志早已停办。几十年来,杂志按字数支付短篇小说的少量稿酬从没涨过,而生活开销却在稳步上升。想当年,作家可以蜗居在一个没有热水的格林尼治村的公寓房间里,一边构思"美国小说巨著",一边靠炮制几个短篇、投给某个周刊杂志来维持生计,如今这些都成为充满惆怅的回忆。

在缺乏任何援助的情况下,类似爱荷华的工作坊就成为有发展前途的青年作家的避难所。当然,一旦作家开始教其他作家写作,并拿工资,运动就开始变味。从1936年正式成立爱荷华作家工作坊开始,一直到20世纪70年代中期(我们是20世纪70年代中期申请去爱荷华学创作的),这段时期内只有十二个左右的项目授予创作方向的美学硕士学位,其中许多项目由爱荷华校友发起,他们还组建了教师队伍。一共有79位学员获得本科学位或博士学位。在写这篇文章时,已有153个美学硕士项目,加上正在创建的,有接近八百个项目。

创作班日益普及,这似乎只加剧了学术界与"创作人士"之间由来已久的矛盾。尽管福斯特为我们展望了宏伟的未来,希望批评家与作家能和睦相处,共同促进文学事业的发展,但等20世纪70年代中期我们到了爱荷华市时,两者间的分歧比以往更大了。1966年,文学界发生了一次大地震,"小屋与山坡之间的战役",最后以保罗·恩格尔结束他25年的主任任期而告终,大地震的余震仍波及了工作坊。"小屋"指的是工作坊临时用的教室,位于爱荷华河边的匡塞特小屋;"山坡"指的是小山上的英语系办公室,位于校园中心。不过,震动与批评理论无关;那只是比较激烈的学术内讧,没什么新鲜的。有些东西永远不会改变。

1941年,威尔伯·施拉姆下台,保罗·恩格尔接任。恩格尔思维活跃,雄心勃勃,最重要的是,他在筹资方面做得有声有色,远近闻名。在他的领导下,工作坊规模逐渐壮大,也声名鹊起。不过,到了1965年,据恩格尔自己说,他已准备淡出自己的主任角色,这样他可以全力以赴地完成自己的写书计划。恩格尔外出忙于《诗歌：世界的声音》(*Poetry: The World's Voice*)的电影项目时，英语系的头儿约翰·格柏选罗伯特·威廉姆斯做了实际执行主任，威廉姆斯刚到工作坊任教。

这下可乱套了。工作坊的另一名教师 R. V. 卡希尔指责格柏，说他试图把工作坊"吞并"到英语系，好控制工作坊——恐怖啊！争论的结果是，卡希尔辞职了，他接受了布朗大学的邀请，最终在布朗大学成立联合写作项目班，现在叫作家与写作计划协会（AWP）。威廉姆斯比较明智，他离开爱荷华，去加州从事创作教学。保罗·恩格尔辞去主任职位，在爱荷华大学里成立了国际写作项目中心新实体。

恩格尔下台后，英语系教授兼小说家尤金·加伯填补空缺，做了一年工作坊主任。1966年，乔治·斯塔巴克成为新主任。

斯塔巴克与恩格尔一样都是诗人——是迄今为止工作坊主任当中的最后一个诗人。他和恩格尔一样获过耶鲁大学年轻诗人奖。和恩格尔一样，他有个诀窍，他请来不同风格的教师来上课，包括特德·贝里根、安塞尔姆·霍楼、理查德·耶茨，还有罗伯特·库弗。"这可能是真的，乔治有志于打破精良小说和学究气的玄学派诗人们的束缚，"加伯回忆道，"他是完全出于自愿放弃主任职位，还是因为阻力太大而放弃，这个我说不好。"

斯塔巴克也喜欢打破其他束缚。恩格尔通过意志力和内部机制诀窍（或者说，他只是通过简单地执行任务），才给作家在学术界找到一席之地，这模式已被反复复制多次，斯塔巴克的诀窍却与"系统"有一对一的沟通。随着越南战争的肆虐，反战运动逐渐白热化，爱荷华大学聘用斯塔巴克，引入了一位有军事/工业情结的最雄辩的批评家。斯塔巴克甚至在参加反战示威的校园活动时和学生一起被捕，当时，学生围攻了学生会。

1969年，斯塔巴克离开爱荷华，去波士顿大学做创作班负责人，约翰（杰克）·赖格特第二年担任代理主任，1971年成为主任。莱格特先前是霍顿·米夫林出版社和哈珀与罗出版社的编辑，写过小说和非虚构作品。他的代表作可能是《罗斯和汤姆：两个美国悲剧》(*Ross and Tom: Two American Tragedies*)，写得非常出色，是两个年轻作家的二合一传记，他们年纪轻轻就功成名就，接着便堕落成菲兹杰拉德式的人物，彻底崩溃。

马文·贝尔回忆说，"斯塔巴克让工作坊保持了个性。""莱格特恪守日益加剧的制度化，这也许不可避免。我们从一个外来者群体，从一个被思路不清的大学容忍的组织，变成一个在小说创作方面受到公认的合法项目。"

不过，学术界和"创作界"仍存在旷日持久的矛盾和仇恨，这让双方都没有意见。马克·麦克尔在《项目时代》中指出，学术性的创作班就是"反制度性的制度化"的例子。**创作班的伙计们从未宣称自己属于学术界，他们乐于生活在悬而未决的矛盾中，享受自己是局外人的感觉，以此改变自己的现状。**当然了，他们从学术界舒适、安逸的环境里，从"内部人"的角度做到了这点。他们身居校园，加深了这种认识，即，学院视自己为欢迎各种有新意的思想家的地方，不管这些人惹人生厌或无事生非。

但等我们到爱荷华市那时，大多数人或多或少地不关注这些了；我们只想当作家。

❧

简·斯迈利：我去了瓦瑟学院，在那里写了我前面提到的小说，有关耶鲁大学学生的悲惨故事，有点儿陀思妥耶夫斯基的风格。毕业后，我和丈夫去欧洲待了一年，我重写了这部小说。接着，我们同时分别申请弗吉尼亚大学和爱荷华大学的研究生院。我用小说的一部分内容同时申请了两所学校的创作班。我丈夫被两所学校的中世纪研究项目录取了。我没被录取。我丈夫来自怀俄明州,于是我们选择了爱荷华,因为爱荷华在80号公路上,我们开车可在一天半内到怀俄明州。

1972年秋,他在爱荷华开始研究中世纪历史。那年冬天,我注册了一门古斯堪的纳维亚语课程,后来申请英语系博士学位。这应该是1973的春季学期。我读博士后,修了门写作课,任课教师斯图尔特·迪贝克当时是教学兼写作的研究员。我1974年进了工作坊,那些年,我给英语系教些文学导读课程,参加工作坊活动,还修了大量中世纪语言课程(古诺尔斯,还有古英语、古爱尔兰语、哥特英语、中古英语和古高地德语)。我拿到美学硕士学位后,得到富布赖特基金的赞助,后来去冰岛学现代冰岛语,同时构思古诺尔斯方面的博士论文题目。

但我很快意识到,尽管我喜欢读古斯堪的纳维亚传奇,也喜欢读艾达斯,但我的未来属于创作,不是中世纪语言。显然,要当一个古诺尔斯方面的专家是找不到工作的。到20世纪70年代,古斯堪的纳维亚语已经流行了几乎一个世纪——研究风格也是语言学方面的,但都在文学界之外,还有各种比语言学更时尚的理论,如果诺姆·乔姆斯基是标准的话。那时,我还不清楚自己的发展方向。我从冰岛回来后,导师(他更喜欢远足,而不是教学)告我说,中世纪方向的学生一个世纪才聘一个,你如果出炉的不是时候,那就倒霉了。我很清楚,我的未来不在古诺尔斯。但我的研究没有白费;我根据这段经历写了《格陵兰人》(*The Greenlanders*)——我在冰岛时听说了位于格陵兰岛南端的中世纪北欧殖民地。

一天,我和导师说,我不想写博士论文了,他说,好,他也不想看我的博士论文。我就问杰克·莱格特是否能交篇创作来代替博士论文，我在冰岛时写了些故事，他同意了。

我和丈夫此前早已分手——他的真爱是马克思主义。他认为，研究生院不够有政治气氛，他去了蒙大拿组织工人活动，我住在爱荷华市，和磨坊饭店的服务员好上了。一个典型的爱荷华城故事：和一个人来，和另一个人离去。

T. C. 博伊尔：我申请爱荷华时似乎不了解这所学校，但我一直在读约翰·加德纳、罗伯特·库弗和雷·卡佛的作品，他们和爱荷华都有联系，我很感兴趣。在我心目中，爱荷华是唯一的创作班。我凭借几个短篇被爱荷华录取，其中包括《溺水》，后来发表了。我为此得到25美元，这太美妙了……你看，用自己的劳动换来25美元？在当时的爱荷华，那笔钱可以买很多啤酒。我记得万斯曾和我们说过他的填表经历，他出版第一部小说后要填表，有一栏要求写职业，他填的是"小说家"。他说，这样写感觉很好。"哦，你是小说家？"有人问。"写小说，还是写非虚构作品？"

罗宾·格林：有一年，我参加了一家杂志社举办的短篇小说大赛。我记得是《小姐》（*Mademoiselle*）或类似的杂志。我没获奖，就是那一刻让我放弃了创作念头。被退稿怎么办，还是不要说了吧！不过，我大学毕业后，凡是和写作相关的工作都吸引我：我在霍顿·米夫林出版社制作部干过一段时间，后来在惊奇漫画公司给斯坦·李做秘书。不过，那是20世纪60年代后期，不久，我去了北加州，开始做首饰行业。

后来，我的大学好友介绍我参加直箭图书出版社的面试，这个出版社从属于《滚石杂志》（*Rolling Stone Magazine*）。那好像是1970年。当时，出版社已经有了秘书，不过出版商说，从简历上看，我会写东西，他就安排我和《滚石》杂志的詹恩·温纳联系，温纳让我写篇介绍惊奇漫画公司的文章。我写了一万字。每字五分钱，下一篇文章的稿酬涨到每字一毛钱。有关惊奇漫画公司的介绍文章是我为《滚石》杂志写的处女作，但这篇稿子一直拖到今年夏天才发表，所以我发表的第一篇文章是写丹尼斯·霍珀的，他当时疯狂得不可理喻，毒瘾很大，住在新墨西哥州陶斯附近，是梅伯尔·道奇·卢汉和D. H.劳伦斯的故居。文章的内容很荒诞，写得很好。

就这样，我开始从事新闻写作。我从未刻意追求过这个，不过我确实把自己写短篇小说的技能用到写报刊文章上，像讲故事似的。那时正流行"新新闻写作"，我还比较合拍。

过了四五年，我厌倦了写杂志文章。1975年，我身边的人都在吸毒，我很迷茫——很久以前，我就和那个跟我一起去加州的家伙断了来往，我重新开始生活，要从我最后起步的那个地方开始，从我觉得踏实的最后一个地方开始，这就是大学生活和小说创作。

我遇到一些曾在爱荷华待过的人——诗人和信托出资者——爱荷华听起来像天堂一般。你只需阅读、写作。我就申请了爱荷华，我请约翰·霍克斯为我写推荐信。我听说亚伦·格金纳斯不想录取我，他觉得我的作品太单薄。他说得对，不过，我还是被录取了。

埃里克·奥尔森：我被工作坊录取，这得感谢艾伦。也许，他认为我写的东西比较厚重。但我最终去了爱荷华市，首先是因为罗伯特·威廉姆斯的帮助，他20世纪60年代毕业于工作坊。威廉姆斯当时在加州一所学校教创作，我妻子在那所学校获教育心理学硕士学位。谢里尔希望休息片刻，不愿总做老鼠走迷宫的实验，就修了几门威廉姆斯教的写作课。她写了几个故事后，觉得创作能让她在做老鼠走迷宫实验时彻底放松，她问威廉姆斯该怎么办。

"去爱荷华。"他告诉她。

"爱荷华"，她那天晚上告诉我说。

"爱荷华在什么鬼地方？"我问她。

谢里尔就申请了爱荷华工作坊，结果被录取了，我们最后在

1973年的一个蒸笼般的8月天来到爱荷华市。我们没车，只好借用我祖父的雪佛莱·艾尔·卡米诺汽车，这车是皮卡，非常好开。车的马力是327V-8，四挡手变速，装有赫斯特变速杆，不管你开多快，都会让你换到一挡。我记得当时的场景，祖父把他心爱的埃尔卡米诺车钥匙递给我，同时把一根没点燃的、湿漉漉的雪茄从他嘴角一端挪到另一端，还告诫我别做蠢事。当然了，他以为我们只要开出街道、转眼不见我就会做傻事，但我们最后一路平安来到爱荷华市，为了省钱，一路上我们除了加油、买汉堡外，都没停车。我们前途未卜。

那时，我还没获学士学位，也没有回学校拿学位的强烈愿望。**我觉得学校和我的生活不相关，也很无聊。我做的第一件事是，在爱荷华图书及办公用品公司找了份工作。这和我的生活不相关，也很无聊，但我喜欢拿到薪水，喜欢周围有书，哪怕我把学生们放乱的书整理好，我也乐意。**但我后来出了次事故，需要做背部手术。我没医疗保险，就去爱荷华大学就读，因为学生有医疗保险。

到那时为止，我断断续续读了八年大学，这期间已拿到足够学分，可以在爱荷华读大四。就这样，我又返校，比这更好的是，可以说，这学校的创作班在全国数一数二。而且，我在一家全国领先的整形外科医院接受了一个手术。

那时，妻子在工作坊学习，我发现作家聚会非常有趣。手术后，我做了很多物理治疗，自怨自艾；我当时希望能通过参加聚会改善心情。艾伦·格甘纳斯当时正好是教学兼创作的研究员，是"TWF"（发音为"twiff"）。TWF们都是工作坊二年级学生——已小有名气——他们给本科生教小说或诗歌创作课。我在爱荷华读大四的最后一个学期，修了艾伦的小说创作课。我写的小说颇令人汗颜，但他鼓励我继续努力，我就申请去工作坊。艾伦的几个同胞TWF表示强烈反对。其中一个这样写的评语，"事件杂乱无章，所用的典故毫不相关，说明性的段落影响到叙述的连续性，而且还跑题"。另一个写道:"小说是事实和想象的汇编,旨在通过复杂描写来糊弄读者,迷惑读者。"我当时没意识到这一点,但我显然是后现代主义作家。

艾伦建议我那年夏天修约翰·欧文给研究生上的小说课,(他们似乎并不关心,谁会上暑期班。)然后再申请一次,也许这次的说明性段落会少一些,叙述的连续性会强一些。我这样做了,约翰喜欢我做的一切,他多少护送我通过了申请。

谢里·克雷默:我对爱荷华一无所知。根本没听说过。是韦尔斯利大学的一位老师让我申请的,她属于能改变你命运的教授。她非常出色,当然她没获终身教职。我一毕业就申请去爱荷华学习。我提交了三页故事,和脚趾有关,就是前面提到的。约翰·欧文显然很喜欢这个故事,我就进来了——至少,我觉得这是他的错。一次,我们几个学生到办公室要求看档案,我记得他的评语在赞成录取我的老师当中算是最激情洋溢的。我当时是工作坊里最年轻的学员。如今,爱荷华工作坊里有很多学员,都是大学一毕业直接去的,但当时这种情况不多见。

明迪·彭妮巴克:我上大学拿了妇女艺术工作室奖学金,但作为女权主义者和叛逆者,我发现由清一色男性组成的油画和绘图教师的性别歧视太严重了。(现在回想起来,我发现他们根本就不发表观点。)我修了戴维·R.麦克唐纳的小说课,他不够友好,但很温柔。麦克唐纳出生在新斯科舍省,师从鼎鼎有名的地域作家华莱士·斯特格纳,他鼓励我开辟相对未被开发的夏威夷文学景观,那是我的故乡。我转到英文系,很幸运的是,奖学金也跟着转来了。

**我申请去爱荷华学习,是因为我崇拜弗兰纳里·奥康纳,还因为我申请哥伦比亚大学后杳无音信,还有呢,就是我母亲在爱荷华大学读大学时怀上了我,她在工作坊修过保罗·恩格尔的课。她同学包括唐纳德·贾斯蒂斯,他俩和我爸爸一起打牌、抽烟、喝酒,当然了,这一切都通过脐带传给了我。

艾伦·格甘纳斯：我想去爱荷华读书的起因是这样的：我当时在读罗伯特·吉鲁为弗兰纳里·奥康纳的故事集写的导论。那本书写得太好了，白封皮上印着那只孔雀。我发现，她1947年6月11日毕业于爱荷华，我的生日恰逢同一天。瞧，就这么巧，是铁一般的事实……这日期不只是我出生的那个星期，还是我出生的那天，很可能就是我呱呱落地的那一刻。我想，这地方属于我。

我在海军服役结束后去了萨拉·劳伦斯学院，也已拿到丹福思奖学金，我读研就有了着落。我也申请去哈佛大学英语系直攻硕士学位。同一天，我还申请了爱荷华的创作班，把我写的一些短篇小说寄给了萨拉·劳伦斯学院的格雷斯·佩利。我真的把自己当作小说家，但我不知道其他人是否也这么认为。我进了哈佛大学。接下来，我在痛苦中又继续等了四周，我收到爱荷华的录取通知那一刻，面临两种选择。有时，我在想，我要没去爱荷华会怎样。

斯图尔特·迪贝克是评阅我们故事的第一读者，我有机会看到他写的评语。我们本不该看第一读者的评论，但我偷看了一眼。他真的在为我说话。这对我很重要，因为我很仰慕他的作品。我的作品只是有天赋的本科生写的故事。我想，我也会录取写这些故事的孩子，但我不确定。这些作品都是我很久以前写的，和我以后写的作品差别很大。我估计，那些句子很有力量，在用词上总有一种争斗感——散文至少有能量！奇弗常说，他掂量一下书稿，就可判断它是否有分量。他说，重要的是，要让每句话充满生命力，表达一种需求，带有一种磁力。总之，就是让不同类型的句子尽可能充满不同类型的能量，然后加强整体的连贯性。

安东尼·布科斯基：至于申请过程是怎么操作的，我不记得自己知道些什么，或者说，我不知道。我也不知道谁读了我上交的书稿。我只知道这点：工作坊秘书非常好，我曾请她帮我查档案，如果允许的话，请她告诉我招生委员会的意见。她把杰克·莱格特写的评语告诉了我——这故事"很优秀，已达到发表水平"。我根本不敢相信这是真的，因为我提交的故事写得不是很好。我怀疑他是否真的读过我提交的故事。或者说，他也许在挖苦我，或者说，他只是同意教学兼创作的研究员的推荐意见，后来我才知道，最先读这些故事的是教学兼创作的研究员。考虑到这些故事写得如此糟糕，莱格特写的评语显得非常滑稽可笑。

埃里克·奥尔森：要是有人了解录取过程是如何操作的，那也是极少数人。我们有多想知道这一点，这个我不确定，就像了解香肠如何做成的一样，知道太多没用。我们被录取了，这才是关键。我成了TWF后，才了解一点儿这过程。TWF首先阅读提交上来的稿件。每份稿件至少发给三个TWF，如果大家在某份稿件上有较大分歧，就增加读者数量。这些意见会送到教师那里，做最终决定。

"旺季"时，工作坊会收到几百份书稿。就我所知，现在的工作坊每年收到八百到一千份稿件，甚至更多。他们必须在短时间内写出评审意见。

我会带摞稿件来到磨坊饭店，坐在小房间，要一大罐啤酒，吸着没过滤的骆驼烟，边喝酒，边读稿子。时不时地，托尼或格伦和我在一起，有时他俩同时和我在一起，我常给他们读优美段落，有时读一段写得很糟糕的内容。有时，某个蓝草乐队的音乐声太高，我就给他们看篇故事。

在酒吧里读稿件、和好友一起读这些故事、把啤酒滴在稿件上、把烟灰撒得到处都是，这样做也许有点儿不负责任；但这样很有趣，和在酒吧里读稿件相比，如果我在公用办公室里正襟危坐，认真研读每个字，我是否能比这样更聚精会神，这个我不敢肯定。

道格·博赛姆：1973年，我对当年申请爱荷华时提交的故事印象不深了。故事标题是《永远的动作》(*Perpetual Motion*)，听上去很遥远，我的记忆一片模糊。我目前留下的唯一副本就在工作坊里，我敢肯定这稿件将来会很珍贵。

我提交的另一篇稿子是第一人称叙述，讲的是私立高中的一个男孩被同学提出性要求的故事。叙述者猜想，是他的高三艺术课作业让他受到了不希望受到的关注，他认为，这项目一定揭示出他的某个性格特征。叙述者销毁了他的艺术作业。要我猜，大概就是这故事让我进了爱荷华。不是因为故事写得好，而是故事主题取胜了。我不太了解筛选过程的细节。我不记得当时是否知道筛选过程。

1972年，我没被录取，这样想象一下没被录取的原因，感觉会很好：原因在于几个无能的TWF，还有，有机会的话，那些思想深邃、生性敏感、驰名全球的写作老师肯定早就发现了我的天赋。不管怎样，我1972年没创造力，1973年可能更缺乏创造力了。我在爱荷华的最后一个学期，真正做秘书工作的是位年轻、漂亮的女人，她说，如果我愿意，我可以看自己的档案。档案都在她的办公室文件柜中。盖尔·戈德温给我1973年提交的故事的评语是这样的，"让他进来"或是类似的话。我想，我就这样过了TWF这关，闯入最后一关。我不知道能通过TWF这一关的申请者的比例是多少。

埃里克·奥尔森：其实，我们希望好好读稿子。让我特高兴的是，我的评阅意见有可能改变青年作家的一生；如果之前你从未有过这种权利，这点儿权利的确会让你十分陶醉。当然，第一读者不会一锤定音。我不确定我们的意见是否有任何参考价值，但我喜欢教师们的做法，他们支持我们，并做出最后的录取决定。我要是用一句话定了某作家的终生，毁灭了某个可怜家伙的梦想，他会对此深恶痛绝。我们收到的每份稿件都附有封面，上面标有不同等级的方框，供我们填写："优秀"、"好"、"可接受，但不突出"、"不值得接受"。每位读者都在方框里写下自己名字的首字母。方框下面是写评语的地方。如果我是第一读者，我知道其他几位TWF和教师将会读到我的评语，所以我尽量写得有深度、有见地。如果别人在我之前读过稿子，那我的评语将针对其他读者的评语做出反馈，对作品给出反馈。这给我带来极大乐趣。

大部分稿件显然不是我们想象中的"工作坊材料"。但也有少数显然是工作坊材料，我记得自己读到好作品时特别兴奋。我们发现自己非常支持这些年轻作家，因为一年前我们的处境也和他们的相同。当然，我们判断好作品都有自己的标准。我喜欢简洁明快的散文，句子大多完整，喜欢读故事，不喜欢矫揉造作、太花哨的文体。我对这类故事不太感冒：写死去的祖父母，东海岸的私立高中背景，要么作品似乎受法国批评理论的影响。我想，我有点儿保守。另外，还因为我来自加州。无疑，我发现某个初露头角的年轻天才时偶尔会竖起大拇指，因为他们思维独特、文笔生动，我无法做出正常判断。但后来我想，教师总能发现天才；毕竟，这是他们的专长。

我们对此已有所耳闻，说工作坊产出的都是文字垃圾，从工作坊出去的作家的工作表现很差，拿不出像样的东西，但我看到的却是风格独特、活力充沛、题材鲜明的作品。还有，这些作品的质量很高。但是，你如果考虑会有多少出类拔萃的作家从爱荷华走出，就得明确一点，尽管这工作看上去头绪很多，但筛选过程必须做好。

枕边书

格日·利普舒尔茨：我住在长岛的房间里，床边大概堆有七座书山，从但丁到有关奥本海默的新书，一应俱全。还有《奥斯卡·王尔德袖珍文集》(*The Portable Oscar Wilde*)，一本庞德的书，一本贾斯珀·福德的书。我还有菲利普·拉金的诗歌选集，何塞·萨拉马戈的《盲目性》(*Blindness*)，还有安妮·迈克尔斯写的这本书，她是诗人，但《逃犯的故事》(*Fugitive Pieces*)是散文集，还有一本我上文学课用的作品选，这书正好翻到，嗯，我们来看看……哦，是邓恩的十四行诗,"连击我的心……"等等。还有弗罗斯特早期发表的诗集,我正好看到有关柴堆的那首诗。

我住雅典时,那些书山的升降可能取决于我在写的论文。最近,书山已经倒塌,里面包括萨利赫的《移居北方的季节》(*Seasons of Migration to the North*)、阿巴尼的《夜之歌》(*Song for Night*)、恩古吉的《一粒麦种》(*Grain of Wheat*)和阿切比的《瓦解》(*Things Fall Apart*),很快,文学批评书籍将取代书房茶几上的书籍(也堆成了书山)。这些书会越堆越高,让我魂牵梦绕,直到我从书中汲取养料,拆除书山,最后,让这些书安然无恙地返回舒适的图书馆书架。

格日·利普舒尔茨:我先前在哥伦比亚大学通识教育学院修了门非虚构写作课程,这期间我产生了读研的想法。我想,是J.R.汉弗莱斯告诉我爱荷华这地方的,不过,他说,我永远也进不去。我信以为真,但我还是申请了,我还记得当时收到通知书的场景。我当时在教学楼的电梯里,我打开信封一看,整个人都跳起来了。电梯也跟着跳动了一下。幸好当时电梯里没人,我走进沉闷的走廊,打开公寓的门,进房间就开始尖叫。

后来,我偷看了档案,里面写着对我作品的意见。这些评语从赞扬到讽刺好坏不等。有句评语是,"这女孩会打字"。其他评语要好得多,大部分评语我都忘了,但最后的评语是这样的,"我把她的名字记下来了,因为我知道,我们会收到她的回复"。

珍妮·菲尔茨:我大四时参加了海外留学项目,去希腊学考古学,帕帕佐普洛斯被推翻、那地方发生骚乱时,我都在场。当晚有宵禁,我朋友因头骨受伤住在医院,可医院要赶他出去;因为伤员需要病房。我是唯一和他有联系的人,我拿着他的护照,他得出示护照继续申请医院床位。我得爬过街道给他取护照。回来的路上,就在我住处前面，坦克士兵看见我后大喊大叫，接着用机枪扫射我墙上的影子。我记忆中的这段经历就像是动作片。我只能把自己当作旁观者，我似乎和自己的身体脱离开来。那是1973年11月。

我打算1974年上研究生院。我在重视教育的家庭里长大。我还没准备好迎接真实的世界。我想，我愿意像我在伊利诺伊大学遇到的那些优秀教授一样教书。我当时在读艾莉森·劳瑞的小说，讲大学教员的故事。当时，教师的生活看上去很了不起。

为申请上研究生，我需要提交作品，我去英语书店买了四本短篇小说集，强迫自己读这些故事，绞尽脑汁想怎么写短篇。这些都是经典作品：卡波特、厄普代克等。接着，整个周末，我把自己反锁在房间，除了读书还是读书，然后开始写作。

我在希腊的经历成了我申请爱荷华时提交作品的素材。我在雅典就写了这篇故事，它成了我的处女作。那个周末，我又写了个故事，我给一个人物取的名字，和我在大学爱过、但后来分手的那人的名字一样。27年后，我们恢复联系，现在他是我丈夫。

我在希腊居住的日子结束了，当时我开始琢磨，哪里是备考GRE的凉爽地方？我选择了巴黎。抚今追昔，我感觉自己当时像小鸟儿一样自由。

我被爱荷华录取后哭了。我来自芝加哥。我在那里长大，在那里上学，我很不情愿离开中西部。我申请去马萨诸塞州，等我收到录取通知书时，我终于要逃离了。但我同时也申请了爱荷华。**我知道，爱荷华工作坊是全国最好的创作班。我被录取后，热泪盈眶。我别无选择……只能前往**。我当时是这种感觉：仍然很留恋中西部。

32条关于写诗的声明

马文·贝尔

(待完成)

1. 每个诗人都是实验家。
2. 学习写作是个简单的过程:读些东西,然后写些东西;读些别的东西,再写些别的东西。在你的写作里,要表现出你读过一些东西。
3. 写作没有固定模式,没有正确的写作模式。
4. 好坏都是东西。没有好东西就没有坏东西。
5. 学习规则,打破规则,制定新规则,打破新规则。
6. 你从和自己风格相似的作品里学到的内容,不如从异于自己风格的作品中学到的东西多。
7. 独创性是由多种影响构成的一个崭新合成体。
8. 试着写些至少能激怒房间里某个人的诗歌。
9. 诗里的"我"不是你,而是一个很了解你的人。
10. 自传会腐烂。生命结束了,但想象力仍存在。
11. 你写诗时,诗也在聆听自己的声音。
12. 从哪里开始写并不重要;作品写完后,是否受到有分量的关注,这才重要。
13. 语言是主观的,也是相对的,但它也重合;接受这点。
14. 每位写自由诗的作家必须再创造自由诗。

15. 散文之所以是散文，是因为它包括很多内容；诗之所以是诗，因为它略去一些内容。
16. 一首短诗不一定很短。
17. 押韵和格律上也可做实验。
18. 诗有内容，但不是严格意义上的内容。一首诗包含一棵树，但未必写树。
19. 写诗只需一些碎线头和床底的灰尘。
20. 从本质上讲，诗意美是不必要的：它定义了条款，但这些条款很快就会失效。
21. 惩罚受教育的人就是有自我意识。若想做到无知，为时已晚。
22. 人们常说的"无法用语言表达……"——这就是诗存在的意义。
23. 一个让老师做功课的人学不到东西。
24. 辞典很美丽；对一些诗人来说，有辞典就够了。
25. 写诗本身就是奖赏，不需领证书。诗和水一样，也在寻找自己的位置。
26. 一首写完的诗也是下首诗的草稿。
27. 诗人看到的是其诗作之间的差异，但读者看到的是相似之处。
28. 诗表现的是更重要的事情。一方面，它是诗！另一方面，它只是诗。
29. 从远处看，诗坛是小山丘。
30. 一个出色的工作坊会不断提示，我们在并肩作战，老师也包括在内。
31. 萧条时代的这个顺口溜也有可能用于形容写诗：物尽其用/直到衣衫褴褛为止/凑合用/或没有它，生活依旧。
32. 艺术是一种生活方式，不是一种职业。

第二部分

社区，创作与"学"文学

第四章

答应所有的要求！

我们申请爱荷华作家工作坊那会儿没互联网，这也许是好事；目前，大家正热议工作坊里什么可以教会、学会、什么不可以，工作坊网站上发表了自己不认同的声明，没有互联网，我们也不用看这声明。如果我们读到工作坊的大部分同意"创作没法教会这一流行的顽固不化观点"的话，我们收到录取通知书时还会心潮澎湃、还会那么憧憬前途无限光明的未来吗？

当然了，我们也会一样为自己高兴，因为我们不会认同这些观点。我们都以为，从爱荷华毕业后，不论怎样我们会是更好的作家。如果坚持追求自己的目标，哪个作家不会以为他们最终会实现自己的目标？还有，我们将享受两年幸福生活，除写作其他什么也不做——哦，我们是这样打算的，但等我们发现爱荷华市有那么多好酒吧后，就不这么想了。之后，我们可以一辈子这样说，"我上过爱荷华。"毫无疑问，纽约市的大牌出版社的大门向我们敞开，甚至会让我们赢得终身教职，在新英格兰某个小规模但很雅致的文科学院教创作，教室里都是聪明绝顶的文科专业学生。

但工作坊宣称自己不认同什么的声明的确提出些耐人寻味的问题：如果可以在工作坊教课，什么可以教，怎样教？都能学到什么？

当然，"流行的顽固不化的观点"指的是1936年爱荷华的第一个工作坊初具规模以来持续存在的那些吹毛求疵的观点。弗兰纳里·奥康纳就是工作坊培养出来的作家（当然是最出色的毕业生之一），她的这种观点远近闻名:"用文字创造生活的能力基本上是天资。你要是天生具备,就可以继续发展;你要是没有天赋,不如抛之脑后。"纳尔逊·阿尔格雷说得更过分,他于1965年在爱荷华任教。他离开爱荷华后,在《芝加哥论坛报》(*Chicago Tribune*)发表了臭名昭著的文章《在低劣作家学院的场地上游戏》(*At Play in the Fields of Hackademe*)。文中,他宣称,工作坊"没产出一篇值得一读的小说、诗歌或短篇小说"。

不过,有人认为,奥康纳的作品值得一读,这似乎很奇怪,阿尔格雷竟不知道,他在爱荷华期间已有许多让人敬佩的获奖诗人和散文家也刚从爱荷华毕业。不过,据说,阿尔格雷在爱荷华市期间每夜都打扑克,损失惨重,这也许让他对爱荷华的热情有所减退。

菲利普·罗斯也曾在爱荷华任教,他没有奥康纳或阿尔格雷那么刻薄,但他的说法不无道理,"工作坊有三个目的:给青年作家提供读者,提供一种社区归属感,以及一个'可接受的'社会类别。"但是,即使罗斯本人也不能认同这点,即,这里有可能教会别人,或让人学会的某些东西,之后的数年里,许多作家陆续抨击能从工作坊学到东西这一观点。

工作坊的反对意见声明,的确承认这一可能性——人们很自然会有这种感觉:还没有说明的是,即使做到最乐观——"天才可以开发出来"的可能性也极小。这种被动建构在多数创作工作坊里都会定义为修辞上的逃避主义,因为这种做法回避了棘手问题,如,"开发"的含义是什么,哪些人在开发,工作坊的教师——最优秀的师资——是否在开发人才过程中发挥了作用。

"但是,为什么很多人质疑创作教学的价值?"约翰·欧文觉得不可思议,他是工作坊毕业生中的知名作家,写过几本多数人认为值得一读的书。"我们不反对大家直接追求学术和/或艺术梦想。我认为,如何教创作,或者创作是否可以教,这问题有些像在浴缸里自慰。谁在乎怎样去自慰？谁在乎是否可以自慰？"

"这问题毫无意义，"马文·贝尔说。"人们花时间争论过一个问题，这问题是理论意义上的，而且永远没有答案，即使有答案，也既没意思，也没意义，这能反映我们的什么观点？真正的作家不考虑这个问题。"

保罗·恩格尔做了25年工作坊主任，可能不得不反复听人们辩论这个话题。"毕竟，"他这样写道，"画家接受教育时不总上艺术学校吗？或者，至少他们要跟从大师吧？"作曲家、雕塑家、建筑师也是如此？为什么作家不可以这样？

但即使有可能找到答案，这也不一定是大家都想得到答案的问题。在学界、商界、科学界、政界，当然还有艺术界，大家一致认为，创新是件好事。美国例外主义神话的基础是，我们天生有很多伟大的想法——一直有、也总会有这些想法。没错儿，有些想法没那么伟大，比如次级贷款、里根经济学、涓滴经济学及其他衍生经济学。不过，重要的是，总体而言，我们特有创意。创造力有魅力，部分原因在于它无法形容的神秘特质。无论多少学习、培训、实践或社交，似乎都无法得到创新的真谛。这得感谢上帝。嗨，如果很容易做到创新，那大家都会这样做。

但是，撇开如何以及是否能教会的问题，工作坊网站上的"可以教会—不能教会"的这个声明的确切中要害：什么是创造力，创造力从何而来，我们如何能获得更多创造力——只要有作家思考，思考就一直在进行。这在工作中似乎自然而然；我们从不敢肯定自己在做什么，或者我们如何做——这是门怪异的艺术——不过，天哪，我们一直寻找一个突破口、一个角度，尤其在面对令人惶恐不安的空白稿纸，并等待能让我们更有成效的一点点灵感的到来，这时就更是如此。

"有关创造力"的书单

乔伊斯·卡罗尔·欧茨的《作家的信念》(*The Faith of a Writer*)、米哈伊·森特米哈伊的《创造力与思想流动》(*Creativity and Flow*)、约翰·加德纳的《论小说家的成长过程》(*On Becoming a Novelist*)、菲利普·罗斯的《随谈录》(*Shop Talk*)、布鲁斯特·盖斯林的《创意写作过程》(*The Creative Process*)、拉尔夫·凯斯的《写作的勇气》(*The Courage to Write*)、《斯蒂芬·金论写作》(*Stephen King On Writing*)、《亨利·米勒论写作》(*Henry Miller On Writing*),爱丽丝·W.弗莱厄蒂的《午夜疾病》(*The Midnight Disease*)(有关写作和抑郁症的,详见后面的内容),托马斯·S.库恩的《科学革命的结构》(*The Structure of Scientific Revolutions*)以及各期《巴黎评论》(*Paris Review*)的作家访谈,还有罗恩·卡尔森的《罗恩·卡尔森如何写故事》(*Ron Carlson Writes a Story*),再加上爱荷华作家工作坊出的几本书,尤其是写工作坊的书,所有这些书多少都提到创意写作过程。其中有四本最出彩:汤姆·格兰姆斯编的《工作坊》;弗兰克·康罗伊编的《第11版修改稿》(*The Eleventh Draft*);斯蒂芬·威尔伯斯写的《爱荷华作家工作坊》;还有罗伯特·达纳编的《作家群体》(*A Community of Writers*)。

大概在三万五千多年前,艺术家就在法国萧维的洞穴中留下画作,这是迄今发现的第一批"创意行为",无疑,这些艺术家努力思考过有创意的人们始终思考的问题,这首先意味着,如果他们不在渴望灵感、祈求获得灵感、试图想出妙招、企图得到可被视为奥瑞纳缪斯的人的承认,他们就不知道下顿饭在哪里。无疑,他们也尽力消

除创作障碍，试图忽略内心不断埋怨某线条处理得不好的声音：这线条是野山羊臀部最重要的线条，真的，你不会真的这样画吧。毫无疑问，当年也有批评家——只要有艺术家，就有批评家——其中一人可能举起火炬审视新作品，洞壁上刷上赭红色和炭黑颜料，这人会若有所思地抓着身上的虱子，一边啃咬现已灭绝的哺乳动物的腿骨，一边提意见，"难道你不认为，那只野牛——我想，你画的是野牛吧——嗯，有点儿模仿他人吗？"

自古以来，哲学家、诗人、梦想家，也许还有几个狂人，一直在思考创意的本质。所有这些思考反复指向一点，即，创造力（不论在艺术、科学、政治、经济，甚至军事方面）是一个过程，它由几个具备显著特征的步骤构成。

撇开工作坊无谓的反对意见声明不说，创意写作过程可以包括实践、打磨、细化，至少可以学习某些方面，也许在社区里学习最有效，因为有人会和他们分享求索征途上奋斗的艰辛与胜利的喜悦。

⚜

杰克·莱格特：我想，你可以修改那个反对意见声明，可以这样说，我们不能保证你在这里的学习生活会十分满意，但你可能会满意这里的生活，而且这样说有根据。

马文·贝尔：生活的秘密在于，如果你坚持认真地做一件事情，你就会越来越擅长。优秀的创作有感染力；只看别人击球，你学不会打棒球。这就是优秀作家兼教师产生的"教学效果"。嗯，这词很有用："教学效果。"

教师会影响学生，不论是通过个人影响，还是通过教学影响。学生在教师的影响下学习。这么多严肃文学作品出自爱荷华作家工作坊校友，是巧合吗？也许没法"教会"，但什么都可以学会。如果缺少榜样，很少能学到东西。**优秀的作家教师在各方面为学员的创作生活提供榜样，其中包括写作技巧、知识、胆量、态度，甚至有时是生活上的榜样**。如果有足够多优秀作家在一起，不论老少，那收获会很大。这是工作坊的精髓：我们密不可分，学生和教师。

安东尼·布科斯基：写作能否教会，为什么这问题困扰创作专业学校？其中的神话是什么？作家需要创作欲，需要坐下（或像托马斯·沃尔夫一样站着）写句子、段落、页面。我相信，这可以教会、学会。假设一个人有一定阅读和写作能力，他可以被教会，去寻找新奇角度，这可能会让他用词有新意，意象会富有想象力。这本身可以自然发展，只要学生（或想成为"有创意"的非学生身份的人）愿意尝试课堂里学到的内容，或尝试运用这些技巧。

米歇尔·赫恩伊凡恩：创造力可以培养——但我认为，最重要的是，创造力必须受到重视。一个人的创意生活必须放在首位，先于社交生活和家庭生活（买菜、做家务、给狗打针等）。有时（但不总是如此），创意必须优先于个人生活。一旦创意跃居首位，其他一切事物都会井然有序，创作生活就成为可能。

我靠一句口头禅开始创作，我从杰出激进女权主义神学家玛丽·戴利那里窃来的，她特想写本书，却发现自己忙于其他事物，根本没在写书，在这种情况下她想出了这句话。她意识到，必须把创意放在首位，其余方面位居其次。她的口头禅（很快变成我的了）是"我必须彻底扭转自己的灵魂"。我大概连续念叨了几个月，最终掌握了要害。我铭记一生。

但也会不断出现很多延误。生活压力很大。我在写第一部和第二部小说期间买了两套房。接着,在写第二部和第三部小说期间,我改建了一处住所,遇见后来成为我丈夫的男人,并最终嫁给他。所有这些都是较大调整。最终,我们在后院建了个漂亮的小棚子,我可以在这里关门写作,这很有必要。

即使这样,我不断轻声告诫自己:我必须彻底扭转灵魂。

约翰·欧文:一位年长、有经验的作家对一位年轻、有才华的作家会有用处。年长作家至少可为年轻作家节省些时间。你不能让(在我看来)青年作家采用你的方法,或者说,你不应尝试这样做;你可以谦虚地解释你的方法,让他们自己发现方法,发现他们与你的方法有何不同。我教写作没有固定方法;当然,作为作家,我在创作上已摸索出了可遵循的过程,但我不希望把自己的方法强加于人。我在爱荷华的学生——如,T. C. 博伊尔、罗恩·汉森和艾伦·格甘纳斯——他们的写作风格都不同,他们也不应该相同。他们从不雷同!每个人写的东西在某方面做得太过;也许这样做,是因为你擅长这方面,但每个人都会在某方面做得太过——即使你在极简主义方面做得太过,也是如此。你在某方面做得太过,到了让人勃然大怒的程度,或者说,你会有这个倾向;你应该知道是哪方面。也许你不该放弃这样做,但至少你该知道,是什么惹恼了别人。(如果你打算激怒别人,你要确保自己刻意这样做。)

科克托过去常说,青年作家应留意批评家的观点——只留意负面评论。因为评论家不喜欢你的地方大概正是你的独创性所在。嗯,有时,这可能有道理——或者说,针对评论家而言有道理。但是,教创作的老师不是、也不应该是批评家;他们应努力帮助你,在你有感觉或喜欢的方面做得更好。

"你以为你很有趣,是吗?"我记得自己和汤姆·博伊尔这样说过。当然,我们后来都笑了,因为汤姆·博伊尔的确很有趣。谁希望他不再有趣？我只想从一个大家有共识的地方提供帮助：好了，你这方面有特长，你做得很好，但如果你在这方面稍微少做一点儿，会不会更好——或者说，如果你坚持丧失理智地去追求这方面的效果，这样可能是最好？

"你真的很喜欢这个人物，是吗？"冯内古特一次这样问我。也许，这句话的意思是，如果你稍微不那么喜欢这个人物，也许我们会更喜欢他，或者说，如果你没那么明显地喜欢这个人物……类似这样的内容。你必须找出作家最擅长的一面；有了这个，你总会开展有建设意义的工作。

我当摔跤教练比我教创作的时间长。我遇到许多年轻运动员，他们永远不会成为冠军；他们不能算是优秀运动员，他们速度不够快，平衡能力不够好，但我仍可以教他们几个动作，我认为，这个对他们有帮助，这些动作可以保护他们（一定程度上）不受更优秀的运动员的攻击。摔跤手不是人人平等；作家也不是。但你可以因材施教。有些书（说得善意一些）比其他书写得更谦恭。不是所有作家都可以胜任所有作品，但如果有人哪怕具备一点点能力，你可以帮他（她）在此基础上进一步改善。

枕边书

约翰·欧文：罗伯特·斯通的《问题带来的乐趣》、T. C. 博伊尔的《野孩子》(*Wild Child*)、迈克·翁达杰的《比利小子选集》(*The Collected Works of Billy the Kid*)、盖尔·戈德温的《未完成的欲望》(*Unfinished Desires*)。

简·安妮·菲利普斯：写作或任何艺术，是一种召唤，不是事

业。凡进入美学硕士班的人，不是去"学习"如何创作，而是拜成功作家为导师，和他相处一段时间，在不到两年的时间内成为文学团体成员，这个团体扶持文学、阅读以及创作尝试的活动。没人可以"教"任何人创作，但有才华的作家可以找到尤为关键的支持和鼓励，并在学院学会修改自己的作品（那是成功的一半）。

人们一般怀疑或敌视艺术家，在这种文化或经济环境中，学院已成为最后的前哨。我认为，美学硕士班越多越好，因为这些硕士班鼓励喜爱文学的读者，这些读者很关注当代文学。许多这样的读者或作家将通过各种渠道继续发表自己的作品；少数作家将出版大量作品。

桑德拉·希斯内罗丝：我对工作坊充满信心。我给工作坊上课。我就是不信任学术工作坊。我信任其他形式的工作坊。我们过去常在社区中心和我家客厅举办工作坊。我们会去咖啡馆举办工作坊，在那里坐两个小时，阅读彼此的作品，没读完前不发言。这就是我们能为彼此做的事情。

作为作家，我们需要独自创作。但我喜欢用一个隐喻来形容创作，创作好比给自己理发，你自己只能剪那么多，你需要有人帮你剪后面的头发。我们在工作坊就做这个；我们负责为彼此剪后面的头发。这样，你的发型在外人看来就没那么糟，就不会有人说，天哪，你从哪儿整出这么难看的发型？但是，你得和你能信任的人在一起。相信我，如果你不信任这些人——我在爱荷华时就是这样——你能成长吗？

马文·贝尔："教"的方法有很多。我要培养天才。我培养天才，不一定给天才们上课。我需要用柔术。掌握柔术，需知道如何营造动力，知道何时隐退。我承认，我的诗歌创作教学方法有颠覆性。艺术天才的要素是，要聆听心声。写诗是种生活方式，不是职业。时髦而有些声名狼藉的爱荷华工作坊绝对培养创新人才，我是工作坊成员。

工作坊的环境很宽松，对艺术家的成长有利。我们当时都是外来户，这有决定性作用。如今的创作社区还有其他特点。是好是坏，创作社区如今变得更复杂，更善解人意，也更闻名世界了。工作坊已成为公认的文学研究内容。工作坊没那么混乱不堪了。

爱荷华工作坊"培育"创意人才，因为它聚集了有创造力的人，让我们有自由空间互相扶持，可以胡言乱语，经常聚会，随心所欲。

谢里·克雷默：工作坊里的一切都很特别：我们一起共享作品，讨论创作过程，研究每个作家如何理解单词。创作班可以是扇门，让你以新的方式生活，找到合适位置。

教创作最有意义的一件事是，在某一点，你把创意写作过程传授给学生，你人在教室里，没错儿，每个人都看重你的授课内容，看重你如何让他们全神贯注，帮助他们揭示创作模式，但课堂本身起主导作用——工作坊是个团体，它的作用是名副其实的讨论。我从不渴望自己成为"大师"，大师们总能定夺作品的好坏，而且大家都会拼命讨好大师。我喜欢让课堂变为大家互为老师的模式。我们为彼此的作品举办工作坊，在这过程中，我只有一次对学生缺少慷慨精神和洞察力感到失望——我想，每条规则都有例外。

剧院里，我们有句老话：导演定调。排练中发生的一切反映了导演的价值观，而且，用这个模式形容创作班再恰当不过了。我还愿意这样认为，支配我们讨论和维持慷慨习惯的这些价值观，将融入在校学生的生活，乃至他们今后的生活，为他们指明方向，让他们明白，如何创建社区，并在自己所属的社区中生活。

桑德拉·希斯内罗丝：你可以教学生做到自律。我们是孤立的。我们独自创作。我们需要沟通。我们的家人不是任何时候都理解这点；他们认为我们是疯子，但我们是一起完成创作的唯一伙伴。我们加工自产垃圾。我们接过并处理垃圾,让垃圾长得更好。我们需要能让作家持续发展的家园。这也许是我试图在我的工作坊做的;我觉得爱荷华规模太大,或者说,也许是某些人的家园,但不是我的家园。我觉得无家可归,创建了自己的家园,以讨论《芒果街上的小屋》(*House on Mango Street*)为核心。我想让马康多的作家们觉得,这是他们的家园,一年中有一周,我们会滋养他们,余下的时间里,他们会继续创作。这就是你可以为作家群体做的事情——在艰难跋涉中为他们提供滋养。马康多是个工作坊,那里汇聚很多作家,他们慷慨、富有同情心,相信自己的写作终有一天会实现非暴力的社会变革。换句话说,这和爱荷华作家工作坊完全相反。

约翰·欧文:我教书那时会告诉学生,如果他们想当作家,尤其是如果他们要当小说家,他们最好明确一点,确保自己喜欢独处。我说过,写小说是非常孤独的追求;我说过,也许过了四年、五年、六年,你一直在孤独地塑造自己笔下的人物。我说过,如果他们真正醉心于写小说,他们会认识到,和他们所认识的人相比,他们和自己塑造的人物的关系更密切。

我说过多次,我偶尔喜欢写剧本,因为这是一种社会承诺;你为其他人写剧本,还经常和别人一起写剧本。你写小说时很孤独,写剧本时你不再孤独,你会感到如释重负。我讨厌靠写剧本谋生;假如我只写剧本,我会很郁闷。但经过写小说的一段孤独时光后,写剧本可算作度假,我喜欢写剧本,因为写剧本是一种合作。写小说不涉及任何合作;你孤军奋战。

和电影人在一起就不同了。我获奥斯卡奖后(电影《苹果酒屋的规则》(*The Cider House Rules*),获2000年奥斯卡最佳改编剧本奖),噢,那可是场面恢宏!电影制作是合作生意,那些人可会享受生活了。我觉得自己仍像局外人;或者说,像闯入者——一个小说家，偶尔写写剧本——但奥斯卡金像奖，还有颁奖晚会都让你觉得，自己似乎属于一个大俱乐部，似乎是气势庞大、蔚为壮观的团队的成员。这感觉完全不同；就这个意思。

要想成为小说家，你必须喜欢独处；或者说，你要更强烈地知道一点，你必须独处，这就造就了小说家。无论你对自己从属的文化有怎样的感情——嗯，即使这种感情的确存在，它也稍纵即逝。电影业是一种文化，但小说家住在自己的星球上。

谢里·克雷默："剧作家"的古老含义与工艺相关：我们是"制造商"，是制作人或创建人。我们制作一样东西。你想做一样东西时就要研究它，或跟从了解这一行的人学徒。此外，还要知道这个事实，我们写的剧本只有在上演后才算是真正的剧本——还有，"生产"的语言再次表明，我们的确在制作一样东西——通常情况下，这三点会解放剧作家，他们无需考虑写作是否可以教会这个问题。相反，我们会有这样的见闻：剧本不是写出来的，是改出来的——我们总生活在修改危机中，在实际有破坏性的程度上，我们的剧本创作班都是这个特点，我们总在谈论如何教会改写。因为我们的改写活动如此频繁，不是独自改写，而是合作——排演、与导演合作、编剧、演员、设计师、制片人——影院里的改写几乎是不同于创作的另一种艺术形式。因为没有一个剧本会永远"保持"生产结束的状态（"制作"后不久，剧本就脱离这种状态，返回其不完整的、没有制作好的自我），剧作家也可以而且经常会重新开始改写，与另一群人合作。

简·斯迈利：我们去工作坊是寻找社区，与志同道合的人一起讨论。如果只是闭门造车，从不出门，多数作家都不会成功。你回忆一下小说创作史，几乎每个成功作家都属于某个文学团体。几乎没人独来独往就会很成功。想想弗吉尼亚·伍尔夫和她的圈子；他们互相扶持，彼此交谈，讨论文学。萨克雷和他朋友也如此。人们在纽约当然会这样做，因此，认为自己不会在团体精神更强的环境里发展得更快，这想法是荒谬的。就我和学生的交往而言，这些学生可能已独自从事多年创作，他们往往只在容易提高的方面有所提高，但回避了较有挑战性的方面；我们都如此。擅长写情节的学生会专攻情节，如果这学生不擅长写人物，那他笔下的人物就是扁平的。所以，你需要别人督促你、告诉你，你写的情节还不错，但塑造的人物是扁平的。

马文·贝尔：如今，更好的美学硕士班仍是年轻作家找到社区和时间并考验自己的一个方式。在文坛上，这不是摧毁创造力的消极面。这是社会的经济和政治特点。具有讽刺意味的是，许多美国机构传播文学的尝试虽取得物质成功，但却付出艺术通俗化的代价。在这个国家里，我们被迫通过声称艺术能带来经济效益来支持艺术的发展。

谢里·克雷默：设想一下，假如你写的小说每卖一千本，就要根据一个新上任编辑（或三个、四个）的说明和建议重改一遍，你会是什么感觉？令人振奋？我想，在某些方面的确如此。可怕吗？筋疲力尽吗？当然，多数剧本不会在第五次或第二十七次演出要求重写，但很多剧本需要重写第二、第三或第四遍……，而且每次制片演出，包括第二十七次重写，无论如何都在重写你的作品，这就是剧本特殊性的所在。你的剧本文字可以固定不变，但你的合作者（你希望如此，你这样祈祷）创造出他们的真实版本，完成重写任务——演员用他们的身体和声音，导演和设计师用他们的选择——他们会创造出一个令你大吃一惊的版本，同时，（如果你走运的话）这版本会比你想象的更接近你的剧本。当然，所有这些改写都可以教会。我们一直在学习、忘却、重新学习如何重写剧本，因为我们一直在不同房间和不同人重写剧本。

枕边书

谢里·克雷默:《两个连线》(*Two Wireds*)是我订的唯一杂志。目前,我还在写《2666》(*2666*)。我还有几本科幻书,他们好似糖果,供我在渴望读好懂而又好看的书的时候享用,杰克·万斯的选集,还有本厚厚的年度最佳作品选集,大概是2004年的。通常,我身边会有本佩玛·丘卓的书。我总会放一摞朋友写的剧本,努力找时间读这些剧本。菲利普·霍尔斯的《鲸鱼》(*The Whale*)。丽贝卡·戈尔茨坦的《上帝存在的36个理由》(*The 36 Arguments for the Existence of God*)。还有《白鲸》(*Moby Dick*)——到现在我才决定要尝试读这本小说。

简·斯迈利:在工作坊里,你得产出作品,如果作品不完美怎么办?如果是作业,你就得出作品。我原来在爱荷华州的埃姆斯教书,每周让学生交一篇草稿,16周交四篇草稿、四个故事,每周都有输入,他们就养成了写作习惯。你要想做完美主义者,那你没法当小说家,因为,你要是永不满足,你就写不出书来。我发现,我在爱荷华工作坊参加的那组当中最让人愉悦的一件事情是,他们彼此非常宽容。最关键的是产出,不是做到完美……

因此,你去参加工作坊时,重要的不是你会遇到什么老师。要紧的是写作、阅读其他人的作品,并和同样热爱创作、志趣相投的人交友。这比较重要。这是研讨会的好处。

约翰·欧文:也许"社区"是用来形容爱荷华作家工作坊更恰当的词——我的意思是,"社区"比"文化"更准确。爱荷华市的作家社区是货真价实的东西。你能感受到它,它似乎不受位置变化而改变：爱荷华河边的匡塞特小屋，或具有宾馆规模的英语-哲学楼，或靠近市中心的新住所。我从未深切地体会到，我在爱荷华市的不同时期都属于作家社区的一部分。这是件好事，因为作家的工作非常孤独。

✥

创造力指的是，能带来一些新东西或有用的东西，或者说，就艺术而言，能创造出精湛的作品。或者说，就某些当代视觉艺术流派而言，能创造出批评家和精于世故的收藏家们认为不漂亮的东西，批判理论家认为，任何作品都可成为或应该是漂亮的这种想法是资产阶级思维模式，揭示出压迫者与被压迫者之间的权力关系。所以，如果你真懂行，艺术作品越丑越好，散文越难理解越好。

不过，我们都很有创意。如果给你算收入税的人能为你节省一笔钱，同时让你避免入狱，他甚至能做到很有创造力。我们倾向于认为，有创造力是好事，一般来讲是这样的。微不足道的人类没有体面的皮毛，也没有獠牙利爪，却能设法生存并茁壮成长，这都得益于它用于保证自己安全的想象力和创造力。

换句话说，要想做人类，就要勇于创新。

在莎士比亚的《仲夏夜之梦》(*A Midsummer Night's Dream*)里，忒修斯对诗人、恋人和狂人的话题有这样一番长篇大论：

> ……在他的想象中孕育了形形色色
> 无可名状的东西，诗人的笔头一转，
> 它们便成了形，"虚无缥缈"便有了
> 落脚的场所，还捞到一个名称。

我们不能断然说，诗人表述得不准确，但如果他通过忒修斯表达自己的看法，那他说得不对。严格地说，我们富有创造力时，并没借助虚无缥缈的东西构建某种新事物。相反，艺术家的革新源自共同经历，或源自原有的想法，这些想法都是他们研究或学习所得。他们往往只重塑熟悉的故事、意象和音乐，再融入某个新观点，或从不同角度看这些故事等——比如，假如遇险女子不希望获救？——这样，就能让习以为常、老生常谈的内容变得更有活力。如埃兹拉·庞德所要求的，我们要做到创新。有时，我们做得过头，会惹怒评论家和公众。

尽管如此，**创意写作过程的核心往往是些虚无缥缈的东西：有点儿难以形容，莫可名状，还有点儿吓人——这想法从何而来？**——这些想法往往不找自来，我们绞尽脑汁地融入我们坚信必不可少的元素，这元素却不合适，就在此刻，终于发现灵感！数天（或数周或数月）以来形成的杂乱无章的设想突然变得毫不相关，其余想法却全部到位。一切顺利时，艺术品就有了生命力，人物开始自动写故事，故事坚持要写成某种结局——作者只是凑凑热闹。或者，我们希望如此。

有关创意写作过程，C. G.荣格这样说，"正处在创意写作过程中的作品，成为诗人的命运，决定他的心理发展。不是歌德创造了浮士德，而是浮士德创造了歌德。"再比如，T. S.艾略特说过，"艺术家的进步是一个自我牺牲的持续过程，是不断灭绝个性的过程。"

这里的反讽在于，众所周知，各种艺术家都以其膨胀的自我著称，但他们往往最渴望逃避那个自我，失去控制，让别人创造他们。这是创意写作过程的核心和灵魂。

❦

罗宾·格林：对我来说，写小说和写剧本不一样。剧本创作是门手艺,你不能出现创作障碍。我经历过一次创作障碍,当时我在为乔舒亚·布兰德和约翰·法尔斯写《北国风云》(*Northern Exposure*),乔舒亚说:"好吧,你要写不出来,我来写。"我知道,这对我的职业生涯没好处,所以就写了那糟糕的一幕。

有时我强迫自己写,但我还是写了。我独自创作时更糟,不过,现在我和丈夫米奇·伯吉斯一起写电视剧,这种写作很有自律,每天都在写。这是产业:需要解决问题。我们正在做一项需要思想高度集中的、循序渐进的事情。20年后,我们已熟悉这种要求。并不是我们每次不需修改作品。只是,我们的写作已形成固定模式。

不过,我记得自己写小说时,有时似乎在记录听写,我处在幸福状态,笑容满面。我努力写东西时,却写不出来。

艾伦·格甘纳斯:完全像有人在给你听写。仿佛宇宙力量从你体内流过,时间过得飞快。这时,你知道你在创作。我感觉只过了大约23分钟,但后来才发现真正持续了六个小时……这经历太让人兴奋、太刺激了。你身处另一世界。

其他时候,你参加完晚会后回到家,比方说,有点儿小醉——喝过香槟酒后的那种小醉,不是喝了杜松子酒后的酩酊大醉——凌晨1点,你坐在黑暗中敲键盘,闭着眼睛,尽可能迅速地写下新想法……我觉得电子设备带来的刺激很特别;只要我的手指开始移动,就是巴甫洛夫式反应,会有一系列梦想供这10个小小手指牵拉。然后,你关闭文档,没有重读所写的内容,清晨你才打开并打印出文档,难免会有拼写错误,或打错的地方。但你能看出这些文字源自哪里,在哪里显得摇摇摆摆,半醉半醒。接下来,你开始改错,整理得再干净点,让它像奶酪一样发霉。你知道自己发现了好东西,这好东西可不会在吃过早餐、喝完咖啡这样一个普通工作日里捕捉到。这种占有感很奇特,坚信小说有永恒的内在力量,这感觉非常美妙。它不会每天都光顾你。要是能这样就好了……

桑德拉·希斯内罗丝：如果你关注读者或产品，你就阻碍了故事带你造访新天地的这一潜力的发展。假如你全身心投入，那么，像贝蒂·戴维斯所说，你就开始了颠簸旅程。这是我希望和作品去的地方。接下来，作品抵达我从未想象过的地方。我想写的就是这类故事。不要想太多……这样，你可以说些超出你年龄的智慧话语，比你现实的自己更出色。我经常这样告诉作家们，"不要挡道；靠边站。"你和故事耳鬓厮磨——根据我的经验——你得经过漫长的绝望谷。但一旦你能走过去，能足够谦卑，本着服务他人的态度，假如你对自己说，我是来服务的，那么你更高大的自我、你的精神、神明、灵光，或随便你怎么命名它，它会带你抵达那个地方。但是，你必须做好准备，迎接这一时刻的到来。我觉得，如果你用理智引领你写的故事，你就阻止了这一时刻的到来。如佛教徒所说，"只有清空自己，才能容纳宇宙中的一切。"

罗莎琳·德雷克斯勒：我是工人。我不等灵感来找我。我不知道灵感是什么。你很投入时，就会出现一种联系。你并非真的在那里。你有的只是一种心态：与创作（书或画等）融为一体。因此，灵感是之后才来光顾，不是之前。不过，一份合同和一笔可观的预支稿酬会起到极大的促进作用。

珍妮·菲尔茨：首先，我大量阅读；阅读滋养了我的创作。如果我不读书，我就不写作。举个例子，昨晚我读了厄普代克的《圣洁百合》(*In the Beauty of the Lilies*)里的一段。竟有人写得这么优美，这真令人兴奋。厄普代克的写作品质让我叹为观止，让我感到谦卑。文字带来的动听音乐召唤我的缪斯女神出现。每当我发现有人写出这么美的故事时，我也想写出同样美的作品。我就坐下写。

我早就知道，广告里的创意写作过程来自大脑的不同部位；它更自觉。在小说创作过程中，大部分时间是你的潜意识在起作用。我写《丽莉海滩》(*Lily Beach*)时，出现了一个暴力时刻，这让我很震惊。但现在回头再读小说，我能看到，其实那一刻在全书无所不在。尽管如此，那一刻仍让我大吃一惊；潜意识告诉我，这一刻会到来。我主观上不知道这个。

我写书前先认识人物，我给他们出难题，让他们为我解决难题。我读过一句话，这句话说得很有道理：如果你很热爱自己的主题，那你就会写完这本书。我开始写的时候，不是总知道要写什么。我写到一半时，人物会告诉我他们是谁，主题逐渐有了眉目。我的作品主题通常和女性有关，她们不相信自己有权利追求幸福，但我一开始不是总能明确地知道这些主题。

因为写作源自我的大脑深处、秘不可宣的位置，所以我可以投入工作，达到忘我的境界。我失去所有的时空感。这是世上最接近禅宗的事情：忘我地从事一项工作。

凯瑟琳·甘蒙：后来，在我接受治疗的过程中，我意识到，创作是探索和表达我的创造力、表达我自己、表达我的精神，以及我生活的一种活动，创作对我的吸引力在于，我创作时我的身体不必介入。早些时候，如果我给你看我写的故事，我不能待在房间里。如果我真的跟你很熟，我可以读给你听。后来，我可以给我熟悉的读者念自己写的故事，甚至后来，我还给许多陌生人读故事，但最初，我感觉自己的创作需要一堵墙，需要一种保护，要等到我道出心声后，从时空方面把故事和我分开，其他人才能进来。

我开始参禅，给我的这番思想注入灵感，在一定程度上解放我的想法。修禅是用身体体验的过程，是专注于身体的过程，其艺术在体内。艺术不只体现在你的观点或想法上，或你思考或想象的内容，静本身是能量很高的一种活动。这过程就是静，是动中求静，颇具挑战性。但不知何故，对我来说，修禅帮我打破我与读者或与你之间的藩篱。修禅帮我写了作品？我还不知道。就我的近况而言，修禅主要指多年不创作。但写作和实践不可分。我真正开始修禅前，在不同时期练过打坐，也练习创作，两者之间有更直接的联系。我不再酗酒后造访了许多艺术领地，写作前我会找时间和空间打坐，接着开始创作。我写《悲伤》(*Sorrow*)时（这小说很忧郁，还没发表），每天早晨动笔前我会打坐，能驱逐距离感，驱逐阻力，因为你内心不希望去那里，假如我在写有关困扰或比较难写的作品时，这种阻力更是明显。打坐能解决这个问题，我可以更自由地写作。但是，这并不是打坐的真正目的，我明白这个道理，我能感觉到，写作前打坐和在这样的生活中仍坚持打坐，这两者之间有差异，后者是更大意义上的打坐，是为生活本身，而不是刻意为写书打坐。

现在，我的生活完全沉浸在修禅中，就像周日作画的画家，或像有时在周五搞创作的作家。不过，有了那些周五，我会觉得自己在为今后不再生活在禅社区做准备，那时我没有全职工作，只负责寺庙的某个方面或庞杂的社区，我会以禅师身份修炼，以各种能表现自我的方式修炼，还会有真正的创作时间。

谢里·克雷默：我们有相当强烈的冲动认可写作的神圣性或神奇或非理性的一面。如果写作没有让我和世界的某一部分建立联系，如果这种联系没带给我宁静和喜悦，我想我不会做。这听起来浅显易懂，说出来却很尴尬，但我创作时的确充满活力。

现在，我有了这样一批学生和朋友，我称他们是折磨自己的人——他们从未经历过欣喜若狂的那一刻，他们都是这样的作家，在写作的每个阶段感到焦虑，焦虑，焦虑，写书前有疑虑，忧心忡忡，写作过程中乃至完成创作后，都是这种状态。我觉得这不好，但对学生来说，一旦我明白这几乎是他们与创作之间的关系时——焦虑和担心不是创作的副作用，而是一个必要前提——这时，我就不再视焦虑为不正常，我试着让他们也这样想。每个人都以不同方式进入工作状态。没有错误方式。

马文·贝尔："创意"的核心在于，始终达到一个状态，让心灵中的非理性、非逻辑部分有机会发挥作用。所有创作都如此，但如果你试图表达不可名状的内容，试图写成诗，尤其如此。

我更喜欢等完全酝酿好后再开始写作。当然，我早已学会如何酝酿。通常，我到夜深人静时才动笔，午夜过后我开始写，这时，我的大脑开始放松，抛开那些功利生活需要的理性思维活动。我喜欢熬夜，也一直熬夜。我会在灵感突发时创作，也一直如此。如果语言能量处于匮乏状态，我就离开书桌，这意味着我失去很多，因为人们不会总能返回待完成的诗作，再继续创作。除非这首诗要超越自我。

不过，如果迫不得已，我可以随时随地创作。任何事物都无法阻止我。我不得不完成的事情越多——工作、家庭、朋友——我就越多产。能量能产生更多能量。写作，尤其是你写出东西时，你觉察不到时间的流逝。不管怎样，我喜欢深夜创作，我觉得深夜能让我超越自己。有时，我写作是为了熄灭大脑里的思想。总的想法是尽情地创作。我倾向于欢迎每个创作机会。

桑德拉·希斯内罗丝：是啊！欢迎每次机会！作家犯的最糟糕的错误是什么？想得太多。不要去想。这不是思考的事情。你编辑时就在思考。你创作时要拥抱，拥抱一切事物。钟声响起时，是耶和华的见证人来了，去开门吧，说，欢迎你。门口那家伙可能就是你故事中的人物。也许他会留下一页纸，让你写出下一章节。拥抱一切事物；

没什么事情是偶然发生的。之后是编辑工作,但在创意写作过程中,要像母亲一样包容、温柔;无论什么你都不可拒绝。要相信,你写的废话会给你灵感。

艾伦·格甘纳斯:没错儿。要对自己慷慨、宽容。写完第一稿后,可以先放段时间;做点其他事情(我相信同时能做很多不同的事情),产生点儿距离感,然后重读一遍,第一次读时,手里最好不拿笔,这样,你的阅读速度会和写作速度完全相同,没有中断。从头到尾重新考虑一下,带着教师或父母特有的耐心,全神贯注地关注作品。

当然,我可以经常这样说,但并不能总这样做。也许,我会加上两段话,试图按加上两段话后的样子去读,不带偏见地读。接着,我会说,哦,真差,我就拿笔划掉这些内容……你和牙科助理详谈前,要先从宏观角度了解概貌,先彻底检查一番;如果你过早进入洗牙这步,你可能发现自己在为死人治牙。或者说,你花心思写了很多句子,后来发现这些都是多余的。

T. C. 博伊尔:我写《论谈话》(*Talk Talk*)时,需要了解盗窃身份,我找到一切相关书籍,怎么盗窃,恐怖故事里的描写,案例,等等。但没过多久,我发现故事没有深度。这是关于你身份的故事;你怎么知道自己是谁?你有语言。可语言是你如何给自己命名,如何体现你的思想。我写这本书时做了调研,恰巧碰到我的牙医。他离婚了,正寻觅合适女性,他说,"世界上最美的女人就坐在你眼前,可你知道吗?她是聋子。"随后,他掏出电钻和钻头,我意识到,我的女主人公将是聋子。我开始看到许多可能性。如果我的人物是聋子,她应该讲一种特殊语言,思维模式也应有所不同。天生失聪的人来自不同文化,思维模式不同,这构成特殊语言。

唐·华莱士：诗源自我的情绪。我散步时在大脑里反复诵读，直到形成一条链，这条链会持续到我回到打字机旁边。我刻意模仿一首诗，我20岁那年写了第一篇真实故事：写的是我和高中同学，他是中国人，名叫鲍勃·黄，我俩曾漫步在加州长滩的街上，后来在布满阶级冲突、种族矛盾、骄傲、野心和愤怒的道路上分道扬镳。诗的末尾是统领全诗的隐喻：我们的友谊像鲍勃父亲的中餐馆炒锅里的一滴油，先滋滋作响，最后完全消失。（我听说，鲍勃不太欣赏我挪用他真实经历的做法——我甚至没改他的名字——我等着有一天向他当面道歉。）

有了这种源自现存的诗的统一性，故事结尾也早已有所铺垫，该故事吸引了圣克鲁兹的免费周刊《假期》（*Sundaz*）的小说编辑。两周后，我就成了发表过作品的作家。

我一旦得到启示，很快就非常自律，每天辛勤劳作。我习惯早起，从心理上说，我喜欢在一天开始前、在学生的"正规"生活开始前完成一些任务，好有些存货，后来，我正式开始辛勤劳作前，也是如此，今后我的工作生活将一直如此。

尽管我很勤奋，我也注意让自己打开视野，接受启发，体验失忆状态，接纳酒神式的认识，对了，还有宿醉经历。（我70年代末就不再强迫自己服从作家要能喝酒的规定，转而开始慢跑，像受清教主义传统束缚的众多其他美国人一样——具体到我个人，就是苏格兰和瑞典的传统结合。目前，我会步行很长一段距离，这样可以保护膝盖，还会像我18岁那时一样文思泉涌。）

枕边书

唐·华莱士：几年来，我床边没有茶几，卧室里的读物散落一地，混杂着一堆凌乱的报纸，有泛黄的《纽约书评》（*New York Review of*

Books)和《泰晤士报文学增刊》(*Times Literary Supplement*)。一个月前(在明迪突击清理前),如果给作家的老鼠窝拍张照片,其中会有这些书:《穷乡僻壤:夏威夷的生活体验》(*Na'Kua'Aina: Living Hawaiian Culture*),这为我写纪录片起到了帮助作用;R. W. 汤普森的《为莱茵河而战》(*Battle for the Rhine*),是平装本,已经停印,我写的那本《兄弟连》(*Band of Brothers*)从中汲取了不少养料(第三人称视角非常古怪,叙述者几乎有自闭症倾向,这倒让小说增色不少);《发烧友》(*The Enthusiast*)是我在加州大学圣克鲁兹分校的创作班伙伴查理·哈斯新出的小说,讲的是平庸的杂志编辑,他的职业生涯和我的有些相似;还有朱迪思·弗里曼的《长久的拥抱》(*The Long Embrace*),作者追溯或探寻了雷蒙德·钱德勒的婚姻始末,钱德勒爱上了一个女人,竟不知她比自己年长20岁。钱德勒在洛杉矶的十几年期间住过35个地方,包括我曾经叫作家的很多地方,信号山、长滩、爱德怀山庄。这些让我对精神污垢有所认识,我乐此不疲。

道格·昂格尔:放任自己;给自己犯错的自由。不可能写出每句都完美的小说。在第一稿里,你可以写些很凌乱的内容,方向也不对,可以积累足够材料供以后修改。约翰·欧文就是这样做的,他向我们展示他写《盖普眼中的世界》(*The World According to Garp*)的过程。他让我们分享他的初稿,还让我们看他的修改稿,无论之前还是之后,我从未见过任何其他写作老师这样做过。这些经历的确让我收获很大。他非常慷慨,他向我们展示他的创意写作过程。他对我也很慷慨。

另外,我从莱尼·迈克尔斯那里也学到很多,他采取完全相反的做法,他写的段落很紧凑,像段巴洛克音乐;在迈克尔斯的笔下,文字仿佛是段好听的爵士乐或布鲁斯乐谱,他写的每句、每段、每个词都有节奏感,但他在修改稿件时,这些文字仍留有即兴发挥的空间。把严格控制和自由发挥这两种情感结合起来,造就出优秀作品,学生需要了解这一点。

艾伦·格甘纳斯:我经常大声朗读。这是我创意写作过程中非常重要的一部分,我相信自己的耳朵是编辑,我想象自己在读给另一个人听。或者说,实际上,我读给一位真实的朋友听。我在这里认识一些人,他们允许我不用提前很长时间通知就造访他们,把他们团团包围。这种做法非常奏效,很神奇。写作像代数一样很抽象——大声朗读能让作品化为真正的声波,让它变成物理。这极为重要。

它有助于模仿你笔下人物的说话方式,模仿人们如何交谈,这与人们书写所用的表达方式完全不同。你写的这两种内容是第三种语言。一个人物的口头和书面表达越鲜明,你就有更多机会创造喜剧效果,让作品更有张力。你听说过很多捷径,知道很多人省略冠词和介词。手势取代了被省略的台词。但如果不出声,很难写出这样的效果。

唐·华莱士:我有几个大的写作项目,要写几本小说,它们都有历史根源。我发现,深入阅读一个主题、一个时间和地点,能完全取代我先前对创作的简单认识。除了历史,我还读些非学术性的东西,看旧版小说、旧报纸和过期期刊;我会把找到的对象和那一时代建立联系,这样能帮助我理解这些对象。我最近在写一部作品,期间,有位老友专门搜寻善本的拍卖,然后在eBay上销售,他寄给我一本18世纪出版的英国旧辞典,还有水手日记和其他很奇特的文本。我看到这些后,仿佛置身天堂,脑海里开始根据这些精彩无比的细节和词汇编故事。

当然,这样做有个危险,研究很可能成为障碍物,会取代实际创作：毕竟，我并不想成为詹姆斯·米切纳，尽管我为自己曾获以他命名的哥白尼协会奖而感激万分。不过，我写第一部小说《困境》（*Hot Water*）时，有关诱饵制造厂和船制作业出版的资料在我办公桌上堆了足有三英尺高，小说主题是专业捕鲈鱼，这对我来说是难以想象的世界。每当我缺乏灵感时，我就从中拽出本书——"做诱饵用的血红色的虫？什么是做诱饵用的血红色的虫？"——我会从中汲取灵感……

丹尼斯·马西斯：即使是很糟糕的书，也值得我们学习。我每读一句话，脑海里就开始改写这个句子，把它改得更好。这比消极阅读更有趣。有时，我想不出更好的句子，我就花时间细细品味写得更好的句子，为下文做铺垫的一句话或别的什么。我读得很慢。一是因为我需要做眼科手术。我看到的印刷文字就像游动的小鱼。所以，除非有些书特别吸引我，否则我不读那些没用的书……否则我无法做该做的事情。

其实，我桌上就有本约翰·勒卡雷早期写的由三本书汇编成的小说集，是在"最后一次机会！"书架上发现的。其中一本小说里有个场景，我之前提过，几个间谍在雨夜敲门，一个小女孩开了门。

安东尼·布科斯基：如何始终保持灵感呢？我总有灵感。我生活中总会发生动人的、令人不安的以及令人费解的事情。我想写出这些事情，以便更好地理解它们。我每写完一个故事，就会出现灵感。有时灵感会积少成多。我就像舍伍德·安德森《小镇畸人》（*Winesburg, Ohio*）的序言"畸人之书"里的那个作家。"你可以看到，那老人倾其一生创作，他语言丰富，会针对这一主题（畸人）写数百页故事。这一主题，"安德森写道，"会在他脑海中变得如此突出，以至于他本人会陷入危险，成为另一畸人。他没变成畸人，我想是出于同样的原因,他从未出版这本书。是他内心的朝气挽救了他。"

我把创作视为自己有权并有福气追求的手艺。我很荣幸得到这一祝福。我不把自己看得很特殊——不会经常昏厥,不戴贝雷帽,不喝苦艾酒,不矫情,也没有分析家专门告诉我没法创作的原因何在。如果我发现自己特迷茫,或觉得山穷水尽,我会提醒自己,我在努力学习如何创作。我会感到困惑,沉迷于自己的"挫折",这时我就提醒自己,这种思想、这种"痛苦"专为"真正的艺术家"准备,而我这个波兰农民的孙子,头脑简单,却很幸运,居然对创作感兴趣。我想,这是我对自己的定位:波兰农民。我不把自己看得太重。我不宠自己。事实上,我告诉自己,我算不上优秀作家,所以还不会被创作障碍困扰。 这样想的话,我就返回基础阶段。在我的想象中,这样的态度与"聪明帮"不相称,无论他们在德卢斯,还是在纽约、巴黎,德卢斯确实有"聪明帮",包括视觉艺术家、电影制片人、诗人等,他们会随时随地以"艺术"名义聚集。但是,再重复一遍,这种农民态度很适合我。

最后,我没什么小窍门推荐给需要灵感的人。也许我有些窍门。我的种族背景让我觉得,获得灵感的可靠办法就是听肖邦的乐曲。不过,这办法我不常用,因为灵感总伴我左右。

杰克·莱格特:一般情况下,我每天在电脑上创作,目前我写了两本自认为达到出版要求、还可以卖钱的小说,甚至可以说是相当不错的小说,如果这评估可靠的话(写完小说的人都认为,小说可以出版,认为自己的小说比任何其他人写的都好)。大多数时候,我对自己的创作经历怀有感激之情;创作让我在出版和教育方面有了自己的事业,并允许我在退休年龄上有所宽限。所以,无论我能否出版作品——我不会说自己对创作毫无感情——不过,最理想的是,我应该只为取悦自己而创作。换句话说,尽可能做到完美……这就足够了。

这就是我相信的创作生活能带来的最高满足感。

米歇尔·赫恩伊凡恩：我获得灵感的方法往往是翻辞典，或做些零碎研究。我特喜欢查单词、词源或词的内涵，这让我有新发现，思路更缜密，从而使叙事有新的转折或深度。

此外，阅读优秀作品也会给我带来灵感。我读到一本好书，会前所未有地全神贯注，全身心投入。我想，如果我可以为他人提供一丁点儿这本书带给我的文学乐趣，创作时经历的孤独时刻是值得付出的。

艾伦·格甘纳斯：我认为，每个人必须面对自身固有的缺陷或瑕疵。面临的第一个挑战就是，意识到自己讲故事的主要方式是否成功。就像近视或左耳失聪一样，需每天弥补这些缺陷和瑕疵，这让你很痛苦，因为你知道自己永远不够完美。

例如，我有个缺点，喜欢读作品的开头；我崇拜这种写法，开始像低沉连续的鼓声，随后变为小号，接着像跳康康舞的女孩，下一步是拉幕，舞台上是单个演员，坐在公园长椅上。我喜欢舞台布景，喜欢开幕时的木偶操作技巧。我仍最喜欢"从前……"这个开头。

之后，写作只是飞行，你迅速抓住脑海里的一切，和你打字速度一样快。我觉得，开始写新故事有点儿像跳健美操，感觉像保湿、补氧一样。通常情况下，你会听到一些让你思想擦出火花的内容，或者你写了非常有利的第一句话，或者，也许你脑海里只闪现出题目，需要填充内容。**你把众多词抛到页面上，接着进入恍惚状态，你再看这些词印出来会怎样；你在给印刷厂听写。**

不过，这可能成为恶习。你也许接连不断地写开头；有点儿像一周七个晚上都在乱交；结果，你第二天睡醒后都不知道身边是谁……

谢里·克雷默：我总保留自己认为是母矿的东西，就是完整的初稿，我根据初稿完成创作。我创作时会看初稿。我可能有十几稿，或两打，但所有那些草稿，都可以保留在电脑里，我不用记住自己都写了什么。我需要经常和第一冲动保持联系，不是那些冲动的说明文字，也不是试图掩盖冲动，或（最糟糕的）解除第一冲动的一切奥秘，让冲动变得很明确……第一稿是藏宝图。我坚信这一点，第一稿最真实——当然，也许不是最好的，因为很多时候它还没有完全成形，没有完成转化，但它最真实地代表了作品的发展方向。

道格·昂格尔：最近我在写有关诗兴的文章。其实，到现在为止，文章还是零零碎碎的，我花了大约五年时间。我举了三位作家的例子：托马斯·沃尔夫有伟大的诗人品质，他很了不起，达到了创作的基本要求，他创作时完全自我陶醉，有人站在他房间里，他可能都注意不到；或者，他会轻声低语，在切尔西酒店的走廊里来回踱步两百英尺，然后坐下来，用铅笔在纸上急速写下那些词，一页一页的稿子从他办公桌上四面八方地飘落到地板上。

再比如豪尔赫·路易斯·博尔赫斯，他是另一种冥想状态，他会有意识地（他生命后期是这样，那时他已完全失明）坐在椅子上，紧闭失明的双目，边抚摸他的猫，边在椅子上前后摇晃。大概两三小时后，他会牢记完整的一段话或一个诗节，他会叫玛丽亚·柯达玛（他的同居伙伴，后来娶了她），接着他会给柯达玛听写，让她写下他构思好的一段话。我和玛丽亚·柯达玛就这方面有过两次长谈。

再比如，我最要好的朋友，也是我姐夫雷·卡佛，他在过去的辉煌岁月中住在华盛顿州安吉利斯港，经常独自写诗。他会给我来电，希望和我一起分享创作带来的喜悦，他自己都觉得不可思议，他会告诉我这些诗如何造访他，他每天作两首诗，有时也许写得更多，这些诗都很大气、完整、美丽。他把这经历描述为捕鱼过程，一条接一条地，他从秘密钓鱼地点捕到虹鳟或鲑鱼，真是难以置信。他有渔民最令人难以置信的运气——他把它叫运气。他也处于冥想和想象力受到激发的状态，这时，他的想象力极其自由。

❧

就创造力这一话题，不同作家把它划分成不同阶段，并以不同名字来命名这些阶段，但在多数描述里（如果不是全部的话），创意写作过程的核心是灵感，或受到启发，感到恍然大悟！有时，这是瞬间的感觉，突然瞥见很好的想法——一个绝妙主意，或者说，它第一眼看上去是这样——有待落在纸面上（写下来反而觉得似乎没那么绝妙）。有时，这种心态持续时间较长，像运动员的"区"，或者说，像米哈伊·乔克森特米哈伊笔下的"流动"，每到此刻，我们好像在做听写，或者说，是作品在写我们，我们忘记身处何方，感觉不到时间流逝，或者说，与辉煌时刻水乳交融。

但可以说，这样的时刻很少会在没有经历一番好言劝说、没有求助于缪斯就降临。所以，我们不应忽视创意写作的第一阶段：大家说法各异，有的说这一阶段是准备工作，有的叫作实践活动，就是要时刻做好准备，一旦好主意光临，就去热烈欢迎。

人不了解过去就无法创造新知识，因此，这一准备阶段可能会涉及研究工作。集中思考一个特定问题，或者在某特定领域研究当前的知识或思想，有可能涉及正规训练，需要考虑研究现状，或考虑托马斯·库恩在《科学革命的结构》中所说的"主导范式"。或者说，这段时间的学习也许没那么正式。

作家孩提时代读的书以及我们正阅读的书，构成创意写作过程的第一阶段。早晨喝杯咖啡，也许抽一两支烟，反思一下昨天写的内容——有时还用头撞墙，责问自己到底想了些什么？——所有这一切都是返回正常思维的一种方式。准备阶段可能需要几分钟，也许持续数天，或数周、数年，时间长短根据创作项目性质而定。

正如库恩描述的，这种准备工作可能会导致我们不满于主导范式，或至少深切地感到，无论自己了解什么，或认为自己了解什么，或目前已思考过或解决过某个问题或事情，这些都不完全准确，或不完整，或不足够好。感觉总有些不太对劲，这可能让你反思一段时间，让你有意识地质疑这个问题。在艺术领域里，努力创新自然是艺术家终生奋斗的目标！一部作品往往是对前一时期作品的回应，或提出反对意见，这也许是必要的。可以说，艺术、建筑、文学领域中的现代主义运动以不满和失望开始，然后对19世纪欧洲资产阶级情感做出回应，提出反对意见。

同样，作家力图与前辈作家有所不同，或对他们提出抗议。或者，具体到每天，向昨日的自己宣战，第二天早上，作家会反复研究同一段话，试图捕捉自己的身份，掌握我们了解的一切。这样做并不令人生厌。

准备工作并不总是指向期待已久的恍然大悟的一刻！有时，我们体验不到有所启示的超验时刻，只是年复一年付出辛勤劳动，最后写出的作品也不算太糟。

有创造力远非仅仅有点儿变幻莫测，换句话说，这就是为什么诗人、画家、音乐家和小说家历来臭名昭著，酗酒、有烟瘾、坐立不安、为寻找缪斯变得疯疯癫癫。事实上，如果说创造力和心理学家礼貌地称为"严重的情绪障碍"这种状况之间没有明确的因果关系，至少有统计数字可证明这种联系。

1974年，南希·安德烈亚森在美国爱荷华大学研究精神病学，她对爱荷华作家工作坊师生做了研究，发现80%的调查对象或得抑郁症，或得了当时被称为躁狂抑郁症。难怪：如果你的收入、成就感以及你的存在（或有时似乎是这样）取决于极其不可靠的灵感时刻，而你也不知道上次的灵感来自何方，那你的情绪波动和长期焦虑情有可原。或如柏拉图所说："没有灵感的人接近缪斯的神庙时，他相信只有技艺就足够，如果这样的话，那他永远是拙人，他写出的自以为是的诗歌还不如疯子唱的歌曲。"

但我们也不要误解。创意写作过程中有非同一般的乐趣，远远超过痛苦，这就是为什么很多人坚持创作，甚至常常坚持到常识提醒你，你该找份真正的工作了。对一些人来说，奋斗本身可以说是非常有力的疗法，能治愈而不是导致心理障碍。许多情况下，容易出现情绪障碍的个人可能会受到吸引，从事创造活动，因为这样的活动能起到帮助作用。因此，创意类型的人当中，我们所观察到的他们的情绪障碍发病率可能不是原先假定的因果关系，至少不完全如此。例如，弗吉尼亚·伍尔夫最终自杀，她曾说过，如果她不创作，她不会活这么久。

寻找新东西也可使个人与其所处的主流文化格格不入——或至少与时代的经济状况格格不入。接受创造性的呼唤需要非凡的自信和毅力。正如罗洛·梅在他的经典之作《勇于创造》(*The Courage to Create*)中所写的，勇气是创意的心脏，因为要做到勇于创新，我们需要理智地认识现实，要不满足于其他人完全可以接受的做法，而是去努力实现理想。要做到有创意，需要和自己打赌，有时尽管怀疑自我，也要下双份赌注，还要相信，最优秀的作家不仅是容忍内心那个喋喋不休的评论家，而且还要依赖这个评论家。

如果灵感今天不造访，或者说，第二天、第三天，或数周或数月不来造访，那怎么办？如果我们坚持下去，至少我们在纸上留下文字。问题是，你写作的任一时刻，都会让自己准备迎接妙思，即使缪斯弃你而去，但至少你已完成了部分任务。

❦

艾伦·格甘纳斯：坚持每天都写。只写那些你特别感兴趣的事情。否则，干吗要写？写有戏剧性的事情。我记周记比较随意。我会列出自己在做的事情，目前有什么进展，有点儿像盘点工作；这办法很奏效。有点儿像"给自己写便条"。随便做什么，都可以给你带来外界的鼓励："我在写这本书，我碰到这个问题，但现在我对人物A的理解更清晰了。"给自己找个平台，让自己说出这些事情，就像集体治疗。它可以提供另一种现实感，使整个过程有医学上的尊严。

如果你每天写，不管写得好坏，不管写得多么糟糕，从技术上讲你不会停止写作。我认为，最困难的部分是开始和停止写作。我的办法是继续写下去，写作质量时好时坏，但至少你在写。

米歇尔·赫恩伊凡恩：我起身走出办公室，查会儿电子邮件，看会儿新闻，然后读些东西——通常读我很佩服的小说——读到我开始手痒，想自己动笔写小说为止。我一直写到有实在内容的地步，有时写到午后，一般会写到很晚。有时，我即便整天在办公室，也没写出多少东西。

我有卡住的时候。我会被困住。我发誓，不会因为写不出同一场景而麻木地打自己脑袋，但我常把这誓言抛之脑后。有时，我会被三页内容卡住一个月。哦！不过，我不确定自己是否没完成更深层次的写作，我觉得这有些像默默积累、思考作品的架构。所以，我试图写出段像样的对话时，整部小说也就水到渠成了。

道格·昂格尔：我不相信会失去创造力。写个平淡无奇的故事或长篇大论，却拿不出像样的内容，或开头写得不好，这都有可能。写不好，这有可能，有时为了写得更好，其实写得不好很有必要；这只是必经阶段。关键是，要认识到一点，什么时候写得很糟，什么时候写得比较好。海明威称作"内置狗屎探测器"，实际上，人们谈起卡壳或丧失创造力，意思是说，他们在判断自己写的东西方面有些困惑，或者说，自己的判断标准已偏离漂亮、有效或正确的写作内容。除了要具备能辨别自己何时写得不好的能力外，还要认识何时用词正确、所有句子按部就班地入位，这一点很重要。这是世界上最美妙的感觉。有时，作家可能会灰心，丧失自信。但我觉得，创造力是永恒的。我们要知道如何使用创造力，如何获取创造力，如何保持自律，坚持写最重要的作品。写作是实践。创新是实践。你必须坚持实践。

简·安妮·菲利普斯：每个作家对创作都有自己的理解。我的创作观可能和别人的不同。思考这种关系是创意写作过程的一部分。无论我写什么作品，这作品必须特别吸引我，以至于我可以把它放置几个星期或几个月的时间，还可以拾起来继续创作。当然，我始终在思考这部作品。

我从不制订写作"计划"；我从第一行开始写故事或小说，当然了，到最后这也许就不是第一行了。

约翰·欧文：我先写结尾。我倒着写小说，这是我学到的第一件事，我最后才写第一章。其实，我写第一句话时，已经有小说的全部虚拟路线图——或通过写笔记，或印在脑海里。十有八九，我在小说中第一次写下的最后一句话从未修改过。但我不知道别人是否也这样写小说。我干吗认为"方法"值得强加给青年作家？我真的怀疑这"方法"是否同样适用于别人。

我觉得，如果发生变故，我不得不再次做老师的话，我会倾向于这样教学生，按照我还在摸索、对写作方法·无所知的方式来教学。要有耐心，有爱心，认真揣摩每个作家的长处和不足各是什么；

毕竟，如果作家不是个体，那没有人是个体。我给T. C. 博伊尔的建议和给罗恩·汉森或艾伦·格甘纳斯的建议不一样；因为他们完全不同，我还注意到他们各具特色。概括他们的特点会给他们带来什么好处？

桑德拉·希斯内罗丝：你需要设法做让你坚持创作的事情。你要是有笔信托基金，这会有所帮助；你若不需要太多睡眠，这也会有助于你坚持创作。但你必须痴迷；创作不需要自律，而是痴迷。目前，我试图写本和《芒果街上的小屋》不一样的作品……我想写得短小精悍。但没那么容易：我坐下来写些情节或什么的，然后看看会写成什么样。我写的时候不喜欢有计划。比方说，我突然想写段对话，就开始写剧本。我估计，写着写着会写出结尾。

现在，我脑子里没有明确目标，只有模糊场景；只有写到中间，我才确定自己在写什么，甚至那时……

T. C. 博伊尔：早上，我坐下来，不管我写什么，比方说在写短篇，我会返回看看上次写到哪了，依我的情绪而定。有些日子，我会看看过去写的东西。这是远离世界的一个方法，让潜意识发挥作用。我感觉很多作家都这样做，但我不确定；我不和其他作家交往，也不和他们聊天。

这就是我为什么每天写作；你每天需要动力完成任务。不过，我自从写完《裂开的岩石》(*Riven Rock*)以来，我写的每本小说都会在某一时刻中断，因为我旅游得太频繁。我已学会适应这种生活。我在路上会带上资料，这样就不会没有思路，故事也不会变味。

马文·贝尔：我刚才提到，昨晚是我的创作空间。我可以在任何物理空间创作，尤其在夜晚。我不需要专门搞创作的书房，的确，在一应俱全的房间里，我会不自在。有时，我会在笔记本电脑上放爵士乐或其他音乐，比如嘟哇音乐、古典音乐，但并非总是如此。

早起或熬夜。每天把自己看成作家。写些东西，写什么都可以，我几乎每天都写些东西。随意写个开头，怎么写都可以。开头怎么写并不重要，重要的是，开头将来会受到关注。听从素材的指挥。不要试图满足某个模糊标准或理想。相反，尝试让自己变得有趣。不按常理思考文学。把目前写的作品想成一种舞蹈。写作是新陈代谢活动，同呼吸——灵感结盟！对作家而言，写作行为是动能，是舞蹈。再说一次，重要的是，尽情地写。

道格·昂格尔：我进入个人写作空间的渠道是，写作深入我的大脑，不是物理空间意义上的存在。我不得不学会随时随地写作。最近，我在飞机上写了不少内容，坐长途车时，我预订一个靠窗座位，然后坐下来一直打字，直到耗尽笔记本电脑的两块电池。在长途飞行途中，我可以写完一半故事的草稿，或写两幕剧本，或改写一篇散文。我想，这样的工作方法很累，但我一直这样写作——旅行时，随便找到什么地方，无论在什么空间，在酒店房间里不舒服的椅子上，我都如此。

我认为，重要的是学会抓住机会，随时随地写作。我想起一个有关艾萨克·巴贝尔的故事，他的后期作品有些是在逃离沙俄警察追捕的路上完成的。他得在树桩上写故事的开头，然后继续写下去。还有，我想到卡拉瓦乔和他被教皇警卫追捕期间作的一批真正不朽的小幅油画——他能在几小时内作出一幅油画——美丽、诱人的肖像画。

我倾向于过充满各种干扰的生活，接听电话，和需要这样或那样东西的人交往，同时满足十几个项目的截止日期，所以我学会在大学办公室里随时偷时间。在这里和那里偷上15分钟，或者，周末抽出一天，从早晨9点左右开始工作，一直写到下午4点左右。换句话说：这些天，我在办公室里充分利用15分钟，在诸如接听电话、拜访人或学生见面的这些时间段里挤时间，或者，我到得比较早，能充分利用整整一小时的时间，这让我一天都保持好心情。我逐渐相信一点，我属于这类作家，需要被混乱包围，然后从中找到某种秩序。我喜欢在家里工作，在旧木门做成的桌边工作。这样更舒适，嘿，这是我的家，不是吗？不过，我们家总会来客人，很热闹，我需要从混乱中找到秩序。

安东尼·布科斯基：我最需要安静环境。我写作时耳朵里塞着棉花。去年5月，我买了隔音耳机。要知道，这耳机没有听音乐的电子配线。耳机用来阻隔割草机或操作重型机械时发出的噪音。耳机特紧，有时会弄伤我的脑袋。就这样，我耳朵里塞着棉花，还戴着耳机。我还有两个睡眠伴侣，是台机器，插上电源并打开后，机器发出嗡嗡声，机器有两种速度，更快的和更慢的嗡嗡声。

我只是不喜欢噪音，尤其不喜欢狗吠。**如果我能有个安静地方，或者如果我能让一个地方安静下来，那我就可以心满意足地创作。没有别的比这更重要了，真的。**我住在乡下，相当安静。

这听起来是不是像有毛病的人？我可不想有这种效果。

格日·利普舒尔茨：说到能让你写作最顺畅的空间和场景，我想到狄金森的诗："去造一个草原，你需要一株三叶草和一只蜜蜂，还有遐想。如果蜜蜂不多，只有遐想也行。"所以，我需要独处，一扇窗，一个干净桌面，一把椅子，一些工具（打字机、电脑、钢笔和纸），还有遐想。假如我有想法，假如我有很多想法，我只需这些工具。但我必须说，我觉得能远离一段时间（远离家务一两个星期）特别有吸引力。

我承认自己记日记，来爱荷华前就开始记日记。我写的日记太多了。我记下自己梦的轨迹，不是说我每晚都记录自己的梦。我过去能记住偶尔听到的对话，仿佛在观看乒乓球比赛。第一个十年，我会买专用纸，专用设备。有时，我会"穿戴整齐"，因为我曾在某本书里读到这类内容，说有的作家就是这样。众所周知，伊迪丝·西特韦尔夫人常躺在棺材里找灵感。普鲁斯特靠闻苹果皮找灵感。我没有棺木，但我很享受气味，不过我不像普鲁斯特那样在抽屉里放苹果皮。有时，我给墙上钉些名言，但通常我会看厌。图片也是如此。

对了，孩子改变了我的写作习惯；我从写小说改为写短篇。我晚上开始写作，通常会写到凌晨。通常，我在笔记本里手写故事，然后再输入电脑。

道格·昂格尔：在家里或在办公室里，我都在非常凌乱的房间里写作，房间里堆放着纸张和书籍，都是我写作时用于思考的书，还有成堆纸张，都是以前写的草稿，两把椅子上堆放着书籍和纸张，我得在混乱中创作。虽然房间看起来比较乱，我知道怎么在那堆乱糟糟的东西里找到自己需要的东西。我会在不断变化的混乱中写东西，大约每半年我会清理一次，那时我写不出作品。我得需要两周左右的时间重返创作状态。另一方面，我在两周内冷却一下创作，因为我把房间打扫干净后，要准备写篇散文，或申请资助。

我每天早晨起来喝杯咖啡，思考30分钟，接着祷告和冥想，然后去上班。顺利的话，我会在一天里花至少一到一个半小时，或三四个小时写作，然后，我得跑去教书，或和学生见面，或忙别的事情。

格日·利普舒尔茨：好几个月以来，我都回避创作。我已决定要回去读博士学位，我发现自己很拖沓。我觉得自己当时处于生活发生转向的时刻。我当时在改变。是思想上的转变，但有些东西我还没完全消化。我还远没理解自己要做什么，我的确还没进入创作状态。

过去的一年里，我设法写了些新作品，我发现自己其实在修改旧作品，真正地重新审视以前的作品。我得知自己有时间写作时特兴奋。我读博的第一年期间，发现自己可以同时完成很多任务，其中一项就是创作。我也已经开始投稿，有小说，还有非虚构作品的一些想法。我取得了一点点成功，这对我来说，很容易让我为之一振。你激情燃烧时，只需加强火力，就能写出作品。不管怎么说，每天都如此。

在过去的24年里——因为我有孩子——我会小心翼翼地积累创作时间，因为我要写出"真"东西，至少需要两个小时。我仍希望早晨4点半起床，像威廉·斯塔福德的风格，这样，我可以不受任何干扰地工作。我还没有成功地养成这个习惯。我仍然写到深夜。我的孩子们在成长过程中，我尤其会这样做——我会设法找到一小时，不受干扰——并为此感到喜悦。我会冲上楼，在电脑和放笔记本的沙发间来回穿梭。一旦有灵感，我会写到深夜，凌晨两三点。我年轻时还常常写到天亮。

艾伦·格甘纳斯：我理想的时间表是在午夜前休息；我喜欢晚上11点45分前入睡，6点起床，喝杯浓咖啡，吃个苹果或……我这些天都吃燕麦（要降胆固醇），6点半真正开始工作。这让我在办公室开门前赢得三个半小时。电话留言机是作家最好的朋友；你可以藏在后面。能一直工作到1点半或两点，这可是比较理想的安排，不过我也许只有四小时效率最高——一天当中的精华部分，就是你开始和停止工作之间最中央的精华部分，那时你全神贯注。

乔伊·哈乔：我回家安定下来后，照例每天早上写三四个小时。我如果每天做计划，会更快更顺畅地进入工作状态。但我会出差，会打破常规。我不断地尝试按计划行事。有时，我深夜写作。傍晚，我练习弹琴。还有其他事情……安排演出、采访,和会计谈话,安排演奏事件、家庭成员、家里的事……那些都另当别论了。

道格·昂格尔:在爱荷华期间,我经常写通宵,从晚上10点一直到凌晨大约4点或5点,然后我就回家睡几小时,再去上课、参加工作坊、编辑、教学,还做几小时兼职。多年来,我一直坚持晚上写作,一直到我在雪城教书为止,我先安顿妻子和女儿睡觉,再开始创作。

有时,我会在学校写小说,大家都知道我睡办公室。其实,在爱荷华期间,康尼·布拉泽斯曾告我说,不能睡办公室。(我在爱荷华读书时,有三个月左右我住在英语-哲学楼办公室的沙发上,这个大厦也叫EPB;确实很方便,健身房里能淋浴,还可以用更衣室,一天还能在学生会饱餐三顿)。一天清早,我起床去洗手间时被康妮抓住了。我告诉她,我整夜都在写小说,多数情况下这都属实。她让我回家——真的,她命令我回家,这可不容易做到,因为我有段时间没支付房租了。那天我回来晚了些,康妮已切断了电话线,她以为没有电话我就没法和别人联系(没错),我可能会找个更合适的住处。大约一周后,我搬出办公室,和演员艾米·伯克·赖特住到一起,我那时和她刚开始约会。后来,我们结婚了。

不过,大约在20世纪90年代中期左右,我做不到晚上熬夜而第二天还不受影响了。我开始早起,我9点开始工作,一直写到大概中午。

道格·博赛姆:我在床头柜上放着笔和本。我半夜醒后的那个时段最有收获。谁知道睡着后会错过什么?也许,行星的遮挡导致太阳中微子流量无穷减少,会让我们夜间变得稍微聪明些。不是这样。不管因为什么,夜晚对创作更有利。用笔和纸记录事实。它们可不是促发灵感的因素。

我写的大部分作品都接近未来小说或当今的科幻小说，但我把它们当作有科幻元素的小说。我有科技背景，但我写的不是纯科幻。有时会有些技术内容，但这些内容绝对服从于故事的其他元素。我对硬件不感兴趣，只对人们如何使用硬件感兴趣。

T. C. 博伊尔：我一直写到下午。**我以前是深夜写作，后来在工作坊做学生时，我开始在更早些时候写作，我从《水上音乐》(*Water Music*)开始这么做，直到后来，我都在早晨写作。现在，我发现我得先放松一小会儿，10点半或11点开始写，一直写到下午3点左右。我也可能写一整天。我今天刚写完一个短篇。我现在开始写短篇了，我刚写完一部小说。我的思想比较僵化……我写五六个短篇后才会去看那本小说，这几个短篇将是我写完小说后的下一部作品。现在，我在做些笔记，记下一些想法。

谢里·克雷默：我记得，有那么段时间，每一两个月不写出新剧本简直不可能，但现在没这种感觉了。这种感觉一半来自尼古丁……或者说，因为没有尼古丁。我十多年前就戒烟了，有几年，这可给创作带来灾难性打击。我去看医生，问他要一样能让我既兴奋又冷静的东西。他说，"谢里，如果有这种药，你不觉得我也会用吗？"

就这样，我享受不到尼古丁带来的速度和清晰，不得不孤零零地混日子，但到最后，写作仍大同小异。有一刻，你做好自己的事情，过自己的生活，下一刻，你来灵感了，有点儿像报喜似的，你必须写下这个故事。突然间，你生命中的一切似乎告诉你，如何以某种方式看这个东西，你能看到这个东西，这绝对重要，世界开始向你展示这种模式，你走到哪里，它都会出现在你眼前，每一天，它都变得更重要，你需要找到合适的方法把它写出来，追随这种感觉，保持专注，思路开阔，结果你找到它，发现世上的这扇活门通向一个属于你的全新世界,对了,你就进了那个神秘的兔子洞。

枕边书

珍妮·菲尔茨:我有理查德·鲁索、苏·米勒、伊恩·麦克尤恩[《阿姆斯特丹》(*Amsterdam*)和《星期六》(*Saturday*)]、乔伊斯·卡罗尔·奥茨(《瀑布》,*The Falls*)写的书,有伊迪丝·华顿的作品全集。我会重读斯特格纳和卡罗尔·希尔兹、安妮·泰勒、科尔姆·托宾的书。还有《革命之路》(*Revolutionary Road*)。

珍妮·菲尔茨:好多年来,我的生活不允许我这样做,我不属于每天同一时间坐下来写作的那些人;一旦有写作任务,我会尽力在一天内考虑几次要完成的项目,比如,在办公室吃午餐时花15分钟想想,要是我有10分钟,我就打印出书稿,开始修改,这会让我在一天的其余时间里想着作品。我年轻时女儿很小,我经常每天晚上从11:15写到凌晨1:30,那时她已入睡。

我做了32年广告,现在我不干这行了,我开始全职创作,我的生活已彻底改变。每天早上,我会散步三到五英里,每天下午写作。我能看到,一贯性能带来多奇妙的变化。我要写的书是我的工作和生活中心。我没有恼人的客户,不需要坐两小时通勤车,没任何压力。过去两周内,我已经写了50页。这也许是侥幸的成功。我希望不是侥幸。当然,我不能期望总这么顺利。但我的梦想是,能专注于我认为真正重要的事情。我不得不说,我写的书已经上市,这对我意义非凡,因为,我知道自己完成了初稿,这感觉非常愉快,我知道有人会"接住那书",帮我重塑作品。比较在乎这作品的人会这么做。

桑德拉·希斯内罗丝：我尽量安排好写作的日子，这样我不必出门。我尽量直接开始写作。我心绪不宁的时候，我就不写。我不是每天都写。我这方面做得很不好。我的问题是，我每次出门回来后，都需要一段时间才能重返写作状态；我出门多久，返回写作状态就需要多久。我不是很多产。杰克·拉兰内就制订计划曾说过一句话，我认为这同样适用于写作。他说，他不喜欢做计划，但他喜欢完成计划的感觉。我不喜欢写作，但我喜欢写完作品的感觉。

对我来说，真正的写作是完成任务，细细打磨作品。就像用稻草纺成黄金制品一样，创造用的材料是稻草，花数周时间打磨、组织，精益求精，最后署上自己的名字。我们发表在杂志上的东西不叫作品。我和别人这样说，写作像钓鱼，你钓鱼的时间越长，钓到的鱼就越多。如果你只偶尔去钓鱼，你只会钓到小鱼。写作是这样的活动，冰天雪地时早早起床，每天都写。这就是写作。三天打鱼，两天晒网……不叫写作。

❧

"灵感"和"阴谋"都是拉丁词根，意思是呼吸。灵感是指吸进空气。谈到写作或其他艺术时，灵感是指吸收世界万物，或通过吸收缪斯赠予的素材，就是要接受一切。

阴谋的含义是一起呼吸。灵感是私密的，阴谋是公共的，公用的，艺术活动包括两种。如前所述，创意写作过程的第三阶段就是我们所说的核实，把私人的洞察力公之于众，理解灵感带来的收获，并和他人交流这种收获。毕竟，如果你不能表达妙思（也许还能赚几枚银圆），那如何称得上是妙思？如乔伊斯·卡罗尔·欧茨在其书《作家的信仰》的导论中所写，"因为写作的最理想状态是，在个人想象力与公众之间建立一种平衡，前者充满激情，常常比较稚嫩，后者结构严密，会快速分类并给出评估，所以，有必要把艺术视为手艺。没有手艺，艺术仍属于私人的。如果没有艺术，那手艺仅仅是粗制滥造。"

在科学领域，人们常用实验、观察和分析来测试和验证假说。在艺术领域，得到验证更多是指能否清晰、艺术地表达自己的见解。尽管创意写作过程的核心由灵感（如果灵感造访的话）构成，真正的工作是在有灵感后开始进行，这时，我们尝试写出有价值的东西。哪个作家没这样的经历：你本来想出个绝妙点子，第二天早上头脑清醒后，这点子似乎变成废话，一两天后，这点子又转化为纯天才的作品？

创意写作过程很少按部就班地发展，往往是一系列凌乱的循环，这时，学习过程可能遇到阻碍，陷入僵局，也可能激发你的洞察力，促使你表达洞见，这本身就是一种有可能陷入更多僵局的学习过程，暂停一段时间后会有更多洞见，有更多次表达洞见的机会。

假如创造性过程中有哪个步骤可以有效地在作家工作坊里教会、学会，最有可能的是，我们一起写作，一起密谋对付空白页，这是公众参与的、有社区活动性质的阶段。

正是在工作坊里，我们的创意写作过程的真正发展方向和发展维度才初步形成——两年里，我们除下面的活动外，其他什么都不做，我们只是读书、写作，和其他作家交往，谈论写作话题，痴迷于写作，发现其他作家如何创作，尝试什么方法对我们最奏效。

⚜

戈登·门能加：人们想当然地这样认为，所有作家以同样方式创作，而且都有相同精力。这不属实。斯科特·斯宾塞著有《无尽的爱》(*Endless Love*)，曾有人问他，为什么他的小说出版间隔为五年。发生了什么事？他答道："嗯，我五年写一本小说；这是我的节奏。"没规律……

每个作家需要找到最适合自己的方式。我想，这是工作坊的一个问题。如果你的职业生涯没遇到最佳发展时间，工作坊会影响你找到最有效的写作过程，无论是好是坏。如果你大有前途，你朝A方向发展，你去了工作坊，他们告诉你，不对，朝B方向发展，结果你一无所获……你能回到A吗？我想，有些人在工作坊得到的建议很糟糕。

我得到的最糟糕建议？玛丽·李·赛特尔读了我写的两个故事后说，"不要这样写。"那我该怎么写？她让我模仿她的写法。她希望看到那些有史诗品质的小说，用大量象征，句子很华丽，像南方作家的作品。她在判断什么是好作品方面能力特别有限，她也表现出这点。我花了一段时间才适应这种思路，因为我觉得自己在朝一个有趣的方向发展。她不喜欢短句；她不喜欢很清晰的作品。她喜欢微妙和浪漫的语言。我对此毫无兴趣。我特别喜欢雷·卡佛的作品，我承认这点。"一个装有两只假手的人出现在你的房间里"，类似这样的写法。她根本不喜欢这风格。

但罗斯·德雷克斯勒很喜欢这种风格。最佳建议？不管怎样，坚持写下去。

安东尼·布科斯基：我从事创作有三十多年了，我觉得自己的习惯没变。我还是手写作品。我修改后续草稿时，还是打字。我仍这样认为，每天能写满一页打印纸，这一天就过得很充实。这意味着我已经手写了两页，然后打字，很可能要输入两次。有时，我会在脑力耗尽前写完两页。我做不到像朋友W. P. 金塞拉那样能坚持写作，也不能像我记忆中的乔·霍尔德曼的创作方法去写作。他们有时会通宵达旦地工作。记得有一次，我看到乔，他对我总是很有耐心，他当时睡眼惺忪地坐在酒吧里喝咖啡，酒吧的大窗户正对着杜布克街上的爱荷华图书及办公用品公司。他整夜没合眼，而我休息得很好，我正溜达着去给学生上课。我真希望自己能像比尔·金赛拉或乔那样坚忍不拔。

埃里克·奥尔森：我在爱荷华期间认识一个人，他给我拍了张照片，我坐在北吉尔伯特街上自家公寓的办公桌前。我手夹香烟，谢尔曼牌子的（自命不凡的诗人抽的那种香烟），整个脸笼罩在烟雾中，穿件花衬衫，还有我常穿的马甲，身后是安德伍德的手工打字纸，中间的黄色复写纸露在外面——大家当时不都在黄色复写纸上写作吗？

对我来说，计算机的问题是编辑得太容易。我不知道什么时候该停下，就一直兜圈子，就像开车四处找一个不存在的地址一样，因为我把地址抄错了。你知道你来对了地方，可你就是找不到想去的地方。我只能在电脑上反复绕来绕去。我试过手写初稿，然后在电脑上修改。但我书写得太糟糕了，我的涂鸦有一半自己都看不懂。我有架奥利维蒂手提打字机，过去出门做新闻时我随身携带。有时，我觉得应该用打字机写初稿。

唐·华莱士：电动打字机给我能量，让我有想法，打字机发出嗒嗒声，就像图书馆里有个家伙在快速晃动大腿一样，震感能传到离你坐的位置20英尺以外的地方，让你很紧张，觉得很奇怪。我上大学时，父亲很神秘地给了我台打字机（当时的电动打字机可是非常新的技术），是台阿德勒卫星打字机，不是IBM办公室用的对空格和页边距有要求的那种打字机。长大后，我开始做高中新闻，在旧雷明顿手动打字机上敲击。

乔·霍尔德曼：我有个装纱窗门的门廊，所谓的"佛罗里达房间"，是我在佛罗里达州的房子后面的那个房间。早晨天没亮，我4点或4点半左右在那里开始工作。房间里没电，我在油灯下写作。

我用钢笔在订好的空白本子上写。我不喜欢用铅笔或橡皮。我用钢笔删除内容的话，原来写的内容仍然清晰可见。有时，我一次就能写到位。

我写作速度很慢，我的初稿和成稿非常接近。天快亮时，我通常能写三百到五百字。然后，我就搁笔，去吃早餐，早上（查完电子邮件、记完日记后）的其余时间，我把白天写的内容输到电脑里，改几个词。

有时，我输完手写稿件后，会继续在电脑上写。如果写的内容不到一段，我就誊写到精装本上。如果写了好几段，或者写了更多内容，我就打印出来，贴到本子上。

我们经常出去旅游，我经常在酒店客房（很糟）或露营场所里工作（很好）。有个极端例子，小说《永远的和平》（*Forever Peace*）是手写的，共868页，分别在12个州和10个国家的66张桌上（篝火旁、咖啡厅里，柜台上）完成的。

上个月，我的创意写作过程又添了小工具：听写软件，是语音识别软件，你说的内容能以惊人的准确度记录下来。我不再用电脑输入手写书稿，我只需对电脑说话，这倒为修改过程提供了有趣的中间步骤。

艾伦·格甘纳斯：休·肯纳写了本巨著《机动缪斯》（*The Mechanic Muse*），讲打字机给文学创作带来的影响。肯纳发誓说，没有打字机问世，艾略特不可能写出《荒原》（*Wasteland*）。

读《荒原》时，你会发现，不可能在维多利亚和爱德华七世时代之间用手写出这首诗来。我的意思是，全诗都在用空格键。它更像20世纪早期俄罗斯的实验派画作：白中之白。诗里强调省略法，不是英雄辈出的19世纪不断叠加的冲动。诗中的"空心人"就从这种否定性空间里出现,只有机器能做到这点。

我不认为我们已了解电脑对创作产生的影响。但我很高兴自己开始写作时就知道这种影响,那时我刚学会打字。我在海军部队时,他们教我盲打,每分钟70个字。当然,我打字还不能像我思考一样快。不过,我在进步,哪怕随着年龄增长,我的思维速度也随之放慢。

我到今天还留着第一台便携式爱马仕打字机。我买它是因为塞林格用这打字机写了《麦田里的守望者》。我买了同一型号。我买了手动打字机,不是电动打字机,因为我当时确信肯定会爆发核战争。到时会停电,但我还能继续打字。即使我有辐射反应,也会咔嗒咔嗒地打字……我甚至买了很多色带。

我一直想重装爱马仕打字机,哪怕只是写信用,这样我的信里就会出现那些小凹槽,比如看起来很迷人的扁扁的字母O。这让你想起写印度的吉卜林,写西班牙的海明威。

我觉得,作家放慢速度可能有好处,尤其对短篇小说作家来说更是如此。小说里有大量"如泉涌出"的段落,从叙述形式上说这很必要,内容会很充实。但对短篇而言,一次写一个完美的句子,放慢写作速度,这样比较好。

起初,我只是手写,但最近我一直在电脑上写散文。我和《纽约时报》(*New York Times*)社论版有联系。周三早晨,你会接到电话,"知道吧,北卡罗来纳州发洪水了。你是去洪水现场的最佳人选,你家乡被水淹了。你是什么想法?"你就赶到出生地,蹚水进去,环顾四周,记笔记,回来后把发生的事情写在电脑上,到周四那天,你给他们写了1500字。我可不推荐你靠这谋生,但这样一篇文章一旦奏效,影响力会难以置信。有时候,你得到的东西是你永远找不到的,永远不会轻易发明出来的:比如,类似淹没的交通灯这个意象,即使那时也会从红色变到绿色,再变到黄色。我亲眼目睹这些场景。再如地下车库的雷克萨斯车，是新车，被没在水下，灯光经过排列组合先后亮起，转向灯变亮，灯光变暗，车内灯一闪一闪，仿佛潜水员的魂灵在控制台操控。这是1999年弗劳德飓风造成的洪灾。

我给《纽约时报》(Times)写稿时，所有修改工作都在网上做，所以先手写再输到电脑里的做法没有意义。也许这种乐趣让我心里不安；我不知道这样做最终是否会有成果，但派给我的任务几乎不可抗拒。

现在，人们都写电子邮件，你写信的同时，砰，砰，砰，邮件就收到了。我有生以来最喜欢电子邮件技术了。我似乎一生都期待互联网的到来。

安东尼·布科斯基：我坐椅子上，膝上放抱枕，抱枕上是唱片专辑。我用钢笔写稿子。我用的纸张背面有字，是以前用过的一些测验纸等。我试着在反面写稿子。

上小学那会儿，修女们告诉我们，我们浪费的那些纸张将被用来在地狱里烧我们。我不是取笑她们。她们给我们上了保护资源的重要一课。

我用钢笔在纸背面写完稿子后，把手写内容输到廉价电动打字机上。打字时，我用的还是废纸。我在大学办公室里有台电脑，但我自己没电脑。打字机让我受益匪浅。花大约140美元就能买一台。要做好一切准备，当个好作家，这是我想要的。

戈登·门能加：我觉得，只有你觉得很难写出作品时，你才能写出优秀作品。玛格丽特·阿特伍德曾写过她最喜爱的钢笔。我让学生用笔写篇故事，然后再输入电脑，接着我们会讨论两者的区别；他们说，手写的时候，在选词方面会觉得更困难些。

针对男孩做的研究表明，如果让他们多用另一只手，他们在读写方面会做得更好。女孩似乎没有这方面的问题。左撇子和有创造性之间的相关性相当强。

加里·约里奥：我现在用电脑写作，它改变了我的写作过程。20世纪70年代中期，我受伦纳德·迈克尔斯的影响，开始有点儿极简主义风格。我这样做，是因为反复打字太困难了。我写得简单、干净。今年，我开始用电脑，想拓展一下，在简洁外再添加些共振。但用电脑修改又太容易了；我总兜圈子修改。你需要脱离让人心烦意乱的一页。我在写一篇共16页的故事，我一定打印了五次！本周末我要审到蒙托克，我会带着黄色信纸和蓝色比克圆珠笔，我要手写。我想换个角度写这个故事。如果我不用电脑，可能会有助于我这样做。我喜欢比克笔，因为那样能看见墨水什么时候用完。

艾伦·格甘纳斯：我用不同颜色的铅笔，这样能看出哪里做了修改。这样做的一个好处是，早期的稿子比我原来想的要好得多；早期的稿子像一只不得不在脖子上带喇叭状围脖的狗，这样可以把它的嘴和身子隔开，以防它咬到自己的伤口，让伤口恶化了。有时，你觉得需要完全重写。但你会发现：嘿，原来写得还不赖，我只需在这里加三个词，不必从头开始写。D. H. 劳伦斯就是这样做的；他会手写书稿，把稿子放抽屉里，然后拿出一沓纸，不看第一稿，重写一遍。这就是为什么他的小说写得既漂亮，又有些漫不经心的重复，有的地方在兜圈子。这种工作效率并不高，但这是他的风格，别无选择。我用去一吨纸。我的阁楼上全是草稿。我得忏悔，出去多种些小树。

桑德拉·希斯内罗丝：我会修改很多次。我先写，然后修改。边写边改；我会写段话，然后编辑。我不用线性方式去写。我写的是我称之为"按钮"的东西。那是因为我不知道其他写法。我写故事不是从头写到尾，我只写场景，不考虑它们之间的联系。也许写段对话……不按顺序写。我想象自己八小时后要久别人生，既然这书要在我死后出版，那我今天该怎么完成自己没写出的那部分？我可能只写母女间的一些对话。如果我害怕，也厌倦这本书，我会写篇厌倦人生的故事。我只用它作为出发点，然后把它写出来，再返工，直到它写得很完美，这样，我就有了个小按钮。我就大功告成。第二天，我会继续完成另一个按钮，然后把它们放在一起找规律。你看，我不用线性方式写。但也有些时候，今天完成的任务会给我第二天的任务带来启发。

艾伦·格甘纳斯：我写作时，会来回看原来的手写初稿和后来的修改稿。我看了初稿，会清楚地看到后面版本里的复杂程度远远超过初稿。有时，我会推倒重来，给它戴顶假发套，然后做个头发移植。第一次写的往往更好，但我需要尝试四次，才能相信第一次写的稿子。

我要是走运，就能重新获得初稿带来的新鲜感。对我来说，来回返工是写作过程的全部，这可能就是为什么我没出那么多书的原因，本来我可以做到这点，不过，我为自己出版的书感到自豪。

你可以每年出本书，你可以每十个月生一个婴儿。但很快，你就会生出白痴。而且，作为很尽心的妈妈，你往往是最后一个知道这一事实。

我见过一位作家的创作力能持续多久。我和契弗一起在爱荷华工作时，他65岁。他坚持创作了很多年。最后，他终于戒了酒，出版了《放鹰者》(*Falconer*)，他欣喜若狂，我认为这不是他最好的书，但它的确受到很多关注。他成了《新闻周刊》(*Newsweek*)的封面人物，他很愿意大器晚成。我朋友伊丽莎白·斯宾塞住在这里，是一位出色的作家，她根据自己20世纪60年代写的中篇小说，写了音乐剧

《广场上的光》(Light in the Piazza), 44年过去了, 她现在获得托尼奖所有奖项。她坐着远洋游轮, 开始尽情享受生活; 看到有人能活到一定岁数, 亲眼看到自己的作品受到欢迎, 这真是太好了。

不过, 我认为契弗没料到自己竟在65岁开始出名, 其中一个原因是, 他得了心脏病, 和死亡擦肩而过, 而且, 酒精在他生命中如此重要, 成名并没让他感到幸福。卡佛和契弗同时在爱荷华工作了好多年, 他俩戒酒后又活了多年, 过得很不错, 但也很怪, 他们大概同时患上癌症。我有时在想……我不反对酗酒者戒酒, 但我真的很纳闷, 如果你在过去五十年里, 每天都抽烟喝酒, 突然间烟酒都戒了, 你知道的, 这对人体系统会是怎样的冲击。卡佛在达到创造高峰时英年早逝, 这似乎很残酷。

丹尼斯·马西斯: 从无到有, 我认为这需要努力工作。有时, 我进入 α 波模式, 故事通过我的手指写出来, 没经过我的大脑。但是, 对我而言, 写作太过线性, 太单调乏味, 有些像把蝇头小珠子穿成很长、很长、很长的一串项链。我更喜欢绘画, 你可以用把大刷子(或最好是油漆辊)一次性全部覆盖。也因为我写得比较慢, 尤其是在我习惯性地看看昨天写的东西并把它扔掉时, 就更是这种感觉。我不多产。

简·安妮·菲利普斯: 有好多本申请上罗格斯大学纽瓦克校区美学硕士班的档案, 是我设计并管理的。

写作障碍是生活提供的; 我脑子里没有写作障碍。我让学生坐在椅子上——坐在电脑边——写作。我有时反复读自己写的句子, 直到知道下一步怎么写为止。弗兰克·康罗伊过去常在工作坊里告诉我们, 我们应该每天先读自己上次写的最后一页, 然后继续写。如果不起作用, 再读前10页, 或前50页。对我来说, 阅读材料决定形式。书教我怎么写书，就像书教导读者怎么读书一样。

珍妮·菲尔茨：对我来说，最难做到的是，不受内心编辑的影响。我年轻时没这问题；我可能太蠢了，内心没这个编辑。我用经历思考，会发现我会越来越好，但同时也太敏感。一个人年轻时有朝气，敢勇往直前，但这会消失，你必须强迫自己把握机会。有时，当我内心的编辑化成暴君时，我就放下书稿，读些东西，出去散散步；否则，只能每况愈下。我女儿小的时候，我晚上写小说，但我从来不能在晚上写广告词。我发现，两者有个共同点，在你最没意识、瞌睡打盹儿、坐在车上、陷入恐惧、在健身器材上活动，或步行时，你的想法会纷至沓来；我到处走：走路是思考或创作的最佳时刻。

戈登·门能加：我不认为年轻作家上年纪后，会比我们遇到更多的写作障碍；他们太天真了。我每年都朗诵作品。我给自己规定，我只能朗诵新故事，所以我必须写，这让我活下去。也许，如果每人每年都得开朗诵会，他都会写出新东西。没什么比让自己出于尴尬而写作感到更危险的了。我觉得，如果你长时间不写作，你的内心编辑就更强大。你和你试图做的事情之间会有很多障碍，不仅是内心编辑，而且还有其他借口和问题。我卡壳时，能帮我的一件事就是改变自己的处境。一次，我想写个故事，参加纳尔逊·阿尔格雷大赛。那是1995年，我和家人刚搬回爱荷华城。我当时在兜圈子。我写不出作品，就开车从爱荷华市去了科罗拉多州的博尔德（我喜欢开车、喜欢思考），住在酒店房间，开始打字，叫法国美食外卖；我离开博尔德时，已经写完故事，我寄出故事，故事后来获阿尔格雷奖。

道格·昂格尔：我卡壳时，首先分散注意力，不想写作、阅读、小学学的拉丁文或希腊文或数学等问题（我做数学卡壳时，也做数学题，不过，我会做另一领域里比较简单的题）。我觉得自己需要专注，但要远离障碍。我不做的一件事就是上网。上网会消耗大量时间，你会分散精力。我还不如喝波旁威士忌呢。我通常在半夜或独自散步时解决难题。接下来，我会很痴迷，反复思考这件事。如果我在走路，会自言自语，不过更像在默读，音量旋钮开到很低。随着手机和那些袖珍耳塞式无线耳机的问世，我的自我意识有所减少，变得更惹人注意。我不怎么关注周围发生的一切。我从不在键盘或白纸上试图解决写作障碍。我在大脑中和写作障碍搏斗，完全脱离写作活动，脱离首次出现问题时的语境，这似乎能解放我的思想，让我思维更灵活。这有点儿像我们和人争论完后的情况，一旦远离嘴仗，我们就想起自己应该怎么说。

乔伊·哈乔：我们都有创意。我们正用自己的思想、梦想和行为创造生活、历史和政治。一个人会失去创造力吗？我已在途中失去创造力……换种方式看，我已通过观察自然，学会怎样做到有创造力。去年，我在新墨西哥州时，李子树出奇地多产。树枝上挂的到处是李子（对不起，挡不住的）。今年，李子却颗粒未收。明年，也许会长出李子。今年丰收的果实是梨。所有人都有自己的周期。创作周期的自然组成部分就是没有创意。

马文·贝尔：能否失去创造力？一个人可以失去信心，失去对青春的幻想，失去精力，失去写作动力和意愿——失去任何鼓励艺术创造力的东西。但失去创造力？不会的，除非出现一些物理性的灾难。也许有人会遇到一个阶段，那时不再有写作的必要。有人可能会有意识地放弃写作。但是，我们能随时发现自己更富创造性的一面吗？绝对可以。对作家而言，只需再写一遍，直到机器上足油，说明达到了写作的量。创造力用来创造。

作家的障碍源于他们只想写好作品。其实，无论好坏，都是作品。没有糟糕的作品，就没有好作品。最好写些有趣的作品，不要总去满足批评家的"标准"。最终，让时间和荷尔蒙去掌管大多数审美窘境。

道格·昂格尔：不要强迫自己。永远不要强迫自己想出主意。让想法自动出现，让作品自己出现，让故事自己写出来。这有些像祈祷和冥想之间的差异。祈祷是发送；冥想是开放与接受。与冥想一样，保持想象力是一种实践，一种约束。一个人要学会如何保持开放心态，欢迎各种想法，让这些想法自由发挥，初具规模，然后灵活地遣词造句，写出作品，这是另一意义上的自律。

桑德拉·希斯内罗丝：是的，写作是精神行为，但每天尝试着成为上帝非常困难，我们需要做到的事情似乎遥不可及，所以尽可能发现你能得到的一切帮助。

我说写作是精神行为，并不是说任何宗教派别。我的意思是，让自己的思想保持开放，保持谦卑，这样就可获得启发。我所说的"光"，其他人称之为更高的自我，或灵感，或区域，或其他说法。但我的确把它看作我们能表达出来的某种神赐的东西。

我觉得我自小就知道它的存在，但找不到合适的词描述它。你看到象征圣灵的小标志，传道者头顶上的和平鸽，你那时还是孩子，你会问，那是什么？他们告你说，那是圣灵，现在闭嘴。但他们从未真正解释过这点，圣灵是神，我们每天都能做几秒钟上帝。

我小时候常有宗教经历，但我不知道这些和宗教有关。我以为这些经历都很普通。你知道的，你走过去，坐在树上，突然间，树开始跟你说话。这不常见，但对我来说，这很常见。我曾有过一尊圣人小雕像，圣人们矗立在炼狱的火焰中，他们的脖子和手臂上是镣铐，仰面朝天，似乎在说，带我离开这里！这就是我理解的写作。我坐下来写东西时，就做这件不分宗派的事情，我尊重所有教派、不可知论者和无神论者。呼唤你更高层次的自我，或者，如果你相信神灵，或相信你的祖先，呼唤那个全身心爱你的人，想象那人长什么样，对他微笑，想象他也对你微笑，然后把他的微笑像吸气一样接收过来，再把微笑像呼气那样送出。在想象中做十遍，直到你找到那束光，你要完成任务时，做到这个很难，这个自我比你更高大，和你的精神盟友一起去寻找灵感，让他们帮你……今天就做。如果你的目标是写一页，那就请他们帮你完成这页。从他们那里寻求智慧和指导。

最重要的是，最好的品质是请求得到谦逊品质。要谦虚，因为我们总受自我的影响，让指引受阻，如果我们能排除自我干扰，谦虚能打开让我们接受指导的通道。

然后，请求得到勇气，我们会被要求去做似乎是不可能的事情。但我们从不会被要求做我们做不到的事情。

我请求得到谦逊和勇气，然后，请求能为社区做些贡献。

你能适应这种冥想。这种冥想极为强大，而且还很谦卑，因为它提醒你，你是一个人，但你和他人之间有联系。

简·安妮·菲利普斯：我经常说，写作是实践，这种实践无疑是精神层面的，因为它需要自律、专心、服从。但它从一个完全相反的方向抵达精神层面：通过语言，而不是和语言没关系，也不是通过沉默，这种尝试要通过或超越语言和判断得以完成。作家"工作"，待在椅子上，和素材融为一体，朝那些方向努力，直到有一刻，我们能获得大于自我的东西，比自我知道的任何东西都大，都深邃。

马文·贝尔：和其他形式的冥想一样，你会有意识地分散注意力，思考写作手法的要素，你的潜意识就可以上浮，就像给它提供一个开放车道后它能自由行驶一样。比如，一个诗人也许写了首十四行诗，他狂热地关注格律和韵律。与此同时，我们所说的"内容"可能会发生某种新变化。T. S. 艾略特曾说："形式是窃贼分散看门狗的注意力时用的那块肉，他另一只手却举着珠宝。"

埃里克·奥尔森：我写小说时会点燃圣裘德蜡烛，我觉得，写小说和写非虚构作品是两个不同过程。我去当地超市花1.69美元买这种蜡烛。

圣裘德是失败者的守护神。圣弗朗西斯·德·萨勒斯是作家的官方守护神，但如果你让我建议，我觉得圣裘德似乎更适合当作家的官方守护神。圣裘德的头儿于公元65年在黎巴嫩被砍下。圣裘德常被描绘为这样的形象，他的头四周是火焰，或者说，他的头从火焰上方探出。这火焰意味着，他和其他使徒一样接受了圣灵。我认为，火焰象征着我们都祈求、希望获得的灵感。火焰还和作家有关，砍头的图像有点儿像你付出很多努力却收到退稿信的情形。

我完成一天的任务后就吹灭蜡烛。所以，这些蜡烛可以持续几天或几周，很遗憾，这说明我写小说的频率不是很高。

点蜡烛是提醒我……哦，我也不确定要提醒什么。也许要提醒我，写小说不是希望小说有销路，能赚钱，（好像真能赚钱似的！）而是因为，嗯，我想，是因为我不能自拔。

无论如何，这是我的小小尝试，我把写小说和做其他事情的时间分开。

蜡烛就放我桌上，我正对着它，墙上还挂着圣裘德的祭坛画，不论我做什么，即使我现在什么都不写，我总会面对这可怜的家伙，至少我思考自己的小说时会看着他。有这些不断提醒你的小玩意儿挺有帮助。

艾伦·格甘纳斯：你不可能整天写作。我读过《巴黎评论》上刊登的从海明威一直到纳博科夫的所有作家访谈。他们有个共同点：他们每天的工作时间不超过四个小时。如果你能做到很专心，写得很顺利，四个小时相当长了。

随着年龄的增长，你的注意力越来越不易集中。我现在每一两个小时就休息一下。首先，你的生活比你年轻时更复杂，干扰也更多。其次，你的记性和注意力所有这些东西……这几乎像性能量和所需的大脑能量一样，它们只能持续那么久。那么，你一天的其他时间做什么？你不能喝酒，不能去找第五任妻子。

早晨最适合我写作。有些作家在更晚些时写作。叶芝完全在晚上写作。有些人等其他人睡着才起床。但我像名副其实的公鸡一样。宿醉是写作的敌人，凡是干扰你保持清醒的事情必须消灭。我想醒后立即工作，这样的话，梦和写作是连续的。

※

如果我们有可能在某个工作坊学到一样东西，那就是，时刻准备接纳一切有可能出现的内容：想法、洞察力或灵感——即，接受一切，欢迎一切。你深陷作家的创作障碍（谁没有？）状态时，做到这点可能比较困难。创作障碍是写作过程的一部分。挫折和绝望也是如此，因为作家要寻找新内容，如果没碰到摩擦而完全紧急刹车，通常也会碰到一些障碍。还有，缪斯如果不善变就不叫缪斯。

成功作家似乎对这一过程深信不疑，似乎也把创作障碍视为创意写作过程的一部分。往往是这样，在挖掘创造力宝矿过程中，只有在希望破灭、历经磨难后，当灵魂乞求怜悯和自由时，那有突破性的洞察力——那一声原来如此！——才会降临。

许多富有创造力的劳动者都会安排休息时间，他们相信可以原谅休息，休息是另一形式的产出。例如，爱因斯坦坚持长时间散步，他说，他在散步期间最能出成果。达尔文、华兹华斯、柯勒律治，还有很多人都如此。

马文·贝尔回忆说，"几年前，我第一次到工作坊，那会儿，我们办公室是流过校园的小河边的那些简陋的老房子，我的办公室就在大厅里，挨着库尔特·冯内古特的办公室。有时，我路过他的办公室，他在里面抓着天花板上垂下的一根铁管做引体向上。起初，我以为他疯了。直到有一天我意识到他在思考。"

对其他人来说，休息就是睡觉，毕竟，睡眠不就是倒数第二个休息方式吗？哲学家和数学家伯特兰·罗素往往会在一个问题上思考到精疲力尽，然后停下来去睡觉。他声称，解决问题的方案常常出现在梦乡。

科学史上也有很多故事说明，很多突破性进展都源自梦境提供的灵感。1920年，生理学家奥托·洛伊遇到难题。他当时冥思苦想，试图把神经冲动导入青蛙腿，但毫无进展。结果，一天晚上他梦见血淋淋的青蛙。他打开灯，草草记下梦境，接着回去睡觉。第二天早上，他发现笔记太潦草，不好辨认。

但第二天晚上，青蛙梦境再次光顾他，这次，洛伊醒后立即冲到实验室，在实验室里做了个由梦境启发的实验，他证明了一点，神经冲动通过化学方式传送，这一发现让他在1936年荣获诺贝尔奖。大约在洛伊做青蛙梦的同一时间，弗雷德里克·格兰特·班廷梦见一个实验，等他做完这个实验，他竟发明了有效治疗糖尿病的第一个方法。班廷和洛伊一样获诺贝尔奖。

能带来收获的休息时间可能仅仅是你不工作的时候，你保持开放心态，随时准备做任何事情，随时见人，随时看到或读到什么，这些可能会启发你：接受一切！

关于文学的论述里处处都是轶事，都讲了作家在从事与创作无关的活动中的那一刻,那一刻他们找到了成就巨著的思路。乔伊斯·卡罗尔·奥茨在《作家的信念》里对此做了长篇论述。她讲了詹姆斯·乔伊斯经历的顿悟;E. L. 多克托罗一次偶然看到写有"龙湖"两个字的牌子;约翰·厄普代克来到宾夕法尼亚一个不复存在的救济院旧址,突然产生写第一部小说《贫民院义卖会》(*The Poorhouse Fair*)的灵感。

截止日期逼近(什么时候没有这种经历?)时,我们需坚信一点,离开办公桌一段时间,也许你会有所收获,或者,听到门铃声你就应该去开门,因为你认识的那个耶和华的见证人会站在门外,手拿小册子,准备高谈阔论,这也许是解决你想象力搁浅的方法。但是,我们考虑在工作坊里能教哪些有用的知识时,对创造的奥秘充满信念,这可能是最重要的一项内容。

在困难时刻,要让富有创造力的大脑随时接受它可能在另一时间拒绝的一切东西,这样做的意义得到神经科学最新发现的论证。在紧张的学习过程中,你解一道数学题时,或者说,你在造复杂句中的从句时,主管口语的、理性的、连贯的思想大脑的左半球(对用左手的人来说是右半球)主要在工作。但有那么一刻,大脑这边发生燃料匮乏——有时被称为"脑模式疲倦"。如果你在高度紧张地思考问题过后休息一下,转变为"自动驾驶"活动形式——散步或午睡,或打篮球,或冲个热水澡——你就给了掌管直觉的、"整体的"、非理性的、不连续的、非语言表达能力的大脑右半球机会,让它发挥重要作用。也许,右脑能提供左脑所忽视的内容,甚至提供很妙的想法。

对"洞察力的体验"之源的最新研究,甚至把在重大发现前积极思考的大脑活动定位在大脑右半球表面的一小层组织上。人们会怀疑"缪斯其实是一小束神经元"这种说法——这说法的确剥去了缪斯本身具备的浪漫气息——但研究结果却能说明问题。一方面,大脑这一区域似乎和加工隐喻相关,这一功能需要去探索那些看似无关的概念之间的遥远联系。马克·荣-比曼在西北大学研究洞察力体验时发现，大脑右半球的这些神经元有较长枝杈，有更多树突棘，比左侧神经元更能"在广泛范围内做好调整"。这些神经元与左半球神经元的联系不那么密切，它们似乎能从大脑中更大面积内收集信息。因此，放松、休息似乎非常重要，它为广泛分布的网络组织提供了表现机会。

因此，几百年来，艺术家们根据他们对其工作模式的观察描写出创造过程——循环往复的研究、实践、僵局、休息，然后是莫名其妙的顿悟——这反映在人类大脑结构和功能上。

"松弛阶段至关重要，"荣-比曼补充说。"这就是为什么很多顿悟发生在冲完热水澡之后。"研究人员还指出启发顿悟出现的另一种理想时刻，那一刻就在睡意袭来或刚睡醒后，此时，昏昏欲睡的大脑已从前一天劳动中"重新启动"，并开始从一系列拆解模式开始，用凡是能迎接新的一天的挑战的内容来武装自己。

也许缪斯只在夜间活动。

❧

艾伦·格甘纳斯：梦境是盟友。有时我做梦时，尤其是天刚亮后，能像电影导演一样控制我的梦。我能加上狗吠，或改变景观，或引入新人物。这非常神奇。奇怪的是，所谓能发明现实的小说创作有时会更难控制。

我写的故事《它有翅膀》(*It Had Wings*)开始是裸体天使落入后院的意象，是天使坠入新生草地后发出的声音。这完全来自梦境。我的意思是，和梦境完全一样。我用"thwunk"描写肉体和草地接触时发出的声音。像听写似的，我只需记录下声音。

但我认为，除了可以在作品里借用梦中意象，你还希望在无意识与有意识的创造过程之间建立起连续不断的联系，参与进来的感觉很好。我认为，最佳作品能有力地从无意识里提升出内容。你可以塑造、加工这些材料，但源流像井一样深不可测。

无论你写在宿舍里失去贞操，还是写你奶奶家的暹罗猫怎么死的，这并不重要；只要有实质内容，发生过一次，这些材料就至关重要。你获得的所有支持来自你梦想中的自我……这是最伟大的实质内容，是储蓄账户，一个完全符合逻辑的短篇故事，和那些因缺乏逻辑而没有讲述或回忆价值之间的差异就在此。但我必须尽可能习惯自己的时间表，我盛情邀请那些疯狂的偶然事件来访。

桑德拉·希斯内罗丝： 我通常把做过的梦写进作品。或者，这样说更安全，我做的梦有很多用处，不只用到写作中。我使用梦的方式与某些人的冥想方式一样；我把它称为水平方向的冥想。我躺下后，一切得以解决。它可以是些简单东西，比如故事标题，这也许更重要。

一次，我经历了特殊时期，生命中发生了重大变化，好几次我都做了同样的梦。起初，这很费解。梦里，我从火车上往下跳，很怪异地呈曲线形式从火车上掉下来，然后又回到车上。这是怎么回事？最后，我意识到自己是在路上；赶上自己的生活发生改变，这很可怕，但我还在正轨上。我做的没错。我为自己做的一切感觉好多了，这要感谢这个梦想。

所以，可以打个盹儿，不过，你休息时要先请求得到指导。闭上眼睛，这感觉很美妙。我办公室里有张大床。

如果你能和小狗一起睡，就更好了，因为他们精神饱满。动物们会提醒你存在……如果你能在它们身边，这很好。尽可能和更多的小狗们一起打盹儿。

起床后不要说话。直接去写作。尽可能一醒来就写作,尽量别聊天;这意味着不用手机,不穿鞋,不出门。这感觉不错。

没小狗怎么办?让自己周围充满有灵性的东西。坐在树旁。树也有狗的能量。甚至岩石也如此。

不过,如果我必须靠闹钟叫醒的话,梦就不见了。只有我自己静静醒来时,梦才会留下来。梦像逗留在电线上的小鸟;闹钟一响,小鸟就会飞走。我的睡眠或清醒时间越长,就越能清楚地回忆起自己做的梦。

我小时候也这样。我妈以为我小题大做,因为我第一次醒后不想说话。但我不是小题大做;我在回忆自己做过的梦。

或者,可以尝试出去散步,边走边冥想。不要说话。这会吓跑精神之光。

埃里克·奥尔森:不久前,我在思考一个鬼故事,是个剧本。我觉得,鬼故事写得不够多,我觉得应该写个鬼故事。但写什么?我读了一堆鬼故事,我开始记下一些想法,但没发现素材。

一天晚上,我做了怪梦。这梦比平时做得更生动,有连贯的故事情节,但又不像我平时做的梦,平时的梦大多是胡言乱语;我醒后记得十分清楚。梦里,两个幽灵给我讲他们的故事,甚至我做梦时都知道这是自己要写的剧本情节。这梦可不同寻常,我觉得它一定有非凡意义。这是兆头。我认为,梦来自它该来的地方,是灵感,不知来自何方。这不重要。重要的是,我需要素材时竟得到故事素材。这是神赐之物,或看上去的确是神赐之物。梦中两个幽灵甚至给我写了第一幕,这当然足以让我继续写下去了!我坐下来写下第一幕,甚至还写了几幕……接着,像平时一样,又戛然而止。所以,我在床边放了笔记本,万一幽灵再次造访,比如说,给我提供一个漂亮的剧情转折……

道格·博赛姆：我在做数学题，解一道很棘手的问题，这题总浮现在我脑海中，在我眼前晃动。晚上，我会醒来，躺在床上反复思考这个问题。有时，这样做会让我产生一些对付这个问题的想法。我写故事时也如此。我整天思考这故事，凌晨两点时，我会盯着天花板，在脑子里回想要写的一幕。

每种情况下的思考都不同。数学思维更"困难"，因为这很抽象，也没有叙事框架可循。但是，出现灵感的时刻是类似的，这些时刻通常会涉及一个被忽略的联系："当然了！函数对数的总和由和t相关的函数积分决定，反过来，它又由另一积分决定，算出这个积分又很琐碎。"或者，会出现这一时刻："当然了！叙述者看到桑福德穿过市中心广场，主动让他坐上自己的车。这样做不是出于友善，而是因为叙述者想让他做事情。这正如我意，下一幕我就想这样写。"

不过，我要说的是，激发你思考的场景，无论是写作或解数学题，都是如此。我们得到的启示从何而来，这仍然很神秘，就像魔术球里的答案一样，来自漆黑的深处。

唐·华莱士：一开始，我十八九岁和二十一二岁那会儿，写作像挖地下管道。你会把土壤挖得松松的，铁锹将割断管道，出现一股喷泉，泉水会飞溅在你脸上：嗖！深夜或清晨，我会集中写一小会儿，通常从宿舍里或从合租房里耗时的人际交往脱身后才写，我常为此心里不安，因为我觉得自己在逃避学习。从这一意义上说，写作是种解放，一种逃离，我发誓，我在敲打键盘时，纸张似乎在燃烧。这光可能是我身后那盏天鹅脖颈形状的台灯发出的，但我依然会那样理解。

有一个过程吗？有一个专门生产想法的地方？首先，想法不是枯坐在椅子上产生的（随着年龄的增长和最后期限的压力，这样枯坐能产生想法）。我经常在散步、深夜躺在床上或早晨醒来时思考问题。

说实话，深夜狂欢能带来不少想法，想法在醉酒后以片段形式出现，酗酒特浪费时间，我似乎对这些想法没意识，我以为自己在幻想，是神灵显现。后来，我在没受外物刺激的情况下，居然可以出色地完成一项任务，能打开感知大门。无论是醉酒还是头脑清晰的时刻，我总有这种感受，可以说，想法就是一系列观察，想法的最后部分有点儿像转折，一个意外转折，或贯穿全作品的意象，或是顿悟，这些会自动出现。准确地说，这些转折出现时并不高调，不会发出刺耳的喇叭声，但也许会发出嘭嘭或咣咣的声音！这一想法会进入我的意识，几乎是完全成熟的想法。这想法经常会呈现一个类似谜一样的东西，我认识的人怎么表现的，他们的动机是什么，从另一角度看，这些行动和动机如何促发另一件事的出现，如何产生能表达有普适性价值的概貌。无论如何，这一兴趣盎然的时刻会呈现出一系列图片，并经常会出现画外音。

这听起来很神秘，我过去常这样认为，现在仍这样认为，而且，我一直知道，创意写作过程通过联想完成。**一旦料斗里攒够了潜伏的图像和观察，我的潜意识就开始讲它们的故事。然后，我会着魔，觉得有必要写完这个故事。**有时我会草草地写一长段，或者，如果我在突发灵感时能用上打字机，我会像机枪扫射般地写很多内容。打字会发出很大回声——如今我们已听不到了。最接近这个声音的是，你在努力工作时，会听到隔壁房间传来孩子玩《光环》或《毁灭战士》游戏时发出的激烈扫射声。

安东尼·布科斯基：我散步时经常走很远。我试着每年走累计1200英里。另一种方法我在前面说过，可以听肖邦的音乐，或听迈克尔·奥金斯基伯爵谱的华丽波兰舞曲，舞曲的名字叫《永别了，我的国家》。奥金斯基还写了动听的波兰国歌，听这舞曲能给我带来灵感。

然而，对我来说，维持作家想象力的另一方式是读另一作家的故事或小说。如果我被故事打动，我就想写出同样美丽的故事。看电影也会让我有这种想法。我最爱看的两个电影是莉娜·沃特穆勒的《七美人》(*Seven Beauties*)和波兰导演克里日托夫·扎努西的电影《寂静太阳年》(*A Year of the Quiet Sun*),这电影让人心碎。

愤怒也有助于我保持想象力。只要我在生活中受到怠慢或觉得自己受到怠慢,就会愤怒,我会这样想,无论我付出情绪、心理或身体代价,我都会成功。这样做很不健康。但如果你足够愤怒,什么也不能阻挡你。

埃里克·奥尔森:我写的大多是非虚构作品,我写作是为了赚钱,所以,无论有没有灵感,我都要产出作品。我负担不起创作障碍这奢侈品,我只能不借助灵感,继续写下去。(我想,缪斯应该是女性,因为假如缪斯是男性的话,我们为什么不会受启发去赌足球、多喝啤酒呢?)

尽管如此,即使我写非虚构作品时,所有经历都时不时地会重新组合,让人心动。面对很多素材,我会做一番心理斗争——事实、数据、图表、访谈或任何素材——真的很混乱,我不知道怎么组织才能让素材显得有意义,同时也有可读性,斗争越来越艰难,直到我有种特殊感觉,心里有点儿不安,会出现一丁点儿有关组织素材的想法。典型素材突然冒出时,一大堆其他素材顿时豁然开朗。这些时刻常常会出现。

不过,很久前,我就知道自己无法捕捉住这一时刻。我不得不做其他事情。我起床后通常喝杯咖啡,或看五分钟CNN,看看道琼斯指数。或者,从身边书架上取下一本书翻阅,我常翻阅艺术类书籍(艺术书籍有很多漂亮图片,似乎很管用),做些其他事情,好分散注意力,不去想那个想法,因为如果我试图捕捉它,它会迅速溜掉。

这实际上是身体感觉,就像腿闲不下来的综合征一样,但这更像是心静不下来的综合征。这时,为挣钱而写非虚构作品,会让你感到和写小说一样令人兴奋,有成就感。

多年前,我写了篇有关跑步和创造力的文章,写运动如何激发创造力。文章题目是《抽取反讽》("Pumping Irony"),这题目也很酷,哪怕只有我自己这样说。不幸的是,这不是我选的题目,是我的诗人朋友杰弗里·亚伯拉罕建议的。我为写这篇文章采访了马文·贝尔。当时,马文在跑马拉松。"我切实感到代谢上的变化时,身体上有一种感觉,"他告诉我,"这时,我知道自己在做我能存留的东西,那就是有内容、有创造性的一首诗。"

罗格斯大学心理学教授霍华德·格鲁伯曾说,"有创造力的人有个共同特点,他们都精力充沛。你经常会发现,有创造力的人经常散步。"

"我和其他诗人坐下来,然后交流我们的创作冲动,这时,我们往往刚做完体能训练,"马文告诉我,"生命的一个奥秘是氧气;你呼吸到的氧气越多,就能更好地完成任务,甚至还能写首诗。"

格伦·谢弗:我有个朋友是洛杉矶画廊的艺术总监,几年前,他组织了一次非洲电影的海报展。我要展出自己收集到的一些海报,他让我写篇文章,当作展览目录。我就开始写,可还没写多少就戛然而止了,没思路。我不知道该写什么,截止时间也快到了,我有点儿绝望。碰巧我和一个艺术家朋友提了这个事,他说,"我有几本书,你应该看看。"他走进办公室,拿出十几本非洲艺术书籍,我翻开一本书,发现了神药的照片,神药在非洲文化里象征力量,果然找到了——突然,本来是个烂摊子的那篇文章竟一下在我脑海里建立起联系,我终于明白该怎么写了。正是神药形象让我把所有材料串了起来。

我感觉卡壳时,就随意浏览书,翻看自己买来后扔在书架上的书。或者,我去逛家好书店,开始浏览——**我在书店能花很长时**

间——我能发现自己需要的书。你漫步在书店里,你需要的书好像在呼唤你。

罗莎琳·德雷克斯勒:书的确会很神秘地出现在图书馆的书架上。那里没有作家。只有工作人员,他们把一些书放在其他书中间,这些书就不会相互靠着,不会变形。

我发现,写作在一定程度上可以让我打仗:我可以直击要害部位。一天晚上,我熬夜写下父母吵架时说的句句脏话。我很难过。我特别爱他们。我想让他们停止争吵。第二天,我把"记录"交给父亲。他撕得粉碎,扔到电梯里。我写的作品起到了预期效果。

道格·昂格尔:对我来说,灵感突现的时刻是,写故事的想法开始冒泡。验证方法就是写作。可悲的是,我的成功率相当低。我一开始很高调,但随着页码的增加,也出现越来越多明显的缺点。我就删减。重写。我休息一下,不去想它。我居然会有更多灵感。有时,灵感会起作用,但故事常常陷入僵局。这很痛苦。让人很恼火。我把写好的故事放了一年或更长时间,回头再看这些故事时,我仍会像原来那样激情澎湃,但仍有受阻的感觉。一旦我开始写一个故事,我几乎总能写完。这是我试图遵守的一个原则。有时,我会写很多次故事(这兆头不好)。但是,我一旦写得很糟,我一般不会保存下来。我知道这点,但这并没有阻止我继续尝试。

我在写作过程中,几乎每写一个故事,至少会经历多次灵感突现的时刻——有个故事就是如此,我反复出现灵感,我很熟悉这种突如其来的洞察力,但每次灵感都会出现在新语境。那就是:"你写这段总会挣扎,其中的原因是,和你所想的一切相反,这段没必要写。""没必要写"就等于"需要删除"。我无法告诉你,我曾和某想法搏斗过多少次,我花了数小时、数天,只为获得灵感,可缪斯一直试图告诉我,"这段不是你作品中的内容。"

你可能认为,我会接受教训,但我没接受教训。每次,我都要经过一番努力,才赢得洞察力。哪段会有灵感光顾,哪段需要删除,我不会计算。

故事开端伴随灵感的内容也是促使故事写完的要素。我知道写作接近尾声了,但我感觉自己好像还没完全到位,也许还没有超越原先的内容,也许自己写得不怎么对头,这感觉会很糟糕。就像舌头上有根头发,可你总找不到一样。

故事显得很烂,我改不好,从某种意义上说,这些故事永远写不完。可我永远也不能完全放弃它们。这些故事只是进了抽屉(现在成了电子抽屉),前途未卜,也许有一天我会返工,把它们修改好。这和《斯塔兹·朗尼根》(*Studs Lonigan*)那套书区别不大,这套书在我书架上待了多年。一天。又一天。但不是现在。

格日·利普舒尔茨:灵感无处不在。尽可能学一切知识。随时注意聆听。卡夫卡说,他写作时,整个世界来造访他。卡夫卡不必走出房间,但我需要走出去。我必须掌握里外两个世界间的平衡。我想,你可以说,"认识你自己。"因为你熟悉的事情在不断变化。像给你们提供建议的我们这样的人,我也会尽量做到宽容。

第五章

点亮火炬！抓住怪物！

我们在第一章说过，"我们班"实打实地是工作坊有史以来任何时候、任何地点最多产、出版物最多、获奖最多的班，（尽管事实上，我们也曾给班级平均分拉过后腿。）但这说法不太容易验证，也许这样也不错。时不时地，每当我们想在以前同学或在其他班级和其他创作班的身上验证这个说法时，他们的反应通常是自我保护，"哦，这个我不好说……"，而且说的时候，还若有所思地抓着脑袋。如果你真的要比较，他们会说，爱荷华的其他班是有史以来最好的。有时，他们也会说，另一所学校某个班是有史以来最好的，往往是20世纪60年代初著名的斯坦福大学作家，其中包括肯·凯西、罗伯特·斯通、蒂莉·奥尔森、拉里·麦克-默特里、温德尔·贝瑞，贝瑞当然是非常棒的一员。谁知道？实打实地，也许他们能轻松击败我们班。

尽管如此，如果要统计"我们班"过去30年的出版物、奖项和赞誉，那书目会让人赞叹不已。毫无疑问，我们班给当代美国文学带来了深远影响，还会影响这些当代作家教过的、指导过的或他们的作品影响过的青年作家。我们班要比其他班施加的影响更重要吗？谁知道？不过，我们班的确特好。是什么带来了大丰收？

也许是时代原因。埃德加·温德在《艺术与混乱》（*Art and Anarchy*）中这样写道："一定强度的动荡和困惑有可能唤起创造力。正如我们所读到的艺术家，他们过着动荡不定的生活，比如但丁、米开朗琪罗或斯宾塞（就不说莫扎特或济慈了），伟大艺术的外界创作环境往往远非一帆风顺的。"

当然了,等我们去了爱荷华,那时,政局不如短时间前那么动荡了。尼克松刚辞职,越南战争快结束了,我们的青春活力和义愤填膺都突然失去重心。大家如释重负地叹息,但也有漂泊感。尼克松现在正享受着舒适的流亡生活,我们该恨谁?

不过,在艺术领域,质疑权威的习惯从政治蔓延到小说创作,"实验派"作家破坏了传统写作规则,比如情节、人物甚至标点符号方面都是如此,他们这样做只为看看结果会是什么。1969年,在巴特宣告作者死亡的第二年,罗恩·苏肯尼克宣布了更多死亡消息,他在《小说之死和其他故事》(*Death of the Novel and Other Stories*)中写道:"当代作家——与属于他的生活保持密切联系的作家——被迫从头开始:现实不存在,时间不存在,个性不存在。"这成为我们一部分人遵循的某种宣言,但如果你过于忧虑标点、思路清晰的内容和意义,还有很多其他选择。加布里埃尔·加西亚·马尔克斯的《百年孤独》(*100 Years of Solitude*)出版于1967年,为后现代派讽刺、虚无主义、怀疑和不适提供了生动活泼的替代物:魔幻现实主义。戈登·利什忙着精雕细琢雷·卡佛的稿子,不断推出极简主义杰作,而新闻写作注意致力于打破曾经神圣、不可改变的虚构与非虚构之间的区别——既然作者已经死了,而且,意义、现实,还有那些判断何为客观事实的古怪的资产阶级观念也都死了,为什么不打破呢?

这让人忘乎所以。

但是,时代对每个人来说仍是相同的,不仅仅是爱荷华市道奇街上的几个居民,也不仅仅是科勒尔维尔I—80出口匝道附近的居民。爱荷华作家工作坊有特别之处吗?

**如果有什么能让爱荷华区别于当时的十几个其他工作坊的话,可能是爱荷华有能力吸引专职教师,或客座讲师,这些都是当时最知名的作家:约翰·欧文、库尔特·冯内古特、E. L. 多克托罗、约翰·契弗，伦纳德·迈克尔斯、罗莎琳·德雷克斯勒、豪尔赫·路易斯·博尔赫斯、雷蒙德·卡佛、约翰·霍克斯、朱迪思·罗斯纳、安东尼·伯吉斯、罗伯特·安德森、马文·贝尔、唐纳德·贾斯蒂斯、卡罗琳·凯泽、斯坦利·埃尔金、斯蒂芬·贝克尔、约翰·厄普代克等等。这不会有坏处；好作家有时是好老师，虽然不总是如此。而且，有时，我们只是目睹文学巨匠，意识到他们也和我们一样缺乏安全感、有依赖心理，也会犯错误，这帮我们克服了绝望心理，也让我们继续打字。但工作坊一直都吸引最好的老师和访问作家；他们的洞察力给"我们班"留下的印象是否比其他年代的写作班留下的印象更深刻？

从一开始，爱荷华作为全国唯一的作家工作坊在后来这些年，多年来被公认为最佳作家工作坊，始终吸引不少有天赋的、敬业的、雄心勃勃的年轻作家申请入学。工作坊并要做到非常出色，只需接受有才华的申请人。与当时的同类写作班相比，爱荷华的评选过程中可能没有做到更严格，也不一定更敏锐，无疑，爱荷华拒绝了很多年轻天才，收了几个次品，但你的挑选余地很大，能挑出最好和最聪明的，而且项目数量比较多，你可以广泛收到他们的作品样本，你一定会挑到合适人选。

人们经常听说很多关于"小说工作坊"的风凉话，还有人说，工作坊如何培养一种走中间道路、规避风险的作家。但那些选拔录取稿件的评委来自全校，因此，那些在20世纪70年代中期被工作坊录取的作家就他们的风格和内容而言，各有特色。没人会把汤姆·博伊尔的早期试验作品中支离破碎的元小说和桑德拉·希斯内罗丝写大城市生活的锋利笔触，或和简·安妮·菲利普斯飘逸的新南方哥特式散文诗混淆；也不会把奥尔森尝试写的神话魔幻现实主义作品，与谢弗的光怪陆离的洛杉矶写实作品，或与安东尼·布科斯基的威斯康星北部森林现实主义作品相混淆。

"人们谈论创作班时提到的一个讽刺是，爱荷华有时被当作稻草人，持这种观点的人们声称，这些创作班培养的都是雷同艺术，缺乏抱负"，马文·贝尔指出，"而事实上，爱荷华恰恰与此相反。我以前在爱荷华教过的学生有数百人，已出版诗集的作家包括：迈克尔·伯卡德、玛丽莲·钦、丽塔·达夫、诺曼·杜比、阿尔伯特·戈德巴斯、罗伯特·格雷尼尔、乔伊·哈乔、胡安·费利佩·埃雷拉、马克·贾曼、丹尼斯·约翰逊、拉里·莱维斯、大卫·圣约翰和詹姆斯·泰特。在这少数几个作家当中，他们风格各异。顺便说一下，我以前的诗歌班学生包括一位电影明星、两个著名剧作家、几个成功小说家、一个撞球骗子、两个禅师、两个职业篮球队员，还有一个前刺客。"

可以说，爱荷华的选拔过程中不够有序，无法达成对中间派有利的同质性共识。"我们班"好多人都无法抗拒诱惑。 我们请工作坊秘书查看招生文件，发现评委意见极不一致，在录取或拒收意见上是两个极端，有时只能靠决定投反对票的人一再坚持，才能解决这种分歧。但最重要的是，我们的确被录取了。

简·安妮·菲利普斯： 我带着小狗萨沙，开着大车（克莱斯勒的一个型号）来到爱荷华城，萨莎已安然无恙地经历过几次越野旅行。一次，她在沙漠里喝下一整罐用橙汁饮料罐装的冷却咸肉汤，居然没什么不良反应。

爱荷华城非常美，那时的爱荷华城还不像现在这么中产阶级化。我在米恩斯房地产办公室（也许那是保险公司）后面租了两个房间，搬进去住了。米恩斯先生体重约三百磅。我在隔壁总能听到打字机响声和电话铃声。公寓实际上是个大正方形厨房，有个带淋浴的小卫生间，还有个被封起来的狭窄门廊。门廊外面正对着公司停车场，我的大车可以免费停车。

第二年，我在郊区农场住了段时间，接着去了很时髦的公寓，租了三楼两个最好的房间。没有门，或者说，有两个门，一个通向卧室，另一个通向客厅或厨房。卫生间在楼下，和很多人合用。他们上厕所用的是报纸。我很少用卫生间。房子里有个人看上去绝对是流浪汉；弗雷德·艾尔奥夫常说，那家伙每天都在衣服和头发上精心摆好棍棒、树枝和树叶。

我知道一位出色艺术家最后去掉了一扇门，我实际上把公寓一扇门锁上了。这算是装修过的一个地方。

格伦·谢弗：我和妻子开辆大U型旧牵引车，里面装着可怜的家当，后面拖着我们那辆黄疸色1969年福特猎鹰汽车，就这样来到爱荷华。我有种使命感——我将在这里度过两年时光，像在部队的感觉，等我离开爱荷华时，就是功成名就的作家了。

奥克利·霍尔在欧文分校是我导师。他让我写爱荷华的经历，我根据自发感受写了一篇，又扩展了一下，他回信很简短，似乎说了句，他真的不知道我是谁。这没关系。我是他带的第一个考取爱荷华的学生。什么，他们从1000个申请人里录取25个？我想，我要这样总结爱荷华学习的经历，你能得到自己需要的东西；这和你来自哪里有关系，也和你的艺术家潜力有关，还有，对我们而言，假定我们有发展前途，在我们发展成作家的过程中，同行要比教师更重要。工作坊的一个优势就是规模——真可谓群英荟萃；大家可从四五十号人当中汲取养料。

我和妻子抵达不久，就在科勒尔维尔的铁人客栈找到了服务员的工作。

桑德拉·希斯内罗丝：我刚到爱荷华什么都不知道。我对自己没概念，很自卑；我从未独自一人远离家乡，我知道什么？就人生阅历而言，我像个15岁的小女孩。父亲和兄弟一直都保护我。他们步行把我送到公交车站，芝加哥贫民区的人们都这样做。所以，我一遇到注意我的那个诗人，我很自然地想，哇，我很了不起。我不知道如何成为作家，只知道怎么变坏。等我到了爱荷华，已谣言四起。人们把我看成轻浮少女，不认可我真正的身份。人们看我的样子，让我以为自己牙缝里有生菜还是怎么的。

米歇尔·赫恩伊凡恩：我很天真！我认为作家和写作很崇高。我不知道当作家竞争很激烈。我一直以为，只工作就够了。我不知道，作家需自觉地和人联系，推销自己，让当权者了解自己，还要努力等等。爱荷华让我对写作和作家有了真实认识。同时，我想象中的工作坊是个写作天地，我会生活在写作中，呼吸写作空气，与其他作家见面，海阔天空地聊创作——事实上也的确如此。有一点除外，我的写作进行得不顺利，很容易分心。我需要大大改进自己的习惯。我到爱荷华时很年轻，那时我22岁，我希望自己能多等几年再上爱荷华。工作坊的强度、智力和竞争力让我有点儿措手不及，我真的还没有真正掌握所有方法，不能充分利用工作坊的优势。话又说回来，工作坊是这样一个天地，写小说最重要，多年来，我渴望再次回到那个环境。

珍妮·菲尔茨：我也从芝加哥来。我不开车，我从芝加哥坐公交车来到爱荷华城，在南总督街404号找到住处，很小巧的公寓楼，房东是对农民夫妇，他们靠卖地建楼变得很富有，和上帝一样富有。他们是世上最高尚的人，房东太太常来串门，她会说，"我想到你了，给你烤了些饼干。"我想，我每月房租是150美元左右。

杰克·莱格特是工作坊主任，他家住在下一个街区。我看不见他工作，但我能看到他家晚上亮着灯，有时能听到他家院里的声音。我独住小公寓，但我知道公寓后面住了一家人，我很喜欢这种感觉，我找到了安慰。这在我的第一部小说《丽莉海滩》(Lily Beach)里有所体现。小说与杰克无关，但小说里写丽莉朝外看她的教授的住处。我是偷窥汤姆。作家是观察员，他们对自己周围的生活激动不已。

埃里克·奥尔森：我妻子申请了爱荷华，收到录取通知书有些迟了，我们在开课前才赶到镇上，没地方住了。不过，我老爸当过邮递员，我从老爸那儿知道，即便有些空房没列在广告上，当地邮递员也知道所有空房的情况——邮递员一般都很熟悉他们的路线。于是，我们开车来到爱荷华城，开始找邮递员，每看见邮递员，我就朝窗外大喊，"嘿，知道哪有空房吗？"

当然，新学年一开始没空房，但有个小伙子指给我看北吉尔伯特街上的一个地方，就在约翰市场南边街区那里，那房子还在那里，从汉堡旅店第二号出来，走一个半街区就到了。先前的房客是个研究生，他刚搬出去。

公寓楼是座古老的维多利亚式建筑，房间有个卧室，楼上有个洗手间，因为房东想在租房前粉刷一下，所以没做广告。我告她说，我们会为她粉刷，还补充道，虽然我们来自加州，但我们不会粗暴，不会不守规矩。不过，我知道埃尔卡米诺牌子的车很糟糕。我犯了个错误，把车停在屋前了，我看到房东使劲盯着车看，还盯着我看，心里揣测，任何一个开这车的人在周六晚上会做出格的事，但我解释说，那是我爷爷的车，他晚上会很闹，不过我们不会。我们坚持说，自己的表现不能再好了，事实也是如此。结果，房东允许把房租给我们。

我们在那住了四年。我们很喜欢那里，那儿有个很好的酒吧，还有个很不错的杂货店，还有街上刚开张的、口碑不错的汉堡包连锁店。

乔伊·哈乔：对我来说，现实是座已婚学生住的灰色混凝土楼群,很少能见到太阳,得不到工作坊的帮助——我拿了一所大学支持少数族裔学生的资助,同时我得上课,教美国研究领域里的一门美国印第安文学和文化课。

我在孤独的裂缝里挣扎。工作坊文化在我看来是外来文化。我觉得自己是局外人,但我不是唯一的局外人。我们都在那个地点、那个时间经历过内心挣扎。多年后,我和老同学交流时才知道这些。那些圈内人也经历过同样的斗争和疑虑。

但当时,大部分学生来自东海岸,而且都有文学方向的高学历。师生当中有个小圈子,他们关系特密切,这些学生无论写什么、说什么,总能得到老师的认可。他们了解工作坊专用的内部语言,而且文学界经历相同。工作坊的气氛以互相批评和挑剔语言为主。我压力很大,不得不模仿别人的风格。第一学期,我不透露自己的风格,只模仿别人的写法。后来,我开始独立。

格里·利普舒尔茨:我刚到爱荷华市时很害怕。我想,我必须尽量了解生活,写作也一样。也许大家都是这样,但抚今追昔,我觉得自己当时多么年轻、脆弱。那里有许多其他作家,他们早就开始从事创作。虽然我已创作多年,但我从未想过,一刻也没想过,我可能会成为作家。我以为,这样的愿望离我很遥远。

我到爱荷华时没有住处,只有个帐篷,一只狗,还有从叔叔那里买来的车,叔叔在佛罗里达州是二手车推销员。我过去在那里做服务生,是父亲帮我找的活儿。我大学毕业那年,他们已经从新泽西州搬过来了,那年夏天,我去南部找了工作,这样我可以买辆车。那是我开的第一辆车,那车看起来很可怕,是本田大黄蜂。我问叔叔,"车走了多少英里?"他告诉我,"你想要多少,它就走了多少。"

加里·约里奥:我在霍夫斯特拉最好的朋友吉姆·阿莫迪欧是剧

作家。他申请的是爱荷华剧作家工作坊，得到有条件录取的通知。他们让他去戏剧系攻读硕士学位，但允许他参加他们的工作坊。我不知道怎么进的小说工作坊。我把三个故事塞进信封寄出去，接着祈祷自己成功，几周后，我在霍普·兰德尔的住处收到录取通知书。很抱歉，没经济资助。不过，我还是很飘飘然。开学前几星期，我和朋友一起开车出去找住处。路上，我第一次看到作物喷粉机器。

我们在科勒尔维尔一家汽车旅馆住了几晚上，接着找到家公寓房，那年秋天我们可以和别人合租。当时，我还没结婚。我和好友都22岁，从没独立生活过。我们住在城外，是公寓楼群，在亚瑟街1100号。月租金145美元，我们都在爱荷华图书及办公用品公司找到了工作。我们喜欢爱荷华城！

等那年秋天我们到了爱荷华后，我们在公寓楼群遇到邻居汤姆·博伊尔。我记得还碰见过汤姆的妻子和他的狗。那年秋天，吉姆和我一起为爱荷华图书及办公用品公司全体工作人员举办晚会，汤姆·博伊尔是我们请到的工作坊少有的几位作家之一。

唐·华莱士：我刚到爱荷华市后，只认识一个人，是我在圣克鲁兹的同学戴维·吉文斯的哥哥。他哥哥约翰很了不起，是二年级教学写作研究员，他不能再热情好客了。其实，开学前，他请我去他家参加"只给二年级举办的"晚会。我开着那臭名昭著的脏褐色平拖车去的，油箱都快爆炸了。我沿着约翰家满地秋叶的湖景房漫步，心情无比舒畅，边走边想创作。

我绕过一棵树，发现有个女人神情恍惚地站在那里，她很快突然转身。

"你是谁？"

我把名字告她了。

"一年级学生吗？谁请你来的？"

我解释了一下。

"你从哪儿来？"

我说，从加利福尼亚州圣克鲁兹来。

她脸上掠过厌恶的表情。"这里好多人都从西海岸来。你们占了东部优秀作家的名额。"

后来，别人指给我看，说她是二年级能手，是TWF（教学兼创作的研究员）。

消息传出，学生可以看录取文件，能看他们被录取时的评语——对作家而言，偷窥权可是作家不可抗拒的诱惑。我到了办公室，办公室的康尼·布拉泽斯人很善良，精力充沛，是工作坊不为人知的权威人物，她见我要看档案，顿时面色苍白。她坚持劝我，"别看，唐，别看。"嗯，当然，她越这样说，我越要看。我坐在腿向外翻的沙发上，手抖着打开文件……我已在工作坊受过打击，自尊心早已残缺不全，也许我当时希望得到一些迟到的鼓励。毕竟，他们已经录取了我，对不对？

让我吃惊的是，文件第一页就是晚会上和我说话的那位TWF写的，她是第一评委。她的结论是：不行，不行，不行。她说我很可怜，没文化，不值得蔑视。

那我是怎么被录取的？显然，约翰·欧文当时在爱荷华教了几年书，正要离开爱荷华，他当时过来和大家道别；接下来的原委是这样的，他抽时间读了我写的一个故事。"录取他。"他字迹潦草地在最后一页这样写道。

下面的内容都是我靠回忆叙述的，毫无疑问，这回忆并不可靠，但欧文的主要意思是，"他（唐）写的故事让人觉得，他年龄更大……语法掌握得不够好……但他言之有物。"我当时只有22岁。

约翰·欧文：我1972年至1975年在爱荷华作家工作坊任教——

教了三年。这是我教的最好的教学兼写作课;同学们很好,因为他们忙着自己写东西,很多时候让教师忙自己的创作。这才是爱荷华作家工作坊的特点:师生来这里是写作的。

工作中最艰难的部分是录取过程,因为从未有人在录取什么样的学生——或者说,什么学生最值得拿教学/写作奖学金——上面达成一致意见。(你对作家有什么期望吗?当然不是期望我们可能在某方面达成共识!)

艾伦·格甘纳斯是我的学生。艾伦还从师于约翰·契弗。汤姆·博伊尔——T. C.——是我的学生。罗恩·汉森也是我的学生。这些年轻作家是超级天才,他们是"拼命三郎"。我也是工作狂,我特喜欢他们——喜欢他们的作品。

我1974年10月发表了第三本小说《158磅婚姻》(*The 158-Pound Marriage*),那是我在工作坊教书的最后一年。小说出版后,用他们的话来说,石沉大海。小说销量不如我的第一部或第二部小说,几乎没人写评论——那些发表的评论(就我能记得的而言),大部分都有争议。1975年,我在写《盖普眼中的世界》,但我离写完小说还差得很远,这是我的第四本小说,也是我的第一本畅销书。《盖普眼中的世界》出版于1978年。

安东尼·布科斯基:妻子伊莱恩和我8月初来到爱荷华,在"车厢里山"公寓找到住处,离市中心只有几英里。我从东海岸回到中西部地区,非常高兴,先前我一直在东海岸读研、任教。我看到爱荷华在举办大型体育比赛,非常兴奋,最兴奋的是想到自己要成为爱荷华作家工作坊的一员了。我们开过第一次小组会议后,我更兴奋了,杰克·莱格特给我们介绍认识了小说工作坊的教师:约翰·欧文、万斯·布杰利、简·霍华德,还有他自己。

埃里克·奥尔森：我最先看到托尼·布科斯基，后来在英语—哲学楼里遇到几位老师，当时，莱格特在工作坊HQ主持开学预备会，这几位老师最后成了我的莫逆之交。那次开会，我对托尼的印象很深，因为他戴顶窄帽檐儿草帽，嘴角衔着牙签，时不时地把牙签从一边转到另一边，看上去绝对不像作家。也许这正是吸引我的地方。还有，他坐在教室后面，我也喜欢坐后面；我会尽可能坐在出口附近，如果有必要，我就能随时逃走，不用坐在那里打盹。显然，托尼也是这个想法，我们一拍即合。我发现自己想知道他写什么样的小说。看他的外表，我想他会写南方哥特式小说。我的意思是，我怎么知道他是波兰人，从最北部来的？

加里·约里奥：还有一次大型野餐会是在万斯的红鸟农场上举办的，专门让大家互相认识。这次野餐很有趣，我记得自己过得很愉快，但我只记住了托尼！也许因为我是个铁杆异性恋，我不记得他穿了什么衣服。不记得他戴了顶窄帽檐儿草帽。不过，如果托尼当时没在场，会不会也很有趣？也许我还不是铁杆异性恋。除家人外，托尼·布科斯基是我真正喜爱的少数人之一；他多次为我说话。生活很美好；我觉得自己属于爱荷华。

第二年秋天，我返回爱荷华，那时，我整个人都崩溃了，暑假期间，我姐姐死于车祸。我觉得自己没了归属感。我觉得自己抛弃了妈妈。我觉得和工作坊有距离感。第二年，我的个人生活影响了我。不过，托尼和他妻子伊莱恩非常擅长替人排忧解难。此后不久，托尼为我1977年的第一次婚礼做了伴郎。今年，我觉得自己像老傻瓜，因为我又开始写作了，托尼对我说，"嘿，噶尔，狗屎，你还是个小伙！"

格日·利普舒尔茨：我记得红鸟农场晚会，那是我参加的第一次晚会，我遇到两个工作坊的所有学员，大概对自己的新生活有了概念。我记得自己在找羊肚菌,漫步在农场,羊群正离开围栏草场,我们起身赶羊群返回时,夜空星光灿烂,一弯新月俯瞰着我们。

埃里克·奥尔森: 我参加第一次开学准备会时,还注意到格伦·谢弗,但格伦属于坐前排的那种人,他会举手回答所有问题(当然了,回答得很正确),我们后来才见面深聊。其实,托尼把我俩介绍给了对方。托尼总把大家聚在一起。"孩子,你得见见这家伙。"他会这样和你说,把你从马路对面拽过去,要么让我上前和某某某见面,托尼坚信你愿意认识这个人,坚信你会喜欢这人写的东西,坚信你和这人会成为好朋友。

格伦并不像托尼那样看上去是典型作家,不是我冒昧说典型作家应该长什么样。但典型作家看起来往往不像从塔尔萨来的二手车推销员,也不像格伦这样,他像从洛杉矶(格伦就是从洛杉矶来的)来的健美冲浪员,他读惠特曼、菲茨杰拉德和海明威的作品,还试图写第二部《盖茨比》。当时,我不了解他的阅读习惯,但是,看看他的外表,我就猜想,他大部分时间花在健身房或沙滩上,他的小说一定很干净、高效、句子简洁明了,而且言之有物。我的意思是,我怎么知道他一直在读福柯和德里达?还读的是原著,上帝!

我依稀记得在开学准备会上和唐·华莱士见面的场景,也许后来在晚会上或在课堂上见过他。细节不记得了……不过,我确实记得他的马尾辫和夏威夷衬衫,像吸毒的加州人,要是有这样的人,他就是我喜欢的那种。看他外表,我觉得唐一定读过很多当时流行的试验作品,就是那些没有情节或连贯性的叙述作品,甚至专为做试验而写出看不懂的句子,就是罗恩·苏肯尼克和其他这类作家写的东西。叫元小说,或随便他们叫什么。

当然,我的假设完全错误。

安东尼·布科斯基：在开学准备会上，我记得自己坐后面。不知何故，也许在开学准备会前后，格伦和我攀谈起来。我和他一见如故。他的脸部轮廓让我想起杰夫·布里奇斯。他特别热爱爱荷华的工作和生活，他激情四射。年轻，有活力。

后来，我认识了他妻子黛比；他叫她"小家伙"，我也这样称呼他妻子。我会经常去他们住的科勒尔维尔公寓。我们会讨论人生。我听格伦说，他就读的高中很艰苦，这也许促使他参加锻炼、练举重、打拳击。

一次，格伦坚持要去德梅因看爱荷华州博览会。我可不热衷大夏天看博览会，不过格伦坚持要去。我们很早就坐他的车出发了，车在州际公路上抛锚。一个卡车司机停下车，通过无线电和加油站取得联系，我们把车拖到高速公路上的加油站，前不着村后不着店。天很热。我们坐在孤零零的树荫下。我们把格伦车上的足球抛来抛去。我们吃零食，喝可乐。我敢说，车开上五六个小时就会出问题，这期间，我们大汗淋漓，怨声载道。我们最后安全回家了——但没去看爱荷华州博览会。

还有一次，他非要去采石场，他听人说，可以在那里"落"（裸）游。"哦，倒霉，要开50英里，太热了，"我和他说。可他不听劝。这次，我们开的是我的车。采石场的水里全是小石子，水很清凉，但我记得，那些嬉皮士让狗跳进水里，那些嬉皮士看上去也不怎么干净。那次裸泳在半小时内倒很有趣，后来，我俩靠近对方，低声说，"看暗礁，靠右边的。看到她了吗？"裸泳一下变得很无聊。你能想象吗？很无聊地看一个半裸美人儿在做日光浴？

埃里克·奥尔森：我在爱荷华市待了两年才进工作坊，我到那时才知道自己想做什么。我参加了1975年秋开始的工作坊活动，那时，妻子和我参加过几次工作坊举办的晚会，我很喜欢去，因为那里总会提供免费啤酒……

新生和那些开始读二年级的人都出席了新生会议,我和其他人一样,忙着认识公认的大人物、冉冉升起的新星、去年被聘任的TWF,还有大家都认为应该得到却没得到TWF职位的人。我忙着观察新事物,试图判断哪些人有可能成为新一代大人物,哪些看起来像竞争对手,哪些可能会成为朋友、同盟——看哪些人比较另类。我觉得自己很怪,是外来人。我是那里唯一的局外人,没有归属感。当然,我们觉得像外来人。毕竟,我们都是作家。

即使我们没意识到这一点,我们多数人的内心深处都理解这点,不管在工作坊里,还是从工作坊毕业后,最重要的还是同行。当然,我们有可能从教师那里学到东西,我们需要时不时地奉承他们,像学生经常奉承老师那样,因为你永远不知道,也许其中一位老师会引你进入通向出版界的一两扇门,会给纽约一家著名出版社的大腕编辑写封介绍信,但这些老师都上年纪了。他们都有老人斑了!他们怎么可能派上用场呢?

其实,他们当时比我们现在还年轻一些。

唐·华莱士:我和其他工作坊同学住进一所大房子,有的和我一样是新生,有的是二年级老手。上课前我们就互相见面,还讨论写作,我们很友好地自我介绍,不出我意料,我们和房友迈克尔·马奎尔、玛丽·邦克·彼得森和琳达·拉平相互认识。社区也很舒适,奥尔森一家人——谢里尔和埃里克——就住在街角,街对面住着非常好客的南方诗人马克·范·提尔伯格,是西部作家沃尔特·范·提尔伯格·克拉克的后裔,我读过他的作品,比如《牛弓事件》(*The Ox Bow Incident*)、《猫的足迹》(*The Track of the Cat*)等,还写过作品评论。

道格·昂格尔：我去爱荷华前一直住在纽约市，和圣马克的诗人群体经常一起活动，我们都住在便宜的东村区，公寓里只有冷水，有时还没水，要么住在下面是排水沟的房子里，我知道，这才是货真价实的作家的生活方式。我只想写本优秀小说。我很喜欢把写作视为反文化活动，就是要和现状针锋相对。

我看到现在的工作坊作家都希望得到美学硕士学位，然后进入中产阶级社会。这似乎是他们的目标。或者说，他们想写本巨著，进入畅销书排行榜，再把书改编成电影，一夜暴富。

我在纽约或爱荷华写作时，没有这种想法。也许，如果我当时这样想，现在早就很富有了，但我没这样想过。我在爱荷华时，并不认为工作坊的一些真正成功的作家曾有过这念头。我不认为汤姆·博伊尔这样想过；他当时在《爱荷华评论》工作，写的故事很怪异，对语言很有感觉，他始终在写，生活很简朴，过的是谦虚谨慎的研究生过的生活。

没错儿，我去爱荷华时只是孩子。我不知道会发生什么。我当时很年轻，竟不知道被工作坊录取是多么幸运的事。起初，我的期望值很高——我当时期待自己伟大的天赋得到认可，被公认为年轻天才，我当时不知道自己是傲慢的朋克青年。

不过，我很快熟悉了班里的其他作家，他们非常优秀，很多作家写的散文比我写的好得多，我意识到，要想成功，要想继续当作家，就必须加倍付出努力，需要有更好的运气。这体验让我很谦卑。

安东尼·布科斯基：我29岁那年来到爱荷华市；那年10月我就30岁了，是我进工作坊的第二个月。我觉得，我比工作坊的大多数同学都大。到我去爱荷华时，我已在越南的海军陆战队服过役，教了三年高中，在布朗大学拿了硕士学位。我一直觉得自己很幸运，29岁就来爱荷华；我做好了刻苦攻读的准备。

对有自律的人而言，工作坊是个好地方。一个人假如没有自律，不能约束自己写作的话，可能只会享受自然风光、陶醉于夜生活，虚掷这两年时光。谢天谢地，因为你不必写什么学位论文，课程也不给成绩，老师几乎不期待学生做什么，除非他自己严格要求。

不过，不要误会。我在自律方面本可以做得更好。但我很荣幸，自己竟是工作坊的一员。我从小地方的一个不知名的大学来，成功心切。

我并不觉得年龄或阅历让我受益很多。起初不是这样。我没意识到，自己的生活，还有越南和其他地方的阅历，居然是小说素材。还有，让我最受益的是，我对自己被录取充满感激，如今别人会认真地读我在工作坊期间每周二提交的作品，我对此充满感激。

道格·博赛姆：一天，我走在爱荷华市市中心，第一次遇见托尼。不知何故，他知道我是谁，他认出我了。他当时在跑步，见到我后就上前介绍他自己。他给我看他结实的腿肚子，我很羡慕。他告诉我说，他很喜欢我写的短篇《在麦地》（"In Wheat"），我对他说，我除了喜欢他的腿肚子，还真的很欣赏他的短篇《和风路线》（Route of the Zephyrs）——的确如此。

第二年，我得到了工作坊提供的"研究助理"职位。职位里的"研究"部分包括在工作坊办公室复印作品，我几乎看到了所有要复印的故事，包括托尼写的故事。

你听说过所谓的"工作坊的故事"：即使我们写的故事言之无物，他们通常也会说故事写得很好。但我在浏览故事时注意的唯一范式就是写作的质量。此外，这些作家都在场：乔·霍尔德曼、道格·昂格尔、艾伦·格甘纳斯、汤姆·博伊尔、加里·约里奥、托尼·布科斯基等。统计学中有标准差概念，指的是测量偏离数据集平均值的数据点。从灌溉花园的喷嘴里出来的水珠的标准偏差很大。当喷嘴被调节为流水状态时，标准差变小。打个比方，写作工作坊就是红色球形爆竹爆炸后的水气球。

复印作品的一大好处就是，复印室对面就是主任杰克·莱格特的办公室，还有霍普·兰德尔的办公室，当时兰德尔是莱格特的助手。我算处于中央枢纽，似乎参与了所有事情，我觉得自己像个呆头呆脑、不碍事的小弟弟。莱格特和霍普对我很友好，我被请去参加了好多场为访问作家举办的晚会。他们这样做是出于同情：在他们眼里，我整天在复印，这活儿太卑微，他们为此很难过。

道格·昂格尔：我做学生时，过的是波希米亚式的另类生活。我们参与了各种地下活动。我记得在简·斯迈利家里开的降神会，由伦纳德·迈克尔斯主持，布伦达·希尔曼、蔡斯·特威切尔和我（我记得艾伦·格甘纳斯可能也在场），还有其他几个人，我们围坐在一起，点着蜡烛，神情凝重，试图决定写小说和诗歌创作之间的区别，最后，我们得出结论，写诗能让你更美丽，写小说让你变得更难看。

有段时间，我私下里买卖毒品，这在老师当中很受欢迎，我当时觉得这可能有助于我第二年获得TWF职位，不过，别写这个，求你了——这种想法说明，我当时对自己、对自己的写作缺乏自信。第二年，我更熟悉写作过程，明白了一点，我们写作中公认的、有自觉意识的质量更重要，个性并不重要。

唐·华莱士：和奥尔森、谢弗一样，我是西部来的孩子，有点儿天真，有理想，全力以赴地准备和同龄人一起读书、写作，参加工作坊活动，同龄人也和我一样有理想，思想开放，最重要的是很公平。刚来爱荷华时，我以为工作坊的生活会很艰难；我做好了迎接艰难生活的准备。我毕业的地方圣克鲁兹虽然是个童话般的地方，北加州的生活当然不会太严格，不过，来长滩前，我来自更艰苦的内陆城市，而且我干过农活儿，当过油田工人。

可以说，我像海明威那样，干过各种需要男子气概的工作，我心中秉信一种精神，要坚强，绝不拿轻浮作品对付写作游戏。

给我力量的另一元素是，我经历了20世纪60年代——少数族裔纷纷争取解放，我和他们耳濡目染，有黑人、棕色人种、黄皮肤的，还有同性恋，我还目睹妇女运动，读大学时，我跟从诺曼·O.布朗研究埃兹拉·庞德、威廉·卡洛斯·威廉姆斯和詹姆斯·乔伊斯，布朗是马克思主义-弗洛伊德的经典主义者——《爱的身体》（*Love's Body*），有人愿意经历这种生活吗？

我写的作品最天真、最理想化。我写作时，摆脱了玩世不恭的心理，真正倾听世界和我的心灵。我也想让别人同样怀着纯净的心灵。我没有宗教信仰，也不是素食主义者，我15岁以来就参加抗议，我不再认为激进政治能解决任何问题。我的精神层面是写作，滋养该精神的养料就是加州特有的泛神论和自然崇拜。

我觉得自己虽只有22岁，但心理年龄很成熟。我步行上高中那会儿，每天路过这样的人群：蓝帮和红帮两大黑帮、黑豹党青年成员、我们必胜团体和种族团体，还有那些打完招呼就逮捕你的警察，我还在产原油的湖里干过重活儿，挨过战术小队的打手们的殴打，被熏过毒气，还被捕入狱，对我这样的人来说，和三十位美国最好的青年作家一起上课，不算太恐怖，对不对？

凯瑟琳·甘蒙：我到爱荷华时，打算写我学到的内容，然后看看会怎样。这对我来说是全新的探索。我入校时没有任何具体意向。我入校是要看自己会发现什么。我甚至不知道自己能否完成学业。我不知道自己为什么要拿美学硕士学位，因为我没有教书的梦想。我只想看能学到什么，会是怎样的经历。但是，你一旦融入那里的文化，你就想教书了，因为，所有最优秀的作家都在教书。他们都有TWF或类似的什么，最后你觉得自己也应得到TWF。

道格·昂格尔：我懂得虽然不多，但我知道，如果要做一件事，我最好学会把它做好。**我离开芝加哥时和大多数青年作家一样，以为凡是我吐到页面的内容都是上帝赐予文学的礼物，很快，我就不这样想了**。我明白，我不得不努力比原来写得更好，我决定这样做。

第一年，我一直试图重写小说，当时，这本小说被兰登书屋的贾森·爱泼斯坦退稿了。我重写了数百页，最终写完时，才明白我已经没什么可写的了，只有到那时，到爱荷华的第一年晚春，我才如梦方醒……才明白，我追求的创作是另一层次的故事和风格，才明白我必须在有生之年加倍努力，才能逐渐实现自己的梦想。

格日·利普舒尔茨：我刚到爱荷华城时，很难找到住处，因为我养了只狗，但主任助理霍普·兰德尔告诉我，我可以在她家住段时间，我就在她家住了段时间。不过，两家的狗相处得不好。后来，霍普安排我认识诗歌工作坊的朱莉·米什金，我们一起找房子。我们需要找个足够大的住处，能住下我的狗、她自己，还有她那时的男友，还有另一位诗人。我们在麦克布莱德人造湖旁边的梭伦找到了住处，对面就是湖泊，人们去那里游泳。剧作家李·布莱莘在那儿住过一段时间，那年夏天，路易·斯基珀和科尼·格斯特，还有一个文学方向的博士生一起搬了过来，这博士生名叫埃德·霍普耐尔，已发表过诗歌。

我们在那里度过很多美好时光，参加过好多晚会。记得有一次，吉姆·高尔文请W. S. 默温参加晚会，我们三个在聊天——互相传大麻烟卷，这细节就不必写了，默温很出色，他思想深刻，彬彬有礼。一次，我的朋友玛吉和特雷尔·罗氏从新泽西州过来参加晚会，他们是音乐家，在晚会上还演奏了乐曲。他们还出去旅游……那是在他俩的妹妹苏兹加入他们队伍之前，后来他们成了三人组合，罗氏三人组合。

我记得和路易、科尼、朱丽、吉姆，还有李一起坐在桌前，聊得很开心。我们所有人在炉火前聊过很多次，谈论诗歌，记得有一次，万斯在场，他告我说，我还算是不错的作家，但我不知道为什么自己写的东西那么重要。对我而言，我写的题材必须非常重要，我要主动在陌生人面前大声说出来。这很重要吗？他问我。或类似的话……

我们在爱荷华时经常做饭，记得厨房里有老鼠，我们整夜都抓老鼠，还用朱莉·米什金的菜谱做了希腊烧茄子。

我记得湖里捕鱼的经历，那是我有史以来第一次钓鱼，接着收拾鱼，去鱼鳞，不管什么吧，然后烧烤，吃烤鱼，当时感觉自己吃了活生生的东西，甚至一小时前还活着——这是我吃的第一条活鱼——那鱼刚才还在我们身后的那个湖里活蹦乱跳。

我记得和路易、埃德一起在雪地露营，当时，我们喝得酩酊大醉，喝了松香味希腊葡萄酒，还有茴香烈酒（我们去了锡达拉皮兹的一家很棒的希腊餐厅）。我可以一直这样生活下去。

不过，周围的人不太喜欢我们。他们不喜欢房客。可能也不喜欢诗。后来，有人开枪杀了我们的狗。

⚜

如果有件事可能提高了"我们班"的写作质量，很可能就是因为，如果你为很多才华横溢的人提供空间，让他们自由写作，一起活动，虽然结果不一定总是很好，但大家在一起经常很开心，总会促成好事情。不过，任何工作坊都如此，不只是我们的工作坊。也许纯属偶然，那些年，超过一半以上的有才华的新秀都申请了工作坊，录取过程也比一般的录取情况稍微好些，当时的经济环境也比现在好些，能多录取几个人，让他们拥有这个宝贵机会。此外，仅仅把有天赋的人安排在同一房间，就能营造出能提供反馈的环路，让所有人有所提升，尽量最大限度地发挥他们的潜力。

工作坊以往的声誉是，那是有竞争力的机会主义者和自我极度膨胀的人的天堂，我们却不这么认为，无论在地域、政治，还是美学方面有什么不同见解，我们都喜欢工作坊非同一般的合作、慷慨的氛围。其实，我们回顾工作坊岁月时都有同感，工作坊的实际工作都在教室外开展，我们在磨坊饭店，或乔治自助餐饭馆喝啤酒，或在麦克布莱德湖畔的小木屋里边吸大麻边交换作品看。一天结束时，我们发现大家互相鼓励，因为我们同病相怜，面临相同的恐怖：空白页。我们还在为对方加油，因为即使三十年过去了，空白页依旧艰巨、依旧可怕。但我们大多数人第一次上课时，都对未来摸不着头绪。

简·安妮·菲利普斯：我在爱荷华的第一位老师是剧作家罗伯特·安德森，他写了《茶与同情》(*Tea and Sympathy*)。他人很好，很绅士，纯蓝色眼睛，头发花白。我不记得他主持的工作坊是怎样的，甚至不记得班里有谁。我记得，自己写的第一篇篇幅较长的故事是《埃尔帕索》(*El Paso*)，后来收在《黑色门票》(*Black Tickets*)集子里，《埃尔帕索》是我在工作坊里讨论的第一个故事，我当时应该是在安德森的班上上课。**我交给工作坊的稿子几乎没标点，篇幅很长，全是人物独白。大家恨之入骨。**有的说，他们"得读这东西，对此十分憎恨"。有个家伙特讨厌这故事，他质问道，"干嘛让我们读这狗屎？"不过，我没崩溃。实际上，他们的反应那么强烈，倒让我备受鼓舞。我感觉自己做的没错。不过，我后来给故事加了标点。

我喜欢上弗雷德·布施的工作坊，他在工作坊上讨论我的故事《好色》(*Lechery*)时，一开始用很陶醉、很狡猾的口吻念了题目，气氛一下缓和了很多。

凯瑟琳·甘蒙：我没来爱荷华前，从没上过写作课。我第一次参加写作工作坊是在莱尼·迈克尔的课上，我大胆地拿出小说章节；不是第一章，是小说中间的一章。那是第一次上工作坊。我不知道会发生什么。那章写得很短，我觉得写得很美，把小说里那个环节发生的故事写得栩栩如生，等等，看上去比较完整，可以单独拿出来看。结果，无论从哪个角度看，那一章绝对不堪一击，莱尼对每个地方都指指点点，挑出毛病。

莱尼用词极为准确，他讲究节奏……逐字逐句都如此。他精力充沛，全神贯注。但我对这次工作坊的印象最深的是，要精准地考虑一切，这是要保持的准则。不能凑合；不能草草对付。我觉得，这是——听起来可能有些怪——禅的思想。他看稿子时十分注重精确性，词、意象，句子都如此。这就是打动我的地方。他主持的工作坊上，所有手稿都是匿名，稿子上不签名。莱尼不让任何人发言；全是他在讲话。或者说，通常如此。轮到讨论我写的那章时，也许有学生做了评论，因为我记得讨论到某处时，道格·昂格尔问了个问题，是否可以为增加节奏感做些重复。莱尼提出反对意见。道格说，"那您的意思是，哪怕出于节奏或音乐方面的考虑，也不应过度使用重复吗？"莱尼答道，不能。

我欣然接受这些建议。我听取所有建议，接着我写了个短篇交了上去，莱尼当时仍主持工作坊，他看完故事欣喜若狂。莱尼任教的那几个星期，我从他那里学到了老师能教会的一切东西。

安东尼·布科斯基：我第一学期上了杰克·莱格特的小说工作坊。我准备提交第一个故事《和风路线》，当时忧心忡忡，这在我预料之中。我不知道写得到底好不好。不过，有人告诉我，我有个崇拜者，是工作坊的二年级学生，他没和我上莱格特的课，但会是谁呢，他居然愿意读这故事，而且还认为它相当精彩。这对我帮助很大。

一天，我遇见了这人，他是道格·博赛姆。他真的对我写的故事很有兴趣。我可以告诉你，他的鼓励影响了我一生。事实上，这故事在莱格特的课上反应一般，我很高兴自己遇到了道格。课上，有学生认为故事主角是个异装癖。从哪里看出的，我一无所知。有一两个人喜欢这故事。试想，竟有聪明人很看重我写的东西？这既令人高兴，又让人伤脑筋，最终我很泄气。以前，我想当然地认为大家都会喜欢看我写的东西——我们在纯真年代不都认为大家会喜欢看自己的作品吗？

下课后，我回到公寓，坐在厨房桌旁，伊莱恩在煎猪排，我想，我要么打道回府，要么继续留在爱荷华，无所事事，混个学位；要么发愤图强，学会写作。不管怎样，我可以提高自己的批评标准，提高写作能力，希望赢得同事的尊重。我清楚地记得，厨房餐桌上方亮着灯，炉上烤着猪排。我决定——发愤图强。

第一年第二学期初，我们开始上约翰·欧文的课，我交了篇题为《来自塞尔的问候》(*Hello from Thure*)的故事。大家讨论这个故事时，也一起讨论了约翰·吉文斯的故事，欧文非常喜欢这两个故事，他很兴奋，我记得他还跳了快步舞呢。这让迫切需要鼓舞的我信心大增。到今天，我还很感激他，感激道格·博赛姆。我们为大家做的一些小事情，日后居然有如此丰厚的回报。

简·安妮·菲利普斯：我喜欢爱荷华教师的整体素质，很高兴自己终于有时间搞创作，我在加州和科罗拉多州做了两年服务生，还做了其他工作，只有休息时才真正创作。尽管我搬到爱荷华市前的那年夏天，出了第一本小册子《甜心》(*Sweethearts*)(由25篇故事组成，每个故事一页，特拉克车出版社印了500本)，但我去爱荷华前，从没参加过正式的工作坊。一系列阅读活动也很重要，你能意识到，有成就的作家不断涌出。我记得有人让我带约翰·契弗出去吃午饭。他特喜欢自嘲，说话妙语连珠，神情忧伤、严肃。

枕边书

艾伦·格甘纳斯： 爱丽丝·门罗的早期故事集《我一直想告诉你》(Something I've Been Meaning to Tell You)。威尔斯·陶尔的《一切破碎，一切成灰》(Everything Ravaged, Everything Burned)。《玛丽·罗兰森夫人及其他印第安囚掳叙事》(The Account of Mary Rowlandson and Other Indian Captivity Narratives)。安·鲁尔的《我身边的陌生人》(The Stranger Beside Me)（是特德·邦迪的童年伙伴，她调查系列谋杀案，最后开始怀疑她认识凶手）。哈利·克鲁斯的精彩回忆录《童年》(A Childhood)。巴里·汉纳的《飞船》(Air Ships)，作者很有天赋。1897年的西尔斯-罗巴克公司的商品目录。还有《米德尔马契》(Middlemarch)，这小说我读了25遍。

艾伦·格甘纳斯： 契弗很了不起，他的处境很是不堪一击，但只看他个人，你会觉得他非常可爱。我很快和他打成一片，因为我觉得他很孤独。在他有生之年，我们始终是朋友。他住在那家毫无生气的大学宾馆，在楼下饭厅吃早餐，爱德华·霍珀会愿意为那餐厅作画。课上有罗恩·汉森、汤姆·博伊尔等。简·斯迈利也在，还有许多其他天赋很高的作家。工作坊生活让人激动人心，不过它始终如此。

我写了短篇《微不足道的英雄主义》(Minor Heroism)，我在契弗的班上提交了这篇故事。我没按课上说的修改，不过课堂讨论很有用。约翰读了这故事，还很喜欢它，我觉得这对我帮助很大。我读了契弗写的有关《航空母舰约克镇号》(USS Yorktown)的作品。图书馆堆放的作品都和军事有关，其中包括《准将和高尔夫寡妇》(The Brigadier and the Golf Widow)。

契弗上课像开鸡尾酒会。他会拿自己的作品做开场白。他会说，过去人们可以这样写开头："过去，每天早晨，人们会围坐在一起说，'我昨晚喝高了'。好了，格甘纳斯先生，过去，每天早晨……给我写句话。"课上大多数是中西部人，有不说话的传统，被点名后也不说话，往往张口结舌，无言以对。更不必说根据提示口头编出一句话来……

契弗和我完全不同，但我们有共同的阶级意识。我们继承了落魄的斯文传统。当然，在非落魄的斯文传统方面没有专家，不像我们这些边缘人，在这方面还有专家。我上过萨拉·劳伦斯学院；契弗的妻子早些时候在这学院读过书。我当时写的是弗吉尼亚州和北卡罗来纳州乡村酗酒俱乐部的故事，他写的是威彻斯特的故事。我是在东部接受的教育，用的是与众不同的对话体风格。从一定角度看，这机会极好。

我们除了自己写作品，契弗每周还给我们布置作业；我完成了他布置的所有作业。想想看，约翰·契弗给大家上课，但大家从没读过他的作品；不知道他是谁，这让我很惊讶。至今，仍有许多作家读的东西太少，真让人不可思议。这事情只可能发生在美国。大家都以为自己是哥伦布，是第一人。你去阿根廷，那里的人会熟背阿根廷人写的每首诗，从识字开始，读过的诗歌都可以熟背出来。这里？人们跟大师学写散文，个个自称作家，但他们居然没兴趣读导师的作品！

当时，契弗的声誉像他的身体一样在走下坡路。我们都认为，巴塞尔姆、库弗和罗恩·苏肯尼克是在世的伟大作家。这样说让我很尴尬，我曾和契弗抱怨过，在人才济济的时代，这么多人从事元小说写作，当作家可真不易。"嗯，艾伦，我知道这种情况。我年轻时和詹姆斯·乔伊斯是竞争对手。"这话让我哑口无言。

很多同学觉得契弗一下子就垮了，他原来体重是110磅，穿6号乐福鞋。不过，读完他的作品后，我熟悉了他作品的深度和广度，我觉得,这给了我惊人的机会,让我探索自己能做什么,探索自己能做的是否能和他的作品看齐。

我写的一些每周习作后来发表了;契弗给我们布置的一次作业似乎有预言性。那是1973年,作业是"在一个燃烧的建筑物里写封情书"。"9·11"那天,我有个学生在世界贸易中心的2号楼,当时该楼被击中。他正打电话描述第一架飞机坠毁的情况,第二架飞机立刻击中他在的那个楼,一下结束了他的生命。无论如何,约翰处于奇怪的状态,他刚回东部就犯了心脏病。他没法戒酒。医生说,如果他仍继续酗酒,那就是判死刑。他家人基本不再管他,我能理解;家人一定非常恼火。结果,他就住在凄凉的爱荷华大学宾馆里,用那里的杯子——放牙膏的玻璃杯——喝威士忌。宾馆每周发给他两块质地低劣的浴巾。我的意思是说,他住的房间简直是推销员出差自杀的地方,他就在那里召开学生会议。

T. C. 博伊尔:我参加工作坊的第二年,上了约翰·契弗的课。艾伦·格甘纳斯在契弗的班上。契弗总醉醺醺的。契弗和所有其他老师说的都一样,"孩子,你的选择是对的,坚持下去。"有时,你只需那样做,只需要那样说。我从不需要任何结构分析或其他什么建议。不知怎的,我不知道怎么回事,我写的东西似乎都有连贯性。

无论如何,我从未接受任何人的建议;他们更像教练,我需要教练,契弗非常亲切,非常慷慨。万斯也是如此。万斯自己卷烟,他卷烟时,全班会停课五分钟。

我当时写故事的方法和我被录取时上交的作品的写法一样,这些故事有叙事技巧,有小部分内容你可以混搭一下,我写这类故事都写烦了。一天,我对万斯说,"万斯,我写烦了。"

他说:"做点儿别的。"

所言极是。

就这样，我做了点儿别的，但我需要听到他这样说。

珍妮·菲尔茨：说实话，我在工作坊期间对老师很失望。和我上大学时相比，他们不如大学老师那么投入，教的知识也不多。我很少受到启发，有时，我认为他们不下功夫。不过，你和周围谈吐不一般的同学在一起，绝对会受启发。

我真的很喜欢亨利·布鲁米尔。我在当作家和当老师两方面都受他的启发。他在乎别人，也有话说。亨利很年轻，他试图分享自己最近学到的知识。我记得他曾说过有关对话的话题，如何让对话听上去更真实。我牢记在心。

安东尼·布科斯基：对我来说，爱荷华是个好地方。我觉得，那地方特别鼓舞人心，尤其是你知道自己的水平时。你根据自己的水平寻找合适的朋友，我在那结识了很多好友。比如，简·斯迈利、艾伦·格甘纳斯等这类作家，他们显然更胜一筹，而且他们知道这个。还有其他团体，最后我成了这些团体的一员。

尽管班级构成不同，但我觉得很多同学对我特好。有时我写的故事不是很好，我发现乔·霍尔德曼、道格尔·昂格尔、约翰·吉文斯等人都一直乐于助人，非常友善。

我批评别人的作品时没这么客气。我提意见时爱冷嘲热讽。但很少有人会这样对我。记得有一次，道格·博赛姆告诉我，他喜欢读我上第一次工作坊时提交的故事，所以我开局很顺利。工作坊给我留下许多美好回忆。

米歇尔·赫恩伊凡恩：我在爱荷华期间建立起很多重要联系，还找到了知己。我非常喜欢在爱荷华的谈话——融八卦、讲故事和交流读书体会为一体。目前，我在加州大学洛杉矶分校当讲师——这意味着，兼职不用真正履行教师职责，也没有教师的特权，没有报酬。我在那里已经待了几年，我非常喜欢那儿的学生，他们聪明、成熟、有激情。

我常对他们说："看看你周围的同学。在你的人生道路上，这些同学都将助你一臂之力。你需要建立这些联系。"我和罗宾·格林成了好友，她毕业后继续为最出色的电视节目写剧本，包括《北国风云》和《女高音》(*The Sopranos*)。以前，她一直在《滚石》当记者，从工作坊毕业后，她又接着做新闻，之后，她开始为电视台创作。她让我给现已解散的《加利福尼亚杂志》(*California Magazine*)写稿子，介绍我认识了她的好友露丝·赖克尔，赖克尔主编饮食栏目，是《洛杉矶时报》(*LA Times*)重要饭店评论家。我给《加利福尼亚杂志》撰稿，该杂志停刊后，我给《洛杉矶时报》写了十年饭店评论。我通过罗宾认识很多人，他们至今还是我的密友和编辑。

格日·利普舒尔茨：我在爱荷华学到很多重要知识，有一条是，我仍需学很多东西。我真希望自己没去爱荷华前就有些成果。我记得，诗人、小说家和剧作家当时都是分开的。当时，我什么都写，现在也如此。我记得，我当时希望自己集中写一个文类——在这方面，我和别人的观点不同。他们的观点是，诗人嫌小说太长，小说家表示无法理解诗歌"有什么意义"，认为诗歌"太复杂"，我这个相对年轻、愚蠢的女孩，不了解诗歌和小说，但我两个都很喜欢。我还学会一点，课上不发言。

桑德拉·希斯内罗丝：在爱荷华，你得公开自己的身份，是诗人，还是小说家，我居于两者之间。我曾师从诗人，不得不称自己是诗人，但我想要双重身份，不想只属于一种。另外，我当时在读"拉丁美洲繁荣时期"的作家，普伊赫和博尔赫斯，还有胡安·鲁尔福，到了爱荷华，我和诗人们在一起，我和他们在一起时，从没觉得很自在。他们似乎爱炫耀，和我相比，他们是上层社会成员。他们写的诗和我想写的完全对立，我想写大家能看懂的诗，出租车司机、单身母亲、多纳圈柜台后的女人、和我一起长大的那些坚韧不拔的芝加哥工人阶级诗人，但我直到读了尼卡诺尔·帕拉的反诗歌作品，才意识到，这就是我的风格。我想写反诗歌的作品，反上层社会，反象牙塔，反唯美的诗歌。

我的爱荷华经历就是这样，我发现自己不属于什么流派，我在这里发现了另外的我——他我，和我过去学的内容，还有我当时读的诗歌彻底拉开距离，我要声明我的身份，表现我是谁。这让我很不自在。

我觉得在小说工作坊更自在，我开始写《芒果街上的小屋》，但这不是毕业论文内容。我把后来成书的《芒果街上的小屋》的一部分内容拿给唐·贾斯蒂斯看，他说，"嗯，你知道的，这些不是真正的诗"，不过，比尔·马修斯鼓励我继续写下去。我真希望自己去爱荷华时年龄大些；也许我会有胆量说，嘿，我是小说家，也是诗人，我会做两件事，我试图把小说和诗歌融合在一起，《芒果街上的小屋》就是一种尝试，我继承了流行作家们的写法，如普伊赫和博尔赫斯，还有鲁尔福。

幸运的是，我交了些朋友，丹尼斯·马西斯来自皮奥里亚，工人家庭出身，还有乔伊·哈乔。这些作家和我一样，在读同样的试验性作品，和我一样，他们都入不敷出，他们接纳我，我很自在。只要时间允许，我就去小说工作坊，坐在小说课堂里。如果我知道丹尼斯在班上，我会进去听课。在爱荷华期间，我思考了很多；我生气时的状态最好。第一反应：我会让他们瞧瞧看，我要退学了！这次，我没退学。我写了本书。

谢里·克雷默：我申请的是小说工作坊，被录取了，结果我还想去剧作家工作坊。所以，我到爱荷华后去戏剧楼参加了编剧工作坊。这种事在当时经常会发生，但多数情况下是诗人这样做，不是小说家，半打左右诗人会加入并留在剧作家工作坊，一生从事剧本创作。

戏剧创作的美学硕士是为期三年的项目，不是两年，所以我在爱荷华市待了三年，最后获两个美学硕士学位：1977年获小说美学硕士，1978年获编剧美学硕士学位。获两个美学硕士学位的唯一缺点是，你达到这两个项目的要求后，却没时间做其他事，结果我错过了很多其他机会。我更喜欢固定项目，可以选课，或者跟米丽娅姆·吉尔伯研究文学。

我真正写剧本时意识到自己对戏剧更感兴趣。我不太明白小说工作坊的活动。那些故事应该都很糟糕，我无法区分优劣作品。最后，我觉得是标准问题：那些被认为有价值的作品，我却认为它们没价值。在我看来，很多受称赞的作品都是追求为风格而风格的结果。我刚开始努力做到如何让作品更有"意义"，我天真地认为，这点有可能计算和判断出来。我对这两个工作坊缺少耐心，尤其是，我发现很肤浅的作品却受到称赞。或，我痴迷的日本作家，如三岛由纪夫、川端康成、大江健三郎，没能让工作坊的作家接受。

奥奇·布朗斯坦负责剧作家工作坊，他对所有第一年上工作坊的剧作家都采取临时接受的态度。他带了六个学生，他告诉我们，第一学期结束时，他会淘汰两到三个。这是他自己安排的，我从未见过其他项目这样做。这让人心里没底——大家都破釜沉舟来参加这个项目……然后被淘汰出局？我曾教过剧作家工作坊，如果我们有时这样做的话，我希望能做得友善些……但我们没这样做。

威廉·英格写了封措辞严厉的信，回应一个呼吁募捐的宣传广告，这广告曾在新戏剧家组织所在地的三楼展出，新戏剧家是纽约剧作家组织，英格在信中抨击，帮助某人成为剧作家，就像帮他们入地狱一样。不过，奥奇在帮谁入地狱方面也有选择性，我相信，他在来世会得到奖励。

对青年剧作家而言，他们的难点不是寻找叙述声音，或语气，或火花，因为事实证明，有很多剧作家写的剧本不错，但做不到"写"得真正好。大量剧作家"写"得很好，但写不出巨作。你需要找到写剧本的本能，有时很难找到。所以你需要写三到四个剧本，才能看出本能是否真的存在。

加里·约里奥：我在霍夫斯特拉参加的工作坊经历很好，但这和爱荷华工作坊不同。在霍夫斯特拉，组织工作坊的老师是山姆·托普洛夫。他的家向学生开放。我们在他家客厅读我们写的故事、诗歌和戏剧。山姆是优秀教师。我们讨论完作品后，要是我们认为有好作品，山姆就会花时间修改我们的作品。我们申请爱荷华用的稿件都由山姆·托普洛夫亲笔修改过。

我在爱荷华上的第一堂课也很好。杰克·莱格特是我的第一任写作老师，他水平很高。我上第一节课前问杰克，是否可在第一次工作坊提交一个故事。他说，第一次写作课上，先了解工作坊的基本规则比较好。莱格特的基本规则很简单：扶持和培育。

我们第一次上课，的确讨论了学生习作，故事写得不错，但从很大程度上说，故事没写完。杰克选了篇不错的故事，让我们"体验工作坊"的开端。

这是我在爱荷华最喜爱的写作课，因为我最喜欢那些同学。这些人可能写啦！约翰·吉文斯、托尼·布科斯基、珍妮·菲尔茨（我觉得她也在我们班）、乔纳森·彭纳，还有我（我很自恋）。

乔·霍尔德曼也在班上。我之前听说过他。我到爱荷华前，读了一篇就越战老兵的第一部自传体小说写的书评。书评的评价很高，我特渴望读这本书。我所在的长岛图书馆没这本书，我准备以后读。结果,我上第一次工作坊课就遇见乔·霍尔德曼。一周内,我在爱荷华图书及办公用品公司找到了《战争年》。这本书写了一段很好的经历,是本好书,主人公是个好人。莱格特教得很好,我那学期非常多产。我疯了似的投入创作。

比尔·麦考伊:我提交的第一次作业,是我跟小说家汤姆·罗杰斯学习时的大学习作中的一部分。故事受《洛丽塔》(*Lolita*)的影响很大,我有点儿痴迷于双关语,还有点儿自以为是。故事的命运很惨。我记得,有些同学说了些好话,但似乎遭到其他人的猛烈抨击。

因为我觉得自己没有真正的文学成果就轻而易举地进了工作坊——还因为我大学毕业直接就进来了,而每个人差不多似乎都有丰富的阅历——我很难接受这些批评意见。我觉得自己像个被揭露的骗子。我第一学期花了大部分时间反复改写第一次作业,试图改得体面些。最后我放弃了。我又开始写一个故事,和第一个完全不同,但没比第一个好多少。但至少迈出了第一步,我试图通过写作认识自己。

后来,我写了篇题为《假装晚宴》(*Pretend Dinners*)的故事。比尔·金塞拉读完后反复说,如果他写一个同名故事,会这样或那样写,他接着描述自己的故事。他说,我这个故事还可以。他有点儿不屑,但他反复说自己有多喜欢这个题目。几年后,我看到一本获"手推车奖"的故事集,我无意间发现有篇是比尔·金塞拉写的《假装晚宴》。这不违反规则。谁说不能盗用别人的题目?

格伦·谢弗:倒不是我没在工作坊取得成功。但我在爱荷华的第一学期,花了多半时间重写我在加州大学欧文分校写的故事《踢腿》,我要感谢艾伦·格甘纳斯,这故事让工作坊录取了我。欧文的奥克利·霍尔曾告我,《踢腿》总体来说写得挺好,但要达到专业水平的话,还需要写得更刺激些。他建议我给《花花公子》(*Playboy*)

投稿。到爱荷华后，我决心写得更刺激些，就读了萨德的很多作品，我当时只有21岁，还没有积累到可做创作素材的真正的性体验。(故事没写成，也没得到真正的舒适体验。)

所以，我给工作坊提交的第一部作品就是我周末的急救稿——《论如何做到讨厌》。当时，我们在万斯·布杰利的工作坊讨论了这篇故事，气氛很热烈。故事有点儿长，是爱打骚扰电话的恶作剧者的故事。主人公和来电者有了联系，来电者身份不明，专在城市行骗。恶魔般的来电者对主人公说了些过火的话，影响了我的主人公，他试图阻止这个爱开玩笑的人挂电话。开玩笑的人会回电；他们会约时间聊天。我们逐渐接触到叙述者的心理问题。我现在讲的要比我当时写的好多了。万斯剖析了故事，他说的很有道理。**他教导我怎么写对话：永远不要在对话里写叙述性内容；对话要用来揭示戏剧性冲突，坏人值得用更好的台词。**坏人的同伙也需要更好的台词，即使我那有缺陷的叙述者的行为越来越不端。这是我在工作坊学到的最有价值的东西，如何给那些坏人分配台词。万斯告诉我，故事构思很绝妙，他让我继续修改，但我没改。他分析完故事，指出我的缺点后，我就不喜欢这故事了。

明迪·彭妮巴克：我记得他给出的建议，万斯在课上用烟草卷香烟，满舌头都是，他给我们讲他在好莱坞写剧本的经历。万斯说，生活中的对话里，人们的交谈目的有所不同。他舔着烟草，停顿一下后抬头看我们。"人们不只说出心里真正想的内容。"他说。我想，除了在工作坊里是这样，他们都讨厌你写的东西，幸亏工作坊和现实生活的关系不大。

我最喜欢的一次课，可能也是多年来对我的写作和缺乏世俗的成功影响最大的，要算亨利·布鲁米尔讨论普鲁斯特的那次工作坊了，亨利·布鲁米尔后来悄无声息地从事电视创作，假如普鲁斯特晚出生一个世纪,也许这会是他的命运,他会创作出系列短剧《巴黎的罪恶》(*Paris Vice*)。

道格·博赛姆:我第一学期在杰克·莱格特的工作坊里上课,我给爱荷华工作坊交的第一篇故事的题目是《玛丽》("Mary"),说的是一个男人逃离辛辛那提的妻子和家庭生活,驾车来到洛杉矶,和大学老友住在一起。为解除痛苦,我在学期初就提交了故事。同学的反应很平淡,但杰克却很感兴趣,我后来感觉很好。我现在重读这个故事,都想象不出杰克当初从中看到什么优点,也想象不出为什么其他同学不把它当垃圾。

杰克很热爱教学。一次,我们几个请莱格特出去喝一杯,他表现得相当不错。他和我们在爱荷华城的一个酒吧里待了几个小时。他告诉我们,和我们的天真信念相反,出版第一本小说不会改变一个人。没用。可怜呐。

我记得有人猛烈抨击我写的故事,但我也记得自己得到好评。记得有一次在工作坊上,大家把丹·多迈奇写的故事批得狗血喷头。我很喜欢这故事,坚持为作者说话,结果丹转身对我说,他大概是这样说的:"请闭上嘴。你这样只能让事情变得更糟。"

杰克·莱格特:我发现,无论书稿写得怎么糟糕,大家围坐在一起时,如果你问大家,您怎么看这个稿子,总会有人自告奋勇说些评语,大家会接着说下去。接下去是这些话,"好吧,但关于……方面怎么样?""把那点加上。""你想让它……?"

主要任务是让所有人或大多数人参与讨论,要教育他们,你不需要看扁别人写的东西,但你也不想说谎。"这是狗屁"这话可能说得没错,但它没起任何作用,所以规则一:如果有人认为作品写得很烂,我不会同意他们。世上没有特糟的作品,以至于没有任何优点。

唐·华莱士：我们都抢着选亨利·布鲁米尔的课。他很年轻，虽不合群，但很优雅，有魅力，人比较邋遢，棱角分明，胡子拉碴，但穿着比较考究，是东海岸风格。他马上要出一个短篇集，所有故事都发表在《纽约客》上。**和那些头发花白的资深作家相比，他似乎是我们梦寐以求的偶像。**无论如何，我怀着碰运气的心理选了他的课，盲目崇拜他，我在第一次课上就交了自己写的故事。干吗不？我当时一直在写。从一定程度上说，爱荷华让我一发不可收拾。我的原则是，继续探索最新鲜的内容，不要总和你提交过的、打磨过的旧作品打交道。

我交的故事《面对面》（"Face to Face"）写的是一个攀岩者，他头部受伤后得了性欲倒错，他要攀登悬崖的正面，这时遭遇暴雪。他和老朋友在一起，朋友基本是帮他自杀的。故事由多个叙述者讲述，是一群前往内华达山脉钓鱼的登山远足者的声音，他们在故事中没名字。他们在营地遇到这两个人，他们觉得这两个人特诡异，让人很紧张，感觉他俩很危险，一年后，他们在回程中发现悬崖上挂了具尸体，尸体还在睡袋里，那时，他们才明白发生了什么。从某种程度上说，这很像沃尔特·范·提尔伯格·克拉克类型的故事，不过，我是在碰到住在对面街的马克·范·提尔伯格之前写的这个故事。

也许，这不符合亨利·布鲁米尔的强项——他的笔触很细腻，写的都是《纽约客》刊登的国务院外派雇员的家庭生活片段。

埃里克·奥尔森：我第一学期上工作坊时也上了亨利·布鲁米尔的课。不过，我不大记得细节了。我那时一直做笔记，我从笔记能看出，当时我提交的故事的主角是具尸体。确实挺怪异，我当时到底在想什么？

故事是这样开始的："那年冬天展出了这具尸体。"故事发生在淘金热时期，地点在加州北部的一个小采矿镇。我交上的第二篇故事主要写画家拉斐尔，和龙有关，或者说和一个有关龙的梦相关，或者说，是拉斐尔在幻觉中看到了龙，或是类似内容。我当时在读魔幻现实主义家的作品，同时还看了些荣格和罗伯特·格雷夫斯的书。我是不由自主才写了那故事。

布鲁米尔似乎喜欢我交的东西，至少从我的笔记看是这样。我早期看的书比较杂，我尝试从神话角度写。有些读者以为我写的东西一定很深刻，因为有那么多神话方面的内容，尽管那神话也没多大意义。或者说，没做出多大贡献。毕竟，情节和意义这类东西都死了。罗恩·苏肯尼克这样说过。罗兰·巴特也这样说过。

无论如何，我字迹潦草地记了一条，布鲁米尔甚至说，他要把我写的一个故事投给《安提俄克评论》(*Antioch Review*)。

我在笔记里没记是哪篇故事。我很难想象，我写的故事居然有望在《安提俄克评论》发表。我猜想，布鲁米尔还有其他想法。我在笔记本里这样记道，我写的两个故事布鲁米尔都没投稿，我当时笔迹潦草地写了句：如果他让我知道这个，那该多好。如此看来，我似乎把两个故事都投给了《安提俄克评论》，笔记本里是这样写的（我什么都不记得了）。后来也没提到投稿结果，我估计《安提俄克评论》直接把故事扔进了垃圾桶。从那时起，我还在笔记本里提到和来访的威廉·加迪斯有过一次长达一小时的谈话，他显然这样说过，怎么找不到话题可谈。在后来的聚会上，我在日记里写道，茶点包括三瓶半加仑装的傲美酒园夏布利红果味酒，还有一袋薯片。我在笔记里还对主人和他提供的廉价点心做了比较刻薄的评论。

事实上，我在日记本里记了更多尝试拳击的事情，不是各种工作坊经历。当然了，工作坊和拳击在我脑海里有密切联系。它们仍有密切联系。

安东尼·布科斯基：我认为是格伦先对拳击表示有兴趣，我响应他的提议，在楼上旧健身房练拳击。天哪，他喜欢上我了；格伦在拳击方面很在行。我不是说，他把我的头打出包，或把我打得遍体鳞伤，但他会主动进攻，我个头更高，块头更大，胳膊更长，但因为他总低着头，我对他的攻击毫无防备。我为自己的表现感到失望。

奥尔森后来加入我们的队伍。我永远无法躲开埃里克干净利落的左刺出拳所表达出的愤怒。他沉默寡言——哦，我后来明白，他可能比较腼腆，比较内向，要么是他的背疼。他当时背部受伤，仍在恢复中。或者，他不像我那么喋喋不休。他笑的时候，或对某话题特感兴趣时，那可是发自内心的；我倒很热情，但往往在很多方面很无知。我相信他忠于朋友。我还相信，和我们所有人试图找到自我一样，他被各种事情困扰。有一件事困扰着他，就是他将来要当作家，（一旦离开爱荷华，他能养家糊口吗？还能继续创作吗？）当然了，还有一个令人不安的问题——我倒没这样的问题——就是他经常忍受身体上的痛苦。

埃里克·奥尔森：托尼的观点是，所有作家都应知道怎么拳击，无论如何，读美学硕士的学生，每周应至少练三个回合拳击。他说，这能锤炼灵魂。 每周五下午，我们几个就在体育场上集合——是原来的体育场，看上去像个大仓库，不是现在那个很讲究的体育场——我们试图互相碰撞对方的头部。打吧。

托尼是海军英雄，他和另一个在越南服役的海兵打架时掉了门牙，有了这些累累硕果，和他拳击的人都怕他。他会取出假牙，插入护齿，那架势有点儿吓人。他跑得很快，可以轻松逃脱别人的攻击，这招很绝。事实上，在上工作坊期间，我只有一次被打倒在地，是托尼给出的勾拳。啪的一下就倒地。

尽管我比格伦高三英寸，比他重20磅，尽管托尼比他重40磅，但从很多方面讲，格伦最出色。格伦上高中时踢过足球，练过举重，他特有蛮劲。而且，格伦的骨骼特灵巧，这对他很有利；他拳击时，整个骨架都会动起来。你如果见他神气活现地在四周走动——他过去常这样走路，现在依然如此——身穿健身短裤和T恤，你知道他是运动员，扛过铁块。不过，他在拳击场上缺乏技巧，他根本不会对付勾拳。他有点儿气短，我想，这是因为他是举重运动员，他曾受过爆发性的强化训练。他会连续三十秒或一分钟——很少超过两分钟，突然爆发一次，情况很危险——这时，他会吐出舌头，接下来他毫无防备，需要别人提醒他收回舌头，不然舌头会被剪掉，他会挥挥手套说，喘口气再说。

但是，要是格伦打中你，妈哟，那可真疼。他要是向上摆正你的头，你真的能听到咔嚓声，几乎听不见——我说的是实话——你马上眼冒金星。眼冒金星。我听说过这样的事情，但我一直不信，结果有一天，格伦使劲撞我脑袋，我终于眼冒金星，我马上掩护自己，取消原计划，让格伦冲我胳膊肘打，好让自己保持清醒。

这一拳真结实，打得好，让你对自己有了清醒认识，首先，你可以接受打击，你掩护完自己后不再眼冒金星，你稍微犹豫一下会问自己，你到底在做什么，一切过后，你得出结论，那一拳，那咔嚓声，还有那些闪烁的金星没那么糟糕。你会发现，你可以起身，重新出击，就像我想象中的庞德在巴黎回应海明威的场景。海明威，这恶霸……

无论如何，我喜欢这样想：每周五下午在摔跤室里，我都在学如何写作，到哪儿我也敢这样说。我喜欢这样想，作为拳击手，我快速、准确地出拳，总打在对手脸上，我有时会躲开刺拳，越过勾拳，对手通常花一到两分钟，甚至几个回合，才能明白我的意图——格伦或托尼也一样，他们虽然知道我用的这个技巧，但仍需要每周五下午再琢磨一次——我的刺拳或勾拳或勾拳后面没什么，你只需和我对打几下，然后退回去打我肋骨，再打我头部。我练过多年亚洲武术，是防御性拳击手，主要预防猛攻。

那时我比较背运，我有时想——现在依然如此——我的拳击风格和写作风格之间是否有联系，我写的东西是否仅仅是时尚的刺拳，缺乏深刻含义。我觉得，每个人在内心深处都能看到拳击和自己的写作相对应的内容，反之也如此：我们内心深处拒绝相信自己作为拳击手的弱点和作为作家的弱点没有任何联系。拳击可能是拼性格。

格伦·谢弗：拳击可简化成三拳，从猛击开始。你要是以每小时120英里的速度击中对手的鼻子，你就不会受伤。但是，你经常看到，拳击手和职业拳击手没法做到这点。你看这些职业选手的动作，他们的手落下来，没有猛击，他们连连败阵，压抑怒火，表现很差。你明白自己该做什么，你只是做不到这点。你可以时刻告诉自己，"让双手自由出击，让手自由出击，让手去做，让手去想"，但你做不到。这需要异常的信心；你必须战胜抑制你灵魂这样做的恐惧感。约吉·贝拉说过，思考和出击不能同时进行。棒球和拳击一样——不能多想。你打棒球时不能思考，只管打棒球。优柔寡断会要命。写作也一样。你会听到一个声音，说你应该这样写，可事实上你并没有那样做，哪怕是最优秀的作家也没那样做。你确实看到有人做到了这点，那作品绝对漂亮。美来自某个地方。我坚持阅读，看别人怎么完成写作。**叙事包括三要素——困境、冲突和解决方案，它们由视角或戏剧性讽刺决定。再加些性别和权力描写，哇，你就能当冠军了。**故事写得好（这几乎从未发生过）绝对会吸引人。就像狠狠一拳的效果。

安东尼·布科斯基：为什么我们一起戴拳击手套的那段日子那么吸引人，又那么让人害怕？这是发现真理的时刻，你能看到自己的状态。你能看到自己是否可以接住一拳，是否能恢复过来。

有时，别人给你一拳，也不是什么坏事。当然，这总会惹你不愉快，甚至经常会这样，但你被击中时，头会有点儿麻，我觉得这很好；你不用担心，因为你知道下一步该做什么。也许这就是我为什么总喜欢查克·韦普纳，人们称他是"巴约讷的放血者"。也许——这有些古怪——这和你挨过父亲毒打有关。你挨打有正当理由时，说明你又回到童年。

埃里克·奥尔森：托尼、格伦和我一般不跟工作坊的其他同学说我们周五下午在摔跤室里活动的事儿，至少说的次数不会超过我们讨论成为海明威的梦想的次数。严格来说，我们周五下午的活动不是秘密，我们只不过不确定其他人是否能理解我们的行为。

一天下午，剧作家罗伯特·安德森［他写过《茶与同情》、《我从不为我父亲唱歌》(*I Never Sang for My Father*)］在更衣室身穿白色运动装准备打网球，他饶有兴趣地看着托尼、格兰和我给手缠上亚麻布条，那架势像是资深拳击手，因为护口胶老放在拳击用具包里，有股难闻气味，我们在饮水处冲淡护口胶上的味道，他站在那里看着我们。安德森每看到我就温柔地会心地一笑（我们见到敦厚的傻瓜才这样笑），他还问我，"最近脑袋受伤了吗？"我们的队伍慢慢地壮大起来，还新增了难以适应生活的人，从顽固不化的刚康复的酒鬼，到飞往阿拉斯加边远地区的飞行员，再到散兵游勇式的武术艺术家都有，托尼是介绍人。

一次，我们考虑邀请约翰·欧文，看他是否想参加拳击活动。他当时在写《盖普眼中的世界》，我们经常看到他在阳光和煦的下午沿爱荷华河慢跑，他只穿件红色Speedo牌子的泳衣和跑鞋，可他身上没那种气质，托尼从没看好他。

约翰·欧文：我在旧体育场上花的时间（因为在建卡佛——鹰眼楼之前就有了爱荷华的摔跤室）要比在沿岸匡塞特小屋里或在EPB

（英语－哲学楼）里花的时间要多。我当时没练拳击，不过天天练摔跤。

我后来住纽约那会儿，纽约体育俱乐部的拳击房间和摔跤室在同一楼层，我有个朋友是爱尔兰中量级冠军。他教我拳击，我教他摔跤。我后来不摔跤了，开始在多伦多的跆拳道俱乐部学跆拳道，学踢拳，那里的主人是伊朗王在政期间的伊朗队前自由式摔跤手。我也试图和佛蒙特州当地的空手道高手练拳击。

我可以躲开刺拳和勾拳，但就是做不到猛击。我倾向于结合刺拳和勾拳，接近对手，这样我可以撂倒他。这是摔跤时用的一招；毕竟，今天用的都是混合武术！

但我从没喜欢过海明威。他的散文风格是写新闻练就的，到处是极简主义痕迹。我从不喜欢他写的东西；没什么新内容。他写的硬汉故事和硬汉斯多克主义都是装腔作势。他是吹牛大王，是不是？他是个吹牛大王，惹人生厌，他的句子那么短，可以做广告词。我第一次去爱荷华读书时告诉万斯·布杰利，我是反海明威的；这可能是我为什么选择和库尔特·冯内古特学习的原因——库尔特和海明威完全不同，他对大男子主义很反感。

埃里克·奥尔森：很快，格伦、托尼和我在爱荷华的拳击生涯中不是根据作家作品分析其他作家，而是根据我们想象中的他们的拳技来分析。库尔特·冯内古特给我们上硕士课时说，在美国当年轻作家真让人绝望——他担保说，广告业是下个游戏——我们一致认为，他属于愿意深藏内心的勇者。他钳住对方时，胳膊肘对胳膊肘，大拇指对大拇指，会很厉害，容易受伤，流很多血，不过这丝毫不影响他，他会把你拖垮。约翰·霍克斯过来上课时，我们得出结论，无论他的小说试验如何令人费解，他会直接出击，在书里就这样干净、锋利地给出刺拳，来个体面的勾拳，还有能力把这些结合在一起，不过，他和我一样，这样做没多少效果。他会玩花样。

我们以为万斯·布杰利最突出。也许，他有特点……他可以一只手卷烟。我们知道，万斯在拳击场里进攻性很强，他是这样一类勇者，他会蹲下，像螃蟹一样横行霸道地挪动，循环打出幅度很大的一拳，经常打不中，结果到后来的回合，他的比分会令人遗憾地落后，接着，他坚定地说，自己跳够了芭蕾舞就退场，最后……以失败告终。

格伦·谢弗：还有讴歌拳击的诺曼·梅勒，他是冠军何塞·托雷斯的门生。当时，几乎每个周末大家都能听到梅勒在高级曼哈顿餐厅里打人的新闻。有人说，他专门为此受过训练。他刚出了新书《斗争》(*The Fight*)，写拳王阿里和福尔曼的"丛林之战"。梅勒似乎专为战斗而生，虽然他年龄有些大。他和万斯在纽约就是好朋友，万斯提议我在爱荷华的展览会上和梅勒拳击——万斯断言，他们是最不好的一代。我考虑了这个建议，这次拳击是以弗雷德里克·埃克斯利模式进行的参与性治疗和文学冥想，我想看看这是否足以成为我美学硕士论文《与诺曼·梅勒交战》(*Fighting Norman Mailer*)的素材。这主意可能不错。这可以是美国文学的一个母题——"弑父"。

埃里克·奥尔森：我们讨论这个议题时，万斯当时在红鸟农场，他特激动。他当时在烤猪。我们喝得酩酊大醉。我相信，是约翰·法尔斯的主意〔(写过《白影》(*White Shadow*)、《北国风云》〕。我的建议很可怕。梅勒50多岁，格伦是热血青年。如果在拳击场上出意外，格伦很有能把梅勒致残。我告诉格伦，那他就得搬到玻利维亚。要是他出乎意外地打输了，该怎么办？也是去玻利维亚。

安东尼·布科斯基：我记得是2月份的一天，格伦、埃里克和我开车从爱荷华市去密尔沃基市中心的麦加,看美国拳击队与苏联队对战。

  我们在前一天早上到达,酒店年久失修。是鹿茸酒店,或叫酒店鹿茸,也许就叫鹿茸。我们那天下午在市区走了一圈。湖水结冰了。我们碰到两个年轻人,他们看上去很老相,身穿完全相同的蓝色风衣。我们听不懂他们讲的语言。他们看上去满脸是伤。他们语速很快,还指手画脚。然后,他们转身迅速走开。当然,我们以为他们是苏联拳击手。我们整个下午都很激动。

  埃里克·奥尔森:我记得,市区艺术博物馆展出过杜尚提供的小便池,我们当时也去看了。艺术品怎么才能变得更好?拳击和文化……

  安东尼·布科斯基:那晚,拳击场非常棒,很典雅。绳子像用白丝编织而成。拳击场一尘不染。当晚的拳击比赛非常精彩。如果没记错的话,节目单上有托尼·塔布斯,他后来成了重量级选手,事业辉煌。我还记得有个叫伍迪·克拉克的,要么是"克拉科"(Clark),节目单上的名字有字母"e"(Clarke)。还有个红头发的中级选手,他从阿克伦来,名叫拉斯蒂·罗森伯格,他出场时看起来很健壮,等狡猾的苏联对手出现,他就不那么有利了,苏联对手比他大10岁,碰了下他,他就重重倒地。倒计时结束后,他只对裁判摇摇头。拉斯蒂那家伙倒好,坐在聚光灯下面。

  随后,我们坐在酒店休息室。那天晚上有位女歌手。我们很喜欢她,她金发碧眼,怎么看也不显老。她写了首歌《圣莫尼卡》("Santa Monica")。我现在还会唱那首歌的开头。我们告她说,格伦从洛杉矶来。她并没动心。我们决定请她来房间一起喝杯睡前酒。格伦对埃里克说,"你请她。"埃里克对我说:"你请。"我说,"不,你去。"我们仨单独上楼,我们这三个没用的家伙常常互相问,"海明威会喜欢我们吗?"不喜欢,海明威不喜欢我们那晚的表现,他不会喜欢我们的。

格伦·谢弗:我们开车从密尔沃基回来的路上,在麦迪逊的一家希腊餐馆停车吃午饭,那是学生常去的餐馆,窗口的烤肉叉上旋转着圆形的羊肉粒。水槽里堆积着脏雪。那天,天气阴暗,冰天雪地。我们吃完油腻的羊肉,喝了大量啤酒,从饭店出来走到车前,接下来我只知道自己趴在地上,在阴沟边的雪堆边吐边想,这可能就是我的作家生活——我知道,作家们就是这样实践的。当然,菲茨杰拉德就是这样做的;理查德·雨果也如此,查尔斯·布科夫斯基也不例外,弗雷德里克·埃克斯利在爱荷华期间无法自控。最近,拉里·沃武德参加选拔教师试镜时也是这样。庄重不是作家的特点。运气好的话,我也是众多呕吐成性的文学家之一。

埃里克·奥尔森:锻炼结束后,我们用毛巾擦干身上(我们为了省事不去淋浴;我们毕竟是作家),然后去城里的磨坊饭店。那里逐渐成了我们真正的工作坊,先练会儿拳击,再去磨坊饭店喝酒,谈艺术和人生,我们想象海明威、乔伊斯和庞德在巴黎也是这样做的,我们的全身和脸上都被干净利落的出击打得酸痛,啤酒很干净、凉爽、正宗,像西班牙盛产鳟鱼的溪流一样。

马文·贝尔指出,我们和他那个时代的人完全不同,他们都经历了"二战"或朝鲜战争,棱角分明,完全和小资不沾边,我们则太缺乏棱角,是本科创作班的训练和选拔的产物,也许太小资了。但爱荷华作家工作坊有个好处,现在可能依然如此,它为我们提供了丰富的机会,让我们更有棱角,我们不仅更好地认识了自己,还认识自己不是什么样的人,也许还让我们第一次感到自己有点儿像正宗外来人,

所有作家都应如此。

一旦开始上课，我们就慢慢相互了解，各种流派、流派中的流派、各种联盟和阴谋小团体开始形成、重新组合，这些组合往往围绕具体梦想进行。很快，我们产生了极简主义者、魔幻现实主义者和田园现实主义者；东海岸人、西海岸人，还有中西部人；想成为海明威的人，跟从狩猎和捕鱼的教员万斯·布杰利的大男子主义追随者，倾向于喜欢工作坊主任杰克·莱格特的东海岸人；还有两大派系，分别支持两个雷·卡佛：作品发表在《独木舟》（*Kayak*）杂志上的雷·卡佛，其作品由戈登·利什编辑，还有作品发表在《君子》（*Esquire*）和《纽约客》上的雷·卡佛。只欣赏雷·卡佛还不够，你得选一派。即使你来自西海岸，如果你内心非常渴望在《纽约客》上发表作品，还不得对该杂志和其没落的东海岸风气公开表示不屑，假如你两个卡佛都喜欢，那怎么办？

主持工作坊的人帮我们做了进一步区分——被邀请参加最特别的晚会和没被邀请的阶级差别。不过，这种亲疏做法可能会得罪人、令人沮丧、缺乏公平感——嘿，毕竟我们交了一样的学费——不过，它的确加强了我们内心的他者感，还有点儿情有可原的愤怒，作为作家，他只能集中精力，让写作充满活力。

你在工作坊可以喝醉，可以被攻击，也可以和人睡觉——作家就这样。至少，我们认识和钦佩的那些名作家到爱荷华后似乎就这样。在决定哪些故事由作家和代理商来读的方面，我们也争论过；工作坊在奖励制度方面因循守旧；拍了很多华丽大头照、做了套个人简历资料的学生颠覆了传统上流社会；另一学生和阿曼门诺派的农民和几个房地产商跑到旧金山。现实之外的"外面的世界"里，在纽约出版界，目前商业主导的世界毫不客气地推翻了旧的行为方式，比如人口统计学、性别、种族，最重要的是，市场化成为衡量文学人才的尺度，人才根据这些条件呈现给美国公众。我们现在被告知，只有40岁以上的女性才买小说,直面现实吧。这很有趣,就是说,我们有些人甚至设法写了作品。

简·斯迈利:我记得芭芭拉·格罗斯曼和我,还有几个人常定期去迪克·鲍施家,还组织另外的工作坊;我们愿意时刻待在一起,试图写出作品。我发现,工作坊在这方面相当吸引人,很有价值;工作坊不是竞争之地,而是让所有船只起航……

枕边书

格伦·谢弗:《疑问语气:一本小说?》(*The Interrogative Mood: A Novel?*),帕吉特·鲍威尔写的。杰西·沃尔特写的《诗人的金融生活》(*The Financial Lives of Poets*)。《诅咒莫格儿:世界领先的媒体公司怎么了》(*Curse of the Mogul: What Went Wrong with the World's Leading Media Companies*),乔纳森·尼。《英镑时代》(*The Pound Era*),休·肯纳。《业余男子气概:丈夫、父亲和儿子的乐趣和遗憾》(*Manhood for Amateurs, the Pleasures and Regrets of a Husband, Father, and Son*),迈克尔·沙邦。《钓大鱼:冥想、意识和创造力》[又译《钓大鱼:大卫·林奇的创意之道》(*Catching the Big Fish: Meditation, Consciousness, and Creativity*)],大卫·林奇。各期《纽约客》、《名利场》(*Vanity Fair*)、《中楣》(*Frieze*)、《艺术论坛》(*Art Forum*)和《艺术+拍卖》(*Art + Auction*)。两本马尔科姆·洛瑞的《在火山下》(*Under the Volcano*),这本书我一直没读,小说家大卫·马克森的文章也没读。

格伦·谢弗:有人说工作坊很残酷,我不这么以为。我从没和那些竞争力不如我在工作坊的同学、却有追求的人在一起待过。你需要几只鲨鱼，试着在加州大学欧文分校获得文学批评方向博士学位。爱荷华是新兵训练营，我们将被培养出来参加占有文化或市场的战斗，有些会得到提拔，有些会毁灭，但我们同舟共济。加州大学欧文分校相当残酷。你的同学提前了解到最新书籍，他们会研究资料图书馆，借出所有推荐书目，私藏三个月，你根本没法写评论。我不得不在南加州大学买张借书证，完成作业。在爱荷华，最严重的神经病不是学生；是教师——是请来指导我们的疯子。

简·斯迈利：我发现自己和艾伦·格甘纳斯、芭芭拉·格罗斯曼和梅里迪斯·斯坦贝奇和迪克·鲍施彼此相当支持。可能因为之前或之后的课上更残酷，我们班不这样。给我们上课的有亨利·布鲁米尔，他不鼓励我们竞争，但有的老师给某些学生特权。

那时，教师往往是上了年纪的男性，他们的观点是，竞争是主要的，是诺曼·梅勒那个时期。听说，你要是不同意诺曼的观点，或给他打分很低，他会给你鼻子一拳。你应该去餐厅和他打架。这是常规做法，也许这只会发生在纽约。

后来戈登·利什来了，他要求很严，泰德·索洛塔洛夫也是这样的风格。斯坦利·埃尔金的教学方法是，"你以为你是谁？"这是要激发你的自豪感，让你努力做到伟大，但我更喜欢合作式教学。到20世纪70年代中期，即使我们导师没这样做，学生也不再追求男子汉气概。这不是爱荷华市特有的；我们志同道合，干吗在我们之间打架？

桑德拉·希斯内罗丝：我根本没有美好的回忆。我疯狂地渴望写出别人眼里的好作品。我把《芒果街上的小屋》拿给比尔·马修斯和我朋友丹尼斯·马西斯和乔伊·哈乔看。我还拿给唐纳德·贾斯蒂斯看，但他没帮多少忙。

我花了很长时间才消了气；我只觉得自己当时真笨。但我确实体会到，这就是我不希望从老师那里得到的。作为教师，我们有很多机会虐待学生，因为他们尊重我们。我只觉得，那里缺乏尊重，没有荣誉感。

我在洛约拉时爱上了我的老师。他爱上我了，想和妻子离婚。我当时在爱荷华，我接到母亲的电话，母亲说，他妻子打电话给我家，说他试图和他妻子离婚。我家很传统。我母亲说，"你怎能降低自己的身份？"当时我就去公园给他妻子写了封信，说我要结束这种关系，我也一直试图这样做。

我的经历就是这样。给你情人的妻子写信，这难道不是很好的写作作业？这封信也许是我在爱荷华写的最诚实的东西了。

乔伊·哈乔：我和在第一年工作坊野餐会上遇到的第一个人始终保持朋友关系，野餐会在杰克·莱格特家举办，这人就是来访作家、剧作家和小说家罗莎琳·德雷克斯勒。她不是毕恭毕敬的人，但她人很聪明，有点儿和写作工作坊的文人圈格格不入。

罗莎琳·德雷克斯勒：爱荷华是我任教的第一个地方。爱荷华也是我第一次独立生活很长时间的地方。自由让我很兴奋。我和同学们的经历一样：成就、友谊、前途光明。我鼓足勇气接受了在工作坊教书的邀请。我从未上过大学。这些人都是精英中的精英。我当时想，"天哪，这些人太聪明了。"我都不知道自己怎么进去的。也许特德·索洛塔洛夫推荐了我。或者，也许文学界的朋友，比如唐纳尔德·巴塞尔姆、约翰·霍克斯或诺曼·梅勒推荐了我。

无论怎样，我在那里教书时对自己说，"我不知道怎么教书。我从没教过书。"我和系负责人约翰·莱格特说了此事。我告他说，我想辞职。他说，"没什么难的。你看，我告诉你怎么教。"他告我该怎么教：

他们都得誊写自己写的东西；他们要写评语，他们读完自己写的东西前，你不用说话，接着，他们要看评语，等结束时，你可以说几项内容；就这样。你给他们推荐些读物，要么鼓励他们。我就是这么做的。

主要是支持，探讨形式、内容，以最好的方式说出你想说的一切。我们还讨论其他作家，在流行风格发生变化时，这些作家或受人青睐，或遭冷遇。也许，当时巴塞尔姆和冯内古特很"热"。我不记得了。如果普鲁斯特在其写作生涯早期曾在我班上，他也许几乎猜不到自己后来会写出那么才华横溢的作品。

我的建议是，如果你想当作家，就开始写。写什么都可以。就是一直写。

写作班能实现你深埋心底的梦想。每个人在那里都受到鼓励，写出自己的梦想，和大家分享，体验当作家的感受。开始是演戏，逐渐它就变成现实。

杰克·莱格特：我接到万斯的邀请来到爱荷华。万斯一直是恩格尔命名的继承者，恩格尔让他负责工作坊，但他并不想接受这职位。我到爱荷华那儿，诗人乔治·斯塔巴克是工作坊主任。我记得，英语系负责人约翰·格柏和乔治的合作并不愉快。乔治是典型诗人；他在别处忙着写诗，麻烦总降临在格柏的头上。斯塔巴克爱上了他的秘书，决定带她回家乡新罕布什尔州，就有了空缺，万斯显然不想要这职位。

我很喜欢万斯，他很有趣……我当时在哈珀做高级编辑，我知道，万斯认为，教师队伍里进一个图书编辑对他本人和大家都有好处。我就到了爱荷华市，我做访问作家的第一学期，跟约翰·格柏一起看了几场足球赛，给鹰眼队捧场。格柏很喜欢我。比起其他平常酩酊大醉的访问作家来，我举止更得体，人也比较可靠。接下来，我发现自己成了招聘委员会成员，负责招聘工作坊主任，在招聘委员会会上，大家会推荐比较有资历的人，我会想出理由推翻他们的提议，我后来发现，我之所以推翻提议，可能是因为我潜意识里希望保住自己的主任身份。后来，我跑去找格柏谈这事。他问，你想要什么？我说，我想有时间创作。他说，你干这份工作，午饭前不必来上班。这是能想到的最佳解决方案了。我说，约翰，我同意接受这份工作，主要因为我早晨有了自由时间。

约翰·欧文：1965年至1967年间，我在爱荷华作家工作坊上学。我上了一两次万斯·布杰利的课，他当时给小说工作坊上课，我还上了马文·贝尔的诗歌工作坊课。马文的课更多的是讲如何读诗，如何写诗。我从来对写诗没兴趣。早期我对剧院比较感兴趣（我是对演员感兴趣，对剧作家从未有过兴趣），我在爱荷华上学期间，当时在写第一部小说《给熊自由》（*Setting Free the Bears*）。我在新罕布什尔大学上大四时，就已经开始写第一部小说了，不过等我到了爱荷华市，我早把写小说抛之脑后了。我成为小说家前没写几个短篇；到今天为止，我写的小说远比短篇小说多，写了12本。我不爱写短篇。

我在爱荷华市遇见库尔特·冯内古特；我读过他写的每一本书，当时要找到这些书也不容易，我认为他被低估了——他被归类为科幻作家，这很不公平。我有许多工作坊同学，尤其是那些没读过冯内古特的人，他们对他不屑一顾，认为不值得花时间看他的作品。进库尔特的小说工作坊没那么难。

当时，纳尔逊·阿尔格雷也在小说工作坊教书。我觉得他是混蛋。他肯定是吹牛大王，很自以为是，但有些学生被他牢牢捕获；他喜欢有人追随。库尔特没有大举措；他不在乎你是否注意他。他是导师，也是教师。我喜欢这家伙。

库尔特有"方法"？据我所知，他没方法。他有小说写作公式吗？没有。但他非常耐心、很和善，他在我的稿子上圈了很多词。**你喜欢这些词，是吗？**他没有说我喜欢的这些词都是垃圾，也不说我太喜欢这些词，但我听明白了。

他也圈了分号。他毫不掩饰自己讨厌分号这事实。他说了很多有关分号的内容，比如，"大家都知道，你可能在哪里读过大学；你不必证明这点"（类似这样的话）。我说自己喜欢19世纪小说的一切——包括分号。他说："我想，你上过大学，知道了。"

我们在他家厨房一起看了《六日战争》(Six-Day War)。他请我去看这个战争片，因为他知道我家没电视。他告诉我说，资本主义有一天会对我好的。我不知道他是什么意思。多年后，我问他，"你是说，你以为我会写畅销书，写小说能让我赚很多钱？"嗯，他当然是这个意思！他回答道。他问我，以为他是什么意思？

布杰利心底很温柔，坚信现实主义写作手法，欣赏内容充实、没有废话的散文。我前面说过，阿尔格雷自以为是，因为我从不听他说什么，我没法给你形容他怎么给工作坊上课，或者说，我没法说他是否有"方法"或公式。你觉得哪个人很差劲，你就不听他讲了，我是这样对待阿尔格雷的。他曾诱惑我和他打架。"拳击手可以把摔跤手打得屁滚尿流"——类似这样的话。

我只说了句，"那要看谁的技术更好，"或者，我会说，"我不信。"

那些年，工作坊有批才华横溢的学生。约翰·凯西和盖尔·戈德温都在那儿。我们是冯内古特的粉丝。我们的作品没他写的好，但我们都很喜欢他。他是我一生中最亲密的父亲式人物——他们要么是作家，要么是摔跤教练。我很庆幸自己认识了冯内古特。我们住在汉普顿的撒格坡耐克，和他是邻居。早上，他常骑着车来我家喝咖啡。我很想他。

乔伊·哈乔：第一次交作业本给我留下了心理创伤。桑德拉·希斯内罗丝和我都在诗歌工作坊。第一个月里，只有我俩写的诗歌没出现在班里作业本上。我想退学，但我已投入太多时间和金钱，就决定留下来,至少一年。

我发现诗歌有许多文化形式和面孔,归根结底,神话方面的冲动都相同,但只有那些与主流文化相关的经典表达法,会在工作坊引发共鸣,让人有认同感。我在爱荷华时仍可看到这点,在美国诗歌学院也是如此。(是的,有认同感。)

我和同学的友谊让我有可能完成学业:桑德拉·希斯内罗丝、丹尼斯·马西斯、帕姆·德班、贾邦·奥巴亚尼和简·安妮·菲利普斯。我还尽可能经常参加国际写作班和他们组织的活动。

杰弗里·亚伯拉罕:我一到爱荷华,就不再着迷于旧的写作模式,而是想弄清楚教师希望读什么作品。这毁了我。我到第二年才彻底改变这想法。你读本科时在许多方面取得成功……比如,读本科时如何得A,但我读研究生时,上本科时能派上用场的天赋在爱荷华都没用。我得写爱荷华风格的作品,尽管我弄不清楚这种风格,后来,我在爱荷华的第一年没完成计划,第二年顺其自然,过得很好。但我用了一年才达到第二年这个效果。

戈登·门能加:有时,我给学生推荐爱荷华,但我警告他们说,爱荷华的竞争非常激烈。**爱荷华可能比较封闭,你完全独立,你最好能潜心写作**。在爱荷华,大家都非常认真,如果你认为自己可以借爱荷华经历成为更好的作家,那就努力做到。

在爱荷华,大家得知自己写的故事要在当天的工作坊上讨论,从毛孔里都会渗出恐惧感来。我不知道这是好是坏。我听说这有点儿像海军。你要想继续用这个类比,工作坊可以把你磨练成意志力很强的作家。我过得挺愉快。

罗宾·格林:这对我来说喜忧参半。我现在是电视作家,我挺喜欢作家同学们。有少数几个同学成了我的莫逆之交。但是，爱荷华当时的氛围充满竞争，现在也如此。也许这是我带来的东西。

但是，爱荷华和布朗大学完全一样；就是说，我只写了些作品，刚达到可以在课堂上受到表扬的水平（莱尼·迈克尔斯的班上；当然，这是我喜欢他的原因，"因为他不喜欢任何人写的东西，但他喜欢读我的故事），我刚好能获得第二年的助学金。我爱上莱尼·迈克尔斯的课。我喜欢和雷·卡佛见面，喜欢读他的作品。我喜欢整个学期和亨利·布鲁米尔一起读普鲁斯特。这是真正的享受。是天堂的感觉。

乔·霍尔德曼：雷·卡佛和我处得很好。我们在年龄和气质上接近，可以说，我们是酒吧间的常客。我喜欢他的作品，他也喜欢我的作品。他的心灵受过重创，大家都想呵护他，或至少给他买酒喝。

另一位朋友是威廉·普莱斯·福克斯。他组织了一个为期两学期的剧本创作工作坊，这对我们帮助很大，几年后，我还写了几个电影剧本。

斯蒂芬·贝克尔和我处得很好，地球人都知道。他是在工作坊上唯一能把有趣的人写得令人兴奋的作家。他似乎爱看我写的东西，我们最终浪费了好几个月，试图一起写本科幻小说《硬水》（*Hard Water*）。我俩都不擅长合作，但我是他的密友。（他是唯一对我提出临终请求的人。他说，宗教是文明最大的敌人，我进竞技场那一刻，就该摘掉那该死的手套。我听从了他的教诲……）

乔伊·哈乔：爱荷华工作坊特残酷。竞争很激烈，我们相互对立。我教创意写作时，以高标准要求学生，但营造了以餐桌为中心的社区。我开始相信，工作坊充其量让那些致力于创作出同样伟大的诗和小说的善良的人营造了社区。工作坊是鼓舞人心的资源，是锤炼写作技巧的温室。

我已经开始质疑工作坊试图教会艺术的做法是否有效。写作需要自己领悟，总有些学生能完成学业、拿到学位，但仍不会写作，而且绝不会成为作家。但这不是创作班的唯一目的。我们教的是沟通艺术、语言艺术、探索心灵的艺术、了解人类行为的艺术。

简·安妮·菲利普斯：在我看来，爱荷华工作坊具有破坏性或非产出性的事情就是学生间的竞争意识。有的人第一年拿到资助，有的没拿到，但第二年大家基本上都能获得更好的资助，都希望获得著名的教学兼写作奖学金，获奖者可给本科生教小说写作。**爱荷华以其竞争氛围闻名，也许还因此有点儿自豪感，至少那时是这样。当时的想法是，人才会脱颖而出。**学生互相恶毒攻击。有些作家告诉我，他们非常痛恨爱荷华，他们花了几年时间才恢复过来，他们已停止写作，等等。这不是我的体会，不过，我发现学生的品味比较保守，但教师特支持我们，最重要的是做到思路清晰、表达精辟。爱荷华也像鱼缸——是个小城镇。除工作坊外（就工作坊所知）没其他活动，社区也缺乏多样性。

珍妮·菲尔茨：我在那儿期间，工作坊存在一些问题。例如，我去的第一年里，他们决定找一位"女"老师，他们请来简·霍华德，她是记者。她根本不写小说。这做法是错误的，非常尴尬。谣传说，他们请霍顿丝·克里谢尔来爱荷华，是因为他们需要"女教师"，她说，"如果你欣赏我的作品，需要我来教书，你可以给我打电话。我不会只以'女教师'的身份来教书"。

对我来说，爱荷华的一个好处就是，有时间和出色的年轻作家待在一起。我在爱荷华最大的收获就是，从同龄人那里学到很多知识，他们的批评比较苛刻。我有很多想法，总在写东西，我受到其他好作品的鼓舞。这让我不断产生灵感，不断改进作品质量。

安东尼·布科斯基：我喜欢看鹰眼队踢足球、打篮球和棒球，喜欢看最棒的棒球比赛，中西部地区锡达拉皮兹红人队（后来的巨人队，现在是内核队）。我很喜欢爱荷华市的晚会和小酒馆。我交了很多朋友。

我到爱荷华后，第一次去参加工作坊赞助的作品朗诵会，我觉得自己和工作坊引介的作家有距离感，比如康斯坦茨·厄当和唐纳德·芬克尔，我必须声明，我从没听说过这个人。到第一学期的10月份那会儿，我慢慢觉得这些朗诵会不适合我，主要因为这些作家属于纽约作家内部团体。

但珍妮·菲尔茨央求我再听一次朗诵会。我听说雷蒙德·卡佛要来朗诵，并没多少期待。我不认为自己很熟悉他的作品。他让我们等了大概二十分钟，然后大步流星地走进教室，他是大块头，额头上散落着浓密的头发，脸发红。他穿件白色牛仔衬衫，正面两边是卷状的带子，或别的东西。可能是珍珠纽扣。他可能勇气十足。他穿条蓝色牛仔裤。天哪，我立刻喜欢上他了。他看起来像我的老乡。唉，可惜他酩酊大醉。

不过，他朗诵写布科夫斯基的诗的那一刻，我越发喜欢他。我记得自己假装是布科斯基，布科夫斯基在听他读诗。过了一会儿，杰克·莱格特建议道，雷也许醉得太厉害了，没法继续朗诵下去，也许他下次可以来朗诵。半小时后，朗诵会结束了。

不过，我满心欢喜。这段回忆真甜美。不幸的是，它必须建立在别人的痛苦之上。对我来说，那次朗诵会十分浪漫，作家喝得醉醺醺的，艺术家饱受折磨等等。

戈登·门能加：真正的工作坊是社区。罗斯·霍威尔是工作坊成员，他是我邻居，我们总谈论小说。我们每天晚上都去钓鱼、聊天。然后，我们去上课，课上说话的语气完全不同。课堂讨论看似愉快，实则紧张，每人都得说出些有点儿价值的话，但有一半时间，你想问，你真的读过我写的故事吗？人们都抱怨无关紧要的事情，根本不讨论重要的东西。课堂评论太针对个人了。

我们和朋友交谈时谈论自己的作品。工作坊上，别人评论你的作品时都很做作，这人是朋友还是敌人？有时，老师能看穿这种胡说八道的做法，有时看不出来。

最怪异的是罗斯·德雷克斯勒的课。她很棒，能带来新鲜空气。她的课上，你不扯文学领域的垃圾话题。你知道的，你一开始讨论普鲁斯特，她就会走开，普鲁斯特是谁？不过，她也不让你特受打击。

比尔·麦考伊：我认为，来访教师大多很了不起。对我最有用的作家不是能让我在所谓的职业上有所发展的作家，而是让我有信心坚持写作的作家，这位作家就是罗斯·德雷克斯勒。她让我士气大增。曾几何时，我觉得没人喜欢我的作品，我很受伤害；但罗斯·德雷克斯勒让我备受鼓舞，我很喜欢为她写东西，我知道她喜欢读我写的作品。

我会永远珍惜她的建议。她怀疑我有些矫枉过正，她说得没错。她给我布置任务：熬通宵写个故事，天亮完成任务。"两点半以后，你和大家一样进入梦乡。"她告诉我。我这么做了，到目前为止，我提交的那个故事得到的评价最好。这是我在写作观变化上的一个转折点。

另一个访问作家是玛丽·李·赛特尔。她也特会鼓励人。她真的很抵制工作坊成员是竞争对手这种想法。她鼓励大家相信，我们其实是一个社区。她还顺便提醒我，别那么势利。她在晚会上曾说：她在写作中做的最有价值的一件事情就是看最流行的电视节目。我问她为什么看电视（我语气中的不屑显而易见），她说，"你能发现人们都在幻想些什么。"

有些人总希望别人失败。总而言之，我们不说那些例外，工作坊的氛围很大程度上是看你在和那些参与申请第二年的资助的潜在竞争对手方面上能承受多大打击，这是零和博弈（即有人获益，另外的人就必然会失败。双方的收益和损失相加总和为零）。我一直设法让大家开心。到了一个阶段，罗斯让我意识到，不能再取悦于人，我不如让自己开心呢，我开始心安理得地从事自己的创作。

枕边书

比尔·麦考伊：西蒙·格雷的《吸烟日记》（*The Smoking Diaries*）。这书真的很好，写得很好，很滑稽，有时让你心碎。《这是克雷格·布朗》（*This Is Craig Brown*），是讽刺家的作品，他给《私家侦探》（*Private Eye*）和其他几个英文杂志撰稿——他出手快，他很擅长这个。还有美国人约翰·克里奇写的东西。英国知名作家杰弗里·伯纳德写的东西，有点儿像英国的布科斯基，不过伯纳德更优雅、有趣。

埃里克·奥尔森：罗斯令人难以置信。她是画家、剧作家、小说家、歌手。我觉得，她曾参加过安迪·沃霍尔的"工厂"场景。她还当过举重替身。她还以朱莉娅·索莱尔的笔名根据史泰龙演的电影《洛基》（*Rocky*）里的经历写了小说。她还写了《洛恩·迈克尔斯》（*Lorne Michaels*）的脚本，她在爱荷华教了一年书。不幸的是，我没上过她的课，但我有很多朋友都上过她的课，他们觉得她很了不起。她曾是职业摔跤手，罗莎·卡罗，墨西哥喷火人。

罗莎琳·德雷克斯勒：说到摔跤，我主张不要摔跤。我讨厌摔跤。假装流血，身体重重倒下，痛苦的哭声。不过，我根据这主题写了本小说《献给史密斯林斯夫妇》(*To Smithereens*)，马上会再版。《纽约书评》挺喜欢这本书。

道格·昂格尔：我大部分知识都是从同龄人那里学来的，我观察过艾伦·格甘纳斯如何完善他的故事，还看到博伊尔如何构筑一种原创而有活力的语言。我还通过观察约翰·吉文斯学到了东西，他是当时真正走红的作家，我还从鲍勃·布培那里学到了知识。还从简·斯迈利那里学到不少东西，她的第一稿篇幅很长，有些失控，但她从那些长篇大论中抽取精华部分，这些部分成为她真正了不起的作品。她当时在学如何约束自己的写作，我印象很深。

我还从几位老师那里学到了很多，从欧文那里学了很多——如何在早期阶段让自己放开写，在写第一稿的大部分内容时不要批判自己，要下功夫看如何增减。他当时在写《盖普》那本书。

我在爱荷华的经历令人振奋。接着，我遇到艾米·伯克·赖特，她是个很有天赋的演员，我们坠入爱河。我和她住在了一起，我们在卡罗琳院的房子是艺术中心，我从没那么喜欢过一个地方。詹姆斯·迪基会在半夜打电话，雷·卡佛会出现在那里，各种诗人、作家、剧作家都在那里聚会。你在这里可以自发地朗读当天写的作品，其他作家会给出意见，你会得到即时反馈，弄明白哪些有效，哪些无效。我们的房子成了社区场所、聚会中心。我们分别为特德·索洛塔洛夫和约翰·欧文举办了晚会，我们还在老室友布鲁斯·皮特的住处为约翰·霍克斯举办晚会。我们的聚会向所有人开放——诚邀大家参加盛会。

我当时的酒量不大，倒是很能吸毒，我在晚会上保持低调，保持头脑清楚，11点左右去写作，写到凌晨三四点钟，然后睡到下午，起来后参加工作坊活动。那时候，我吸毒、酗酒和写作，我写作时很少卡壳，不过我很快发现，靠外界因素写出的东西很差，我喝酒时永远没法写作。20世纪80年代中期，我戒掉所有非法物质，包括毒品；1997年年初以来，我再没碰过酒。

我会在磨坊饭店洗盘子挣些外快，或者晚去一会儿，打扫咖啡馆；我做过很多类似的兼职，我还是吸大麻群体的一员，这让我有了很多社会关系，包括常来光顾的安东尼·伯吉斯。有位教授悄悄告诉我（我不会透露他的名字），安东尼·伯吉斯有兴趣买上乘的哈希什毒品，我得知后马上接近他。伯吉斯失眠，他喜欢晚上吸哈希什、写音乐作品，但他只吸哈希什，不吸大麻。艾米和我认识一个人，这人手里有上等哈希什，他住得很远，在去芝加哥的路上。我们开车过去，我差不多花掉一个月的工资买毒品。我得到少量哈希什——当时我在黄色拷贝纸上写早期作品的初稿，就是后来的《离开土地》（*Leaving the Land*）——我会从书稿里拿张废纸，包起哈希什，用绿绳系好，像小小的生日礼物，然后去伯吉斯的办公室送给他。

我和他说好了不收费，因为我很钦佩他的作品，我的零售业务比较多，足以让我不用向他收费，不会亏本。伯吉斯和我谈过话，尤其是写作过程，我记得他那时刚写完《恩德比之死》（*Enderby's End*）和《比尔德的罗马妇女》（*Beard's Roman Women*）。他说他不知道自己要写什么，可他居然能写五十页、上百页，这让我很惊讶；等他弄清自己要写什么后，他会让一切作废，从头再写。

他开始邀请艾米和我去他家，我们慢慢认识了他妻子利利亚娜，她非常优秀。我们一起和校长及爱荷华基金的人参加晚会，他们永远想不清楚，为什么我们会参加晚会——毕竟我们只是研究生，是唯一应邀参加这些高端活动的学生。

我的牧场主父亲从南达科他州来到爱荷华市，住了一个星期，伯吉斯和我们共进午餐。他俩在饭桌上比酒量，很快成了朋友。他们马上甩掉我们。爸爸和伯吉斯连续两天在爱荷华市痛饮了个遍；父亲直到去世，讲起当年的事，还大笑不止。

格伦·谢弗：对我来说，真正的工作坊是磨坊饭店厨房隔壁的单间，我可以在那里看乐队表演，同学们会一起喝啤酒、讨论写作。鲍勃·布培当TWF比我早两年，当时他是服务员，还在顶级文学期刊上发表作品。等他从工作坊教室正式出来后，他会拿起大家的作业，读这些作品，一次，鲍勃手拿我写的一个故事朝我走来，他说，"这写得有点儿意思。"这句话让我终身受益。

还有一次，我交了篇故事，没几个人说我写得好，乔·霍尔德曼这时说了句，"嘿，这页写得很好。"还大声读了一段。这些让你铭记一生。我写的作品不仅仅得到一次真诚的阅读。我在爱荷华结下终生友谊，和我在其他地方结下的友谊一样多，也许更多。我对珍妮、鲍勃、艾伦和汤姆的思想很感兴趣。我不依赖教师的想法。

你知道，偶尔有几个晚上，我们在磨坊饭店里会开玩笑，举杯给自己祝酒："为我们在举世闻名的工作坊又过了一周，为我们没写出有价值的东西干杯。当然，这完全是我们自己的错。"

当然，我很贪婪，我试图盘算怎么得到TWF职位，我去了莱格特的工作坊听课。我猜想，他是主任，是决策人；我要让他了解我。万斯不会对我有太多感觉；万斯似乎很看重我的写作，我在讨论会上也说明了自己的观点，但我不打猎、不钓鱼，也不弹吉他。

埃里克·奥尔森：我们当时挖空心思，琢磨着怎么能赢得一些不错的资助，最重要的是得到TWF职位，这是大奖，能证明你已经上路。

我不确定有人了解奖项发放事宜。是不是有官方评阅和审批过程？我说的是客观评阅过程，会根据作品的优点颁奖，不是根据谁舔谁的屁股。有这个过程吗？哎，不过我真的不确定有人会真的希望有个客观系统，大家内心深处不都有根深蒂固的不安全感吗？我们要是能奉承一些合适的人，这最好了……但谁是合适人选？谁知道？

道格·昂格尔：我觉得自己被精英主义很不公正地排除在外。不过，我告诉自己不去在乎，成功并不取决于那种事。利用关系取得成功，这种想法很恶心，很虚伪，是虚假的、错误的。说实话，拉关系在当时还挺管用，现在也一样，至少在某种程度上是这样，不管我们多么希望不应如此。我发现，在爱荷华，这确实帮助青年作家成功地与代理商和编辑建立联系。

我和特德·索洛塔洛夫最后取得联系，他后来成为我在哈珀与罗出版社的编辑，也成为我的知己，但他之所以注意到我，只是因为他选中了我写的故事的一页，并在课上分析了这页内容。泰德本来也会发表这篇故事，——他说他打算在下一期《美国评论》（*American Review*）刊出——不过这家期刊后来倒闭了。我的东西要能在《美国评论》上发表，这可是我梦寐以求的，多年来我很仰慕这个刊物，每期都从头看到尾。那将说明我取得了杰出成就，我写的小说终于得到世界公认。

丹尼斯·马西斯：当时，厄普代克要来开朗诵会、客串工作坊，简·安妮·菲利普斯像往常一样是"专为工作坊挑选的教师"。我喜欢简·安妮·菲利普斯，喜爱她勇敢、散乱无章的写作风格，但我这次愤怒了，她作为工作坊明星，受到过多偏袒——整个工作坊的星级体制只给我们面包屑——我给弗兰克·康罗伊写了封长长的投诉信，写得口若悬河，我把信塞在他家门下边。康罗伊那学期在教书，我觉得他是最后一刻临时抓差替补一下，这是他当主任前的事了。

康罗伊显然重视了我写的信，后来他还把我写的东西拿给厄普代克看。我写了这封信后觉得很不好意思,就没上厄普代克的工作坊,(我不知道怎么让康罗伊处理自己的委屈,但我不希望他告诉厄普代克,这给了我一个教训,不要抱怨别人。)但大家整个下午都在告诉我,"厄普代克在找你。"

那天晚上,厄普代克的朗诵会结束后,我去杰克·莱格特家的前廊参加了朗诵会后的晚会,有人说,"你在这儿。厄普代克在找你呢。"有人把我带到他跟前,厄普代克带我穿过每个房间,想找个谈话的地方。我们后来去了莱格特的卧室,脚对脚坐在卧室门和壁柜门之间。厄普代克和我谈了他写在信封封口上的笔记,字迹很潦草,他批评了我半小时。他主要纠正了我的拼写错误。他最后说,这让他想起以前的经历。我到现在还珍藏着那个信封。

珍妮·菲尔茨:有件事情很不公平,似乎每次朗诵会后都举办晚会,但晚会并不对外开放。要么你被邀请,要么你不被邀请。这很冒犯人;你看,你交了学费,总共也不过三十位作家,居然不邀请大家?这有点儿精英主义的做法,这很冒犯人,做得不对。我离开爱荷华前,事情发生了变化。但可以肯定,爱荷华早期那会儿并不友好。

安东尼·布科斯基:我看到了无耻的舔屁股行为。我想,假如你天生如此,那你必须那么做。我做不到。也许我应该学会靠近那些可能会帮我的人。我想,我那时喜欢传统做法。应该说,我要是舔了某人屁股,我的作家之路也许会发展得更好。

唐·华莱士:去爱荷华的第一年,我们得知财政资助有暗箱操作,大多数一年级学生对此越来越不满。"经济资助"听上去很官僚。你从外向里窥视时,社会就这样把你打倒。

爱荷华的"经济资助"实际上就是提供写作权,让你有便利的写作条件，你得到允许可以写作，出版界向你开绿灯。得不到经济资助，你就分不到钱。他们会让你知道这点。没资助的学生不会知道经纪人来参观的消息。大牌作家前来办朗诵会，做工作坊，还在主任舒适的砖砌房子里会见那些得到资助的学生，不要那些没人要的学生。

如果工作坊当权派不喜欢你，他们有时会告诉你，第二年别来了。你能想象吗？一个现金提取机器般的美学硕士班今天会这样做？你能想象吗？年轻的卡森·麦卡勒斯、年轻的艾米莉·迪金森，还有和母亲住一起的39岁的马塞尔·普鲁斯特，他写了多卷本耐人寻味的长篇小说，这会给作家的自尊心带来多大打击？你能想象吗？

我刚到爱荷华时，不知道申请资助方面的竞争像白花花的瀑布在下游等着我们。传闻让我们得知这一切，我们还听说那些被边缘化的作家在晚会上借酒消愁的故事。

嗨，接受现实吧，对吗？没人说过申请资助很容易。或许你不是天才，你没想过吗？

格伦·谢弗：第一年第二学期，我在莱格特的课上写了篇疲惫不堪的健美运动员故事，杰克进教室说的第一句话是，"我猜，当代文学流行写不好理解、荒诞不经的作品，今天有个特典型的例子——有人要亲临犯罪现场吗？"或者说，我记得是这样。有个同学乔治·刘易斯是喜剧家，他假装慌张地大叫，"点燃火把！抓住怪物！"

你知道那堂课上谁为我说话吗？简·斯迈利。她坐在教室后面。我知道她得到了富布赖特基金的资助，要被派到冰岛或格陵兰岛，去一个比爱荷华还冷的地方。她称赞我那篇故事的"创新性"。金·罗吉希望把故事刊登在他主编的《爱荷华日报》（*Daily Iowan*）的头版。我把故事寄给《国际小说》（*Fiction International*）的罗恩·苏肯尼克，他很痛快地同意刊用这个故事。太糟糕了；故事从没发表，因为他的刊物倒闭了。

话又说回来，我从教室走出，知道自己不会得到TWF职位。此前，我以为自己有希望。我打算申请TWF职位。上帝，那是我最看重的！像我在加州大学欧文分校上本科那会儿一样，我进卧室写点儿东西，就能得到现金奖励！但我那天走出教室后，我想退学，后来我才决定这并不重要。我开始展望未来，不知我离开爱荷华三年或更久时间那时情况会怎样。我要在适当时候用更清晰的语言展示自己的能力。我决定以光荣退役的方式离开。我永远写不出杰克喜欢的故事（虽然我后来被派去讲修辞课）。我对那些获奖作家毫无怨言。

唐·华莱士：让我先泡下马德琳蛋糕。有位一年级作家，我不说她的名字，她是普鲁斯特的忠实读者，就因为这个失误，她遭遇了非常怪异的屈辱。她在课上解读自己写的故事时竟敢挑战杰克·莱格特，她说普鲁斯特是她的灵感源泉，其叙事基调也有根据。之后，她被贴上"普鲁斯特式的"标签——在卡佛时代，这绝对是侮辱。

第二学期，另一学生写的故事里又提到普鲁斯特，是一个人物名字，这个"普鲁斯特式的"学生曾在欧洲居住过，她念人物名字时，其法语发音遭到老师亨利·布鲁米尔和他的粉丝们的嘲讽。"普鲁斯特式的"学生表示抗议时，他们还模仿她。这真是心胸狭窄的表现。

"普鲁斯特式的"学生并未罢休，她证明自己能说一口流利的法语，她读过普鲁斯特的原版作品，在正宗文学性法语的发源地都尔生活、学习了一年多。可以预见，这些只能让布鲁米尔和他的追随者继续更起劲地以预备学校特有的方式嘲弄人。

对我们这些不受宠爱的多数人来说，这说明欺负人的高中行为已变得忍无可忍。但我们绝没有料到，她点燃了1976年作家大暴动的火花。

下一个来访作家正好是约翰·霍克斯，大家选他是因为他有挑衅性的嬉皮士立场，他的现代派散文受了法国文学的影响。奖项将在一周内公布，但大家已传出谁会是受领者，他的来访让大家做好准备赌一把，我们在他主讲的工作坊上努力写故事，他亲自挑选故事。我们也希望其中一位同学能当选，非精英的那种，希望当选作家的故事比受领者的故事能获得更多称赞。

普鲁斯特式的那个学生认为她有张王牌：她认识霍克斯，而且和他相识多年。他是她大学导师的门生之一。她和他在法国待过一段时间。她甚至在不同场合婉言拒绝过他的求爱进攻，但这并没影响他们的师生关系。她认为也许这一次她有优势，能让一个不受工作坊权贵阶层控制的人讨论她的故事。

结果，她的故事没被选中，她很失望。不过，工作坊开始讨论时她在场。霍克斯走到讲台前停顿了一下，他突然恍然大悟。他叫出普鲁斯特式的作家的名字，还主动和她拥抱、聊天，当时还有约六十位作家在一旁等他讲话呢。"你最近怎样？"霍克斯问。

"挺好。"普鲁斯特式的作家回答。

"你怎么没提交故事？"他一脸茫然地问道。

"我交了。"

"我根本没见过你的故事。这些故事我都见到了，我每个故事都读了。"房间里所有人都听到了。房间里所有作家都提交了故事，但最终只选了三个故事供讨论，当时有55名学生在思考同样的问题：工作坊的工作人员已毙掉其他故事，只留下他们最喜欢的故事。

办公室经理是会场负责人，她非常友善，她得小心翼翼地处理这情况，她径直走进会场，把霍克斯推上讲台。霍克斯讨论完第一个故事后，她蹑手蹑脚地走到普鲁斯特式作家旁边，递给她张纸条：上面写有精英晚会的地点和时间。霍克斯的工作坊结束后，普鲁斯特式作家在走廊里做出决定。她把地址给了所有想参加晚会的学生。工作坊主任打开家门，发现来了25个不请自来的学生，他很惊讶，不过他很友好，对大家表示欢迎。晚会非常愉快。第二周公布了获资助作家的名单。正是我们已有耳闻的那几个红人的名字。后面还附着杰克·莱格特主任的亲笔信,说明整个选拔过程公正公平,结尾是句致命的话:"即使马塞尔·普鲁斯特是工作坊的学生,也不会得到资助,理由是他的作品没有足够的潜力。"

第六章

写作技巧问题

我们从工作坊毕业后,谢弗开始经商,他越来越富有,奥尔森试图靠给一家杂志当自由撰稿人维持生计,他绝对没发财,他试图写本小说,光开头他就写了一遍又一遍,他和经纪人及编辑打过交道后,在试图制订出荒谬的截止期限后,在试图让那些逃债杂志付给他稿酬后,在忍受了各种和作家相关的不幸和侮辱后,奥尔森开始想,假如工作坊能传授些与"现实世界"相关的知识,给他提供些经商方面的建议,也许能减少他在艰苦探索中遇到的痛苦经历。

他从爱荷华毕业多年后,有机会听了戴夫·希基教授给画家和雕塑家上的艺术理论类的研究生课程,戴夫·希基是文化和艺术评论家——一位真正的麦克阿瑟基金会"天才"——他终于知道自己希望从工作坊学到什么。课上,戴夫通常先用三十分钟或更长时间谈论"专业实践",探讨艺术收藏家、画廊和经销商具体做什么,讲解年轻艺术家如何在这种文化中发挥作用,茁壮成长。戴夫给出的建议简洁而实用,比如,他总要说:"谢谢你。"年轻艺术家和青年作家一样,非常需要陌生人对他们表示友好。还有一条,出席画廊开幕式时要穿同样的衣服,收藏家在下个开幕式上会很容易记住你。

他还会提醒学生,他们为什么要从事艺术创作,他用得克萨斯州特有的说话方式拖长声调说:"要和人睡觉!"然后,他会笑笑,点支烟,咳一会儿,抿口脱脂拿铁咖啡,开始谈起福柯如何评论维拉斯奎兹,或讨论当晚涉及的其他主题。

这就是奥尔森希望在爱荷华学到的东西——当然不是福柯,而是些小技巧,比较实用的建议,也许通过一两句恶意的评论或一阵咳嗽强调过的:孩子,这是你以后要生活的世界。你真的不希望得到一份真正的工作,让你的家人高兴,不让自己悲伤吗?都是各种俏皮话,会让我们更坚定地生活在那个世界里。

多年后,奥尔森间接参与研究生写作班,他提了个愚蠢的建议,说应该开设一些"职业实践"班,比如讲讲如何找经纪人,如何同编辑合作——为什么编辑不厌其烦地要修改那近乎完美的文字,为什么当今编辑做的事情比较少——如何阅读合同、出版经纪学,为什么出版人不花一毛钱宣传你的书,即便这样的举动也不会造成任何经济损失。就这些基本内容。

奥尔森甚至建议上一两堂编辑方面的课。当时,做编辑是年轻作家在稿费滚滚而来之前可以赚点钱的体面活儿——这是老黄历,因为如今的编辑工作似乎越来越过时。另外,做些编辑实践可以提高你的写作水平,不过,你必须从编辑模式切换到书写模式,否则,太多的编辑工作会搞砸写作,奥尔森做编辑后,很痛苦地接受了这个教训。

说得温和些,奥尔森的建议没有受到热烈拥护。大家的主要观点是,工作坊应该是脱离"现实世界"的避难所。大家明确地告诉他,青年作家应该得到"培育",受到"保护",不受现实世界的影响,他们需要心无旁骛地追求艺术。这样的理念不仅在培训班里占主导地位;像全国其他许多写作班一样,这一理念由爱荷华工作坊毕业生奠定,是好还是坏,它们都仿照工作坊的做法,坚持工作坊的核心价值,譬如,坚持艺术基本上是神圣的或神秘的工作这一原则,你不希望陷入太多分散注意力的活动,无论艺术多神圣,多神秘,人总得支付房租。

具有讽刺意味的是,我们在爱荷华工作坊那会儿,被迫吞下让你充满活力的现实生活方面的药剂。如果不是现实生活中的苦药,那第二年的奖项评比怎么会这样？这过程不就是淘汰不透明、反复无常、随意性强的东西吗？——或者说，我们当时似乎这样认为——就像我们想象出版什么书稿的方式一样？这样的话，工作坊的颁奖制度不就是为我们"步入现实世界"做充分准备吗？遴选过程的随意性和影响作家成长的对退稿的反应，不也是最佳准备环节吗？我们的反应不也说明自己的重要特点吗？

我们当中很多人上本科时就是明星，也许甚至在校园杂志上发表过作品，取得一次次胜利。被工作坊录取首先是得到更进一步的肯定。但只有少数几个真正的受领者在第一年能获得援助。这可是不利因素。不过，我们克服了困难。到第一年年底，每人都有机会申请第二年资助，对多数人来说，那些没得到最丰厚的资助，比如TWF或至少助教职位，**这也许是你第一次真正体验自尊心遭受打击的失败：也就是说，为实现作家梦想，你要提前做好心理准备。**

经济资助有三个层次——包括没得到资助在内——所有资助都涉及为大学付出劳动。我们都确信（也担心），得到奖励表明，系里老师在谁最优秀、谁的写作事业发展得最好上达成共识。阶梯底层是研究助理。研究助理就是复印故事，或在朗诵会上操作录音机。幸运的话，TA（助教）会教大一修辞课，要是不走运，他们有时教"傻瓜英语"。如果你打算从爱荷华毕业后留校任教，这会是很好的教学经历，谁没这样的打算？至少在稿酬滚滚而来前，大家都有这样的打算。

梯的顶端是教学/写作研究员，他们每学期给本科生教创作。资助名称本身（是奖学金，不是助学金）隐含认可和肯定。奖学金比研究助理和助教多几百美元，这没什么坏处。

小说班里的TWF们也担任第一读者，阅读下拨儿学生申请工作坊时提交的故事；这经历非常有用，为你日后在纽约的大出版社做编辑工作做了铺垫，那时你会认真打磨自己的短篇小说或第一部小说。

每篇申请入学的稿件至少需要三个TWF阅读，他们会给出评语："优秀"、"好"、"可以接受，但缺乏特色"，或"不值得接受"。读者也可自由给出评语……比如，"是的，是的，是的"，或"不是特别打动人"或"作家感情深厚，自我感觉良好"等评语。TWF们读完手稿后，这些手稿就进入下一环节，由工作坊老师进一步审议，第一读者不了解这一过程。

工作坊发放经济资助和福利的制度不再存在。20世纪90年代中期，工作坊开始为全体学生提供经济资助，统一发给一年级和二年级学生。

这当然是一大进步。但资助金额"几乎"接近均等，年轻作家有些不满（因为他们是作家）：萨曼莎·张（1993年获美学硕士学位）说，"'过去'，我一直是落后分子。"她现在是工作坊主任，"我要说，和过去相比，现在的学生找工作几乎不像从前那样是热议的话题。"

无论如何，我们上二年级时，那些没得到最丰厚的资助的作家可以在暑假期间生闷气、摆脱苦闷，接着鼓起作家最需要的内在勇气继续创作，也许甚至靠自己的力量同情自己——但也不必那么自怜——那些收获到最丰厚的资助的人也很可怜，他们会因为自己被选中感到有压力，他们失去自由，无法对那些能草率决定一个人事业的权威说"滚开"。随着甜美夏天的来临，我们获得作家最宝贵的经验教训后（如何面对退稿），就可以自由地重整旗鼓，东山再起。

⚜

马文·贝尔：面对它！不要面对它！超越它。多写，多投稿，要认识到编辑的决定不针对个人，要明白一点，编辑主要是退稿，他们只接受极少的投稿。还要明白，接受你的稿件并不意味着这和你想象的一样。你写的内容要是足够多，你会知道什么有价值，什么没有。当然，了解这些也没什么用。

道格·昂格尔：在作家生活中遭遇退稿，就像冰雪和寒冷是爱斯基摩人生活的一部分一样正常。我想，是特德·索洛塔洛夫最先这样说的。我们必须习惯退稿，学会如何在铺天盖地都是退稿的世界上生存，写篇故事或小说或散文，坚持写下去。故事写得足够好，编辑就会录用，会出版你的故事——你要相信这一定会发生。

T. C. 博伊尔：我不断循环往复。我不是那种容易受退稿打击的作家；我有信心……我给自己规定了一条，故事遭遇退稿、被退稿的当天，我就投给另一家杂志。我让投稿一直循环往复地进行着。我想，这是当作家的基本原则：保持循环往复，不要气馁。

加里·约里奥：我很擅长对付退稿。我不受退稿的影响。我对自己最严厉，这就是为什么我有很多项目可能没完成的原因。无论在爱荷华期间，还是到现在为止，我一直都相信一点，把门人（编辑、教师等）和我一样是普通人。被爱荷华录取给了我一定自信：随后遇到的退稿都是些小挫折。

乔·霍尔德曼：我不太会处理退稿。退稿让我怀疑自己，让我沮丧。幸运的是，我遭退稿的频率没那么高。

对我而言，一个真正的转折点是我的作品被录用了，《思想桥》（*Mindbridge*）一书卖了10万美元。我当时还在工作坊学习，伦纳德·迈克尔斯告诉我说那书毫无价值，建议我不该在垃圾作品上浪费时间。这是宝贵的教训。

道格·昂格尔：我曾读过一句话，说给文学杂志投短篇故事的结果往往是，每收到一封录用信，要经历34次退稿；小说的话——我只说那些最终发表的故事和小说——每录用一部小说，平均被退稿16次。这些数字现在可能都不准了，我是前段时间看到的这些统计数字。也许现在更糟，也许情况更好。我不知道。

但我喜欢这些数字，因为这些数字印证了我道听途说来的经验，这些都基于我25年教学经验，我教的是在创作班学习的青年作家或正在发展的作家。这些数字的意思是：坚持下去，坚持追求自己的专业，继续写下去，继续拿出你认为最好的作品去尝试。没人能给你提出更高要求。

安东尼·布科斯基：我每次遭遇退稿，都会从退稿人那里发现故事中可取的一小部分内容。小提示也许是手写的"请继续赐稿"的字条，只要是鼓励的话语，都对我有帮助。

道格·博赛姆：我把退稿分为三类。我怀疑大多数作家都这样做。频率从高到低依次是：常规信件；常规信件上面外加手写便条，上面通常是类似这样的话："稿件不太适合我们的杂志"或"再继续赐稿"，极少会收到私人信件，但还是能收到，信里会详细说明编辑的好恶。

我要是收到的全是打击性的信件，我可能早已放弃写作。我特别敬佩那些常年坐冷板凳、仍坚持不懈的作家。

也许稍有点儿妄想是有益的——借用切斯特顿的意象，粉笔灰与水的混合物和牛奶一样营养丰富。比如，你收到《纽约客》寄来的上写"请继续赐稿"潦草字样的退稿信时，精神为之一振，这可能是大学实习生写的。或者你提醒自己，你毕竟进了工作坊，说明你一定有才华。这些鼓励不算什么，但如果有人打算继续从事写作，他们可能不得不依靠这些微不足道、巧妙包装的鼓励性话语。

我年纪越来越大，不那么需要他人肯定。我不需要别人鼓励我完成自己的小说。我相信自己写完小说后会找到读者。这算不算妄想？

凯瑟琳·甘蒙：杂志给我发了很多退稿信，但没关系，因为我有力量、有信心，有希望支撑着我。我经历过各种退稿，他们不只给你寄来标准退稿信，还说些话，他们的话有时很有益、很明智，也比较支持你，你可以感到他们很真诚。有时，他们说的话让你想知道，你要是想表达那意思，何必说出来？

我发表了不少故事后才对自己从事创作有了些信心，认为自己有了读者。我写某个故事时，有时会越写越觉得，没人会看到我定义的优点，我不再认为故事有什么优点，也不投稿了。但多数作品都会找到发表地方，我积累了些经验，熟悉了各种杂志的特点，我以前和杂志有联系，知道这些杂志喜欢什么作品，渐渐地，我在选择杂志、发表什么故事或小说摘录这方面变得更有技巧，退稿次数越来越少。说到小说，情况完全不同。《伊莎贝尔》(*Isabel*)在1991年出版后，不下二三十个出版社不仅看过我的小说《悲伤》，而且还拒绝出版。轮到出版下一部小说时，我开始找新的经纪人，把小说投给我能联系到的为数不多的几个编辑。我收到几个措辞友善而妥帖的读后感，还收到写得很友好的退稿信。那时已到了90年代中后期，无论是真实的还是出于方便，退稿的普遍理由是需要有市场知名度。到2000年，我决定不再给市场投稿。

道格·昂格尔：不过，我必须承认自己一直很幸运。就像我刚才提到的统计数据一样，我写的故事和书遭遇多次退稿。但凡是我写的故事、书或文章，几乎每个作品在被退稿后，我又重新修改，在坩埚中打磨、加热、重塑每部作品。重写、修改，反复修改后，我写的故事或书最终几乎都发表或出版了。

我还在写很多作品。我还保存着十年、甚至十五年前写的一些故事，我时不时地拿出这些故事，继续改写。我写了一部有关创伤后应激障碍的长篇小说，我相信这是21世纪疾病（比如，对全人类而言，我们受到的压力都达到极限），我常常回头修改这本小说，这书已写了八年。

安东尼·布科斯基：无论我能否得到别人的鼓励，我每天给自己几个小时时间，甚至通宵在反思退稿。过段时间，我感觉好多了，重新思考遭遇退稿的故事。我有时会做些修改。其他时间我不做任何改动，直接把故事投给另一家杂志。

真的，没什么神秘：要么你找到力量坚持当作家，要么你放弃。没人关心你是否写作，我的信念是，一个人必须要让别人在乎你。怎么做到这点？通过继续写作，通过不放弃。我的做法不符合逻辑。说完这个，我接着假定，无论我试图做什么，我都会成功。就是要坚信事情一定越来越好。

马文·贝尔：对我而言，分量最重的是《诗歌》（*Poetry*）杂志，由亨利·罗岛主编。在当时那种情况，要是《诗歌》刊登你的作品，你可以视自己为诗人。但我已经在许多"小杂志"上发表了早期作品。不过，《诗歌》算是更重要的刊物。

《纽约客》很了不起，不过不是因为审美原因。你要在《纽约客》上发表作品（诗歌的编辑是霍华德·莫斯），你的高中同学会在牙医诊所候诊室看到你的作品。你会因为写了那首诗而赢得相当可观的稿酬，这似乎使作品显得很特殊。但是，《诗歌》才是发表作品的好地方。

另一方面，一个人早期取得成功可能会影响他的创作。诗人尤其有一种倾向，他为受到称赞写诗，还靠自己的形象赢得名利。早期取得成功可能让一个人成名，这是种限制。的确，也许作家的写作障碍来自真实的或想象中的成功。人一旦有压力，需要重复成功，嗯，这会有效地改变他的未来。

道格·昂格尔：你写的故事或小说被录用后，嘿，尽情享受这最美妙的感觉吧——让自己激动起来，好好庆祝，像普希金那样激动起来，他有句名言，他对自己说，你这王八蛋，你做到了，你真的做到了，你又成功了！开个晚会。请朋友们参加。至少给朋友们打个电话。和朋友们一起庆祝。你真正的朋友会和你一起快乐。让这种喜悦感顺其自然，一直伴随你，为它感到幸福——直到你收到下封退稿信，这让你再次触底。

谢里·克雷默：对剧作家来说，可怕的事情是，你最重要的退稿和发表在《纽约时报》上的负面书评（或坦率地说，任何负面书评）恰好出现在你剧作家身份最公开的生活中。差评恰好在剧本上映后的一两天内发表。这意味着，剧本要放映一个月，你的朋友和家人都会来看剧，你要是在城里，你得去看看那些欣赏你剧本的善良观众，无论那些评论有多么可怕，你还要支持演员，这些演员必须到前台，面对那些观众继续表演，而观众也都读过那些可怕的评论……

还有件可怕的事情，剧本要是没得到好评，剧本就没有生命力了。剧本只有上映才有真正的生命。要创作出一台剧，需要20到100位艺术家共同集思广益、通力合作。剧本评论和小说评论的性质不同，它们的影响巨大而持久。是的，我的作品像小说一样可以重新发掘，但这种重新发掘需要时间和金钱。

那么，如何解决这一问题？如果你相信同仁，如果你已选择当艺术家，那么受到差评很痛苦，但可以渡过难关。你们一起创造了艺品。这是惊人的举措。我给遭遇退稿和差评的作家的建议是,和恰当的人一起合作,早日找到合作者,坚持下去。和你尊重的人一起创造艺术。这样的话,到午夜时分,灵魂的摧毁者来毁灭你时,你就会有去处。

桑德拉·希斯内罗丝:我遭遇退稿或得到掌声时试图记住,这不是针对我,而是对我之外的东西的承认,是从我身上穿过的某个东西。像捕鱼一样:你做得越多越擅长。你之所以得到掌声,是因为大家为你捕到鱼而喝彩;你钓到鱼,但你没创造出鱼。你遭遇退稿或取得成功,那不是因为你。你要是很幸运,写了一本能在某历史时期滋养他人的书,你必须保持清醒,不要把成功和自己混淆,学会做到这点要通过精神修炼,要学会拥有能让你脚踏实地的东西。

我喜欢佩玛·丘卓和一行禅师的教诲。很多作家都喜欢一行禅师,虽然这些作家不是佛教徒,但一行禅师是作家;他说的很在理。我推荐一本很简单的书,《宁静》(*Being Peace*)。你不必是佛教徒,就能从中受益。

乔伊·哈乔:保持信仰。信仰比我们人类狭小的大脑有更多理智和意义。我们可以和更宽广的形体合二为一——我们渴望这种联系。这就是为什么我们要创作。一直朝这方向努力。

《美国诗歌评论》(*American Poetry Review*)当初拒绝发表我的书《她有群马》(*She Had Some Horses*)中最有名的诗。当然了,我开始怀疑自己。我把手稿拿给诺顿出版社,交给奥迪·洛德的编辑约翰·本尼迪克特。我收到他精心撰写的令人鼓舞的退稿信。桑德茅斯出版社出了我的书,出版社倒闭前的几年里还一直在印这本书。去年,诺顿重印了我的书!我找了三次诺顿,他们才同意出版我的书。我在他们那里出的第一本书是《从天上掉下来的女人》(*The Woman*

Who Fell from the Sky）。

桑德拉·希斯内罗丝：重要的是，要区分对待自己和作品。你的作家身份一举成功后，成功给你带来的伤害，有时比退稿信带来的伤害甚至更多。我们在去除自我、充满谦卑地从事创作时，在精神上很神圣，但达到这一境界，需要付出大量努力。重要的是，你要脚踏实地，对自己的工作保持头脑清楚，把创作和自我分开。

在爱荷华期间，我在集中精力创作这方面积累了丰富经验，我知道自己投稿时受挫不是因为作品，而是因为我还没为作品找到合适的家。我在爱荷华时，并没在发表作品方面消耗多少时间，我快离校时，这一情况才有所改变。接着，牙膏出版社的艾伦·科恩布鲁姆听说我在当地一家书店朗读作品，他让我寄些诗，我就寄了，结果他没出版我的稿子。不过，我没往心里去。嗯，我是这样想的，这就是爱荷华。

安东尼·布科斯基：我写过一篇故事，先后遭遇过27次退稿。每次稿件被退回时，我就做些修改。我第28次投稿时，《月桂树评论》（*Laurel Review*）刊用了我的故事，支付了我5美元稿酬，还问我是否考虑把钱寄还给他们，算是订阅费。

还有一次，我在伊利诺伊大学出版社整整工作了三年，为的是出版我的故事集。他们当时在出版伊利诺伊短篇小说系列，这个系列的作品很出色。小说资深编辑安·韦尔不断鼓励我。他们出版社的外审专家喜欢我的一些故事，但希望删掉一些。过了六个或八个月，我按他们的建议做了，出版社又换了批专家，他们不喜欢先前那些专家喜欢的故事。我说过了，这前后持续了三年。随后，短篇系列由一年出四本削减到两本，安·韦尔写信说，"万一你以为自己总是伴娘，从没当过新娘"，她建议我应该继续努力。出版社削减了短篇小说出版的数量,但她继续鼓励我,她说,我还是有可能最终"出现在他们的作者名单上"。

有一年,圣诞节前的一天,我想是1991年,她写信汇报了坏消息,她和出版社没法继续鼓励我了。我很感激她帮了我,多年来,我已反复表达了感激之情,我没抱怨。这只是小插曲而已。

凯瑟琳·甘蒙:我在爱荷华的一个收获是,过早放弃是个错误。准确地说,这不是教会的,这道理也许在文化语境中很明显。你不能目光短浅。我决心不会只写10年就放弃。爱荷华以及后来的普罗文斯敦都有些有天赋的作家,他们因各种原因放弃了写作,有些作家仍坚持写作,对有些人来说,的确需要很长时间才能出成果。我没来爱荷华前一直致力于写作,我不必靠爱荷华定义的"成功"决定我是否继续创作。所以,心态很重要。即使我的心态没那么好,我也觉得这特有用,它帮我下定决心。

格日·利普舒尔茨:你的确会克服这个障碍。我现在又回到学校,有趣的是,我看到不同人对我的作品有不同反应,看到别人如何回应批评,看到年轻作家采纳什么意见。我尤其想到爱荷华的一位作家。我很佩服她处理退稿的方式——她拒绝退稿!这样做很合理。这并不是说,她完全忽略退稿,她会衡量退稿意见。她似乎并不特别看重它。至于我,我发现自己虽然有发表欲,但在期望值上却有些不同。也许,我的期望值没那么高。这是个过程,至少对我来说是这样。我现在能写作,很知足。还有一个特点,也许你可以说,我的写作过程"有禅宗特点"。我想,我也许变得更宽容了。我想我叫以接受这个可能性,即,即使我的写作对他人没有意义,它对我也是有意义的。此刻,我能说的是,我在看待别人对我的评价方面有所改变。作为作家,你必须能放得下,继续追求新目标。

这很棘手，但我认为，从某种程度上说，你对待退稿的态度和你内心有多认真、有多强烈的写作冲动有关——不一定和你的天赋有关，上帝帮助每个人，但这个冲动除外。当然，接下来就是考虑这是否是公众想要的东西，你是否和公众唱反调。如果是的话，那你可就倒了大霉。另一方面，写作是你的权利。写作是你的自由。如果你把创作冲动和发表作品的冲动分开——当然，这是严肃的——那你就应该没问题。

马文·贝尔：一个人创作时要突破自己的局限：语言、心理、情感和思想的。对作品的其他反应就是，那是一笔额外的津贴，我珍惜这额外的津贴，但它只是额外的津贴而已。

对我来说，如果正如人们所发现的，形式已被用尽，如果有不被人知的内容，没有伪装，没有愚蠢行为，既没有屈尊，又没有为照顾人而简化，如果有惊喜或有新意，如果作品有真实声音，有乐感和动感，那我只能通过猜透读者的期望、要求、反射和偏见才能做得更好。顺其自然吧。我已经中了大奖。

桑德拉·希斯内罗丝：人们老问我怎么处理退稿？我问他们是否已开始写作。我问他们，如果他们永远不会发表作品，也永远不会出名，这是否意味着他们可能没有孩子，是否意味着这会损害他们的家庭关系，假如是这样，他们还想当作家吗？我对一个人为什么当作家很感兴趣；他们为什么要当作家。我通常会问，"你想得到什么？"如果你不希望得到名利，也不希望和别人建立关系，或追求幸福的婚姻，如果你没有这些期待，而且你已经开始这样做了，那你就是真正的作家。你不仅需要才华。你还必须有激情。你必须要有这种欲望。所有人和所有人的母亲都阻拦你从事写作，你如果没有创作激情、没有动力或欲望，那你就不会成为作家。你如果没创作欲，那就算了吧。

珍妮·菲尔茨：退稿？谁愿意多说这个？有人说，促使你继续写完小说的因素是你热爱自己的主题，你知道自己说的内容很重要，你知道自己有工作要完成：要讲得有气势，感动别人，要与众不同。**如果编辑不理解你的作品，那么你自己可怜的内心一定要相信，编辑没看到你作品的重要性，他/她是白痴。**

爱荷华的第一年和第二年有质的区别，丝毫不是因为工作坊已做出颁奖决定，也不是因为我们多数人失去得大奖的机会，不是因为我们遭遇退稿，不是因为我们不再需要取悦于人。我们不再竞争。这最终让我们自由地专注于写作，我们学会应对退稿后，会时不时地斜眼看看一两个教员，悄声嘀咕，他们知道个鸟？

我们要从工作坊带走收获，忽略其他东西，珍藏有益的经验教训以供将来参考。我们开始更辩证地审视自己的作品，更辩证地看待老师"教"了以及没教哪些写作方法，如何面对"真实世界"中"恭候在那里"的一切，直到我们觉得考虑这些太令人沮丧，我们才不再想那么多。我们有自由发牢骚，无病呻吟，也时不时地心存感激，哪怕只有一点点，正像昂格尔所说，作家永不知足。

唐·华莱士：对我来说，第二年完全不同，原因有两个：一，我和工作坊同学明迪结了婚；二，我得到助教职位，教大一修辞课。考虑到这工作帮我支付了房租，减免了学费，教学串演还不错。但对当年只有24岁的我来说，早上8点20分要去教室，给杂七杂八的学生教基础英语，这真让我震动不小，班里有联谊会女生、工程类专业学生、拿奖学金的运动员、本地农场男孩、来自靠近芝加哥市中心的黑人男孩、通过平权法案入校的，甚至还有个27岁的奇卡诺屠宰场工人，他很激进，憎恨权力结构，憎恨我。结果，他居然是我教过的最好的学生，我在班上随便说起《百年孤独》，他就去读了这本书，他很激动，我为自己不够尊重那本书感到羞愧。

我们上爱荷华的第一年春天，那是在明迪和我结婚前，工作坊的几位教师警告我们说，结婚相当于职业生涯上的自杀。后来我读到西里尔·康诺利写的有关"承诺的敌人"的诗行，其中一句是"大厅里的婴儿车"。

明迪·彭妮巴克：年纪大些的作家不仅预言厄运，而且积极地试图把我们分开。约翰·霍克斯曾是我在斯坦福大学艾伯特·格拉德教授的门生，他来爱荷华办了朗诵会，还做了一学期客座讲学，他在法国观摩过艾伯特的本科生写作课，他记得我，决定让我当导游，陪他夜间游览爱荷华市。唐被降级为司机，霍克斯至少比我们大20岁，他尊称唐为"忠实的老家伙"。我听到霍克斯在车上发出难过的呻吟，这让我很高兴，他坐在很危险的弧形靠背的车后座，和那些连连尖叫的追星族挤在一起。我们带他去一所宽敞古老的维多利亚式房子参加晚会，约翰·吉文斯跳了舞，还做了些说唱表演前的一些动作，欢迎霍克斯，道格·昂格尔嘱咐我对霍克斯好些，霍克斯一直试图让唐靠边站，后来罗宾·格林奇迹般地出现，她像雅典娜一样有副严厉的眼神，说了句很有分量的话，只有霍克斯听得到，他顿时就老实了。

唐有自己的烦恼。一天晚上，玛丽·李·塞特尔喝得醉醺醺，来到我们住的那间闷热的地下室房间对唐说，他和我有关联，这很不幸，还说他根本不该和我结婚，因为我只是他的累赘！还说，多亏她帮忙，他才获得助理教师职位。

唯一祝福我们的是杰克·莱格特，他听说我们订婚后非常高兴，拥抱了我，还狠狠吻了我一下。

唐·华莱士：做已婚作家很奇妙。我们和老朋友经常聚会，比如奥尔森夫妇、谢弗夫妇，他们都成家了，还有谢里·克雷默、比尔·麦考伊和杰夫·亚伯拉罕，嗯，差不多包括每个人。我们还认识了新朋友，他们很重要，包括几位明智的（我们这样认为）女性作家，她们在《红皮书》(Redbook)、《小姐》和工作坊其他业余作家蔑视的杂志上发表过作品。我和明迪从西部来，一下就被迷住了。我们逐步了解了小说出版方面的神秘等级制度，制度像金字塔，最顶端是《纽约客》和《大西洋》(Atlantic)、《哈珀氏》(Harper's)，接下来是《红皮书》和《小姐》——人们常说，这两本杂志是印刷精良的最佳女性杂志——其余就是七姐妹杂志的最后两位：《女性家庭刊物》(Ladies Home Journal) 和《家庭圈》(Family Circle)。这些刊物是短篇小说经济发展到末期的产物，刊登过F. 斯科特·菲茨杰拉德和其他作家、一直到库尔特·冯内古特的作品。一篇故事能卖40 000美元的时代早成了老黄历，不过你还可以在《女性家庭刊物》发表作品，拿到800美元或1000美元，甚至更多稿酬——传言还能拿到7000美元——如果你写的故事符合要求的话。事实证明，这假设很难实现。

周六下雪不能出门时，我们就坐在斯蒂芬妮·沃恩的厨房里，收看俄亥俄州橄榄球赛事（斯蒂芬妮是很认真的粉丝），她和帕梅拉·厄布和萨拉·沃根交流思想，互通有无，很慷慨地交换对方认识的编辑名字。我开始从事专业写作：我给纽约一个陌生人写了封口气生硬的信，问她能否行行好，看看我写的故事，里面还装了贴足邮资、写明自己姓名地址的回信信封。

埃里克·奥尔森：这可是我们从教师那里没获得的经历，是现实生活、很实用、属于专业写作，还有装了贴足邮资、写明自己姓名地址的回信信封的做法……也许我们只是假设，也许我们在这一过程中会进步。也许我们中的一些人做到了这点。也许我只是没有关注，**但我离开爱荷华后开始靠写作谋生（好像可以做到似的）时，才大吃一惊，发现自己是乡巴佬。我是爱荷华毕业生，居然不了解出版界……**我们吸收了道听途说的艺术主张，却不怎么了解写作基础。

戈登·门能加：有关写作技巧吗？我不认为我们谈过这个话题，对吧？至少没在工作坊里提到。你写你的大部头，然后扔到桌上。我们从未挑出"写作技巧"中的元素仔细研究，比如，分析隐喻在故事中的使用情况，这一点让我很惊讶。我们从不做这类练习。我想，现在依然如此。

我也见识过其他项目的课堂，他们会讨论写作技巧。你从别人的作品里抽出很有趣的例子，比如一大段话，雷卡佛的故事都是很短的段落，这段话永远没有结尾。我们当时没有探讨为什么有些描写要那样处理，也没谈论过不同的风格，什么风格可以接受，什么不能接受……为什么会这样，还有如何取得这种效果。

桑德拉·希斯内罗丝：我们在爱荷华学了写作技巧，不过我们没学为什么那样写，没学会为什么我们按自己的方式写作，或者为谁而写。我说的是诗歌工作坊，我没在小说工作坊学习过。我们从不讨论作家为社会能做什么贡献；我们从不讨论自己对社区的义务。这些从没讨论过。也没讨论过政治或女权主义。没人提性行为；虽然我们生活中到处都有性行为，但讨论性行为是禁忌。我们也从没提过阶级。

我希望能有一定的政治方向。我从未质疑过自己的所作所为，等我去一所学校教书，我发现我们甚至买不起粉笔。这让我产生怀疑，质疑自己是否应该当作家——作家是否是地球上最好的职业？我不确定，即使我在普罗文斯敦写《芒果》一书时，我也质疑这点。我想，也许我应该了解节育信息，如何把这一信息传播给贫民区的妇女。

我开始在芝加哥的移民社区教书，我在一个学期内从那些孩子身上学到的东西比我在爱荷华两年间学到的还多。如果爱荷华带我们去中学，去监狱，或去农田里，我们会有更多的写作素材。**我们太自我了；我们只了解"如何写作"，但不知"为什么写作"**。我的意思是，所有有关写作技巧的内容都很重要，但比起我们为谁写作，为什么写作，写作技巧是次要的。

不过，我学到了应该学会的东西；我在爱荷华学到的最重要的内容是，写作时要随时做好准备，应付最大的敌人发起的攻击。即使是现在，我也这样告诉学生，写第一稿时，要假设你最好的朋友坐对面，你可以按任何顺序写故事。你如果穿睡衣写作不会有写作障碍，那么写初稿时，要写出你穿睡衣时写的效果。但是，你修改作品时，要想象敌人就坐在对面，要假设敌人对你的弱点了如指掌；相信我吧，敌人的确了解你的弱点。

我来自爱荷华，我最大的敌人就在那个教室。

戈登·门能加：你可以录取不擅长写基本故事的学生，你可以帮他们提高很多。你知道他们的恐惧感——"你为什么不多写对话？"他们说，"因为我不擅长这个。"其实，你可以让他们做些练习，你会发现他们是天才。

我会举例探讨各元素——例如，专门分析三页写得最好的对话。《霍乱时期的爱情》（*Love in the Time of Cholera*）里有段话非常凝练，把人类历史凝缩成一段话。我们就分析这样的例子。我觉得我们在工作坊总受打击，没人鼓励我们冒险，因为工作坊坚持"雷同思考模式"。如果你太与众不同，试图写一个三页长的句子，你会受到打击。

金塞拉常常提交些相当不错的故事，大家会严阵以待，因为这些故事可能太"轻松"，或过于"煽情"，金塞拉会说，"这没关系。我写的故事已经在加拿大发表了。"

桑德拉也有掉进陷阱的经历。如果她塑造的所有人物都死去，或所有人物都很有哲学头脑，她就会成为明星。你回头看看哪些内容得到称赞，你会很惊讶。其中一个因素是年轻；大部分人当时都是24岁至28岁。没人知道怎么写作。

简·斯迈利：我们的老师是作家，不是教师。他们知道很多写作知识，但没深入思考过怎么把知识传达出来。可以说，这是我对那些超男性化家伙的部分反应，他们的确也称赞，也批评，的确疏远了学生，学生不会分析作品，我们没掌握分析方法，不知道如何分析作品中不好的地方。我们只有本能，但没有方法。所以，我决定教会学生掌握工具，而不是让他们靠直觉决定。

T. C. 博伊尔：我在爱荷华那会儿，工作坊的形式比较自由。那儿的老师，至少教过我的老师，似乎不知道如何开展工作坊。如今的工作坊想必更有经验了。

我当学生那会儿，还不知道自己的目标是什么。我当然不知道自己做什么。我谈论其他人的作品时没有恰当词汇。没人知道。现在的学生比我们不知进步了多少光年。教师也比以前的强多了。

当然，优秀艺术家或作家不一定是最好的老师，或者说，那些想教书，或喜欢教书，或有能力教书的人不一定是最好的教师。结果，他们以失败告终。

桑德拉·希斯内罗丝：每个人都需要关爱。老师们都很困惑。他们似乎认为，自由的战利品是他们得到一揽子补偿，而且，年轻女性很崇拜这些作家，把他们视为神，却没有意识到，这些男人根本控制不了自己的裤裆。

我总告诫年轻女性说,一定要非常非常小心,你们那么天真、年轻、美丽,对自己的力量没有概念,有人第一次关注你时,你会特别激动,哇!你完全丧失判断力。我的情况是,事情糟透了……

那里有很多教师根本不是真正意义上的领导,他们没按教师该做的去做。他们可能是优秀作家,但他们的人品可不好。他们根本没发挥作用。当然了,谁发挥作用了呢?我认识那些很优秀的人,他们没发挥自己的作用,但他们在写作中使用并分析了这点,这让他们很伟大。但是,这些人不是爱荷华的教师,结果,我们这些天真无邪的学生受到了这些病人的猎杀。这是我亲眼所见。

我觉得,爱荷华教给我一点,他们完全不尊重学生;他们不把年轻人当人看,也许我们把他们吓坏了,我们应该尊重他们。但这并不是真正的尊重,因为真正的尊重应建立在真正的正直感上。这种正直感不存在,因为爱荷华缺乏正确的领导才能。好了,没人爱听牢骚满腹的人说话。

枕边书

桑德拉·希斯内罗丝:我读了很多有关塞尔达·菲茨杰拉德、伊迪·比尔和她的母亲伊迪丝·布维尔·比尔的书,后两位分别是杰奎琳·肯尼迪的表妹和姨妈。他们似乎很疯狂,但她们都遭排挤,无法掌管自己的钱,最后落得一贫如洗。她们在外人看来很古怪,但我觉得这些老女人很脆弱,容易受伤害。天哪,我以后也许会变成这样!

乔·霍尔德曼:我不认为自己受到了工作坊的伤害,但有些人显然受过伤害。有时,他们很气馁,这足以让他们放弃写作。如果对批评比较敏感的作家写的作品很糟糕,这倒也可以接受,但当然不是如

此。也许恰恰相反；我听说，很糟糕的作家这样回应批评："那些混账他们知道什么？"

我会毫不犹豫地向年轻作家推荐爱荷华时说这样的题外话：你不会在这里学好写作。你会学到很多关于写作教学的知识。你要是脸皮太薄，那可能很危险。你会遇到一些出色的作家。也会遇到流氓。爱荷华城是生活和工作（冬季除外）的好地方。工作坊是你学习怎样写作的最佳地方。

说完这些后，我不得不说，我内心深处和科马克·麦卡锡一样有同感，他说，创作班是骗局。写作是个神秘的过程，要说你能教会别人写作，这令人不安，就好像说你可以教会别人掌握精神价值似的。这会让测谎器发出响声。

我告诉学生，我为他们设了最后期限，还为他们提供读者。他们对这些挑战做出的反应可能会教给他们点儿东西。

安东尼·布科斯基：我会给年轻作家推荐工作坊吗？绝对会。我前面说过，工作坊对我来说是个好地方。

当然，这地方并不适合每个人。你必须有创作欲，还必须学习怎样写作。一个人很可能花两年时间就能混到学位，因为工作坊的要求不是非常严格。我觉得自己的美学硕士论文不超过六十页。就是我说的，你很可能不用努力就能拿到学位。也许情况有所改变。但正是因为不需要考试，不需要写学期论文，甚至不需要修那些给成绩的正式课程，工作坊才这么受人欢迎。

谈到作家写作技巧的成熟，就是要做到有成熟的写作观，这些必不可少。如果我认为年轻作家缺乏自律，那我不会推荐他们上爱荷华。

道格·昂格尔：我在看待爱荷华作家工作坊的培训模式上有所保

留。我认为，我们应重新审视作家培训的既定模式。**目前，学院式培养对很多作家来说有点儿过于舒适，很大程度上，这是轻而易举的逃避**。我发现，如今的年轻作家来爱荷华的目的就是将来能教写作，不是把当艺术家作为首要任务——艺术家应恰好具备教书及其他方面的技能。这样的事业规划过于循规蹈矩，出发点过于求稳，因为这些作家的抱负仅仅是出几本书，然后在学院或大学拿到永久性任职资格，最好以教授身份定居。

马文·贝尔：小说家伦纳德·迈克尔斯过去常对小说班学生这样说，"没有散文这样的东西。只有诗歌。"我开玩笑说，开晚会时，写小说的学生在前面房间讨论合同和预付稿酬的事情，诗人则在后面房间里跳舞。现在，情况完全不同了，至少在诗歌方面是这样。一个原因是，文学理论目前有显著影响。多年前，我们除了把理论看作谈资外，对理论的态度倾向于置之不理。另一个原因是，教学更有组织性、有计划性，而且美学硕士学位也越来越制度化。

几十个美学硕士项目班随即涌现，联合写作项目组织诞生了。该组织的规模一开始很小，最终却庞大无比。该组织为很多人谋了福利，但随着该组织的发展，它不得不做出改变。成立该组织时，组织者是一批可以教书的作家，如今却是一批可以创作的教师。现在有很多"关系网"，课堂上也有"作品购买"（workshopping）。你能想到比"workshopping"更愚蠢的词吗？对了，"写周记"也是个愚蠢的词。

道格·昂格尔：当然了，看看我：我当了好多年教授，牺牲了无数个小时搞教学、抓立项，其实，我完全有可能搞创作，现在更糟了，上帝救救我吧——我甚至成了大英语系的主任，要管理所有细节工作，会碰到很多烦恼，当然也能从社区建设过程中得到回报。尽管如此，我要说这是悖论（这里，我拿自己举反例），青年作家最好摆脱工作坊和大学的影响，尝试别的东西——至少，先尝试和学院完全不同、能让作家接触社会的职业。

比尔·麦考伊：我记得尼古拉斯·迈耶想回来办朗诵会——那是他在好莱坞大获成功后的事了，他是爱荷华的本科毕业生，没在工作坊里学习过——听说他们不会让他办朗诵会，因为他已经商业化了；这说法有点儿变态式的自豪心理：好莱坞作家先生，你不能用钱、也不能用《百分之七溶液》（*Seven Percent Solution*）这类福尔摩斯探案的模仿作品收买我们。

当年，攻击别人作品时说的最恶毒的话就是，作品的创作意图是希望改编成电影。那是嬉皮精神的后遗症。现在，我渴望商业成功，这是允许的。我们上学那会儿，这可是耻辱。

1975年那会儿，人们仍相信一点，尽管这违背一切逻辑，但学院最终会照顾你。你如果环顾四周，事实应该早就告诉我们不是这样的，但我们还坚信这点。你如果很出色，你总能胜任教学工作。我们1977年毕业时，教师行业的市场已到了低谷。没什么职位。对那些优秀教师也如此。一切都在改变。

埃里克·奥尔森：一切发生了变化，但这不是工作坊讨论的话题。当然，我们之间不断散播谣言，也说闲话，觉得越远离现实越好。教师也许对我们拭目以待的"市场"有深入理解，但他们很少和我们分享这类信息，我说的市场是学术界，是从事创作的教师的"市场"。谁聘用教师？哪里招聘教师？或者说，书籍的出版"市场"。什么作品比较畅销？趋势是什么？但你要是考虑"趋势"，你就是商业化作家，你该为此感到羞愧。

也可能是教师和我们一样摸不着头脑。他们已功成名就，通常都是知名作家,生活也很优越,为什么要忧虑诸如"市场"的粗俗问题?

但回到工作坊充当庇护所的问题上来,也可能是这种情况,教师想当然地认为,我们的幼小心灵难以承受"市场"这一话题。毕竟,我们是艺术家。

桑德拉·希斯内罗丝:在马康多,我们请经纪人和编辑与学生见面,但大家都有机会。我们问各组学生有什么技能,或者,我们请人讲特定主题、市场或创作趋势等等。

我是诗人,我从爱荷华毕业后,在商业方面走了弯路,我在合同最后一页虚线上签了名——后来,我找到经纪人,是经纪人帮我避免了我年轻时犯的大错。再说一遍,这和我对男人的单纯认识有关。我父亲很善良、很爱我,我和男人接触时,总期待他们和父亲一样爱我,引导我,但这通常带来灾难性后果。最幸运的是,我找到了苏珊·伯格霍尔兹。苏珊通过谈判,为我夺回了我已签字放弃的"芒果街"和《女子喊叫小河》(*Woman Hollering Creek*)的出版权,是苏珊帮我把"女子"的出版权卖给兰登书屋,把"芒果街"的出版权卖给文塔奇出版社(*Vintage*)。我和青年女性交流时会说,你不需要丈夫,你需要经纪人。

道格·昂格尔:哦,说到经纪人,我对他们的评价不是很高。我写的所有书的交易,除国际版权外,一律自己完成。经纪人已经涉足签署合同,他们可能会增加预支稿酬金额,或者能为作品找到发表的地方,或者在出售平装本出版权时能派上用场。

多年来,与其说我认识的大多数经纪人给作家和创意写作过程带来了帮助,不如说他们给作家带来了毁灭性的打击。总之,我对经纪人的态度是,让我自由创作,你可以随便分发书稿,可以猎取百分之几的利润，非常感谢。但不要告诉我说，所谓的市场是什么，不要建议我写符合市场需求的作品，这是侮辱我。这是令人作呕的消费主义，居然允许消费主义取代艺术创意写作过程，居然允许它毁灭原创或富有活力的东西。

我看到的青年作家或正处于发展中的作家犯下的最严重的错误是，听从经纪人的指挥写小说，或怎么完成一本小说，或写什么书能让出版社看中，这些建议多半违背作家的创作节奏和艺术创造过程。十有八九是这种情况，作家看中的是提前支付的巨额稿酬，是豪华轿车开到自家门口，而不是自己的创作理想，结果，他写的书稿找不到发表的地方。

米歇尔·赫恩伊凡恩：一次，我要出售书稿，找到经纪人特别重要。此前，我觉得这根本不重要。我觉得自己当时和第一个经纪人和第一位编辑非常亲密。我完全信任他们。我很少过问他们在做什么。我很少知道一本书出来后会发生什么，也不知道书评怎么写出来的，怎么宣传书，不知道书是否卖得出去。我处于幸福的无知状态。我根本不知道自己的第一部小说其实卖得很不好！我对此一无所知。一次，我问经纪人书的销量是多少，她说，"你为什么想知道？"我说，"大家问我。"她说，"告诉任何问你的人说，你的书卖了两万册。"唉，其实不是这样！目前，就我的职业关系领域而言，我更喜欢实事求是——尽管有时很难接受。

我的经纪人宣布说，我的第三本小说的编辑工作完成了，准备提交出版，她还说了句，"你猜怎么着？我该退休了！"我不得不在三个月内找新经纪人。我跟半打经纪人和许多编辑谈过。我从一个和作家关系密切的规模很小的经纪机构开始找，也找过更大的机构——虽然我很喜欢斯科特·莫耶斯，我在威立出版社时主要和他合作。他在我需要时援助过我。

我的第一位编辑加里·菲斯科特乔恩用他著名的绿色笔逐字逐句地编辑过我写的前两本小说。我收获很大。我最近合作的编辑萨拉·克莱顿直击要害，她要求我重写那些场景，拔高一些。她对我帮助也很大，在宏观上而不是微观上。她的确帮我提高了这本书的质量。

谈到把书做得更专业时，可以说，我和一位朋友的工作关系非常密切。我们经常交换作品看，特别熟悉对方写的书，就和我们熟悉自己的书一样。四只眼睛比两只眼睛好。我很幸运，这人是出色的作家，她真的帮我提高了写作水平。

乔·霍尔德曼：我的经纪人一直都很重要。他们为我赚更多的钱，让我成为在纽约没有花销的作家。我也没通过经纪人出售过书籍和电影剧本；我自己推销作品，我让经纪人做文书工作。但我没想过不靠经纪人生存。我在推销自己方面没有特殊天赋；刚好相反。所以，我聘请这家伙，让他宣传我有多伟大。

埃里克·奥尔森：我们在爱荷华期间，时不时地会有经纪人或编辑前来参观，我们就做点侦察工作。在接近这些人方面，学校做了周密控制。一方面，我觉得校方希望保护我们作家脆弱的情感不受经纪人粗俗的商业化影响。但我认为，权力机构不希望任何人把手稿扔到经纪人的膝盖上。只有大人物才有权这样做。

当然，我们其余人会把晚会搞砸。把晚会搞砸可非青年作家莫属。事实上，这就是谢弗和我怎么找到第一个经纪人约翰·斯特林的——之后，我们找到了活力四射的埃丝特·纽伯格——她来自国际创作管理部门。我们把晚会搞砸了，还和可怜的新手浪漫了一把。

格伦·谢弗：大家排队等着和ICM的经纪人约翰·斯特林见面，

大家手里举着咖啡杯、带香草味儿的书稿,而我手里空空如也。我对自己的真才实学信心十足。我一直等到第二天活动快结束了,才走到斯特林跟前,他面带恐惧,抬头看着我哼道,"你有什么东西?"

"进取心。"我告诉他。

接着,我谈了奥尔森和我的共同想法,我们打算以奥运礼堂为基础,写本职业拳击方面的书,揭露洛杉矶的罪犯生活。我们会写拳击运动的宣传者、斗士和教练,还会写罗马尼亚放高利贷的恶人——确有此事,会以查尔斯·布科斯基为原型。事实上,我们计划以被诅咒的诗人布考斯基为中心人物。有人认为,文学作品无法合作完成,为什么不能合作呢?剧作家可以合作。编剧也可以合作。填词人可以合作。从商的根本就是合作。为什么真实生活中的小说家不能合作?奥尔森和我志趣相投,我们会创建二人组合,写出更多、更有深度的故事。我们都崇拜拳击。当然,奥尔森和我写的不是苍白无力、反映情感的东海岸文学……要写的是——又用上了这个词——很性感的报导,会涉及事实和真理之间的那片被过度开垦的土地。我们当时给书取名为《城市商业》(*City Business*)。

于是,我向斯特林推销自己。他回答说:"我喜欢拳击。我懂点儿拳击。我愿意做本拳击书。"我们请他喝啤酒。接下来,我们找到了经纪人。

埃里克·奥尔森:我当时不知道,有个国际创作管理部门的经纪人可是意义非凡。我从没听说过 ICM。我也没意识到,约翰是埃丝特·纽伯格的门生。我不知道埃丝特是谁,也不知道她当时已经出名了,而且越来越红。

我从爱荷华毕业两年后,谢弗和我最终凑齐八十页左右的《城市商业》。我给约翰打电话,告他书稿已寄出,结果被告知,他已经离开经纪机构,住在佛蒙特州或缅因州或北部荒郊的某个小屋里写诗,要么是种土豆，或两者都做（后来，斯特林恢复了写作生活的节奏，前途无限光明）。

我们的手稿最后到了埃丝特·纽伯格的办公桌上。几周后，我接到埃丝特的电话。她正好在比佛利山庄做一笔巨额电影交易，住在贝尔艾尔酒店。她兴奋极了，她告我说，这书非常棒，会很畅销，可以拍成电影，我兴奋得忘乎所以，我已经打算迈向好莱坞，还有保时捷车，还要选哪个颜色……接着，她说，"听好了，你们两个要写完这本书。"我想，这建议也不是不合理……

格伦·谢弗：我想，我俩都有点儿分心。突然间，我成了年轻的业务主管，肩负抵押贷款和汽车贷款，我还喜欢打扮自己。查尔斯·布科夫斯基不像以前那样迷人了。尽管如此，一两年后，埃丝特还尽职尽责地接听我们的电话，直到后来她自己也有点儿分心——她很怪，喜欢那些能赚钱的作家，这些作家最终能写完作品。

道格·昂格尔：让编辑指引你——真正的编辑，我指的是那些尊重作家、尊重他们的作品的人，特德·索洛塔洛夫一贯如此。现在也有极为优秀的编辑，当然，我提到的都是真正的模范资深编辑，如加里·菲斯科特乔恩、特里·卡特恩、阿兰·塞利诺·梅森、摩根·恩特里金、杰拉尔德·霍华德、朱迪思·古雷维奇、乔纳森·加拉西、约翰·斯特林等等，还有许多这样的编辑。这些认真的编辑才是作家应该倾听的声音——只有在他们的创作取得一定成就时，这些声音变得很重要。

简·安妮·菲利普斯：我年轻时从未真正想过"文学商业"。我从不认为自己是商业作家，也没期望在非文学杂志上发表作品。

我记得在哪儿听说过这样一句话，可能是在爱荷华，如果作家在诸如《爱荷华评论》这样的杂志上发表了优秀作品，经纪人/编辑/获奖故事集（手推车奖，最佳作品集等）都会关注。当时我相信这点，我现在仍然相信这点。我不认为在网上发表作品改变了这点。

我喜欢网上选出的最佳作品，但最佳网站（如narrative.com）也会出版作品：会以纸质图书形式出一版"最佳"或年度集。现在，许多杂志网站上都有电子版，至少有网站会针对发表的作品做些吊人胃口的宣传，或者，如果作者同意，网站还会提供完整的作品。

一般来讲，我觉得"文学商业"彻底令人沮丧，甚至对那些取得商业成功的作家也是如此，这种做法弄巧成拙，只是换种方式避免思考作品。

文学上取得成功和获得幸福感一样：取得成功非常伟大，但这种喜悦感总是短暂的。写作是私人性质的事业，与其说它是一种"事业"，不如说它类似于旷日持久的精神修行。

米歇尔·赫恩伊凡恩：我的第一部小说出版后，汤姆·博伊尔送给我很有价值的建议：一切都很突然。一个很好的书评出现得很突然；一个很差的书评也很突然。

对我来说，这些突然都惊人地相似：虽然成功比所谓的失败更可取，但成功也并不那么稳定。我们在自己的木屋里孤军奋战，努力创作，用蜘蛛网编织世界，突然间，众人都在公开评论我们付出的努力。突然，突然，突然。

失败和退稿确实永恒不变。但也有些成功谁也无法从你身边夺走。写小说是种成功，写个漂亮句子、完成一个短篇，这些都是成功之举。在这些方面花费的时间怎么说？你付出的每个小时都为你积累经验，没人能抹除或回避这些时间。作家总有一批东西享受不到：没得到提名、没得到奖金、没得到重要书评、被奖学金委员会拒绝，还有溜走的工作机会。

总有能得奖、受聘、成为受膏者的作家,有时因为他们具备明显优势,有时没有原因。我这样说有点儿老生常谈,但自己计算祝福非常重要。我如果注意其他作家都"得到"什么,我会很嫉妒,很郁闷。我如果看看自己的职业生涯,我会觉得非常幸运,充满感激——我已经得到了自己渴望的写作生活。

对我来说,我能享受到成功的喜悦,主要因为它能让你有机会继续写作。如果我能卖出一本书,我就有时间写下一本书,希望这本书能写得更好。我的目标是写一书架的书——我喜欢数字12。写12本书。我已经写了三本。我有很多工作要做。我为什么要回答这些问题?我们说话时为什么不能写作了?

T. C. 博伊尔:我每学期尝试给学生讲些出版业知识,但我了解的内容早就过时了。我当时拼命发表作品,我了解每本杂志,认识每个编辑,熟悉发生的一切,也知道所有的流言蜚语。现在我什么都不知道。我把自己知道的都告诉学生,告诉他们怎样找经纪人。怎样投稿。但我是自己发现这一切的。没人告我这些。我通过尝试才知道。

道格·昂格尔:我自己上爱荷华那会儿,没过多地想过写作这业务。我当时没意识到这点,也没人真正给我讲过这些知识。我发现,几个作家同学将会取得巨大成功,他们当时已开始迈向成功:T.科拉桑·博伊尔、艾伦·格甘纳斯、简·斯迈利、理查德·鲍施……

但我不愿思考写作"生意"。对我来说,写作是种职业,是一种生活方式,从事文学创作是我选择的生活:写作、阅读、鼓励其他作家,继续为教育结构添砖加瓦,能引导和支持作家。这仍是从事我感兴趣的创作,我始终有兴趣创作,我相信无论怎样,优秀作品总会引起读者的注意。

我大概从爱荷华毕业一年左右那会儿,雷·卡佛描述了他的生活，给我上了一课。想想看：18年来，他写的故事和诗歌几乎全在规模很小的杂志或文学杂志和期刊上发表，只有两个故事除外，这两个故事后来在《君子》上发表。当时，没人愿意出版他的故事集。过了两年，嘿——戈登·利什在麦格劳——希尔出版社找到工作，该出版社当时主要出版教材，打算出版小说系列图书，他出了雷的第一个故事集《请您安静好吗？》。这本书顿时轰动全国，进了美国国家图书奖的决赛名单，这是雷作为严肃作家得到的第一大声誉。我相信这才是作家的成功秘诀——坚持不懈地创作，在逆境中生存，接着开始走运，让读者发现他们的作品。

关于利什擅自编辑卡佛的故事还有激烈争论。撇开这个不说，我们还必须感谢利什，他独具慧眼，发现了作品的价值和潜力。

读者发现优秀作品，发现能流芳百世的作品，这才是关键。其余都是一堆研究如何让作品生钱的那些经纪人、出版商和市场开发商等人，这样他们就能……怎么？在汉普顿买栋大房子？品尝更多独家高级美食？有私家高尔夫球场？找到能炫耀自己是成功人士的娇妻？

任何一个有自尊的文学艺术家，如果想成为大作家，都不应在乎这些。那些东西和写出好作品毫不相干。作家应该写故事、小说、诗歌、散文……作家应努力做到完美，应该创造……其余的无关紧要。

桑德拉·希斯内罗丝：我认为，作家参加各种工作坊很重要，但不是只参加一种工作坊；有很多社区可以代替工作坊。工作坊应该有具备自律精神、充满关怀意识的群体，我没在爱荷华发现这个群体。

枕边书

道格·昂格尔：这些天，我主要读书稿，我得写书评、写护封评语。我刚写完一本书的护封评语，这本书写得很好，是刚获爱荷华奖的作家唐·瓦特斯的处女作,他写得很精彩,是本描写阴暗面的故事集,叫《沙漠哥特》(*Desert Gothic*)。还看了托尼·布科斯基最新出版的故事集《港口以北》(*North of the Port*)。我刚拿到奥拉西奥·卡斯特利亚诺斯·莫亚新出的英译本《没有知觉》(*Insensatez*)——我正读这本书,希望能找到一些选段,好写完评语,能让卡斯特利亚诺斯·莫亚赢得去拉斯维加斯的机会。我读哪些书?哪本书能给我罕见的乐趣?或打算读什么书?我还有些书是以前的学生写的,丹·凯恩的《我是你无从了解的人》(*I Am No One You Know*)、克莱尔·梅思德的《皇帝的孩子们》(*The Emperor's Children*),我正读罗伯托·博拉诺的《野人侦探》(*The Savage Detectives*),期待收到西班牙语版本,这样我能读原版。这些小说和我教的课没关系。说说和我上课有关的书,我有各类文学评论书,都是评论书单上的作品,书单包括陀思妥耶夫斯基的《罪与罚》(*Crime and Punishment*)、保罗·奥斯特的《纽约三部曲》(*The New York Trilogy*),罗伯托·阿尔特的新译本《七狂人》(*The Seven Madmen*),还有其他书。

道格·昂格尔: 没错儿,我不相信速成班竞争激烈的气氛会对年轻作家有利。他们和树苗一样,在早期发展阶段需要良好的培育,需要扶持他们的文学团体。当然,他们时不时地需要特别勤奋地工作,需要除去试图阻碍他们成长的杂草。给他们提供良好的发展环境,他们就能做好充分准备,出去后根据自己的原则创造艺术。

因此,UNLV的项目已决定资助被录取的每位作家,给他们提供安全场所。激发出创造的绝对自由、消除竞争的氛围,这很重要。我相信,真正的艺术家天生具备这一素质,他们总试图超越自己,为什么要让他们陷入困境,让他们被迫利用别人、参加鸡尾酒会来互相嘲弄,以这种方式取得社交成功?似乎社交成功等于文学成就?

写作发生在页面上。是全世界对作品的看法,是推销所写的作品,往往和作家无关。推销作品要靠他们的导师来帮忙,之后是经纪人最应发挥自己作用的时刻,再之后,希望能靠出版社推销部门帮忙。作家应该写作。他们应该觉得自己有绝对的创作自由。我在创作班里试图营造、呵护这样的创造氛围。

罗莎琳·德雷克斯勒:在老师的杀手锏中,最重要的是在场。打开话匣子,讲故事,询问个人问题,帮助学生;比如,一天下午,在正式文学批评开始前,我随便说了句"弗雷德·阿斯泰尔走进瑞吉酒店的约翰·列侬的套房时,我当时在场……"我一下吸引了全班的注意力。

学生的目标是什么?学生听到他/她所写的东西了吗?学生了解诗行的结构吗?对写作有视觉感:应该很详细,还是很简洁,由很多字墙组成,没有标点符号一直写下去,被删减得面目全非?

当然了,要关注故事写的什么。故事必须有内容。哪怕是很简短的描写,比如,夕阳不能独立成章:谁在描写夕阳?为什么要描写夕阳?是要描写一位老人行将就木吗?有人要失明了吗?写作的是孩子吗?他是不是有很多内容需要描述出来,是他/她自己年轻的声音在讲话吗?

写作不仅折磨人,还能带来很多乐趣。写作相当于让我们过家家。写作是很廉价的假期。写作既是出发,又是回归。

我推荐学生阅读威廉·加斯写的《论忧郁》(*On Being Blue*)。这本书一分为二地描写了欣赏写作和反对写作的两种态度:这对任何热爱文学的人、对想了解写作的人都是一种启发。

桑德拉·希斯内罗丝:我在第十版《芒果街上的小屋》(*House*

on Mango Street）的前言中写道：我在爱荷华发现自己是"他者"，这是我找到的自己的声音。起初，很可能是另外一种结果；要么我放弃，离开爱荷华，永远写不成《芒果街上的小屋》，要么我生气，克服我在爱荷华经历的自卑感。我感到愤怒，先前我感到羞愧。不知有多少作家尤其是因为肤色或女性身份或工人阶级身份而放弃写作，之后陷入沉默的？

如果当时我没有乔和丹尼斯的陪伴，我早就离开爱荷华了。幸运的是，爱荷华有一种东西让我既愤怒又坚强，愤怒给了我能量。愤怒激发出的能量可以照亮整个城市；不幸的是，我们大多数人只对自己发泄愤怒。我问自己，好吧，既然没人能说我是错的，我是否就可以写什么了？

我这样教写作。我告诉学生爱荷华的事情，我说，"好吧，告诉我十件事，这十件事能说明你和房间里的其他人与众不同。从和你一个学校的任何作家、你的家人、你从属的教堂、你的族裔各方面说起。写你记得的十件事，写你希望自己忘记的十件事。"这就是古老的格言所说的：写你知道的话题。可是，你才20岁，你怎么知道自己知道些什么？

安东尼·布科斯基：我应该学到有关语法、句法和情节发展等基本常识，但我不记得了。我敢肯定自己学到了一些东西。

我从万斯·布杰利那里学到一点，要写过去发生的事件，叙述这一场景的开始，动词时态只用一两次过去完成时，还有，你要是换成简单过去时，读者会理解，你写的事情确实发生在过去。我不知道这样做是否符合正确的语法规则，但我采纳了这个建议，还告诉我的学生也这样做。不过，老实说，这是我记得的唯一一个写作技巧。我对写作技巧不怎么感兴趣。

我学到宝贵的一课，我在前面提过这点。从某种程度上说，这还要归功于我在简·霍华德的"小说形式"这门课上读过的小说《彼得森小子》(*The Pedersen Kid*),是加斯写的。故事发生在北达科他州,那是个冬天。里面的人物名字是"大汉斯"和"彼得森",这些名字反映出我小时候生活过的地方。我从没想过有人会有兴趣把威斯康星州的北部当作小说背景。加斯向我证明,这是错误的。唉,我只写了几个以北方为背景的故事,我还不相信自己了解这些地方。

渐渐地,我写了更多以北部为背景的故事。我和别人一样了解自己在故事里描述的一切,所以这些描写似乎很真实。我还学会提高自己作为作家的期望值。我加倍努力,让自己的故事在接受工作坊同事们审阅前改得更好。这是我的最大收获。

桑德拉·希斯内罗丝:我明白了自己不希望做什么样的作家。我学到自己不希望教什么内容。我学会一点,你必须保持平衡,这样你就不会攻击别人。

爱荷华没有平衡感。没有爱情,只有我,我,我,看我多棒。那里没有同情感。

我从爱荷华学到如何创建团体,就像我在芝加哥社区中心工作时那样,那里的人们真正关心彼此,信任彼此。

我们怎样才能创建师生互相尊重的团体?我们是否可以没有老师,只有集体,大家都相互尊重。这样,我们就能创造出相互尊重的环境。

T. C. 博伊尔:讨论作品时可采取不同方式。你可以唇枪舌剑,但这无济于事。这和讲课人的个性有关;作为主持人,你需要确保讨论保持在探究和阐释的水平上。当然,故事如果写得不好,做到这点很关键,注意在表达上不伤害作者本人。如果作者意识到我们只是阐释作品,就能做到就事论事。

我没上过杰克的课。我听说弗兰克·康罗伊对学生的作品很挑剔，当然了，他很宽容，我觉得他考虑的是学生如何在最大程度上受益。

我可能不会公开批判某个作品。我可能会质疑作者的一些选择等等，但我提出负面评语前会说些赞扬的话来保持平衡。或者，我可能私下里说些批评的话，不在课上说。

我的兴趣更多的是引导读者——读者怎么理解作品，这是什么意思——而不是因为作品没有遵守规则就说那种做法是错误的。我从不说这是错的，从不说你应该这样做。我只提出意见，我们有15条其他意见，这是评语，是其他读者对故事的评价，我们说的也许有道理，也许没道理。重要的是有即时反馈的读者。

珍妮·菲尔茨：有读者很关键。我们都在真空中写作。听听别人怎么想，对我很有价值。**我学会关注自己写的每个词，学会聆听文字的乐感。我听别人朗读时，能听到文字如何产生乐感，凡是文字有乐感的作家，他们的故事更具可读性。**我们被思想所包围，每时每刻都在写，看到别人的作品写得好，你会受到鼓舞。

我过去对每个字都有意识，但在爱荷华这个地方，你要是在某方面马马虎虎，或者过度写作，每个人都会提醒你。

爱荷华让我更简单地思考写作，让我把文字精简、再精简。人们会指出一些句子，他们会说，"我不明白你在这儿要表达什么。"删除糟粕后，整个作品就能自由呼吸，产生更好的交流效果。

道格·昂格尔：我认为，工作坊的整个过程以及观察作家谈话，这非常宝贵。约翰·欧文、莱尼·迈克尔斯、杰克·莱格特，无论你是否同意……每个人都有所贡献。

杰克讲话时会聊起自己当编辑时的逸闻趣事，还会说些他认识的作家的事情，说这些作家在聚会上和他说过的那些话，我们就了解了他当编辑那会儿纽约出版界精英的情况。他会按照自己当编辑时的水准评价作品，大家集思广益，这样做很好。

莱尼·迈克尔斯对我影响很大，但影响我更多的是他的写作教学方式：他的课堂教学引人入胜，他每读一行都特别有力度。他要求很严格，期望每个字都有丰富寓意，就连每个音节的节奏都要求具备文学意义上的复杂性。他讲解自己对作品的阐释，这种阐释让人很着迷。我记得他朗读卡夫卡的故事《乡村医生》（"The Country Doctor"）时，每行都有停顿，多次改用不同，甚至是玩世不恭的语调来读，每次朗读都暗示他不同的阐释。

他会以相同的方式来阐释我们写的故事，比如通过表演，他在全班同学面前踱步，用手捋一下20世纪50年代流行的梳得光滑的黑头发，他念到我们写的句子时，嘴唇卷曲着，仿佛闻到难闻的气味。他从不满意我们写的故事，一次也不满意。他会以这种方式大声朗读我们写的故事，解释每一行，他的理解很多次和我们的大相径庭，和作者能想象到的分歧就更大了。他会一直这样做，直到他确信故事一无是处为止。

他贬低、嘲讽我们的作品，我们都气坏了。

他会用鄙视的口气说，"我从不读当代作品"，"因为我不知道怎么判断那些作品。我只读布莱克、卡夫卡和尼采"。这是什么组合！

尽管如此，他向我们说明每个词有多重要，我们必须像作曲家一样精确，认真构建每个句子，像艾萨克·巴贝尔所说，每个音符都各就其位，每个标点像匕首一样直击心脏部位。

我对他的教学风格非常着迷，我修完爱荷华的课和我毕业前这一年间（当时我仍在完成论文写作），搬到旧金山去住了，特意在加州大学伯克利分校注册上莱尼教的华莱士·史蒂文斯课程。当时，我一边在奥克兰的梅里特医院当接诊室职员，一边在旧金山加利福尼亚大道上的圣詹姆斯主教教堂打零工，在这中间，我会坐通勤车去加州大学伯克利分校，听莱尼上课。迈克尔斯上演了最让人佩服、令人叹为观止的单人表演，这可是我从未看过的表演，也是我今后没看过的。这太让人震惊了，他在全班同学面前来回踱步，几乎能背诵《思想尽头的棕榈树》(*The Palm at the End of the Mind*) 中的每首诗，接着，他会分析这些诗，他往往会用深刻的文学理论分析那些晦涩的诗背后的各种含义，这些隐含意义都超出史蒂文斯本人的想象力。这非常美妙。

迈克尔斯能赋予文字生命力，我可没见过其他老师这样做，我上完课后对语言特别兴奋，确实打算有一天能写出能引起他注意的故事或小说。

自那以后，我试图在教学中达到有强度、大家积极参与、思想丰富的水平——不是任何人都能复制或模仿莱尼·迈克尔斯做的一切；他是独一无二的老师，一位真正的大师级短篇小说家。

"要为你的故事做牛做马，"他常说，"不要退而求其次。"

他从没这样做过，我希望自己能吸取教训，我肯定会致力于教学。

丹尼斯·马西斯：我听说过关于戈登·利什的一个很有趣的故事（这绝对是道听途说）。据说，他在客串的工作坊课上，把一女孩写的故事撕得粉碎，她都哭了。到了午餐时间，他端着食堂托盘走到女孩身边，问他是否可以坐下。她很愚蠢地说，可以。他说，"我敢肯定，你觉得我当时对你很不客气。但我只想告诉你，你当作家没有前途，你应该去找另一份职业。"

一般情况下，我在爱荷华学到的唯一知识来自课堂，大多从弗兰克·康罗伊的课上学的。他逐句逐行的分析闻名遐迩。他让我们阅读时手里拿根铅笔，一旦觉得哪里"不顺畅"，就做个记号，即使我们不觉得有什么不对劲，也要这样做。在工作坊里，我们每次都逐句分析每篇故事，只要有人觉得哪里有问题，我们就停下看那一部分，弄清楚为什么有问题。我们拖堂是家常便饭,等楼里停了电,我们会去磨坊饭店继续讨论。

他们没教我们什么?他们不教你怎么写小说。有一个假设,你要是能写出很好的短篇,那你知道怎么写小说。重点是写短篇小说,那时的短篇也很难卖。

道格·昂格尔:我观察了这么多年,只碰到两个非常糟糕的写作老师,虽然按他们的标准,他们都是很优秀,但你和他们交往起来,会发现他们也很迷人、风趣。这并不是说,其他学生认为他们的教学没用。

斯坦利·埃尔金就是其中之一。他到爱荷华讲硕士班课程,他常常嘲笑我们写的作品,用卡通人物的口气念我们写的故事,就为了取得喜剧效果。

我记得自己写了个魔幻现实主义故事,从两只西班牙跳蚤的视角看弗朗西斯科·皮萨罗的靴子,他当时要入侵美洲,埃尔金带着西班牙语口音,模仿小蟋蟀杰米妮的语调读了这段,边读边把我写的故事一页页扔到地上。我羞愧难当,真希望自己再不要露脸。埃尔金就是这么一位喜剧演员,他可以把一切变得很有趣……

他把我们的作品变成了他的品牌喜剧。他让大家哄堂大笑,但这样做不能提高作家的写作水平,永远不会提高。他对学生作家太无情,利用学生成全自己台上表演,这杀伤力太强。我敢肯定,他以前的学生当中有很多人喜欢这种方式,但我受不了不尊重学生的行为,刚起步的作家需要有勇气拿出作品供大家评判。

还有糟透了的老师也很残酷,他就是戈登·利什,尽管他能判断出什么作品能在纽约有市场,哪些故事适合在《君子》上发表。

记得有一次,他用拇指和指尖捏着学生习作说,"这是狗屎。"他玩世不恭,非常恶毒,有拿破仑情结,他对待学生习作的态度,就好像他要向全世界的听众证明他如何征服这作品，似乎他写得更好，他心胸非常狭隘。

他说自己造就了雷·卡佛早期作品的成功，这简直是杜撰，说明利什多么可悲。托比·沃尔夫一次一语中的，他说，"有没有人像大家过去常问卡佛最近写了什么故事那样来问你，是否知道戈登·利什最近发表了什么作品？"说得太精辟了。

另一方面，利什的确有编辑特有的敏锐洞察力，他能发现好故事，的确造就了诸如卡佛等某些作家的成功，卡佛的作品发表在《君子》上，颇受读者欢迎。还有当时的吉姆·哈里森、哈利·克鲁斯和巴里·汉纳及其他重要作家。至于利什的编辑工作是建设性的还是破坏性的侵犯行为，未来读者和学者可以判断。

好编辑能成为好老师吗？通常不会。我不知道为什么，我只知道，也许好编辑需要的品位和好老师需要的慷慨和耐心背道而驰。

格伦·谢弗：这当然不是一个能学会写小说的地方。这很难做到。在爱荷华取得成功的作家往往写的是音诗（也称交响诗），或比较短的荒诞派故事。我觉得管理工作坊有两种做法，杰克全面负责项目，布杰利尽量少做工作，他们之间有竞争，但莱格特控制着钱袋；莱格特来自婆罗门流派的出版界，这个流派认为，作家是文化精英，《纽约客》是年轻作家渴望达到的最高标准，是最佳发表刊物。《大西洋月刊》位居第二，它和《纽约客》的关系就像耶鲁大学和哈佛大学之间的关系。让我汗颜的是，我主要给《君子》写些耸人听闻的故事，让人恶心的哈利·克鲁斯在《君子》上推出一万五千字的短篇，写如何对付诱惑：被蛇咬一口，你就死定了。耶稣会得救吗？（没错儿，我对精神上有问题的男孩这类故事更感兴趣，故事和女性无关，或者说，我对女性有致命的恐惧感。）无论怎样，我们这里有作家成功地在《纽约客》上发表作品，往往不叫安妮，你的故事要是和他们写的相似，或者，你的风格和唐纳尔德·巴塞尔姆接近，那你写得很好。大家都能看到，汤姆·博伊尔和艾伦·格甘纳斯是少有的天才，他们也喜欢巴塞尔姆的写作风格，他们做得很好。但他们后来没按那样的风格写。他们成熟时写的小说听上去和早期写的故事不同，可以说大相径庭，他们写的小说都获奖了。我朋友简·安妮·菲利普斯写的散文也是清澈、完整的。

道格·昂格尔： 约翰·欧文是我在爱荷华上学时的论文导师。他也是少有的优秀教师，他让我们了解他的创意写作过程，让我们读他早期写的草稿，比如，写得很假的开头，这草稿后来成了《盖普眼中的世界》，该书末尾附着他改写成小说之前的那一稿。他让我们观察如何围绕主题写作，如何按主题的方向写，理解他在书里真正描写的是什么，再了解他如何发现真实的故事。

诗人约翰·阿什伯利写了首未命名的诗，有一句大概是这样："真实的故事，我们之前从未了解过，我们了解的故事零零碎碎，一切最终都是如此，"是典型的阿什伯利风格的现代主义派抽象派诗作，没有明确主题。我喜欢把这看作一个过程，一些作家总在尝试这个过程，这也许最能说明欧文的创意写作过程，至少就那本小说而言是这样，从初稿寻找支离破碎的东西，这些东西能构成真正的故事。

欧文尽力写出好作品，但他同时也在寻找真正的故事。他举例说明自己有信心发现真正的故事；他会用自己的方式处理这个故事。事实证明，他早期写的零零碎碎的草稿都是他要发现的内容，这些内容构成真正的故事。他向我们展示这个过程，严厉地、往往自以为是地批评我们的作品，这些批评不一定是最好的反馈，他也坦率地承认这点，但这些是他最真诚的读后感，我们可以采纳，也可以不听从他的建议，可以我行我素。约翰·欧文的教学是一流的。

他为我做的是细读作品，他在自己喜欢的部分加注，他很温和、很策略地告诉我，在某个特定作品中应朝哪个方向努力改进。换句话说，他在标志着我最佳创作的羽翼未丰的初稿里找到一些描写，鼓励我按自己的想法写。这真是美妙的馈赠，像给我内心装上了指南针，指引我进行小说创作。这不是欧文的指南针，而是昂格尔的指南针（无论有多少价值），约翰非常看重这点：他希望我能看出两者的区别。

我还尝试模仿约翰的上课方式。他要求学生读两遍故事；第一次读要像我们拿起杂志或书读里面的故事似的。通读一遍，把故事当作已经发表了的作品。不做评论。过段时间后，读第二遍，这次手里拿支铅笔，写下评语，编辑故事。至少写半页或一页评语，把评语带到工作坊。我认为这样做非常有用。作者拿到故事及评语，最终你可以把经过编辑的14个版本的故事和评语带回家看……工作坊的不同成员会有不同发现。我特喜欢这种做法。我当时觉得，这种教学方法很好，我现在也这样认为。

约翰·欧文：在爱荷华再教一门课，做做实验，这可能很有趣。我会简单明了地解释怎么上课。我会说，要让大家看我怎样写书。我会给你们提供实例。这是我的小说初稿，我先这样做，最后这样做。只需要列出结构和过程，因为我的确需要遵循一个结构，而且我也要经历一个写作过程。无论如何，我只想详细说明我的方法。

我会说，"我不建议你们这样做，我只向你们展示我的做法。"等课程结束后，我会说，"好吧。现在轮到你们了。你们会怎么办？"关键不在于他们学会我的方法；关键是，他们得找到自己的方法，每次这方法都会变得更好。（这就是你测试方法是否有效的方式，不是吗？你得不断改进，对吗？）

正是这一点导致批评和小说创作完全相反。批评始终把理论和方法结合起来——好像只能找到一个正确方法似的！我推崇里尔克的说法,"艺术品意味着无限孤独,不能仅凭这么单薄的批评理解艺术品。只有爱可以把握艺术品,可以让艺术品持久,可以公正地评判艺术品。"

你读过詹姆斯·伍德的《小说的作用》(*How Fiction Works*)吗?这本书很幼稚,算是一个小论战。你可以通过观察一岁孩子怎样把尿不湿取下来、怎样玩自己的屎尿来掌握小说的构成,不用读那些学究气的规则手册。

桑德拉·希斯内罗丝:我从比尔·马修斯和马文·贝尔那里学到很多。我觉得他们是好老师。他们鼓励我追求自己的方式,鼓励我写更多叙事诗。

我开始写了很多独白。当时,我在读胡安·鲁尔福的《燃烧的原野和其他故事》(*The Burning Plain and Other Stories*)。鲁尔福那时已经写了两本书。他写的对话颇有实验性质,在电影或广播里是做不到的。我们把文本当作有局限性的东西,但他抓住这些缺点,做了彻底改变。例如,你读文本时要是遇到一个人在讲话,鲁尔福会让你在读的过程中意识到别人在说话,这发生得很突然、天衣无缝。我在《卡拉米洛披肩》(*Caramelo*)里就是这样做的。我从鲁尔福那里学会了这个方法。这技巧很棒;你得退回去,稍微等一下。你读故事有这样的感觉时,很神奇。

除鲁尔福和其他拉美文学繁荣时代的作家外,我还读了爱德华·阿灵顿·罗宾逊写的很多作品。他不再流行,但他写了很多精彩独白,我如果能写独白,能让独白听上去不是我的声音,就达到了把自己从描写自己生活的故事里剔除出去的效果。我开始尝试这样做。有时,我的诗成了叙事,是散文和诗歌的融合……我朝芒果街的方向努力,但为了写芒果街——因为我觉得自己在爱荷华时受到限制,不能写自己作为年轻女人的故事——我忍辱负重地退回十年,选用了更年轻的声音，一个女孩的声音，这让我保持距离，那是远离爱荷华的某个地方。那个年轻声音帮我打破沉默。然后，我写了一位长者经历的耻辱。我在爱荷华受到羞辱，所以我写了长者经历的耻辱。

T. C. 博伊尔：我得到TWF职位，每学期都教本科生写作，我要求不严。我记得有个家伙交了篇故事，他问我是否能带来好友，我说，当然可以。在讨论过程中，有人说，"你知道的，这象征含义太明显了。"这家伙的好友用拳头猛砸桌子，大喊道，"混蛋的象征主义！"之后，工作坊不允许带朋友来。

我目前在南加州大学教书，班上的作家什么都不说。班里其他人，包括我在内，负责评价作品，作者坐在那里做笔记或干别的。要求每个人交书面评语，然后把评语发给作者。我从约翰·欧文那里学来的方法。读者需要表达自己的想法，不允许作者发言，因为这与讨论不相关。这对作者来说是个机会，他能发现读者对他作品的反应，或者说，还不止于此，可以得知读者怎样阐释作品。

我在学期初发下时间表：要讨论的故事等等。我让他们一学期写四个故事，期中和期末各写一篇。这方法似乎很奏效。

此外，我们还阅读我佩服的当代作家，用同样方法分析他们的作品，从结构上分析，分析名作家发表的故事：故事如何发挥作用？为什么故事从这里开始？这是什么意思？这样，学生能掌握方法，学生不会有太大压力，别人也不会有很多机会贬低这故事。

现在的标准是不是更高了？我想是的。但我不知道别人怎么教，我不属于任何协会，不认识本系老师，不知道他们在做什么，只从学生那里听说他们的事情。**从现在学生的角度来看，有关写作方法的话语水平和意识比以前的有所提高**，比如作品是如何创造出来的，如何**探讨作品等**。这不一定意味着他们更优秀，但课堂教学经历大概比我在爱荷华上学那会儿更复杂了，我只考虑这些年积累起来的经验。

简·斯迈利：1981年，我开始在爱荷华州的埃姆斯教书。我在爱荷华学会一点，我不希望学生一学期只写一两个故事，我希望他们一稿一稿地写，我就这样教书。

我想让学生养成写作习惯，让他们学会分析对方的作品，观察彼此写的故事有什么变化和进展。我想让学生看到故事有进展，让他们理解故事的各部分内容都在发挥作用，而不是认为只需致力于发展其中一个部分。经常赞美学生会有一个问题，你如果赞美某个方面，学生就开始在这方面有保护意识。学生会失去故事的整体感，很难掌握写作的全过程。

我给学生上课的方式完全不同于我在爱荷华学习的方式。我一个班上有四五个学生，他们每周都写篇稿子，我们分析他们写的故事，我拒绝表扬或批评。我们在课堂上分析这些草稿，试图明白这些故事的效果。学生可以决定如何更好地完善他们的作品。我们有一周是提建议，我们会看到这些建议执行得怎样，这些建议有时根本没起作用——这对我们读者有所启发，也很宝贵，因为这让全班有种共同的使命感。他们在爱荷华可没这样做过。

艾伦·格甘纳斯：我要求学生每星期写篇故事。还做些额外练习。这会避免有人说，"不，我做不到。"你如果做不到，那就不及格。老师通过布置作业给我们施加压力，年轻作家就不会尝试做太多的事情；他们如果做不到，我也不会让他们做。我如果自己没讲过这门课的话，也不会让他们这样做。

正因为这个原因，我才意识到自己在爱荷华做了多少工作。我身边总有位非常有同情心的读者，这让我激动不已。尤其是斯坦利·埃尔金。他是天才批评家，但他不喜欢在学生身上花太多时间。他在环保局办公室里写自己的小说。他在那些蓝色检查小册子上手写稿件，我想，他在考验自己，要正式赌一把。

斯坦利当时已开始忍受多发性硬化症的早期症状，想起这些真让人觉得凄凉；我们以为他只是世上最笨拙的人。无论从哪方面讲，他都不是传统意义上的帅哥，可你认识他越久，他越有吸引力，他出奇得滑稽，像爵士乐即兴演奏家一样，真的在即兴表演，俨然是罗宾·威廉斯模仿一个又一个声音，这毫不奇怪。

你跟他约会讨论自己的作品，他会紧锁办公室大门，秘书会说，"哦，他就在里面。我看到他吃过早餐后进去的。"你会大声敲门："斯坦利，我知道你在那里！我听见你的笔在动，你还在窃笑！"你真的听得到他在咯咯笑，因为他写的东西很可笑，他要自己有反应。"斯坦利，你是拿工资的！"你会大喊。"你是我的老师！我不会离开的！"我新写的故事他读了三分之一。我得知道他的想法，继续完成剩余部分。

一旦他知道自己做得不对，要受到惩罚，一旦他开了门，他为自己的作品笑出眼泪，一旦他擦干眼泪，他注意力会很集中，很棒。他给的建议是最专业的。

谢里·克雷默：两年多来，你在小说工作坊有机会从六七个不同作家那里学到自己需要的知识：杰克、万斯以及那学期的来访作家。剧本创作工作坊里有奥奇·布朗斯坦，他认为，写作是教不会的，但你可以教会如何重写，他教我们怎么转换视角，这是认识剧本结构的一种方法。你的剧本，任何人的剧本都可以这样做。他有方法让我们集中精力，我们总能看到一个剧本的模式。

他做的第一件事就是让我们牢记，我们在看剧本时不能用现成模式或有结构的形式。每个剧本都有独特、自主过程，能凭空自发地产生新秩序，就像卡通人物画出他自己一样。我们不能用客厅喜剧所用的话语与期待的内容来谈论贝克特的剧本。一个剧本只为剧本自己存在，剧本完成后，就从最基础的部分构成一套话语。只有在宇宙创建后，我们才会形成支配宇宙的规则。

他做的第二件事是，让我们解放自己对剧本发生地的理解。他坚持认为，剧本发生地不在舞台，而发生在观众的眼睛、心脏和思想里。最终，剧本发生在我们的内心。在我们的忧虑中，剧本产生了活力，剧本变得至关重要，很完整。

这思想比它表面上看上去的似乎更激进——我们在班上第一次探讨这个问题时，我见到演员/剧作家身体受到震撼，因为这让他们有全新感受。剧作家需理解一点，他们拉的琴弦在观众心中最终会产生效果，而不是对舞台上发生的事情有所反应。观众去剧院不是去看人物的变化，他们是去改变自己。他们为洞察力而来。

马文·贝尔：过去的十年里，写作班里最重要的发展变化是短期住校班的繁荣。我教这个班很高兴，这个班在俄勒冈的太平洋大学。

班里的学生和那些来访作家班里的学生不同。短期住校的学生作家年纪大些，为班里带来更多生活阅历，他们到校时就对既定艺术形式有了个人承诺。他们通常有工作，一般不在需要教师证的行业。我们通过电子邮件的交流往往比在来访期间的个人交往还要详细、精确。短期住校的学生作家因为年纪大些，他们对诗歌在其心中的地位都更有信心。

我已为短期住校的学生作家制定了方案，让他们每天做诗人，不只在周末或夏季当诗人，或当最后期限临近时才做诗人。方法很简单。你只需在电脑桌面上创建文档。然后，你每天都写作，把鼠标滚动至底部，开始写新作品。只需一个文件，文件包括自己放弃的所有作品，比如开头写得差的作品，之后用的题目，初稿等。所有作品都保留在文档里，你不会反复回头看作品——特别是，如果你那天还没写出新东西的话。你可以给作品写上日期，也可以不写。如果你错过一天，没什么大不了，只要你每天是诗人即可，只要你每天打算写东西。换句话说,只要你每天听音乐,你不必每天都唱摇滚歌。你知道的,我的一个教学原则是,"老师也得做作业"。我的笔记本电脑里有个文件,文件名是《日记》("The Dailies"),目前已有431页了。编辑问我要诗稿,我就去翻阅过去写的东西。如果有必要,我就做些修改。总会有很多素材。

枕边书

马文·贝尔:在萨格港这所借来的房子里(我们只有两英尺的积雪),一切都和爱荷华或汤森港有所不同。这是我的声明:是你问我,我们在纽约东部长岛南岸的萨格港里借住的房子里短居期间手边都有什么书。房东把安乐椅旁边的地方称作"图书馆",我们称它"电视房",我在这里一直放一本非虚构类的书,有比尔·斯特里夫的《寒冷》(*Cold*);梅利莎·克沃斯尼和M. L.斯莫克尔合编的《我去了破败的地方:保卫全球人权的当代诗歌》(*I Go to the Ruined Place: Contemporary Poems in Defense of Global Human Rights*);"手推车"获奖作品第三十四卷;卡门·希门尼斯·史密斯的诗集《女奴记事》(*Odalisque in Pieces*);还有些新杂志:《农牧交错带》(*Ecotone*)、加拿大杂志《蕨菜,第三海岸》(*Fiddlehead, Third Coast*)和《葛底斯堡评论》(*Gettysburg Review*)。此外,还有《纽约时报》旧报纸里的科学栏目和"回顾一周"栏目。

安东尼·布科斯基:19年来,我在教英语350:高级创作课,我从这个班选拔学生。我把每班学生限制到10到11个,都是水平比较高、对写作感兴趣的英语专业学生,我提到可以教创作时就想到这些学生。

我鼓励学生避免用那些陈旧场景和情节。我试图告诉他们，他们经历过那些超越美丽或悲伤的时刻。无论他们多么缺乏生活阅历，他们都有独特见闻和经历。我想说服他们，他们的经历有价值，我希望他们写出奇怪的，或美好或悲惨的经历，这些经历对读者而言很新鲜，不陈腐。

在旧话题里找新方法，这难道没有创意？我难道没教给他们如何做到有创造力？

我们在课上讨论写作技巧问题。在一堂课上，我让他们写了页故事，里面有客观对应物。我们对术语的含义感到困惑，我们读了海明威的《雨中的猫》（"Cat in the Rain"），要么是读了另一篇有客观对应物的故事，然后开始写作。这难道不是鼓励大家重新认识写作的一种方式？难道没有赋予和人物活动毫无关系的物理意义？这难道没创意？学生们在练习中培养自己的象征性思维。

我们还讨论了语言问题，比如，如何琢磨句法写出一句话，或一段话，来思考一种心态或一种身体体验。福克纳经常做前者，比如《烧马棚》（"Barn Burning"）的第一页。海明威在滑雪故事《跨国之雪》（"Cross-Country Snow"）里做的是后者。这难道不是在教他们如何有创造力吗？

创造力是否可以教会，我对此毫无兴趣。让教育系的心理学家和教育家去争论吧。我不在乎创造力是否可以教会。愿意写作以及愿意写好作品的学生总会找到办法。

简·安妮·菲利普斯：我的教学方式和弗兰克·康罗伊的教学方式相同。1977年，我在弗兰克的班上当学生，那是我去爱荷华的第二年，我相信这是他第一次在爱荷华教书。他的教学方法和编辑的做法接近。我们在工作坊讨论故事，他逐句逐行地编辑，逐行分析故事，每人手里拿根铅笔，他们标出建议修改的地方。"一起来吧。"他会说,"大家都这样做。"

我和他的教学方法相同,因为我逐行编辑我学生的作品,这样做对大多数本科生来说是个浪费,这也是为什么我希望和研究生一起做的主要原因,后来我转到罗格斯大学纽瓦克分校,成了建造优秀美学硕士班成员。

桑德拉·希斯内罗丝:如果你不知道怎么教书,发挥学生的天才是个好主意。在马康多,如果我有问题,我会说,"同学们,我遇到这个问题,我们该怎样做?"他们很有创意;他们能想出很多好主意。

这就是我们的做法;我们会问,"你喜欢从下午1:00至3:00上工作坊吗?"全班都投票;董事会成员也在场,凡是结构变化都源自全体人员。

爱荷华年复一年地做同样的事情。我认为,爱荷华没有经历的是结构的评估。他们从没问过我们的意见,什么起作用,什么不起作用。他们从不问我们的想法是什么,不把我们包括在内。总会有等级制度。

在马康多,我们尽量避免等级制度,我们是集体,真正意义上的集体。我们的结构更趋于本土的、更平等的,不是等级制度或父权结构,我们在爱荷华时就是这样的结构。马康多的结构更趋圆形,更关心团体,更像是拉丁裔的结构,更多地关注群体,是集体式的,非常有拉丁裔特点,很有美式风格,与北美风格相反,这种结构以权力共享、服务社区为特点。

爱荷华培养的是竞争意识,而不是尊重和帮助对方的社区。在马康多,我们起草了一套关心大家的行为准则,由学生编写。准则并不完美,但我们尽力做好。在爱荷华时,我们没有行为准则;工作坊里发生过很多起暴力事件,社交聚会上大家都会喝醉,彼此都互不尊重。

至少在马康多，我们一直试图有套准则。我们不希望请来的教师泡妞。你希望尊重引进的人，是真正的领导人，我们寻找的是那些能帮我们指导的人。

道格·昂格尔：我协助成立了创作班，并在成立创作班过程中提出建议——这些创作班分别是雪城大学的美学硕士班、UNLV的国际文学创作美学硕士班，我还给我不会透露名字的其他创作班捐了款，包括我在南美做过的实验——我试图强调"文人"概念，"文人"指的是不仅能写小说或诗或非虚构性作品的人。我试图影响创作班培养模式，推动青年作家广泛尝试各种风格，通过深入研究他们生活周围的文学和文化，以奠定他们的艺术基础。

在UNLV，我为该校强调国际性质做了很大贡献。我在不可能成立美学硕士班的拉斯维加斯创办创作班的面试上，提出这个计划，这点让创作班很有特色，因为我们要求作家去非英语国家里住一段时间，还要求完成一些文学翻译任务，要求学三年，不是两年。其他教师立即表示支持，他们非常热情地支持这一计划，结果他们现在声称，强调国际性质是他们的功劳，我对这个也无所谓，我想起伟大剧作家尤金·奥尼尔说的一句话，"我们不要关心起源问题。"问题是，我们都相信，强调国际性质是有效的。我们希望把作家派送到别的地方，激发他们从外界吸收新鲜事物，可以引进新的小说和诗歌，扭转过去以自我为中心的视角，改变国内写资产阶级无聊家庭生活的倾向，如写客厅、厨房、汽车、卧室以及不幸的婚姻等——所有这些故事都做过了头，虽已成为美国经典的一部分，但这些作品和泥巴一样沉闷。理想的创作班要超越这些作品。作为真正伟大的编辑、评论家和优秀作家，特德·索洛塔洛夫在他在20世纪80年代中期写的散文《文学校园和文人》（*"The Literary Campus and the Person of Letters"*）中首次建议道，我相信，我们应努力培养能从事多种文类创作的"文人"——可以写故事、散文、文章、诗歌、颂词、新闻特写、专访、艺术评论、序言、后记，甚至婚礼敬酒词——还可以朗读、教学，还有更多活动。文人能过他们的艺术家生活，同时，作为文学活动家，还能影响世界。

简·安妮·菲利普斯：罗格斯大学纽瓦克分校完全不同。据《美国新闻与世界报道》，这是美国最多样化的大学校园，连续几年都如此，从纽约大学乘20分钟火车就能到达。我们的座右铭是"真正的生活，真正的故事"，我们希望成立一个杰出的创作班，创作班像本科生人口那样多样化，能吸引全国各地的学生。

大多数学生是全日制（只有全日制学生才有申请获资助的资格），但我们有非全日制可选，专门吸引非常有才华的学生。学生只有在第一年得到资助，我们保证他们第二年能获得同样资助，只要他们能继续做优秀作家和教师。那些得到资助的作家在两年的项目中可获得资助。没人为获得资助而竞争。

每年有三分之一到一半的学生是有色人种。罗格斯大学纽瓦克分校在纽瓦克附近，这城市具有挑战性，很重要，美学硕士班负责主要的对外宣传工作。我们和高中项目中的五个高中有合作关系，有一个项目是纽瓦克的作家成人读书会，和纽瓦克公共图书馆有联系，用文学吸引了三代人，共同关注一个系列。这个读书会由美学硕士班读书会会员负责，一位是诗人，另一位是小说家，他们因其丰富的教学经验和对项目的极大热情而当选。

道格·昂格尔：你听别人说起工作坊的那些故事时，你头脑中会出现某些声音，你开始明白你的作家同学怎样阅读作品，会对教师解读作品有整体认识，参加完两年工作坊后，你离开时会带走工作坊留下的大约五六个声音，教师或作家同学的，他们的声音在你的思想里保持得很完整,足以充当你作品的内部批评家。我觉得这是在爱荷华发生的事情,至少对我来说是这样。

我想我知道艾伦·格甘纳斯怎样解读作品,知道他会说些什么……直到今天,我还能听到他的声音。我大脑中还能听到简·斯迈利的声音,听到她如何解读作品。她会说些很风趣的评语,会非常滑稽,与此同时,她还会对作品发表颇有洞见的评论。她总结时很机智,也很有魅力。我还能听到其他声音:约翰·欧文评价作品的方式,还有莱尼·迈克尔斯……我写作时,他们就像委员会成员一样,充当内部批评家。我写完初稿后就问他们的意见。

例如,我习惯写很长的句子,可能语法不正确,我会使用更多没必要的奇喻,还能听到欧文马上说:不行。这句话太长,都喘不过气来了。你不能站在那里,大声读出来。你得在这加上句号。

我还记得叫罗伯特·布培的家伙。我耳边还能听到他的声音,他主张思想要有独创性,如果思想没有独创性,如果看上去似乎有人用过,他的声音会告诉我这一点。

我脑海里还记得雷·卡佛的声音。他的声音非常坚定,他会以这种方式告诉我应该做什么,应该如何写。他很擅长暗示一部作品什么时候该换时态,转换视角。他的建议总给你这种效果,一旦你开始写活动,或开始写某个场景,你就希望坚持下去,确保这个场景能在读者心中保持完整印象,在你改变场景时——如果你用回忆或转换场景,或如果你增加了空格,一下跳到结尾的话——你至少会让这场景深深印在读者心中,这样,读者就能在故事其余部分参考这个场景。他甚至很擅长安排小说章节进度,尽管他从未写过小说。他还能恰到好处地指出,哪些地方的辞藻可能过于华丽或做过了。他在编辑方面倾向于极简主义。总之,这是我最大的收获:脑海中听到各种声音。

第三部分

论成败

第七章

心碎与独白

R. C. 迈尔斯在他写的创作班历史及其对美国文学的影响一书《大师的教导》(*The Elephants Teach*) 中告诉我们,"各种估计表明,创作专业毕业生的职业成功率大概是百分之一(医学院毕业生则是百分之九十)。"库尔特·冯内古特对年轻作家的成功机会甚至更悲观。20世纪60年代期间,冯内古特在爱荷华任教,之后他时不时地返回爱荷华做讲座、举办朗诵会、给硕士生上课,他宣称,"几乎每个人注定失败。如果你开家这样的医学院,那就会是丑闻。"但是,如果本书采访到的同学们的经历能说明问题,那我们不得不做出这样的结论,断定他们失败的声明是不相关的。迈尔斯并没告诉我们,他引用的令人沮丧的失败率源自何方,他比较两者时并未界定什么是"职业成功"。当然,医学院毕业生很容易取得职业上的成功:这些毕业生只要通过学位委员会的考试,获得许可证,并继续行医,手里病人的死亡人数不要太多,就能避免出现数量上不可接受的医疗事故诉讼,能赚很多钱,还能加入某个乡村俱乐部。但是,对作家而言,职业成功的含义比较含糊不清。就这一问题而言,"成功"本身的含义相当难以捉摸。当然了,对以市场为导向的作家而言,职业上的成功是个比较明确的概念。这意味着作品很畅销,能得到奥普拉的推荐,最完美的是,还成交了票房颇高的电影交易。或至少作品比较畅销,如果没得到奥普拉的祝福,或没有促成电影交易的话。或者说,真烦人,对大多数作家而言,不管哪种形式的销售都是"职业上的成功"。写作是艺术,还是一种职业,学院针对这个话题似乎有着旷日持久的辩论。一个派别似乎认为,假如把写作视为赚钱职业,那就背叛了自己追求的艺术。我们在爱荷华期间,这看法似乎比较普遍,如今似乎也占上风。另一派则认为,任何持有该观点的人都很愚蠢。

"职业"当然包括赚钱。职业作家要获得报酬,而且获得的报酬越高,就越专业——这意味着更好——他们会被视为更好的作家。这一点无疑出自迈尔斯提供的统计资料:如果有人出钱让你写作,那你很成功;如果他们不这样做,你就很失败,是令人沮丧的、悲惨的失败品,如果你还继续写,严格来说,你只不过是业余作家(想象一下别人轻蔑地撇嘴的画面),你只是出于爱好才写作,只有倒霉蛋才这样做。但"职业"概念原本与赚钱无关。这词来自拉丁语,意思是"公开声明",尤其是公开声明一个人的宗教信仰或信念,在电视上大肆宣传以前,该词根本不是努力赚大钱的意思。随着时间的推移,"职业"一词用来指需要强度大而且正规培训的一种使命感,需要经过测试、需要获得许可,所有这些(早期,不允许女性加入)训练都会让你有资格参加组织严密、受过相同训练,而且大家都志同道合的协会,报酬也会很丰厚。获得医学学位(或法律学位,或牙科或建筑学学位)是从事这一职业的必要前期准备。但仅有学位还不够。你需要学位,还需通过测试,获得许可,得到从事这一职业的授权。

所有这一切似乎可以把创作专业的美学硕士学位或博士学位排除在外,学位不一定是这一职业必需的学位。作家从事写作几乎不需要美学硕士学位或任何学位,或如果他们希望写得好,或出售自己的作品,并以此为生,也几乎不需要学位。如果你从事写作却没有学位,那又怎样?你不会像没有行医或从事法律需要的执照遭到罚款或起诉。写或是不写,谁会在乎?

然而,这个时代的年轻作家的确需要美学硕士学位或更好的,即,创作专业博士学位,这样才能找到教创作的教职,假设有这样的工作，在如今到处削减预算的时代，这假设几乎不算安全。像医学博士或法学博士这些学位都不足以让你进入教师队伍。除这些外，你还需要至少出本书，或者在"对口"杂志上发表半打短篇小说或诗歌，这样你才能在学校胜任。

当然，人们可能会这样争论，教创作和创作实践无关。但是，如果年轻作家能找到教学工作，而且还有比这更好的事情，就是能长期从事教学，最终获得终身教职，这可是梦寐以求的，他或她就不会受家累，有充足时间写作。一旦他获得教职，人们不太可能期望他花费大量时间教学，除非他很倒霉，去了特别重视教学的大学任教：通常是社区大学或州立大学比较注重实际。越是追求知名度的高等学府，似乎越不看重教师的课堂教学。在最优秀的研究机构，那些在学生身上投入过多时间和精力的教师实际上会遭到同事的猜疑和不屑。所以，也许这不是巧合，教学职业虽然通常需要美学硕士学位或创作专业博士学位，但发放这些学位的项目很少（如果有的话）会培训学生如何有效地教学，这些机构只提供他们获得教学经历的机会，这种经历是资助、补贴、奖励的副产品，是廉价劳动力的来源，因为学校主张，有终身教职的教授可以尽可能少地上课。

在没有可靠的其他工作形式时，在缺乏重视写作、缺乏与作家劳动相符的物质奖励的文化市场情况下（或至少能勉强糊口），得到一份教职也不错，至少等作家赚到稿费前，这还不错。因此，教职与写作息息相关；它为作家提供了稳定的经济支持，他们得以有足够时间经历失败，可以重整旗鼓，恢复元气。那怎么理解迈尔斯对"职业成功"饼状图中的那个负面描述——职业写作的失败率？在诸如写作的艺术领域，成功途径多种多样，这些都可以与肮脏的不义之财无关。有这样一种成功，即艺术上的成功。你如何衡量这种成功？谁来衡量这种成功？

文化史上有太多艺术家默默无闻地死于贫困，多少年后，他们的天才才得到人们的承认，我马上能想到约翰·塞巴斯蒂安·巴赫：终于得到了！艺术上的成就。——尽管这种成就来得太晚了，没给那些可怜的穷家伙带来什么好处。如今，只有最重要的评语似乎发挥作用，这时，如果真正的畅销书通常都很拙劣，还有更甚的是，很拙劣的吸血鬼和僵尸书，那么一部作品的所有艺术特质（无论这些特质多么明确）似乎都显得无关，如今，多数被批评家称为艺术成就的作品，似乎往往是编辑看重作品另一方面的结果，作者则批量产出大量自我陶醉、夸大其词的散文，甚至缺乏通俗易懂的情节或清晰的文风。事实上，文学批评的现状就是如此，凡写得比较清楚的故事常被贬低为类型小说，从不被视为是大写的文学。

我们有些同学从爱荷华毕业后或毕业不久后，马上得到教职，有些只有经过多年辛勤耕耘，才获得能维持生计的教职。我们所有人几乎都发表过东西，有的人还发表过大量作品。我们当中有很多人实际上都靠写作谋生，有的人还生活得很好，无需写僵尸和吸血鬼类的作品。

有些人从爱荷华毕业后做了新闻工作，当作家或编辑，或同时兼两份职业，有些在乎小事的纯艺术家可能认为，从事新闻写作只是艺术的可悲替代品，当年那些在"昔日好时光"里做新闻的人很幸运，因为，当时流行新新闻写作，当时正在重塑新闻，所以，编辑常给我们自由，让我们自由使用虚构作品的创作手法。我们当中也有许多人没有从事教学，没走新闻路子，或从事与"诗歌创作生意"或"散文创作生意"完全没有联系的工作，他们经常分流到重视语言技能、重视塑造叙事能力的职业，而且这些职业都有回报，他们从中获得专业、经济和艺术上的极大满足感。正如谢弗在第一章中所指出的，他在爱荷华工作坊里所学的以及完善的技能对他做生意非常有利，让人惊讶的是（或可预见的是），这些技能在拉斯维加斯充斥赌博、招待和娱乐如此的恶劣环境里居然能发挥作用。

创作班和其他"专业"班之间的可比性也仅此而已。一个年轻医学博士或法学博士一旦从医学院或法学院毕业后，下一步是沿着明确道路，经过有指导的实践、测试和授权定义的路径，所有一切（如果一切顺利的话）都通向持续时间长的职业生涯，还能赚大量的钱。

年轻作家从美学硕士班或创作博士班毕业后，他或她的生活远远不够安全。他们没有明确步骤：教职机会极少，没人保证出版他们的作品，他们除了生存的挑战以外，没任何确定性。即使像爱荷华作家工作坊这样的创作班毕业生，也面临空虚，不得不借助自己具备的品质，如决心、毅力、自尊……还有他或她可能在课外获得的坚定信仰。这可能是史上最严格的专业培训形式。

道格·昂格尔：这里解释一下博尔赫斯的话会很有意义。作家的成功典范很少给青年作家树立榜样，因为绝大多数成功作家都历经坎坷，长期被边缘化、被忽略，他们不得不坚持不懈，最终才取得成功。**我所说的成功是纯艺术意义上的成功，是把你的故事或小说写成你作为艺术家希望写成的样子。**

出版是出色的作品和运气的组合，一些作家就是不走运……或者说现在不走运。一位作家可以写出优秀作品，但文化只有到一定时间才能转向。

雷·卡佛从1959年开始就创作精彩的故事，但他的突破来自他1972年和1973年在《君子》上发表的两个故事，他的第一个主流故事集在17年之后，1976年才出版。但他仍然坚持写作——写诗、写故事——只要能写作，他就坚持写，因为他明白，写作是他的天职，是他应该做的。

简·安妮·菲利普斯：出版是个过程，和写作完全不同。作品还没完成，不要马上出版，这很重要。把写作看作独立于出版的事情，这很重要。

写作就是理由。写作是作家理解世界的过程；他们通过语言创造或理解意义。从这个意义上说，写作是我们的宗教，我们通过写作进入意识，和意识建立起联系，和人类生活中的神建立起联系。

乔·霍尔德曼：如今，开始从事写作生涯涉及的细节完全不同——市场、媒介、受众和编辑界——如果让我根据自己从事写作职业生涯的经历给年轻作家提建议，我会犹豫。

总体而言，我会说，绝对不要接受写作必须失败的说法。你的成功往往是内心的，是个人的成功。但成功必须是令人兴奋的，否则你就选错了职业。

如果你碰巧取得了传统意义上的成功，有条惯用建议仍然奏效：别太把自己当回事。不要瞧不起那些不太成功的作家。不要指望这种不太成功的状态会持续下去。你成功时可以尽情享受成功，但当成功走开后，不要鄙视成功。

杰克·莱格特：在某个地方潜伏着一种需求，我们当然需要认可，需要某种认可。我并不是说不需要认可，因为……我很现实。我的意思是，我了解出版业业务；我知道出版作品是场灾难。甚至是能写出好作品的青年作家，他们都不可能发表作品，而等我到了91岁，会是出版社办公室里的笑话。为什么要出版91岁老家伙的东西？他没前途。我以前的经纪人这样说过。他说，他们现在不出版50岁以上的作家的任何东西。所以，除了精神失常的编辑外，我没听见任何人会说，我们必须得出这本书。不过，尽管如此，我觉得也有可能会出现……

道格·昂格尔：我合作过的年轻作家当中，几乎所有人在拿到

MFA后，都得花五年或十年或更长时间，无论如何，坚持下去，坚持写作，才能发表足够作品，让他们感到自己实现了最初梦想，最终能找到属于自己的位置，或者达到这个境界，做真正的自己，让他们感到些许自在。我的经历就是如此。我从爱荷华毕业七年后，才有人出版了我的第一本小说《离开土地》(Leaving the Land)。

米歇尔·赫恩伊凡恩：我申请工作坊时用过的一个故事让我魂牵梦绕。有人说，那不是短篇故事，其实是一本小说，出于某种原因，我就下决心写那本小说。我开了个头，继续写了五十或一百页，就停笔了。我写了些零碎作品，很有趣；几个经纪人读完这本书后表示有兴趣。但我就是写不完这小说。

我从工作坊毕业15年后，发表了一个短篇（在《哈珀氏》上发表，还赢得GE年轻作家奖），还发表了我刚才说的所谓小说中的部分内容，可我似乎没法完成其他作品。我当时在做新闻，是餐厅评论家和美食作家，勉强糊口，但我离自己的文学目标很远。我决定放弃写小说。写小说太辛苦了。我写小说坚持了很长一段时间，从来都不容易，一分钟也不容易。我只觉得自己写得不好。从来都写不好。

同时，我也不想一辈子写"吹捧"类的报导。我决定回学校，当一神论普教派的牧师。我当时觉得布道是优雅、可行的文学形式。我去了加州克莱蒙特的神学院，我特喜欢那里——我喜欢所有怪异、艰深的知识、历史、哲学以及神学院的多样性。（我不信上帝，这不影响什么。）我上神学院的第二年，有一天，我坐在"当代神学"课堂里，突然悟到一个启示：我小说的开头一直都写得不对！一遍又一遍，我在开头写了重大事件——这意味着，我从一开始就要同时做两件事，一是介绍三位主人公，一是试图解析大事件如何影响三人之间的关系。我突然想：为什么不先介绍三人怎么认识的？我那天回家后，用一个全新声音和思想写了七页，要是我想写那本该死的书的话，我就从这里开始。之后，我又研究神学，把小说抛之脑后。

大概半年后，我找到写另一本小说的想法——讲一个年轻女子半夜发现家里进来一只鹿。我当时在神学院刚念完第二年，打算暑假写这本小说。可我写的东西很生疏，我想练练笔热热身。我就想，是不是能给那本以前的小说重新写个开头。我就又写了一遍开头，之后再没返回神学院。三年半后，我写完了《圆形岩石》(*Round Rock*)。接着，我开始写房间里的鹿那本小说，就是后来的《詹姆斯兰德》(*Jamesland*)。

艾伦·格甘纳斯：我还在爱荷华时就开始卖故事了，我当时二十五六岁。但我到42岁才出版第一本书《往日情怀》（被拍成电影，*Oldest Living Confederate Widow Tells All*）。我的学徒时间可能是最长的。

1973年，我在《纽约客》上发表了《微不足道的英雄主义》（威廉·马克斯韦尔是我的编辑，约翰·契弗让一切都成为可能），麦克斯韦尔等我写更多故事。他说，"你写了住郊区的父子的故事。写写同一街区的童子军团长，我还想让你写社区图书馆，写钢琴老师。我想让你写这男孩的方方面面，把他的生活和把与他父亲有着类似的复杂性格的当地人作为榜样联系在一起。然后，我们可以把故事放一起，你就能出第一本书了。"

这建议很英明。我采纳了吗？绝对没有。我尽可能朝其他方向发展。部分原因是，那是唐纳尔德·巴塞尔姆和罗纳德·苏肯尼克的时代，所有那些家伙的作品基本没人读了。我想，我那样做的一个原因是，担心我在《微不足道的英雄主义》里写的东西太传统了，这很可怕。为了证明我思想上的诚意，我不得不倒叙，而不是从头开始。我不得不把故事分成几个部分，按照库弗的写法，不是契弗的风格，马克斯韦尔和契弗告诉我："基本步骤一，基本步骤二……"他们向我展示如何出名,他们是按照1955年出版界的需求做的。但我想用1973年的流行做法。

我60岁了,有了智慧,终于意识到他们给我的建议有多好。我要是严格按他们说的去做,我的生活会更容易,但也许不那么有趣,也不那么复杂。不过我现在也喜欢读自己当时可能会写的书。现在可没机会再写那本非常美妙的书了。

起初,我觉得自己能力不够,写不出书。我当时憧憬着自己的书是什么样子,尤其是一想到那上面印有自己名字就特别兴奋!不只是收集我已经发表的作品;这书必须比串联起来的故事更好。把发表的东西收集起来出书的话,我还没真正看到自己发表的故事里有什么内在逻辑。我想,我一路走来,都有老师、朋友和同学给了我足够鼓励和支持。当时,我定期在《大西洋》和《纽约客》上发表作品,算是一种证明。我等待自己的水平有所提高,不断发表零散的短篇故事。有人说我是没出过书的最知名青年作家……我当时在等待长出保护层,像乌龟长壳一样。

道格·昂格尔:这特让人郁闷,但你得确保寄出的稿件必须是最佳作品,确保这个作品在你的创作熔炉中充分磨炼,然后重塑一次,如此反复,直到它打磨抛光到你无法以更好的方式改进故事或书为止。只有到此刻,你才寄出稿件。就像莱尼·迈克尔斯过去常教导我们的那样,仔细斟酌文字,揣摩每个字,确保每个词都用得准确。然后——只有到此时——非常谨慎地提交稿件。

找你的老师和作家同学提建议。让他们读几遍,然后再寄出书稿。看看书单或文学杂志,找到你欣赏其品味的编辑,针对这些观察投稿。给编辑写信。如果有必要,如果你必须这么做,找个经纪人,但在找经纪人前,要确保你的作品已达到完美。

我相信雷·卡佛常说的一句话,这也是他的座右铭:写得足够好，出版界会发现你的作品。外加我们常说的好运。

丹尼斯·马西斯：我一直唱反调，所以我要反对公认的智慧：假如小说家（让我们把"作家"定义为有能力从MFA项目毕业的人）定期写作，每天写一点儿，最终他（她）一定会成功。从一定程度上说，我同意这个说法，但不能盲目接受这种说法。

你如果坚持练习小说创作，不断学习优秀写作法（或给那些不好的写作法以启发），你可能会提高自己的写作水平，这当然没错。你如果每天积累好多页的优秀内容，你一定会写出八万字，最后写上"剧终"，反正这是所有出版社真正关心的事情。一直牢记这点，这会让你在不可避免的倒霉日子里感到欣慰。

但一旦我们有这样的假设：一个优秀作家无论怎样，哪怕遇到逆境，他总会发现自己的读者，其他都不重要。

真正的作家（即坚持不懈的作家）最终总会成功，如果这个说法属实的话，也很好地说明了出版业特有的商业模式："花几年时间，按自己的速度，自己出钱（或花别人的钱），给我们出产品，然后我们会考虑付给你报酬。"

安东尼·布科斯基：1974年10月18日，我写的第一个故事被录用了，我当时在工作坊。我很兴奋，当天下午打电话给杰克·莱格特。我的意思是，我都乐晕了。

第二周周二的工作坊课堂上，莱格特让我谈谈这本杂志，讲讲我是怎么选择这本杂志投稿的。我在班上说，我当时翻阅了大学图书馆里收藏的各类文学期刊，试图找到一家刊物或季刊，看哪个刊物上的作品没我写的好。我想，《威斯康星评论》（*Wisconsin Review*）是个好地方。他们接受了我写的故事。我欣喜若狂。

12年后，我的第一个故事集《零下12度》（*Twelve Below Zero*）

由新河出版社出版，这是个位于双城的小出版社，双城是个文学生活很活跃的地方。

那时，我有份教职。我拿到美学硕士学位后，继续留在爱荷华，打算拿美国文学方向博士学位，研究殖民时期到19世纪60年代的文学。我觉得，单凭美学硕士学位不会帮我找到教职。不过，我的兴趣不在文学研究上，我渴望写故事，不希望写课程论文。我讨厌写博士论文，一般需要延长五年才能完成。不管怎样，我在爱荷华那会儿有助教资助，我的贤妻却做了各种糟糕的工作。她支持我读完博士课程。

我拿到博士学位后，在南齐托克斯的路易斯安那州西北州立大学找到全职工作，南齐托克斯在凯恩河岸，那是个美丽、悠闲的南部小镇。我很喜欢那里；伊莱恩也喜欢。

随后，石油经济遭遇重创，结果辞退了55名教职员工。我们回到苏伯里尔城市，我被苏伯里尔的威斯康星大学聘为访问助理教授和驻校作家。一年后，我做了全职教师，之后就一直在这里工作。

教学的确影响了我的写作。但我坚持写作，在《新文学》(New Letters)、《西部季刊》(Quarterly West)、《文学评论》(The Literary Review)和《新奥尔良评论》(New Orleans Review)等优秀季刊上发表作品。感谢上苍提供了很优秀的规模较小的大学出版社。感谢上苍，有那些支持文学作品的大出版社在出版小说。周围还有很多不错的小出版社，比如，位于双城的灰狼出版社和咖啡馆出版社。咖啡馆出版社由爱荷华毕业生创建。大学出版社出版的小说更多一点儿。密歇根大学和威斯康星大学已在经费使用上有所改善。

好作家迟早会找到出版社。

道格·昂格尔：即使是较小的文学杂志，也足以让作家继续创作，让他感到创作是有价值的，让他感到会有人读他的作品。正在成长的作家需要知道,他们有读者,否则他们会出于绝望放弃写作。

如果我想看到自己的名字变成铅字,我还有个有利条件,我来工作坊前就给报纸写文章;我能找到一家报纸或免费媒体写文章,我写文章是为了挣钱。这和写小说不一样,但至少你能感觉到,你的语言在世界上能发挥作用。

桑德拉·希斯内罗丝:我在爱荷华期间就开始在这些小规模的拉美、少数族裔的和妇女出版社发表作品。我和这些小出版社有稳固的合作关系。在我认为自己写的东西不会得到认可或不会在这些小杂志上被"发现"时,我想那些想找到我的人至少知道在哪里能找到我。正是其中一个小出版社首次出版了《芒果街上的小屋》。那是1984年,我从爱荷华毕业五年了。

"芒果街"出版后,当时我一直在做各种各样的工作糊口,同时也在写作。我离开爱荷华后,去了芝加哥一个非传统式高中代课。我在一个礼拜五离开爱荷华,礼拜一就开始在一所非传统式拉丁裔青年高中工作。我教的都是退学的学生,他们有的因为拉帮结派被赶出学校,要么是因为生了孩子,或者有暴力史,或有类似前科的孩子。他们很讨人喜欢,只是不负责任……

我被大家称为她的学生能获写作奖项的老师。但这在吞噬我的生命。大约过了三年半,我申请在母校——位于芝加哥的洛约拉大学——为弱势孩子做招生工作、当辅导员,我得到了这份工作。我就在那里,还有那个非传统式的高中,积累了"芒果街"里的故事素材。我在洛约拉大约待了一年半,后来得到NEA的第一次诗歌创作资助(1987年我又获小说创作资助),搬到普罗文斯敦。

丹尼斯·马西斯:工作坊毕业生当中有很多人没得到教职,我是其中之一。我回到芝加哥,完全破产,还欠了债,失业,独自一人（当然，这是最糟糕的）。我的第一份"保命"工作是在金融区里当街道信使。但我工作很认真——雇主当时让我有饭吃，我觉得亏欠他们，就把这份工作当作首要任务。第一年冬天特艰苦，天寒地冻，我最后找到一份室内工作，在贸易委员会的股票期权交易大厅那层工作。我就是你在新闻里能看到的穿彩色编码夹克的那家伙，那些家伙从交易所位置盯着显示屏看东西，大声喊着有关买方、卖方的神秘内容。这是超现实的，但也是货真价实的"现实世界"。对我这样很好奇的人来说，这很迷人，而且我在接受职业培训时居然能拿到报酬。我在那里交了朋友。我买了意大利鞋。这份工作让小说创作显得似乎很幼稚。

晚上，我回家瘫倒在地铺上，想着采购食品杂货、洗衣、做饭、找女朋友、性生活、爱情这些事情，最重要的是睡觉。我想，我还是设法写了些东西，因为我发表过一些东西，那三年里还获了一两个奖。我获过罗文斯敦美术工作中心提供的为期六个月的驻校作家资助。

桑德拉·希斯内罗丝：我申请过几次普罗文斯敦美术工作中心资助，但从没成功过。那里有好多来自爱荷华的人，包括迈克尔·坎宁安和我朋友丹尼斯·马西斯。丹尼斯暑假期间需要室友，我需要离开芝加哥，这样可以专心写作。出版社当时一直问我索要更多的小插曲故事，当时我在写这些故事，我说，好的，好的，这些故事都在这里，在我脑子里，他说，好，等你准备好了，等你写完了，把故事寄来，我们就出书。

我想，如果我能得到NEA的资助，能和丹尼斯去普罗文斯敦住，我就能写完。

丹尼斯·马西斯：桑德拉和我在普罗文斯敦合租了一间便宜公

寓,迈克尔·坎宁安是非官方的第三个室友。桑德拉在后院写《芒果街上的小屋》,每天晚上她让我给她当编辑。

诺曼·梅勒的妻子诺里斯·丘奇租了间绘画工作室,就在我们公寓停车场对面,所以,有时我们一开前门,不小心会撞到身穿百慕大短裤、从我们房门经过的梅勒。这城市很小,吐口痰,你没准儿就吐到某个名作家或艺术家身上。

沙滩、海盐、晒伤……那年夏天令人难忘。

桑德拉·希斯内罗丝:迈克尔会偷偷爬过窗户和我睡觉。要么,我翻过窗去他房间睡觉。我们在睡觉安排上很完美。迈克尔很有趣,很好玩,夏日美好时光……

我离开普罗文斯敦前,已经买了去希腊的单程票;我的出发日期是我书稿的最后期限。但等我该出发去希腊时,还没写完"芒果街",我就装上书稿,吻别迈克尔去了伊德拉岛。那是1982年9月。那年11月,我在伊德拉岛写完"芒果街",去了雅典,把书稿装进信封,扔进邮筒。接着,我去了法国、意大利、萨拉热窝,我在1983年年底回到希腊,这时我身上没钱了,就回到芝加哥的家,找了份保姆工作,从秋天做到冬天。

1984年,我在圣安东尼奥找到工作,为瓜达卢佩文化艺术中心的文学项目做艺术管理工作。我大约做了一年半。只要让我能不断写作,只要能糊口,什么工作我都做。

珍妮·菲尔茨:我还在爱荷华时就申请了美术工作中心资助,我有幸获得资助。我在爱荷华的学习是5月份结束,普罗文斯敦的资助从10月份开始提供。我到了那里,感觉那地方像月球一样:非常贫瘠,只有矮棵的威忌州松,在科德角最北部。至少可以说,这城市很独特。冬天,除了在工作中心上班的人,那里只有葡萄牙渔民和男同性恋，有几个既是渔民，也是男同性恋。剧院都已关门，只有一家餐厅还开着。

我在那儿的租金是每月100美元，我还在存钱。我一周买食品杂货花15美元。我有个带厨房的小工作室。

工作中心有很多社区朗诵会和艺术表演。只有十个作家和十个艺术家，大家在一起时乱伦的现象很严重。不过，我和一些有趣的人待在一起。我们会长时间交谈，一起等暴风雪结束。我的男友和别的女孩跑了，我的心都碎了，接着，有个家伙说他爱我，后来我有六个星期都自言自语，问题很严重……哦，你明白这种感受，沙丘里的肥皂剧。

我喜欢科德角那地方，我现在还重返普罗文斯敦镇，在水上租个地方，住两周专门写作。去天涯海角写东西，这是世上最美好的事情。我在那儿的一年里写了很多东西，尽管我没修改多少。当时，我在写小说，根本写不成样子。但这是我摸索作家之路的重要组成部分。这让写作变得很重要。

凯瑟琳·甘蒙：我从爱荷华毕业后，回到加州大学伯克利分校当自由职业打字员，随便给几个人教写作，后来开始写小说，把这些经历都拼凑进去。道格·昂格尔和艾米当时都在旧金山，他们是作家社区的一部分，但在我生命里，作家社区远非开晚会，也不是写作，我当时有种恐惧感，害怕沦落成靠福利生存的匿名母亲。

接着，同一礼拜，我写的第一个故事的录用通知寄来了，我得到去普罗文斯敦镇的奖学金。那年夏天结束时，我和女儿下了小飞机，乘车经过沙地和威忌州松树，我觉得自己回家了。奖学金提供了一年，一年结束后，我们住在普罗文斯敦，我在当地一家报纸工作，先做排字工人，夏天时写艺术界见闻。在度假季节，我还当过女仆，给当地政府委员会做会议记录，我仍继续写作。淡季时住在那里开支不多。

1979年，我意外地在纽约弗里多尼亚找到教职。事情很急，他们来不及登广告；上个月我刚认识一个人，他知道我可以做这份工作。我在那里教书一年间得到NEA的资助，于是1980年春我又回到普罗文斯敦镇。

当年，丹尼斯·马西斯也去了普罗文斯敦镇，他是我同学，有好多人在我前后上过爱荷华。普罗文斯敦那里有很多优秀读者，尤其是罗杰·斯基林斯。那儿有点儿像工作坊，但更有工作坊氛围。就是说，我在编辑方面有所收获——你知道的，你听到的不是"你不能这样做"或"不要那样做"，或"谁在乎"，或不屑一顾的话，我们在爱荷华有点儿这样的感觉，我完全放弃了这种做法——这里的做法是，"如果你想这样做，那这是做你希望做的一种方式"，或"这将改善你在做的事情"。这种编辑关系很滋养人，这样的方式比"这写得很差"更让人感到亲切。但这样做仍非常尖锐，非常尖锐。这些读者非常敏锐，是出色的读者。那里有种品质和特点让我茁壮成长。

丹尼斯·马西斯：我六个月的居住期结束后，和迈克尔·坎宁安在普罗文斯敦镇租了个快散架的海滩房，我们夏天就住在那里。迈克尔当饭店服务员，我通过凯瑟琳·甘蒙在当地一家报社找到工作，最终在那家报纸做了几年制作经理。（我聘迈克尔当排字工人，我想，那家报纸现在可以说，员工当中有人获了普利策奖。）

接着浑浑噩噩过了几年……雅多、NEA的资助，第二次获FAWC奖学金。波士顿、纽约，还有一年夏天在康涅狄格州教学……

FAWC聘我做了两年写作委员会（每年9000美元）主席，我得以和格雷斯·佩利、阿兰·杜根、雷·卡佛（叹气）等好多其他作家套近乎，可惜好多人现已离世……我当时得给作家打电话，通知他们稿件已被录用，这是工作中最美好的部分。

但我被整个文坛累得筋疲力尽。我格格不入。我自己没出书，在鸡尾酒会上，我永远被别人议论——"那家伙是谁？"还有，我不喜欢纽约。

我父亲突然去世，母亲需要我，我搬回伊利诺伊州，把自己写的烂小说扔进垃圾箱，永远放弃了写作。我找到排字工的工作，最终在芝加哥阿莫科石油大公司企业传讯部找到工作，我在那工作了七年。

我不用参与创造性写作，生活得很愉快（除了读桑德拉写的草稿）。

道格·博赛姆：写作是美妙的事情，但它不是唯一活动。如果你不擅长其他事情，那你可能就有所缺憾。纳博科夫有他的蝴蝶，康拉德有他的商船船长证书。梅勒、卡波特以及其他作家都已经证明，非虚构作品也是艺术。特雷西·基德和约翰·麦克菲展示出另外一种独特的非虚构艺术。

小说畅销书排行榜都是公式化垃圾，根本达不到这些作家的创造力和风格的水平。

像爱荷华这类写作班有个缺点，这些项目可能会创建一种认识：学术界生活是富有创造力的作家的唯一真正出路。其实这不适合所有人。艾略特在银行工作了八年。华莱士·史蒂文斯曾是律师，后来在保险公司当职员。他拒绝去哈佛大学工作，因为他不想离开保险公司。

枕边书

道格·博赛姆：目前，我床头柜上堆放了三本最新出版的《纽约客》、达蒙·鲁尼恩的一本故事集、《织工马南》（*Silas Marner*），还有已故物理学家维克多·韦斯科普夫的《知识与奇迹》（*Knowledge* *and Wonder*)。

加里·约里奥：从爱荷华毕业后,我回家申请去国王区社区学院工作。我去面试时给他们看我的简历。他们说,"我们一年支付你3 000美元,今年年底你不用回来工作。"你知道怎么着?我没去干那份烂工作!

于是,我开始思考怎样糊口,当作家……我想结婚,想有家庭。我想住在纽约地铁区。我什么活儿都干过;我给政府工作了三年,是社会治安管理工作,和多数同事一样,我坐在办公桌前喝酒。接着,我去了法学院,这条路阻力最小。我进了房地产法行业。自那以后,我一直干这行。我特热爱这份工作。我喜欢自己的客户。没有紧急情况。也死不了人。

我在过去30年的美好时光里没写过作品。爱荷华给了我极好的机会。我的问题是,要从一个学创作的学生过渡到当作家。问题和爱荷华发生的事情无关,是我自己一手造成的。我很容易分心,但不像爱荷华多数同学那样,我写作时,让我分心的不是养家糊口,不是支付账单。让我分心的都是我自找的。有五年时间,我跑在"我的生活"赛道上。就这类狗屎。

现在,我觉得重新投入写作真是太棒了。这是觉醒。这感觉很美妙。

杰弗里·亚伯拉罕斯：我在工作坊的学习时期快结束时,有一刻感到格外恐慌。我已经写完毕业论文,交了论文后我突然意识到:我步入社会也许除了会教书外,其他什么都不会做。不是因为我可能会找到教职。当时,MFA已经饱和。我以为只有在爱荷华出类拔萃的人才会得到社会提供的一些教职;第一次热潮中创建的这些项目培养出来的人才已绰绰有余。再说，我来爱荷华前在迈阿密大学教过大一写作，我很讨厌那份工作。我能做什么？

比尔·麦考伊：我从爱荷华毕业后在大学教了一年半书。我得到这份工作纯属侥幸。我每年收入9000美元，做了一年半。第四学期，他们不雇我了，因为他们不得不聘我做终身教师。他们宁愿一年花9000美元聘人，然后每年都这样做。廉价劳动力。

我在那儿工作一年半后有了失业资格。我回到家乡宾夕法尼亚州立大学，打算写作，但三个月后，我讨厌失业的感觉。我什么也写不出来，觉得自己没用。

最后我去了当地一家报社工作，这工作付给我的工资比我失业时的工资还少。我没工作经验，但他们认为我可以写作，他们喜欢聘用本地男孩。

艾伦·格甘纳斯：教学是不能靠它谋生的美妙职业。奇怪的是，我们太容易受别人的影响，渴望得到肯定，但你要在汉堡王工作，你可以清晨起来写作，那时你是自由身。而且，很快你就会晋升为经理，然后升到国家级职位，因为你人很聪明，工作很勤奋，注意力集中，准时上班，这也有危险，你过于花心思干短期工作，结果容易被榨干，不再有写小说的精力。

如果你父母有点儿钱，那更好。或者，如果你贩毒……

但是，我想，攀爬大企业的梯子比干大多数工作都危险。

简·斯迈利：我有博士学位，我从爱荷华毕业后，在本州找了份助理教授的工作。我有孩子，埃姆斯这地方各方面都很便利，我觉得太棒了，那里有很好的日托所，没其他事，我有充足时间写作。我在埃姆斯还遇到其他作家和同事，我和他们分享了很多经历。我们研究生项目里有出类拔萃的学生（不过，我们打电话通知他们被录取时，必须确保他们知道我们是爱荷华州立大学，而不是爱荷华大学）。

爱荷华州立大学比爱荷华大学更古怪，爱荷华州立大学在某些方面是完全不同的世界。我记得自己站在四方庭院里看着建筑物，发出感慨："这就是立法机关喜欢的大学。"我发现爱荷华州立大学很鼓舞人心——《一千英亩》（*A Thousand Acres*）和《穆尔大学》（*Moo*）都源自我在爱荷华州立大学的经历。

教学对我的写作有很大帮助，尤其在写草稿的方法上，我经常发现，我在分析学生习作中的问题时掌握了一些方法，可用来分析自己写的故事。教学是份好工作，因为你可以交流思考的内容。和爱好文学的人在一起生活、工作，这很好。但学术环境有点儿令人窒息，也很耗时。

我唯一的其他工作是抚养孩子，说到这点，你需要有值得信赖的日托所，还需要有意志力把孩子送到日托所。孩子们同时也给你无尽灵感，无论作为你的孩子，还是作为你认识人类的样本，都是如此。

乔·霍尔德曼：加入写作教学队伍可以很致命。我成功做到了，但我在冒险尝试前已做过一段时间作家。（我在麻省理工学院任教十年后，考虑过辞职，但我看了看自己写的书目，发现十年间我写的作品和我十年前写的一样多。）

我认为，你如果不走教学这条路（找不到有工作的配偶），最好找些能接触到各色人种的兼职工作。做咨询显然是不错的选择，不过，我不知道优秀作家能否当优秀咨询员！（"让那混蛋做这份工作，去他的！""告诉他，你宁愿挖化粪池，也不愿听他说的狗屎话。""我会宰了这母狗，然后用铁铲敲碎她的骨头。"）

假如你有宗教倾向，做布道者或牧师，负责一小部分教堂会众可能是理想工作。一周写篇简短的布道文章，用笔名写些故事。最好写些很性感的同性恋施虐和受虐狂的性交活动。

我觉得大多数人不适合给报纸或杂志写东西。我从爱荷华毕业后给《天文》杂志干了几个月，这段经历非常有趣，但我在此期间没写出两段话。你每天写那些乏味的散文，整个人都筋疲力尽。

埃里克·奥尔森：炮制出无聊的散文后很难写出小说，虽说这是事实，但我不得不承认，我比较喜欢写枯燥的散文，尤其是杂志编辑恰好是爱荷华的老校友。更妙的是交换支票的时刻……比尔·麦考伊成了杂志编辑后，我给他写了好多年的文章，唐·华莱士做了杂志编辑后，我也偶尔给他写些文章。

米歇尔·赫恩伊凡恩：我在神学院那会儿正在写《圆石》和《詹姆斯兰德》，还给一家餐厅当评论家。从许多方面讲，这是作家的理想工作。餐厅评语和杂志特写不同：你不必特别熟悉素材；你吃上几顿饭，思考一下这些饭菜，也许要做个小小研究，然后写750个字。有很多可以发挥想象力的空间，也有空间形成自己的声音。真的，写食品文章时，你可以随便写：人、风俗、价格、农业、文化等。此外，你如果是作家，给餐厅写评论是个美差，你可以填饱肚子。这工作还逼你走出家门。逼你去社交。当然，这工作还能提供基本的稳定收入，你如果偶尔写个特写，同时兼职（或者）教学，你的收入还能有所增加。我在1987年至2003年间给餐馆写评论。（当然，我现在很少在外面吃饭。自己做饭多好，想吃什么做什么！）

我一旦真正开始写小说，最终构思好第一部小说后，我每天都在写，那是20世纪90年代初——我做新闻写作不受干扰。事实上，这对我帮助很大。新闻写作给我资助，我完成长期项目的同时，每周还完成一篇写作，这很有趣。

新闻写作只有一次严重干扰了我的小说创作。1994年，我的编辑休了三个月产假,她让我帮着编辑食品栏目。(此前,她让我编辑过一些文章——我做的编辑让她大吃一惊。"你从哪儿学习这样编辑的?"她问道。"写小说学来的。"我说。)我每天朝九晚五地上班,同时要做编辑、写饮食方面和餐厅的评论文章,没时间写小说。但我过得很好。和其他作家、编辑以及供测试的厨房一起工作有很多乐趣,尤其在我单独工作这么多年后,更是如此。

比尔·麦考伊:我离开爱荷华那会儿觉得自己很失败。我想,我离开爱荷华时感觉自己写不好的一个原因是,我仍试图写些东西……好让老同学们改变对我的看法。

但在报纸写作这方面,我得每天早上炮制一篇,然后当天下午有机会看到报纸面向全世界发行。我从自己尊重的人那里得到鼓励,慢慢地对自己写的东西更满意了。我当时写了很多东西,靠写作维生,我为这些人写作,他们喜欢看我写的东西,希望我成功。

我给报纸写东西时,城里的编辑告诉我说,我属于纽约。她在纽约有些朋友,她安排我找她在一家旅游杂志工作的朋友参加面试。这杂志叫《签名》(Signature),是大来俱乐部的杂志,与旅行和优质生活有关。该杂志在20世纪80年代中期被卖给了《康德·纳斯》(Condé Nast),《康德·纳斯》随即让《签名》停刊,让《签名》的订户订阅新创办的《康德·纳斯旅游》(Condé Nast Travel)杂志。

从那时起,我辗转去过各种杂志工作,最后成了《父母》(Parents)杂志的唯一男编辑。女儿出生后,我写了几篇如何做父亲的文章,发给经纪人,他自己也刚做父亲。我想,这些文章引起了他的共鸣,因为他帮我把这些文章卖给一家大出版商:时报图书公司,该公司当时属于兰登书屋。这本书叫《父亲节:来自现实世界的爸爸手记》(Father's Day: Notes from a Dad in the Real World)。这是一个时期的写照,是我生命中的重要时刻,我希望这对我们家庭,尤其对我女儿特别重要。我想，书中内容还能引起同时代人的共鸣，那时有很多同龄人都做了父亲，而且他们试图在家庭投入方面比自己的父亲做得更好。用卡尔文·特林的话说，你在写作过程中换尿布，这突然变得很有吸引力。

杰弗里·亚伯拉罕：恐慌消退后，我意识到自己可以做些多年来我一直在做的事情：广告文写作。我在俄亥俄州的代顿上高中那会儿，开始给一家小广告代理公司写广告。我上大学时在电台干过一段时间，知道怎么写书面广告和电台广告。我在爱荷华市的一些小型企业里也写过一些广告，赚些现金，补贴生活费。我从工作坊毕业一周后，在本地一家80瓦AM电台KCJJ找到工作，整个夏天每小时都反复播放十首歌曲。这家电台在爱荷华郊外的玉米地里。我写了些广告宣传资料，主持过周日脱口秀节目，还做过销售工作，我想，我当时每月能赚200美元左右。

在大家都记得的一个最炎热的夏天，我在爱荷华市连续工作了三个月——待在空调楼里很愉快——应大学好友的邀请，我给一家位于丹佛的爵士乐电台写东西。我打过很多场垒球、和很多人告别后，在秋天离开爱荷华城，有很多人后来都成了我的知己。

接下来的两年内，我生活在爵士乐世界，为《强拍杂志》（*Down-Beat Magazine*）和当地报纸写稿子，采访像迪兹·吉列斯比这样的名人……我甚至还开设了夜间诗歌朗诵栏目，我称之为"午夜诗"。我每天会录制一首诗，夜晚的音乐节目主持人会在午夜播放这首诗。当时，我收到出版商寄来的书，我还在写诗。栏目听众也相当多，比我自己的读者还多。

我当时做了个文件夹。我在参加旧金山一份广告工作面试时，就有机会把这些内容展示出来，和一张驰名的爱荷华作家工作坊学位证书相比，这让我未来的雇主对我的印象更深刻。我一旦开始在旧金山从事广告工作,学院生活就和看后视镜一样飞速流逝。

枕边书

杰弗里·亚伯拉罕:我卧室里全是书。周围堆放的全是书。我正好打开的一本书是温斯顿·丘吉尔写"二战"早期历史的《风暴前夕》(The Gathering Storm)。要说在阅读过程中听不到丘吉尔的声音,这绝对不可能。同时,我经常读葡萄酒、钓鱼和摄影方面的书,还有爵士乐方面的书。我现在只读点儿小说。我身边总放一本比利·柯林斯的诗集,我目前读的是《弹道》(Ballistics)。床边还有这些书:《纽约客》的过刊;汤姆·昂的《数码摄影师手册》(Digital Photographer's Handbook);托马斯·马丁内斯的《探戈歌手》(The Tango Singer);加布里埃尔·索利斯的《和尚的音乐》(Monk's Music);杰伊·麦金纳尼的《一个地窖里的享乐主义者》(A Hedonist in the Cellar);弗兰克·康罗伊的《身体与灵魂》(Body & Soul);多萝西·帕克的《故事全集》(Complete Stories);露西·麦考利的《旅行者的故事——西班牙》(Travelers' Tales, Spain);约翰·戈莱奇的《死亡、税收及漏雨衣》(Death, Taxes, and Leaky Waders);还有吉姆·哈里森和《生与熟》(The Raw and the Cooked)。

珍妮·菲尔茨:我最后决定,不想一辈子靠资助生活——靠艺术类资助过完一生。有些人循环性地靠资助生活,我认为这不现实。我想做些实实在在的事。

我在爱荷华那会儿,万斯给我们讲过,有人刚在他的农场上拍了商业广告。他有这人的名片,还说,如果我们有人对广告感兴趣,我们应该给那家伙打电话,我就拿了张名片,名片在我钱包里放了一年,当时我在普罗文斯敦。等我要离开那地方时,我取出名片(名片在钱包底部放了一年,变得脏兮兮、破损不堪)给那人打了电话。他给我发来一道测试创造力的题目,其中一部分是让发明有市场潜力的三种产品,并为他们设计推销广告。我被雇用了。

我接受这份工作时,以为自己能干一年,存些钱,然后能全职写作。我开始从事自己的职业生涯时,妇女占少数。这的确像《狂人》(*Mad Men*)里的故事。有时,客户对我的裙子开衩比对我展示的广告更感兴趣。(经验告诉我,不要穿开衩裙。)我从没想过自己能做这么多年的广告,32年。时间这么长,真令人难以置信。一般人40岁就没什么事业了。

我刚开始做广告那会儿,广告挺好做,我乐在其中。我得制作音乐、选导演,指导著名演员做配音。我还会去周游世界。

等我开始和第一任丈夫生活时,我的写作生活退居第二。我总觉得,如果和别人承诺自己的感情,就不得不放弃自己认为重要的事情。当然,这是一种潜意识的东西,特别有破坏性。不过,我女儿快3岁时,我开始有失落感,我觉得必须找回自我。我又开始写作。那是18年前的事了。

接着,我和丈夫分居,后来我们离婚了,我当时上班的公司被一个疯女人收购,她解雇了一半员工,我带着孩子,离了婚,还没收入,我吓坏了。

但是,直面自己最大的恐惧感并战胜它们,这很美妙。最后,我得到五个月的解雇金,三周内我找到了新工作;不久,我出版了第一部小说《丽莉海滩》(*Lily Beach*)。那是1993年。我当时40岁。我过了这么久才有所成就。但我很高兴,我终于找到了自我。

凯瑟琳·甘蒙:我在普罗文斯敦期间写了篇故事,我觉得这故事不知超越了我以前写的作品多少倍。你知道这种感觉，你真的知道自己做到了以前从未做到的事情。这并不是贬低我以前写的作品，但这故事似乎让我经历了一次飞跃，一种深层的、显而易见的飞跃，我把这故事送向世界，故事发表在《密苏里评论》(*The Missouri Review*)上。我认为，正是这个故事为我赢得经纪人。故事叫《夜视》(*Night Vision*)。

这是文学市场的成功故事，故事促发我写了一系列独立故事，写法有些实验性质，这些都可单独发表，但我把它们当作小说章节来写。可以说，这做法有点儿策略。离开爱荷华这个做法也许有些策略。我在写短篇小说章节，也可以进入市场，因为我在关注这个市场。

尽管我在《密苏里评论》、《国际小说》和《烈火》(*Agni*)杂志上发表过其中一些故事或章节，但我写的小说仍无家可归。小说叫《中国蓝》(*China Blue*)。是有关普罗文斯敦的，我还挺喜欢这小说。

珍妮·菲尔茨：我第一部小说由阿斯诺姆出版社出版。我在阿斯诺姆出版社的编辑是李·戈纳，在我眼里，他是完美的第一编辑，他明白我要做什么。他很亲切、周到、令人鼓舞。他48岁就英年早逝，我当时还没写完第二本书。我痛苦极了！

自那以后，我接触的编辑都很好，有些编辑很可怕。一次，我成了孤儿。那里的编辑对我第二本书《穿越布鲁克林码头》(*Crossing Brooklyn Ferry*)很感兴趣，但她离开出版社了，我被另一编辑接管，她根本不喜欢我的书。她想让我重写，但这纯属主观挑剔。她不明白我辛辛苦苦完成的音乐或诗歌。我们针锋相对。

我喜欢直言不讳的编辑，他会说，"我读这个时，我认为，改成……会更好。"我喜欢有洞察力的编辑，他会说，"这人物没有塑造好"或"我不明白你的动机"，或"这人的对话听起来像是另一个人的对话"。作家需要反馈意见，他们可以真正着手修改。

丹尼斯·马西斯：我才发现，原来，我竟然在计算机编程、绘图软件、数据库和出版技术方面有特长。

一天，我在阿莫科遇到这个叫万维网的新东西。只有少数几个像我这样的高科技人才知道这事。我花了两年时间，热情地游说阿莫科公司的高层管理人员，让他们意识到这很重要，最后他们承诺投资475 000美元，让我负责开发公司的第一个网站。这一网站取得巨大成功时，我被挑走给雇员达四万人的公司做网管。但我心里不安，我把简历放在互联网上（这在当时很新颖，当时雅虎做的索引页一度长达12 000页）。

马里布附近的一家加利福尼亚州的公司聘请了我，公司出钱把妻子和我的猫从芝加哥搬到那里，给我的工资翻了一倍，还给我成千上万每股20美元的股票期权。我上班第一天，公司就上市了，每股一开始高达80美元。

就这样，我在好几家初创公司抓住高科技泡沫的机会，几次成为百万富翁（纸上计算）。后来，我到了杜博雅，网站泡沫很快就崩盘了（放松管制引起的膨胀）。雇主破产了，他辞退所有员工；我刚50岁；当年还发生了"9·11"事件——全在一个月内发生。我得和数以万计的青少年竞争，为思乐冰的成本设计网站。

但我在公司的这些年，桑德拉一直靠我做非官方编辑。陌生人给她寄来书稿，桑德拉认为书稿有希望，但还需做大量修改，她就说服作者聘我当编辑。那本书后来成功了，我现在忙着当自由职业者，给书做编辑工作。

我给别人编辑书稿的同时，意识到自己在编辑小说方面相当不错，至少在看到自己如何提高别人作品质量时是这样的感觉。我自己写东西仍然很痛苦。

道格·博赛姆：毕业后，我从爱荷华学到的知识没帮我找到工作。但因为我有爱荷华作家工作坊的美学硕士学位，我得到了教职。上过爱荷华工作坊在当时的学术圈影响力那么大，真让我吃惊。如今，影响似乎更大，律师、牙医等似乎都听说过这个项目。

我一毕业就结婚了。我没工作。我发了简历，想随便找个工作。看着商店里打折，不管看到什么，我都很绝望。接着，西南密苏里州立大学来电话。他们急需人手。

我在密苏里州教了三年书。我喜欢那里的学生，喜欢教学，但我们必须遵守系里的规定。可我不习惯边教文学和创作课、边试图写作。许多人都这样做过，而且做得很好。但我觉得这样做太幽闭了。

我喜欢干和写作无关的工作。我又返回学校，去了威斯康星大学，先学物理，后来学数学。我上本科时就对自然科学有兴趣，而且从没丧失过这个兴趣，所以这样做也不奇怪。之后，我很自然地进入计算机行业。那是20世纪80年代初，当时那个领域非常火爆，而且有很多选择。

我到现在为止做过各种工作，包括软件和硬件测试和多媒体开发。我职业生涯中最主要的一部分内容包括，开发诸如UNIX操作系统的安全版本，给独立专家组演示，证明软件符合美国国家安全局制定的标准。在安全局上厕所总有人领着，我上厕所时，那人就谨慎地在外面等着。我在干这些工作，但我从不认为自己停止过创作。但等我去干计算机行业的工作，我发现几个月过去了，我有时还什么都没写。通常情况下，这段时间正好要推出新产品，这可能意味着每周工作60到70小时，而且要持续几个月。一次，我大概有半年时间什么都没写。我不喜欢看到这个结局，但这也没要我的命。

丹尼斯·马西斯：记得有一次，冯内古特回到爱荷华客串工作坊，要么是举办朗诵会。他说，他会出资给那些没坚持当作家的90%

的工作坊毕业生做一徽章。他说,"你能想象吗?如果90%的哈佛大学法学院毕业生没成为律师?"

埃里克·奥尔森:我记得当年无所事事的场景。当时,我试图"当作家",靠微薄的收入生活,有人告诉我们,当作家没什么希望。我好像需要他告诉我这个?我喜欢他写的东西;我从小就读他写的东西。他是我心中的英雄,真的,是我学习的榜样,我听他继续讲应该如何放弃写作?更糟糕的是,这家伙成了作家!现在,他告诉我们说不能当作家,好像他很特别,我们不特别,是吗?我当时不知道,他真的赚了很多钱,是萨博的经销商……

我不仅无所事事,还很生气。大学出资让他朗读作品,给硕士班讲课,传授他的智慧,和学生一起聚会、喝醉,像许多我们钦佩的其他来访作家一样当个混蛋,他到底要做什么,这么一个名家,什么都不告诉我们,只牢骚满腹,说堆废话,还企图打击我们?不光是他这样做;很多大腕儿一次又一次来访,吐的都是这些臭东西。当然,我觉得他们的初衷是好的,为我们的最佳利益考虑。也许他们认为,告诉我们放弃写作,这是智慧。这也许是智慧。但是,这些大腕儿作家和其他人一样一定明白这点,作家有时无法不写作,写作不是一种选择。

丹尼斯·马西斯:对,不过,我还记得冯内古特说过,如果不是因为90%的工作坊毕业生(和他们的学生、孩子、朋友……)没成为职业作家,那些成为职业作家的人就不会有这些高水平读者。这就是他送徽章的原因。

这实际给了我希望。无论我的职业生涯怎样,也许做一个投入的文学作品消费者很光荣。也许,这也是成功。我的信仰还是这样。

顺便说一个道听途说的故事。冯内古特的朗诵会结束后(一片骚乱，像个马戏团表演，像是发生了爆炸事件，和我在爱荷华学习两年期间听到的朗诵会完全不同），我们去了莱格特家参加晚会，冯内古特待在杰克的卧室里，他以为自己不会受干扰。当然了，他被叽叽喳喳的男女同校生包围："我可以给您倒杯酒吗，库尔特？您要吃些凉菜吗？您需要什么吗？"

"你知道我希望什么吗？"据说冯内古特这么问。

"不知道，库尔特。您希望什么？"他们叽叽喳喳地问。

"我希望自己死掉。"

我怀疑，读者将来会视库尔特·冯内古特为确切无疑的美国现实主义者。

艾伦·格甘纳斯：我从工作坊毕业后得到斯蒂格纳奖学金。当时，只提供一年斯蒂格纳奖学金，现在是两年。我又在斯坦福大学待到第二年，被聘为琼斯讲师。这本来是为期两年的教职，但我没待够两年。我在加州待得实在不自在，不舒服。每天，日光就像打翻了的白乳胶漆一样洒得到处都是。

我一直边写边发表。写的永远是短篇故事，发表的杂志还可以。但我自己的社区，我的写作圈，却很分散；我没有真正意义上的读者群。真的，我有工作坊朋友，他们仍然看我的作品，我也读他们写的作品，但这是在有联邦快递和电子邮件之前。那会儿，你每次寄东西，总要等两周半才能收到回信，就像可恶的小马快递公司，我在爱荷华习惯了的那种快速反馈一去不复返，我得靠自己。当时，我基本自己修改作品。

在一定程度上，这段时间我相当孤立，是非常黑暗的一段岁月，但我一直忍受着抑郁，坚持写作。我会经常病倒，但你得学会忍受一切，学会面对一切，学会充分利用一天中最有希望和收获的时间来写作，接着轻松渡过难关。作品出版后，就像量身定做的精神科药物一样治愈了我的抑郁。

戈登·门能加：特德·索洛塔洛夫写了篇很棒的文章专门谈这个问题，题目是《坐冷板凳写作：第一个十年》。你一旦步入真实的社会，你不会碰到什么人和你探讨写作；你有妻子或丈夫，也许有一两个朋友，但没有你在工作坊享受到的友情，没人主动鼓励你写作，鼓励你有创意。你花两年、三年或四年写一本小说，然后寄出小说，结果没人愿意读；经纪人不喜欢这小说；别人说你写的东西"不合潮流"，你想自杀。最后，你真的只能面对自己赤裸裸的抱负，对我来说，我至少有一年或两年感到自己前途渺茫。

埃里克·奥尔森：我认为，有一点特别重要：刚从写作班毕业的青年作家应尽量从属于某个社区，就像他们在学校那会儿，有几个他们可以信赖的人，人们会读他们新写的故事，或一首诗或小说的一章。正因为社区可以做到这点，社区对毕业多年的年长作家同样重要。艾伦指出，互联网和电子邮件在这方面的作用很大，电子邮件能提供我们在工作坊体验到的快捷。

尤其对我们有帮助的是，有人期待读我们写的下一首诗或下个故事；想到让自己的"粉丝"失望，这动机会很有用，特别是一个人如果长期处于倦怠和自我怀疑的状态，更是有用了。从某种意义上说，成为作家群体的一部分，有点儿像在执行12步骤的程序；让别人失望可能要比让自己失望的动力更大。

桑德拉·希斯内罗丝：我的低点是1987年。我在圣安东尼奥待过一段时间后，在奇科加州州立大学找到教学工作，我当时想，狗屎，我讨厌学术界。我特担心自己真正落入低谷。我挣不下钱。我只会教书，根本没有归属感。我非常郁闷，非常自卑，我教的学生也很糟糕，我认为这是自己的过错。我不再写作。我没人倾诉。我只觉得自己什么都不是……是废物。我甚至开始策划自杀，计划怎么在车里自杀，关上窗，在周末自杀，这样没人能发现。我当时33岁。后来，我从宗教研究人士那里得知，每个人都有背负十字架的那一刻，这一刻大概就在33岁左右。但我很幸运。我回家了，丹尼斯安排他在芝加哥的荣格式分析师和我见面。我无法照顾自己，我很羞愧。

我给青年作家的建议？你得确保有朋友，这些朋友能让你灵魂深处黑暗时你仍活着。你如果得了躁狂抑郁症，还得确保有治疗师，还要确保你把抑郁症当成病。不要为抑郁感到羞愧。

接着，我开始转运。首先，我再次获国家人文基金会NEA的资助，这提醒了我，我是作家。接着，我找到一位很出色的经纪人苏珊·伯格霍尔兹。

艾伦·格甘纳斯：那些年，我节衣缩食，靠资助和发表故事维持生计，花七年时间完成了第一部小说，我有个很有名的经纪人，现已过世，是马里奥·普佐的《教父》（*The Godfather*）的经纪人。她用普佐所得收入的10%买了石筑豪宅。她发现了托马斯·品钦。她手里有批非凡作家。多亏契弗的帮助，她才接纳我。我后来才知道，她一直把我看作约翰在爱荷华发现的瘦小孩，她从没把我看成作家。

没捷径可走。是苏珊的年轻助理埃里克·阿什沃思发现了我试图写的东西。我后来才知道，他亲自花了好几个小时去送我的书稿。他是纽约艾滋病病毒的早期受害者，他在我和他帮过的许多其他年轻作家眼里永远是英雄。

珍妮·菲尔茨：你怎么找到经纪人？我告诉大家，首先弄清楚谁和你的文风比较接近。你在作品里和哪些人能建立联系？给出版商打电话，告诉他们，你想评论某个作家的作品，问他们"谁是这位作家的经纪人?"然后,给经纪人发信咨询。

不过,我是通过朋友发现我的经纪人丽莎·班科夫的。她是我朋友的经纪人,我朋友推荐了她。丽莎是我发信咨询的五个经纪人之一,有两个经纪人说,他们有兴趣看看我写的书。我把书寄给这两个经纪人。他们表示感兴趣,但丽莎这时问我,"你喜欢伊迪丝·华顿吗?"我说,喜欢。她说,"你写的东西让我想起华顿……"伊迪丝·华顿是我最喜欢的作家,我特别兴奋。我给小说起名为《丽莉海滩》,就是向《欢乐之家》(*The House of Mirth*)里的丽莉·巴特表示敬意。丽莎二话不说。我的作品就成交了。

你需要理解你作品的经纪人,需要他理解你写的东西。自1990年来,我一直和丽莎合作。她全权代表我。她精力充沛,很暴力。有时,如果经纪人很暴力,他和你说话会很简洁,但你并不需要母亲,你需要有人给你提建议。你需要一只鲨鱼,需要有人为你赢得最佳报价……

有一个大经纪公司经纪人,这很有帮助。丽莎在ICM工作。规模较大的经纪公司的经纪人专门负责外国版权出售,会分给你一个洛杉矶电影经纪人。我通过经纪公司卖过三次《穿越布鲁克林码头》的电影版权。也卖过外国版权。

我可能是丽莎最不为人知的客户。我想,我希望下本书能改变这一切!我想,每个作家都得相信自己迟早会出名。

道格·昂格尔:当然,不管你取得怎样的成功,永远不够。你的作品永远不够好,无论你的作品受到怎样的评论,它永远不够好,你永远不满意自己的作品和生活。这只是艺术家品质,如果你一开始就理解这点,能接受对作品的不满和挫折感,并设法在不满和挫折中生存,这对艺术家来说,再自然不过了,那你就可以持之以恒,这样,你的作品就值得一读。

我1989年春在芝加哥曾和索尔·贝娄等作家一起用午餐。我们谈到书评，评论了贝娄的书《偷窃》(*A Theft*)和其他书，包括《院长的十二月》(*The Dean's December*)。贝娄对褒贬不一的评论非常不满。我突然想到一点：他还希望得到什么？他已经得了诺贝尔奖。他的书获过三次美国国家图书奖。他还希望得到多少好评？批评家瞄准他的最新作品时，他仍受到伤害，我这才理解，这人永不知足，他永远不会因为全世界接纳他而感到高兴，因为作家从来都如此。

我不认为成功作家对自己所做的一切都感到欣慰。也有那些摆不平生活中的失落、不幸和挫折的人，停止创作，去做别的事。

戈登·门能加：我认为，在工作坊期间，我们都以为自己寄给《纽约客》一个故事，故事就能发表，我们就可以上路。事实并非如此，这时，你深呼吸，开始想，现在我该怎么办？

为了生活，我开始在拉克罗斯的威斯康星大学教书。我一年教八个班写作，每班25人。得到的利益最少，我和其他三个教师共用一间牛圈样的办公室。这工作毁了我的写作。

我干了两年后，去印第安纳德波大学开始教小说创作。我花了几年时间才恢复过来，重新开始写作。接着，我写了些故事，把它们寄出去，收到几封写有鼓励话语的退稿通知，包括《纽约客》的丹尼尔·梅纳克写的几封。他写了封长达两百字的退稿信，让我好几个月备受鼓舞。被拒的一个故事让我赢得和加里森·凯勒合作的机会。

《纽约客》上登了广告，说"草原之家导读"("A Prairie Home Companion")在招聘作家，我就回信应聘。我提交了被拒的两个故事，结果我被聘用，他们让我写独白材料。我写了篇有关巴迪·霍利的短篇，被收入凯勒的《二十周年纪念文集》(*Twentieth Anniversary Collection*)。一个经纪人给我来电话，让我去电视台工作，但当时的电视行业很糟糕，所以我拒绝了。当然，现在我还踢自己几脚。有没有作家后悔这一说?

我为凯勒工作时,在构思上用了很多自己写的故事。我1987年至1990年间给凯勒打工。如果我从爱荷华毕业后没直接找到教职,也许我能写出更多作品,能更认真地对待自己。但我有妻儿,从事教学似乎是唯一选择。

道格·昂格尔:当时,刚从爱荷华毕业几乎不可能找到教学工作,不过,我确实在一家社区大学找到了教西班牙语的工作,给一位生病的老师代课。后来,我还在隆米水产养殖学院教英语写作,这学院是隆米印第安部落办的。这些只是临时的教学工作,挣的工资不足以维持生计。

艾米和我从爱荷华毕业后搬到旧金山。我第一份工作是在奥克兰梅里特医院接诊处。工作很辛苦。我得穿白制服。我充分发挥自己讲西班牙语的优势——那些日子里,接诊室里没几个人会讲西班牙语,他们在治疗时需要口译,我就做口译。我在旧金山还做了第二份工作,在圣詹姆斯主教教堂接送小老太太们,为教会义卖场送些重物,总之,做的是牧师助理工作。做这些的交换条件是,我们在旧金山加利福尼亚大道上租比较好的公寓时能打折。

在旧金山住过一段时间后,我们尝试去了纽约市,但纽约生活彻底失败。我经营纽约东区和西区的两个书店,尽管艾米晚上要写剧本,她还在一家书店工作,我晚上也试图写作。但没过多久,生活就瘫痪了,因为在纽约生活十分吃紧。

随后,艾米有机会在沃特科姆社区学院找到工作,这学院在华盛顿州的贝灵厄姆,她快去世的姨妈在贝灵厄姆附近有片地。于是,我们搬到华盛顿州,我开始为甘尼特报纸《贝灵厄姆先驱》(*Bellingham Herald*)做新闻,主要写剧评、艺术专栏,我再次开始创作。

我也临时教教课，晚上砍柴、捕鱼。我常坐小船撒网，然后开始写作，因为这通常是悠闲的捕鱼方式。顺利的话，我晚上可以在涨潮时撒网，接着放松一下。我船上有架旧手动打字机，我会在上面写小说；过几小时，我就收网，能捕到价值一两百美元的三文鱼。接着，我继续撒网，然后去睡觉，天不亮就收网，又能捕到价值50美元的三文鱼。之后，我卖掉三文鱼，再回去教书。

从爱荷华毕业后的这些年，我们就过着这样的生活，妻子、继女和我想尽一切办法维持生计，同时我坚持写作。

凯瑟琳·甘蒙：我住在普罗文斯敦，当时拿了NEA的资助，后来在FAWC的第二年又得到奖学金，等所有资助到期后，我搬到纽约。我在一家图片社工作了一段时间，后来，在《纽约书评》找到工作，做的大多是排版、审稿工作，有时间我就写作，最终，头脑总算比较清醒了。

当时，我在写《中国蓝》的最后一部分。后面有一章写了两个女性人物见面的事。其中一位女性是个十几岁女孩的母亲，女孩已经失踪，另一人物以一个标志性女人为素材，我过去常在普罗文斯敦的街上见到她，她头上总披着床罩，像惊艳的酒鬼。那位母亲在找女儿，而另一女人知道她女儿的下落。她们就有了这段对话——我写这段对话时自己也喝醉了——这个漂亮酒鬼说了几句话，但那母亲没听懂，但她说的其实就是我的经历，当时她的状况就是我喝醉的状况，她其实告诉我，我是酒鬼。我到后来才认识到那是我戒酒后发生的事情。后来，我清楚地看到，这文字试图让我审视自己，还让我看到：我写那本小说时，开始挖掘我生活中隐藏的内容，这些内容在人物身上戏剧性地得到呈现，呈现方式却是不自觉的。

我几乎快写完小说才开始戒酒。那是1984年1月。我开始恢复健康，这时我听人说，如果你生活中有比戒酒更重要的事的话，那你不会戒酒，也不会做其他事。我害怕有人让我放弃写作，我害怕他们说写作是另一种瘾君子做的事。

这些并没有发生，但我戒酒一年左右后，有段时间我的确没创作。我一直认为，用写作满足自己的心理需求是错误的，但突然间，我发现自己恰恰这样做了，我当了作家，用写作让自己接受现实生活，之前我从未有过这种想法。我过去以为，我的作品必须超越这点，我以为无论自己写作与否，自己只需做人类在世上应该做的事，应该做酒鬼在康复期间做的事。这就是我做的，后来我再次开始写作。我当时写的东西后来成了《走出雨天的伊莎贝尔》（*Isabel Out of the Rain*），这是我唯一出版的小说。我到现在还是滴酒不沾。

简·安妮·菲利普斯：我很幸运，《黑色门票》恰好在美国短篇小说兴盛时期出版。我在五到七年间出版了不少精彩的短篇集。

1978年夏天，出版社同意出这本书，当时我刚离开爱荷华。萨姆·劳伦斯（他是我后面20年的出版商）在圣劳伦斯河作家会议上看到一本《甜心》刊物，他让我寄给他一些故事。我当时是霍顿·米夫林研究员，他试图让佩吉·阿特伍德当他的招牌作家。我寄给他《神圣的动物》（*The Heavenly Animal*），但他建议改为《黑色门票》。摩根·恩特里金（现在是大西洋月刊出版社负责人）当时在山姆手下工作，和我们一起合作，研究故事的排序，包括发表在《甜心》上的一些单页故事。《黑色门票》在1979年秋出版。

同年，我找到一份教学工作——我很激动，居然能得到一份真正的教职，是在加州，靠太平洋——在加州阿克塔的洪堡州立大学做助理教授。我住在海湾北部的特立尼达，那是间很小的水泥房，混凝土地面。房间里很冷，我有火炉取暖。冬天，我自己劈柴，在寒风中眺望海湾，我在那房子里写了《蓝鳃》（"Bluegill"）。我的教学工作量是两个学期三个班，我很快意识到，自己做不到教很多课的同时还写东西。

我曾拒绝接受在普罗文斯敦艺术工作中心的奖学金，而去从事教学，于是我再次申请，后来得到奖学金。我回到东部的FAWC，在那里开始写《机器梦想》(*Machine Dreams*)，第二年我继续写作，我当时是拉德克利夫学院班亭研究所的研究员，接着搬到剑桥市，后来搬到牙买加平原地区。

艾伦·格甘纳斯：我获NEA的资助后离开斯坦福大学。雷诺兹·普莱斯是我当时的导师，他邀请我去杜克大学教本科生，那时还不是终身教职，我还没出过书。我放弃了斯坦福大学的工作，回到北卡罗来纳教书。

当时，NEA的资助好像是7000美元，这对我来说是笔财富。我在杜克大学的薪酬是3000美元左右。我每月支付房租150美元，这是几十年前的价格了。(我在爱荷华的月租金是60美元。)于是，我回到自己的家乡。

我用NEA的钱在教堂山买了房子。房款只有25 000美元，每月支付132美元。有好几个月，我翻遍沙发找最后的15美分；我去银行时他们都会白我一眼，好像我买一分钱糖果似的。我在那教了两年书。

格雷斯·佩利在萨拉·劳伦斯学院是我导师，她问我是否愿意回来教书。于是，我出租了自己买来的小房子，搬到纽约市中低等收入的居住区，那地方坐落在90街，在阿姆斯特丹大道南边，我在外表光鲜的楼房里住一间卧室，带个阳台。在纽约期间，我一直住那里。乘火车只需30分钟即可到萨拉·劳伦斯学院。最后，我在萨拉·劳伦斯学院获得终身教职。

在此期间，我一直在写《寡妇》(*Widow*)。该书受到好评、销量不错，这时我却放弃了教学。是的，我放弃了离曼哈顿只有30分钟车程的终身教职！我搬到南边。

凯瑟琳·甘蒙：1991年，《伊莎贝尔》由水星出版社出版，那是家小规模的独立出版社。这本书大概卖出1200或1400册。这本书得到好评，但这些书评发表在不重要的杂志上，没受到主要媒体关注。我发现，SOHO有一小群年轻女艺术家在读这本书，我真的很高兴。她们成立了伊莎贝尔读书俱乐部或类似组织。这本书找到了读者，有人知道这本书，我十分惊讶。

出版《伊莎贝尔》后，我得到一份很不错的教学工作。这本书1991年出版，1992年我开始在匹兹堡大学任教，我觉得这大学非常完美，部分原因是他们希望有人能研究批评理论，尽管我没正式学过理论，但我比较感兴趣。读德里达、福柯、克里斯蒂娃和布朗肖特别振奋人心。我在波莫纳大学的哲学背景有助于我理解这些艰涩文字，我可以热爱这些理论，但没必要掌握理论，或证明什么，或用理论语言写文章。我可以轻松、愉快地阅读这些理论。

在匹兹堡，学写作的学生要求学批评理论。很多学生都抵制批评理论，我实际上是写作班的补充物，因为我能鼓励那些喜欢理论的人，教会他们如何欣赏理论，在工作坊能用上理论，让理论在文学课上更通俗易懂。我的课帮助更多人喜欢理论。所以，我很适合在系里教书，对我来说，这系很完美，我在那里真的很高兴，很多产。我获得终身教职，大概过了十年，我搬回加州，开始正式接受禅宗的全职培训。

艾伦·格甘纳斯：《寡妇》出版后，我当时一直在旅行，纽约已成为非常……这真是奇怪的悖论，你想得到一些东西，比如，应邀前往全世界各个晚会，一旦你拥有这些后，你会觉得很无聊，心情不愉快。我甚至被请去做保罗·斯图尔特服装发言人，穿套头毛衣给

GAP做广告，我推掉所有活动。你可以说我是"正直先生"。我只是不想做任何这类事情。我感觉这是婊子干的。

当时，我不知道谁是真正的朋友。即使是我最亲密的朋友，他们也极为愤怒，而且还嫉妒我，即使他们知道我长期一直在努力写作。他们不再和我说话……小说书评出现在《纽约时报书评》头版的当天，我最亲密的朋友在我公寓门外放了个牛皮纸袋，里面装有我送她的首饰、玩具和宝物。纽约让我感到，离开这城市很容易。

还有艾滋病毒问题。尽管发生了这一切，我还一直在护理、照顾、讴歌旧情人，还有许多朋友。在某种程度上，我的社区已经死了。我只是下定决心，我需要离开那里。

我还是喜欢那座城市，就像你爱一个人一样；我喜欢待在那里，但你没必要住在曼哈顿享受地狱般的生活。

现在，我想住在村庄里，成为它的一部分，完全是那地方的一分子。我内心这样认为，这仅仅在逃避现实，但我内心的另一角落知道，这样做很充实、很新鲜、享有特权……我有个律师朋友（他住别墅），他人很聪明，反对死刑，非常慷慨、坦率，总接手穷人的案子，很多案子和吸毒有关。他得采访这些没任何线索的人，采访犯罪嫌疑人，还要检查犯罪现场。但在我住的村子里，有些地方白人不能单独出门。但如果大家看到车里坐着两个白人，人们认为他们是联邦调查局或收税人，我的朋友和另一个白人在一起会比较安全。有时，他来接我，带我到吸毒分子住的地方……我就是第二个白人。

不久前，他带我去见肤色很浅的黑人小伙，他长得很帅。这家伙组织了诗歌朗诵会，他们同时还吸毒。有个精神错乱的白人小孩去听诗歌朗诵，他的躁狂症突然发作。他走进来，拿信号枪朝房子开枪，房子失火了。我试图做到友好，就问房主有关诗歌朗诵的情况。房子失火那天晚上，你们在读什么作品？

他马上答道，"鲁米"。

我说,"他很伟大——他是不是比你记忆中的更出色?"

他点点头,"是啊,伙计。我早上读了鲁米,就是要知道我今天会过得怎样。一切都能在鲁米的诗里找到。"

我现在在想,我那是在和吸毒分子讨论古老的波斯诗人!我怀疑,读鲁米的作品是否加剧了某种潜在的妄想症,让他妄想得到信号枪,除了想得到信号枪外,还想得到什么。

但是,这是我理想的村居生活。

凯瑟琳·甘蒙:从一开始,某种形式的冥想在很大程度上帮助我戒了酒,就有点儿禅宗特点。20世纪60年代,我在加州大学伯克利分校第一次接触禅学,我读了艾伦·瓦茨的书,听他在广播上讲话,不过,那是吸毒年代。在《纽约评论》(*New York Review*)办公室灰色钢制旧办公桌上有很多待写书评的书,多数是没有过书评的书,职员可随意拿走。我收集了一些晦涩的欧洲小说,还有清教徒、巫术和禅宗方面的书,我无师自通,开始练习打坐。我参观过格林尼治村的禅中心,也做过一两次为期一天的工作坊,但大多都是自己练。

我搬到匹兹堡时有过一次长期恋爱,你知道的,很忙,好多年没固定时间坐下来。我很明白,我那年的精神任务是成为好老师,但我仍觉得自己不再像从前那么经常冥想。1997年,我终于开始寻找一起坐禅的团体,我发现了练习禅宗的小团体,就和他们一起坐禅。

不久后,我去圣克鲁斯山参加杰拉西驻地艺术家项目,那里有几个艺术家也练坐禅。其中一人知道马林县的绿色峡谷。一个星期天,我们四人坐了辆面包车来打坐,听佛法讲座。我们坐在曾是谷仓的空旷之地听讲座。讲座振聋发聩,当时大概有两百人在场,讲座像涓涓细流流入我的心田,似乎专为我而讲。我当时苦于寻找、建立自我身份,但我又不想卷入其中,听完讲座,我立即发现了简单有效的方法。我离开时欣喜若狂。几周后,我回到匹兹堡,开始全身心地投入这个修禅的小团体。

从那时起,我练的次数越多就越想练,我更清楚地意识到,我需要找老师。在接下来的几年中,我回到加州隐退,和我的老师建立起联系,很快,我开始考虑如何一生修禅。

那段时间,我对修禅和写作两个选择抱开放态度,可任选一个,或两个都做,我要等到自己看出眉目来再决定。2000年,我休了一年学术假,和我的老师还有其他人住在一个地方修禅,希望能做出决定。我回匹兹堡后,已做好准备接受全职修禅培训。我55岁生日那天写了辞职信。

我知道,接受修禅培训意味着放弃写作。这感觉有点儿像暂时搁置写作,但不太一样。我早期不酗酒的日子里搁置了写作,但不是永远放弃写作;我当时不知道将来会怎样。我搁置写作,只希望不以作家身份体验生活。这次,我搁置写作是为了修禅,我更迷茫,因为我过去有非此即彼的想法,因为我需要全神贯注地完成打算做的事情,而我不知道这两种做法是否会在我身上并行。

唐·华莱士:我们驱车紧跟龙卷风离开爱荷华市,我轻而易举地沿路追随龙卷风,因为这次龙卷风的漏斗形状和平时的不同。

这是一个考验和生存机会。我敢肯定,对我们所有人来说,离开爱荷华是发现真理的时刻。东部几家出版社的工作等着少数几个受膏者,而其他人全被套上枷锁,教大一五个班的英语课,学校承诺他们将来能教写作课。我这个桀骜不驯的西部人当时觉得,我们渴望得到更多收获。不过,明迪也准备了份惊喜:她申请了法学院。"我受够了男人什么都优先的现实。"她说。

加州大学位戴维斯分校于加州中央谷地地域广阔的农村,我们发现周围环境和爱荷华城非常接近,那里充斥着青贮饲料的气味,校园外缺少就业机会。我没找到工作,无论是木材厂、五金店,还是河边那个原来生产假冒布偶的神秘工厂，都没雇我。就这样，明迪去上法律课程（很快就开始憎恨课堂的每分钟），我则做了学校临时工，这学校很可恶，盛行男子沙文主义。（几个男教授故意穿牛仔靴、戴牛仔帽。）我是学校的第一个男性临时工——他们聘我前做了调查，发现我妻子的确在法学院读过书——我感觉像卧底缉毒侦探，假装买雌激素。那些蜂窝头女性常窃笑，我饱受这个刺激后，以我第一次的计时测试成绩——每分钟96字，而且准确无误——废黜了打字组女王。一小时挣了3.96美元，写小说训练已初显成效。

埃里克·奥尔森：我和妻子离开爱荷华后搬到旧金山。我们前途未卜，两人争先恐后地找工作、支付账单。我找到一份工作，为一家重型机械公司写公关材料。那是老早以前，当时国内还生产重型机械。谢里尔找到一家广告代理秘书工作，还想往上发展。我们发求职简历，想做编辑和专职作家——那也是很久以前了，当时，出版社还聘请编辑和作家。我们零敲碎打地自己写东西，偶尔炮制出短篇小说，同时收集退稿通知。

我没去找教学职位。当时根本没这种工作。至少在加州没有，一个总共只发表了六个短篇的人不会得到这份工作。

我第一次发表小说是唐·华莱士帮了忙。我在一次工作坊上交了几个短篇，反馈还不错，后来唐建议我给他一个朋友寄去这些故事，他朋友是加州大学文学圣克鲁斯分校杂志《鲫鱼涌西》（*Quarry West*）的编辑。共有五个故事，由匿名叙述者串在一起，叙述者是个孩子，他在加州中央谷地的农业小镇特洛克长大。这些故事原本是我正写着的一部小说的几个章节，不过前五个故事之后，其他故事在叙述线索上基本没什么联系。

唐的朋友要了这些故事。我得到的报酬就是五份刊登了该故事的杂志。故事背景是加州三角洲地区。句子很短，当时大家似乎都这样写——那些魔幻现实主义者或元小说家除外——一个个简单句堆在一起,我好像在传授最深刻的见解:"三角洲总在变化。过去是陆地,如今变成水区。水区变成陆地。道路行不通了。"就这类的句子。但同年,我又在《卡罗莱纳季刊》(*Carolina Quarterly*)上发表了短篇小说《我父亲的儿子》("My Father's Son"),第一句就写了210字。再见了,简约主义。

我们在旧金山租了间很小的公寓房,有个很大的步入式衣橱,格伦·谢弗搬来和我们一起住时,这衣橱派上了用场。衣橱成了他的书房,他睡在我们用餐的角落,当时他在接受股票经纪人培训。

那地方在列治文区,是俄罗斯人居住区,仅一两个街区以外,就是那个带葱头穹顶的俄罗斯大教堂,在俄罗斯茶室附近。我们聊饺子形的馅儿饼和草莓酱红茶,红茶用玻璃杯喝,不用茶杯(我祖母是俄罗斯人,我知道用玻璃杯喝果酱茶有家的感觉)。我们房东住同一栋楼,他是俄罗斯老头,脾气暴躁,性格多疑,看我们的眼神很邪恶,尤其是他第一次看到格伦的场景,当时,格伦西装革履,拎着公文包,在工作日的黎明时分离开公寓去股票经纪人学校。房东很可能把他当成了克格勃。我的意思是,格伦看上去的确有点儿偷偷摸摸,用谢里尔家亲戚的话说,他看上去大概要执行什么任务。我跟房东谎称,格伦是我表哥,他从洛杉矶来看我,只住几个星期……能有机会和家人相聚一段时间很开心,我很感谢房东,嗯,因为他很迁就……格伦把我们的衣橱当办公室用了近五个月。

枕边书

埃里克·奥尔森:尼尔·弗格森的《世界战争》(*The War of the World*);菲利普·科尔的《黑色柏林》(*Berlin Noir*);沃尔特·艾萨克森写的阿尔伯特·爱因斯坦传记;翁贝托·埃科的《玫瑰的名

字》(*Name of the Rose*);约翰·欧文的《苹果酒屋的规则》;安东尼·布科斯基的《波兰舞曲》(*Polonaise*)和《港口北部》;约翰·伯德特的《曼谷8》(*Bangkok 8*)和里克·阿特金森的《黎明的军队》(*Army at Dawn*),是描写北非和意大利的战役的三卷本第一卷。我身边还随时放着一本以赛亚·柏林的散文集《人类的恰当研究》(*The Proper Study of Mankind*)。晚上,我通常先看会儿柏林的散文,它对心灵有好处。不过,那个时间段我可以用五分钟左右的时间读完散文,接着看一本过期的《纽约客》或《大西洋》,试着写完一篇文章,几周前我开始动笔,但从没写完,因为我总昏昏欲睡。最后,我去睡觉……

格伦·谢弗:我从工作坊学到什么?其中一个就是离婚,这相当有利。我一直尝试维持婚姻。我不能没有婚姻。但是,如果没有我前妻,我永远无法成为今天的我。正因为我前妻,我才进了比佛利山庄的经纪公司办公室,才申请比较有奔头的工作,而没有在十年内拿到博士学位,也没接受提供给我的斯蒂格纳奖学金,有点儿像肯·凯西和罗伯特·斯通的经历。可能情况会更糟;我或许能成为作家。

我在科勒尔维尔的铁人酒店做服务员时,有个服务员在读MBA,他从利比亚来,名叫艾哈迈德。当时,我们在水站休息,他说,"你干吗非要当狗屎作家?你怎么了,疯了吗?你很聪明。你应该经商。"

"做什么生意?"我问道。我没任何想法。

几天后,我和艾哈迈德坐在他班上听财务会计课,看着教授在黑板上飞快地列公式。我第一次有了想法。这不是核工程……只是简单的数学,最多是代数,是我的特长。另外,我想做些等我年龄大了、经验丰富了对我会有利的事业。我在爱荷华时注意到一点,作家不一定随年龄增长而发展得越来越好。在生意场上,随着年龄的增长,你会变得更有价值。但在艺术和娱乐业，大家更喜欢焕发青春的年轻人，而不是更成熟的艺术家，更喜欢新人的名字，就像普鲁斯特曾形容文化季节一样。这就是为什么年纪大的作家会用笔名。在艺术界，年龄大的作家就被列入黑名单。生意场上可不是这样。40岁时的你比30岁的你更有价值。到了50岁，你又比40岁时更有价值。

奥尔森和我开着那辆不听话的猎鹰车离开爱荷华，当时，车里放着个冰盒，里面全是为提神准备的蔬菜和水果，我已决定不当作家。我为自己的失败婚姻闷闷不乐，奥尔森说，"你得抛开那些狗屁一样的消极情绪。"

"我需要取得成功。"我说。当时，我们到了南达科他州的一个地方，在玉米皇宫和沃尔商场之间，我们钦佩摆在长长玻璃柜台上的一排排单刃长猎刀后。"做减法更难。"

奥尔森说，"别担心，等你到30岁，你想怎么成功就能怎么成功。"这逃避主义的工作坊能证明这是真的。

问题是，我只有美学硕士学位MFA，没有MBA学位。我当时想，经商得有MBA，除非你想当推销员。我认识几个信心十足的职业推销员；他们没有MBA学位。我一个朋友的父亲推销作坊厂生产的地毯。我另一朋友的父亲推销药品，我大学最好的朋友在俄勒冈州的波特兰销售医疗设备，24岁就比杰克·莱格特或万斯·布杰利的工资高。于是，我就想着自己也要卖东西，但是卖什么？阿克明斯特地毯？镇静剂？不是这些……我另一个朋友的父亲是股票经纪人。当时，我甚至不知道股票经纪人做什么，只从《了不起的盖茨比》里大概知道，尼克·卡罗维的工作和这有些关系；但我知道，这股票经纪人除了在波莫纳有家外，在拉古纳海滩还有处周末度假的地方。

就这样，我最后步行来到比佛利山庄的迪恩·惠特办公室。为什么去比佛利山庄？那里有很多富人，尽管我当时比较天真，但我明白，如果你做销售，靠拿佣金维持生计，你最好把昂贵的东西卖给富人。

埃里克·奥尔森：那几个月，谢弗在学做股票经纪人，他当时在我们的衣橱里做股票交易，尽可能躲着包打听的房东，我和他一起写《城市商业》，下班后，我们时不时会去纽曼健身房，健身房在旧金山田德隆区的莱文沃思和埃迪街上，那是家老式拳击健身房，和A.J.利布林写的文章如出一辙，肥佬们坐在露天看台的最上面几排，嚼着廉价大雪茄，假装做交易，还有几个笨拙的前拳击手，他们四处张望，无处谋生。但也有些优秀年轻职业选手在那里训练。健身房早已荡然无存，但在加州的拳击运动杂志里记载着它的传奇历史。那里欢迎每个人，你只要进门往纽曼先生的桌上放3美元健身费就可以——只要现金。我们常去击打重沙袋，试图在击打速度袋时表现出有自信，等真正的拳击手晚上练习结束后空下一两个拳击台时，格伦和我轻拳出击。偶尔，我们也会和其他闯入者一起轻拳出击，一次，格伦和一个找人训练的职业拳击手轻拳出击，结果格伦自己有点儿吃不消了。

其实，这地方给人的感觉有点儿像工作坊：表演者拭目以待，面对困难充满希望，但总有种感觉，觉得只有少数人能发展起来，所以大家互相挑刺儿，做生意的家伙们虎视眈眈，准备精挑细选，就像时常去爱荷华的那些经纪人一样。但纽曼健身房有个蜂鸣器，在三分钟和一分钟间隔时会响，分别表示一轮比赛结束和休息时间到。在爱荷华，时间可不受重视。还有，作家比拳击手更能喝酒；拳击手很暴力，但他们是僧侣，一般很清醒。

格伦·谢弗：我们经常定期在纽曼健身房练习，觉得自己还算硬朗，结果，有天晚上练完一场后，我跟奥尔森说，我可以把他打败。我请他选时间比试一下，什么时候都可以。

"现在吗？"奥尔森问道。

"好啊，只要你准备好就可以。我可不想咱俩打完后肚子痛。"

"就这么定了。"奥尔森说，我们说着用毛巾擦干身上。

过了几周，我有点儿忘了那次"挑战"，一天晚上，奥尔森和夫人准备了丰盛晚餐，是炖鸡肉丁和土豆泥，我计划像往常一样在衣橱里写金融市场课的作业，我觉得多吃几勺炖鸡肉丁不会影响我写作业，我没注意到，奥尔森只小口地吃盘里的食物。接着，奥尔森宣布，"现在"。

"现在干吗？"

"纽曼健身房。"

"老天，你开什么玩笑。我们刚吃完饭。"

"你说什么时候都可以，"奥尔森半噘着嘴说。

"挑好毒药准备死吧，娘娘腔。"我答道，想吓唬吓唬他。

奥尔森立即应战。

就这样，我们最后来到纽曼健身房拳击台上，奥尔森跳跃着，用他特有的花式猛击法打我——我像童话里的狼，肚子里全是石头，东倒西歪，想举右手，结果胃部挨了奥尔森的一拳，天哪，我鼻腔里喷出了炖鸡肉丁。

埃里克·奥尔森：孙子或冯·克劳塞维茨或有人这么说过，不战自败或不战而胜。我想，炖鸡肉丁是我在拳击台取得的最辉煌的一次胜利。不过，格伦也报了一箭之仇。他建议我写篇有关纽曼健身房的文章，看能否卖给一家杂志。当时，人们信心百倍，杂志仍是可行的商业命题。1978年，所谓的"全民健身热潮"刚开始，各种杂志都开设专栏，写诸如慢跑、网球的体育活动，参加这些活动，不会有人试图给你鼻子一拳。这些杂志不会要拳击馆文章，但我还是写了，短文写得很有趣（当时希望如此），写我们在纽曼健身房四处走动，等真正的重量级选手斯坦·沃德现身,可以试击一下。他终于出现了,这次见面很愉快——这位从萨克拉门托州立大学来的硕士数到六时站起来了,结果根据格伦在波莫纳的高中橄榄球队队友迈克·韦弗做的计时,他超时了。我把文章寄给旧金山一家看过就扔的杂志《城市体育杂志》(*City Sports Magazine*),结果他们要了我写的故事,还寄给我一张50美元支票,还问我是否愿意再写一篇,还能拿50美元,我说,天哪,我愿意吗!想想吧!有人出50美元买我写的故事!我简直不敢相信自己的好运。我辞了白天的工作,决定做"职业"作家。

但自那以后,情况更糟了。很快,我被定位成体育记者。太糟了,我在杂志上发表的第一篇文章居然不是法国南部之旅的内容;我也许会成为游记作家。或者写后来发展成硅谷的早期高科技场景;我还有可能用股票期权买到些有利可图的创业股。可这些都没实现,我写的是体育方面的内容。同时,我还一直努力写作,想让小说《城市商业》和各种短篇有所进展,但我发现自己整天忙于满足截稿日期,很难写出小说。说实话,我发现写非虚构作品和写小说一样能得到满足。当时仍盛行新新闻主义写作,我发现能在杂志上写些自己希望在小说里写的文章;反正,时间允许我这么做。编辑似乎很喜欢我写的东西,我也开始领到更多的写作任务。不过,除麦考伊和华莱士外,我给他们写东西的编辑们从未听说过工作坊,或者,如果他们听说过,他们也不在乎。他们只想在规定时间内拿到稿子,稿件篇幅要足够长,用来填补广告之间的空白。

唐·华莱士:大多数情况下,我们的朋友住得太远了,那时没互联网,没网络,很容易失去联系。但埃里克和谢里尔·奥尔森已经搬到旧金山,每当我们去旧金山寻求帮助时,他们夫妇就像在爱荷华城一样为我们提供避难所。在戴维斯,我们发现从事创作的教授爱丽丝·亚当斯,我们当时在读她发表在《纽约客》上的故事。她很慷慨、充满智慧，允许我们旁听她的课。

爱丽丝读完我们写的第一批故事后，把明迪和我叫到一边，给我们读描写骚乱的那部分：如果我们想显得很聪明，就得按规则去写：每页25行，双倍行距；最多不超过15页；没有涂改，没有手写更正的痕迹；每个故事必须遵循五步骤公式：(1) 从中间一个场景开始；(2) 第三段返回现在，补上冲突和人物；(3) 写冲突的由来，最终回到故事开头；(4) 写对决、冲突和高潮；(5) 用一段话写结局（如果给《纽约客》投稿，删去第五步，用随机、玄妙的思想代替，可以是路人的评论，或从商店橱窗瞥见的标牌。哦，没一个故事写圣诞节、复活节、7月4日或感恩节——除非我们特意为七姐妹那些杂志写东西，如果这样的话，每个故事都要以节日为背景。

大约在这个时候，明迪坚信自己的灵魂遇到致命危险，她开始晚上写小说，不学法律了。我们还办了一份法律学校报纸，只想看到我们的名字印成铅字，我们还在食堂办过音乐会，分别花800美元预订了DEVO乐队和Talking Heads乐队。

当时，很多爱荷华同学经历过这种矛盾心态。全世界在说，找份工作、上研究生院、变聪明些。大多数人都这样做了。不过，这对有些人不起作用，不管我们怎么努力都不行。

幸运的是，明迪写的那篇故事为她赢得NEA，她当时以为自己的灵魂要毁灭了。她选择继续读完法学学位，当时她已经读完第二年，我们就把这笔资助存入银行。等她读到第三年时，多亏奥尔森帮我在一家免费赠送的报纸《城市体育》(*City Sports*) 上发表了一篇自由撰稿文章，我才在《伍德兰——戴维斯民主党日报》(*Woodland-Davis Daily Democrat*) 找到工作，成为唯一的体育记者。我每周六天写八篇故事，拍张照片，但要写中央谷地，还要写所有知名的墨西哥和巴斯克餐馆。

格伦·谢弗：我讨厌股票经纪人工作，总要很生硬地给人打电话推销，我开始四处找工作。在迪恩·惠特办公室，因为我是菜鸟经纪人，得接听散客打来的电话，结果总接到一个公关总裁的来电，他问的股票问题似乎很初级，我问他是做什么的，他答道："金融公关。"我想，这家伙根本不懂金融。一天，我问他他的办公室在哪里。原来，他就在布伦特伍德附近办公，我马上过去了。

实际上，我在爱荷华就听说有PR这个职业，比尔·麦考伊告诉我，他在纽约为汉堡王做公关，他身穿消防员服装，给小学生讲消防安全知识。所以，我一直认为，虽然公关工作不会做得很成功，但可以尝试一下，只要我不用披消防员那身盔甲。最好穿西装、拎公文包。

我深入研究了金融公关，问我新交的朋友行业大腕儿是谁，接下来，我成功地说服雇主，在全世界最大的企业公关公司伟达公共关系顾问公司做了会计总裁。

我在那家公司做了几年，很快在全市出名。一天，我接到一个女人的电话，她自己有一家企业公关公司。她希望吸收一个年轻合伙人加入她的公司。我走进她在世纪城的办公室，喏，在接待处工作的不正是罗宾·格林吗。

她叫了声，"格伦？"

我回了句，"罗宾？"

我一直在说爱荷华的MFA（艺术硕士）如何有威信，可碰到现在的情况会怎样，我来这家公关公司参加合伙人面试，而我同学在这里接听电话，她至少当过TWF（即Teaching /Writing Fellow），现在却做临时工？"可别告诉人你有MFA，"我恳求罗宾道。"为了大家好，咱装作不认识。"

罗宾觉得很有趣。

枕边书

罗宾·格林：我没法说我床头柜上都有什么书；因为有一堆书。我成堆地买书，这是大错。我得一本本地买，然后读这些书。但现在，我们这么辛苦地做试点工作，都没时间读书。我不是开玩笑。但这种情况不会持续很久，再忙上几个月，接着就又开始过作家生活了。

罗宾·格林：在爱荷华期间，我被授予TWF职位，但我必须指出，我之所以得到这职位，是因为先获该职的学生没返校，我替代她担任这职位。我从修辞课老师升级到TWF。

我不知道自己是否是好老师，但说真的，我对学生的努力程度缺乏宽容和耐心。我只喜欢有天赋的学生，可两学期里只有两三个这样的学生。其中一个是米切尔·伯吉斯；他最出色。教修辞的老师读了他写的东西后告他说，他是当作家的料儿，让他到我班上。他是我在爱荷华读到的最佳作家，比工作坊的其他作家都好，甚至比有鲜明特点的作家还好。学期结束后，他的成绩是A，他和我像夫妻一样住在一起。至少，我们等学期结束才这样做，是吧？当然，我们现在还在一起，我们结了婚，还一起合作写东西、做电视节目。

我们离开爱荷华那会儿，口袋里有1300美元，开辆价值200美元的汽车前往洛杉矶。我们到处当临时工，维持生计。我找到过一两份全职工作（主要是公关，在音乐中心和商业企业），但同时，我返回来做新闻——我给《洛杉矶周刊》（*LA Weekly*）和《加州杂志》写东西，当时哈罗德·海斯是编辑，他很出色。我朋友露丝·赖克尔在《洛杉矶时报》当食品专栏编辑，她给了我份工作，当候补的餐厅记者。

我写的一篇评论（写得很有趣，有鲜明特点）吸引了乔希·布兰德的注意力，他是约翰·法尔斯的电视制作合作伙伴。约翰是我在爱荷华的同学。他们已经创作了《神圣的异地》(*St. Elsewhere*)。如今，他们有了新节目。约翰和乔希说了我在爱荷华写的短篇故事，还告诉他说，我是新节目《生命中的一年》(*A Year in the Life*)的合适人选，我和查德·基利、莎拉·杰西卡·帕克一起出演，当时莎拉好像是17岁。

约翰是帅哥，也是优秀作家。他写的短篇小说比较传统。课堂上……前卫作家，还有个令人生厌的教师，他们的确让他下不了台，但我喜欢……东西，还为他辩护。我在工作坊待了两年，这期间他是唯一一个在《……》（哈！）上发表作品的作家，正是这故事让他在好莱坞赢得经纪人，……那里立足。

约翰让我给新节目写……我第一次尝试就失败了，但他和乔希让我读约翰·厄普代克写的故……那才是他们想要的语气。我又试了一次，这次被聘用了。我写的剧本……一季第一幕，相信我，我写得激动人心。我喜欢写剧本——发自内心……，和用理智写新闻故事大不一样。我很热爱这种写法。现在仍很热爱……

格伦·谢弗：我在伟达公共关系顾问公司工作……有个客户是凯撒世界。当时，博彩公司刚进入公众视野，需要向华……讲述自己的故事。因为这个原因，我如鱼得水。我主要写年度报告、和华尔街商人打交道、负责公司和银行家以及企业股东之间的沟通、展示公司历史。凯撒世界没多久就明白，他们只花少量钱就可以雇我为公司做同样的事情。但没等他们弄清这个，我已经到了华美达酒店集团。接着，马戏团广场赌场大酒店让我去工作，我就搬到拉斯维加斯。那是1983年，我30岁就成了他们的首席财务官。自那以后，我一直从事博彩行业。

唐·华莱士：明迪参加完律师资格考试后，我们去了欧洲。我们背包里装了一本《尤利西斯》，一台便携式打字机和一令纸。欧洲是乐土啊。

但我们发现，和菲兹杰拉德与海明威陈词滥调的传说相比，伦敦和巴黎与当时的情况非常相似，这很无聊。事实上，我们四处乱走时隐约中感到尴尬。

春天里的一天，我们飞回美国，明迪在途中给她斯坦福大学的老朋友和第一个写作老师打电话，朋友告诉她，她已荣获1981-1982学年的斯蒂格纳奖学金。我们当年在斯坦福大学安定下来，我在同一栋楼为一家出版社工作，戈登·利什在那栋楼第一次见到雷·卡佛，开始和卡佛写的短篇小说干上了。回到作家社区感觉真好，我很顺畅地写了很多作品。但是，所有人都瞄准《纽约客》，这杂志的故事有那种人们推崇的品味，穿品牌衣服、上精英学校、从事古怪的贵族职业、小资情调等。

道格·昂格尔：喜欢《麦克斯威尼氏》(*McSweeney's*)杂志的人现在依然如此，《锡屋杂志》(*Tin House*)也一样，我感觉年轻作家正掀起美国文坛上的新浪漫主义运动：超现实主义、爱情故事、夸张、长句，都有意识地模仿后现代主义写作形式，肢解故事，不直截了当地讲故事，像20世纪60年代的元小说运动。不太像卡佛、沃尔夫、福特和贝蒂那样。但我在介绍新动态这方面不是权威。我应该是权威，但不是。主要因为我不能集中精力，我得读数千页书稿，读新生申请入学时提交的书稿，MFA的硕士和博士论文，都是长篇大论，从150页到500页不等，再加上出版社寄来的书稿，还有我以前学生和朋友的书稿。

我从这些书稿看出几个趋势。许多年轻美国作家还深陷情感故事创作中。我开始觉得，写情感故事最终很无聊。各式各样的爱情故事，一遍又一遍。这领域已过度开发。

这话题没意思。我感兴趣的是那些出去体验文化冲击的作家，他们离开美国，远离卧室和后院，远离处处受限制的资产阶级婚姻，远离约会游戏，远离这类问题，这些问题都是因为那些有特权的美国人理不清爱情生活造成的。这就是我离开雪城那份终身教职的原因——可以说，终身教职是当时最好的工作，这就是我来到拉斯维加斯大学成立国际写作项目的原因。

美国作家和美国选民一样与世隔绝，我读到的多数作品根本没涉及世界其他地方。作品应涉及全世界。全世界作家都这样做；这些作家在地图上处处可见，从一个国家走向另一个国家。

珍妮·菲尔茨：如今，读书小组中的妇女似乎是商业平装书的主要读者，我的经纪人是这么说的。她们寻找那些能弥合差距的书：可读性强，又很有文学性的书籍。你会发现，如今很多小说后面都列有"读书小组讨论指南"。就这个原因。

70年代是男性小说的天地。那些"哦，我真是个好玩的坏小子"的书籍卖得很好。现在，这类书少了。优秀男作家的作品仍卖得不错。比如叫理查兹的作家：拉索、福特和普莱斯；他们还健在，还在写作，他们做得很好。

你一定要特别出色才能脱颖而出。如今没时间、也没钱培养新秀。这年代的生意都很难做，虚构作品生意当然也是如此。

安东尼·布科斯基：我们在爱荷华那会儿，美国文学和美国文化似乎更富活力。现在，主要出版商都瞄准畅销书。大多数情况下，这些大出版社都不愿出版文学作品。越来越多的大出版社的书籍都为生性敏感、受过良好教育、有洞察力的读者所不齿。你如果不能一炮打响，至少没在这些大出版社做到，那你会被人遗忘，你的作品六周内就进了沃尔玛超市的折扣书堆里。

道格·昂格尔：我们进入处女作时代，在我看来，误导文化的一个原因是围绕虚构作品的"假市场"。如果市场导向错了，处女作就是一切，作家的职业生涯有赖于处女作，那我们基本上失去虚构作品文类，无论如何这已经发生了，经营非虚构作品要容易得多，所以出版商都回避小说。

简·安妮·菲利普斯：**如今有更多比较好的小出版社，这些出版社为大出版社放弃出版文学作品做了补偿**。五个超级大出版社——贝塔斯曼、皮尔逊-雷曼、哈珀·科林斯、索尼·维亚康姆和时代华纳——越来越喜欢出非虚构作品、写大众化的烂作品，书目上极少有非常优秀的文学作品……几年前，那些书都是粉红色封面，现在看来，他们要赌的"亮相"小说将一举成为畅销书，主要因为他们知道怎样推出"新"面孔、"新"风格。他们会花很大成本。在这个年代，很难想象科马克·麦卡锡这么一位爱写阴暗面的文学人才，居然能在市场上存活，他以前写了五本书，直到他出版了《血色子午线》(*Blood Meridian*)才脱颖而出，赢得严肃作家声誉。再比如理查德·福特，他写了三本很出色的书——《心之彼方》(*A Piece of My Heart*)、《最后的好运》(*The Ultimate Good Luck*)、短篇故事集《石泉城》(*Rock Springs*)——最后，他写的《体育记者》才在优秀出版社出的当代原版作品平装系列有足够销量，那时，更大的市场才发现了他。

问题是，过去的出版社似乎有耐心支持、呵护刚从事创作的有天分的作家。现在不是这样了。经纪人和编辑急于求成，要让年轻作家的第一本书打入市场，要么赢，要么输，只靠一本书来赌作家的事业，而这本书可能不像作家以后写的书那么出色。只有极少数幸运和才华横溢的作家可以一炮打响。但其他人怎么办？

不过，我们很幸运，因为小出版社可以弥补这个缺憾。我相信这些小出版社。我尽力帮它们。我觉得，如果时间充足，小出版社能推出美国文学新秀。会实现的。读者会发现这类作家。

T. C. 博伊尔：过去，你若是年轻作家，你会积累经验，学到更多知识，出五本书后，我们会推销你。现在，他们只让我们自己闯。我到1987年还不知道自己的出版商在出版《世界尽头》(*World's End*) 时就成立了市场营销部。

现在，他们推出的作家当中，有很多出版社都会出这类书，第一次印刷就达50万册。像唱片业似的。对个别作家来说，这可能很不错，但我怀疑这些作家的事业能否持续发展下去。或者说，出版商策划完他们的成功后，对他们的期望会不会过高？出版商会继续支持你吗？或者说，你出一两本书后就销声匿迹？

一般来说，这对作家成长很不利；对少数几个能一鸣惊人的作家来说，这不错。这对出版社也不利，因为他们靠再版书生存，如果你的书只流行一两次，哪来的再版？

我很幸运，出版社让我的书保持在印状态，在书店货架上都能找到我的书。这对出版社来说很理想，如果书得以继续出版，他们就得意识到，除非他们走另一条路线，让人们下载书或类似的办法。但谁愿意看屏幕？书是美丽、实际的东西。像录音专辑似的。记得这样的情形吧，我们会盯着书看，看图片，读直线般排列的注释……书是艺术品，艺术品不能通过屏幕传送。

简·安妮·菲利普斯：和音乐一样，网上有很多文学作品可免费阅读。这无疑是件好事，不过，我不喜欢在计算机屏幕上看小说或诗歌。我想手里拿本书，躺在床上等等。这样，人们可以迅速了解书的内容，买他们想要的书、卖剩下的书、旧书，或随便什么。

至于稿费，文学书籍的稿费多半似乎用于支付出版社的"成本"，或退货，或天知道哪些方面。互联网能达到获取信息、预约、订购食品杂货的目的。作者没有"死亡"。作者还活着。网络空间富有生命力。艺术从来不是为了挣钱。娱乐业和生产次品才是为了挣钱。

丹尼斯·马西斯：20世纪80年代，我和凯蒂·甘蒙在普罗文斯敦常深夜讨论哲学（当然，对她来说是哲学，对我来说却很傻）。我当时痴迷于给FAWC的第一台办公室电脑做编程，我记得告诉过她，我真的希望有一天能看到网络化、互动小说。比如集体小说，苏肯尼克和那群人，好多作家当时已开始一起创作，大家紧密联系在一起，不过这只是为了好玩。我设想的是由很多故事构成的大部头小说，是严肃作家写的东西，读者可徜徉其中，不间断地阅读。

我还想要一个能放进公文包的小打字机。

大概在同时，我开始写有关未来的故事，开头是个令人震惊的事件：主人公收到书面邀请信。信由直升机送到。他突然被送到类似雅多的幽静地方，那里有很多房间，里面是一排排书。

那时，我的想法——纸张和墨水总有一天是不可思议的豪华——不起作用了。我意识到，总会有大量书籍。他们可能不再印刷（不再从树木榨取木浆，那是极好的），但人类不会扔掉现有书籍；我们天生喜欢像乌鸦一样，愿意囤积。新艺术家将不断涌现，推出优秀的新作，即使他们得从填埋场挖掘纸张出书。

我对文学的未来绝对有信心，即便文学以最传统的形式存在，而且同样处于完全绝望的状态。我看到出版界将拥有伟大、自由、千变万化的未来，无论何种形式的出版都如此。

我担心的是社会媒体、读书小组、即时信息以及基于民意投票的批评——随时都在联系状态这一事实。我担心年轻人已开始认为,独处是患病表现,哪怕和社会分开一分钟,也是患病表现。还有空间容纳像我这样独来独往的人吗,或者,我们都将安乐死吗?

我不相信一本书只由一个人写;那是邪恶的神话。但阅读始终应是独处时的精神狂喜状态。

谢里·克雷默:我认为,时代要求更好的艺术:更好的剧本、小说和诗歌。我们已告别草率的情感能得到回报的时代,已告别文艺界重视的道德相对主义时代。我们在战争时代期间,在处于经济灾难的中心时,人们需要他们的艺术——尤其是现在,一个不信奉非正统派基督教的国家里——提供指导原则、需要创造各种方式来庆祝价值、需要理解什么最重要,以及我们如何需要彼此,如何让我们为更高尚的自我活着。

道格·昂格尔:青年作家需避免随波逐流,不能相信这一观点:**写作被低估,是因为市场不重视它**。我觉得,现在的文学比以往任何时候更有价值,让我们把价值当作人文主义概念来重视,完全脱离市场价值。我们生活在这样一个文化中,套用王尔德的话,该文化把一切都明码标价,但什么都不重视。

人类在文学作品中找到圣殿,能免受污秽的消费主义侵蚀,而消费主义由毁灭人类的经济所导致,巴里·洛佩斯等人多年来一直警告我们。文学的作用是保留、保护和捍卫想象力;它把思想和精神输送到"另一个"地方,完全脱离日常生活的喧嚣。当然,文学和文字受这些人的重视,他们理解的价值是值得追求的人道主义理想。

文学能超越我们继续存在下去,文学能永久性地存在,文学将总结我们的生活,能为我们找老掉牙的借口。我必须相信,后代会坐下来阅读文化产出的优秀书籍,能坐下来欣赏文化提供的其他艺术,能根据这些判断我们在地球上存在的时间。

文学有没有价值？当然！文学实际吗？从经济意义上说，文学在今天的市场意识形态中可行吗？我不知道。文学是高功率的言语对象——谈话很廉价，但文学不是；我们仍然喜欢各种形状和形式的文字，喜欢文字的含义……难道不一直是这样？

马文·贝尔：文学的未来？对诗人而言，这可能意味着独立的小出版社、小册子、猛烈的抨击和特殊的读者——未来就像过去。当然了，还有互联网。对散文作家而言，可能需要一个不断自我推销的职业生涯，现在我们几乎已经这样做了，比如，我们的社交网络、缺乏思想的推特网、电视节目里强行推销书籍和电影等。当前流行的资本主义版本的财富分配方式不够均匀。

对我来说，诗歌创作与新思想形式和过去被称为"生命意义"有关。诗歌必须与哲学相关，不亚于情感。诗歌是一种生存技能。诗歌是表达方式，表达自己不知道的内容，所谓的用文字超越文字。不过，我这种想法恐怕像恐龙一样早已灭绝。

现在，人们研究的诗歌是找出那些人们不知道、也不可能知道的内容，其余内容大多是，一如既往地巧妙表达第一人称叙述的狭隘思想。幸运的是，很多被归类为"族裔"诗人却没有这些问题。文学领域和国家政治领域一样，少数族裔作家可能会为我们增加活力。

桑德拉·希斯内罗丝：作为作家，我意识到纽约大出版社把作品看作产品；不是看你想写什么，而是看你能卖什么。结果，你被动地思考怎么写小说，而不是写故事，或者不是写回忆录，回忆录似乎已经过时。出版界现在不想要回忆录。如今，你要提起小说，他们马上两眼放光，因为小说才能卖钱。

乔·霍尔德曼：我不认为小说已经死亡或濒临死亡，但很容易预见这个未来，"严肃"小说行业有点儿像当今的诗歌界：很少有人买诗集，除非他们也写诗，或至少教诗歌。我能预见小说的情况，它们之间有显著差异，小说为电影和电视提供脚手架，比诗歌更经常地进入普通生活。

简·安妮·菲利普斯：我不认为写小说是垂死艺术，我也不相信人们阅读优秀文学作品的愿望正在消失。我越来越相信，读小说是后天得到的修养，欣赏任何艺术都是后天获得的修养，也许大众文化和通俗文化远离故事和小说，尤其是短篇小说形式。

不过，我觉得变化不大，这样说感觉像老生常谈。

戈登·门能加：如今的编辑不再编辑了。或者说，他们不懂怎么编辑。当今不再培养年轻人才。60％的编辑在30岁以下，因为聘用他们比聘用经验更丰富的编辑要便宜。

十年来，我一直指导虚构和非虚构作家。我基本做编辑过去常做的事情：提建议、重新排列、修改、给提示，给予鼓励。我和他人合作写的小说已通过三审。每个编辑都提出不同改法。大多数编辑采取喜欢或不喜欢的模式。他们没有很好的理由，只有模糊的预感。

唐·华莱士：目前，报纸和杂志的出版物在直线下降，出版界也摇摇欲坠，最有策略的建议似乎无济于事。目前已没闲职，没有轻而易举就能拿到的终身教职。弗兰克·麦考特的《安吉拉的骨灰》(*Angela's Ashes*)成功后，回忆录曾炙手可热，现在不同了，没什么文类能一炮打响——吸血鬼和僵尸小说当然除外。这些作品的水平，就像我从前的学生最近发来的电子邮件里说的一样，属于"补救"。（这并不意味着我们不应尝试写这类作品。）

同样，好莱坞这个旧避难所过去就是这种情况，幸运作家能赶上发财，现在也都快没用了。我几个同学做电视发了财——我的篮球老队友约翰·法尔斯创作了《神圣的异地》和《北国风云》，我同学罗宾·格林是《女高音》的作者和制作者，她雇我在爱荷华认识的第一位老师亨利·布鲁米尔写脚本。

但写长篇电视脚本要付出几个小时的重复性廉价劳动。电影业里，魔鬼也从瓶里出来了，为大公司服务的独立企业，像寒流侵袭过后的苍蝇一样在数量上有所下降。去年，我在做似乎能快速出售的作品改编项目，（感谢你们，雷曼兄弟！）结果一切融资烟消云散。

然而，尽管钱很紧，尽管目前很难做到乐观，这种打击士气的全球性趋势也有好处。有种叫"扫描书"（BookSkan）的东西给出版社提供了工具，可以让销售额一览无余：很多有价值的作品、新潮东西都被证明完全没有意义，全由学术界那些自立的人支撑着。此外，在遍地都是次贷危机的时代，出版的书或评论似乎常常受它们盲目追随的后现代主义信条所牵制，之后，又受凯马特超市公司式现实主义（或如法国人说的雷·卡佛主义）所奴役。作为局外人，这也许有点儿虚无主义，不过，我当然是真正的信徒，在涉及艺术和文学时，我不介意看到这口井干涸。

如果我今天开始写作，我的建议会是……但是，等一下，我今天才开始写。明天早上，我可以保证，大多数人会绞尽脑汁地搜索合适的词，趴在笔记本电脑跟前，或面对标准拍纸簿，试图不理睬在桌子那边晃腿的家伙，或边听iPod音乐边晃椅子的女孩。我们大多数人将寻找那一刻，所有分心的事情都退去，无论何处、何种选择、多少价值，这些烦恼不再重要……因为你刚进入写故事的状态，故事带我们去了从未造访的地方。

道格·昂格尔：至于作家的变化……说真的，我每次开始写作品时，觉得自己像换了个人似的。写小说的一个难点在于，每次写作品时，变化不要太大，这样可使风格和语调保持一致。尽管如此，每本书都不同；每篇故事都是新的，至少对我来说是这样。虽然我的作品读上去可能会像同一个、没变化的作家，我理解的写作过程却不同。我从爱荷华毕业后，不知道如何形容这些变化，除非看作品发生了什么改变。作品肯定已经发生了改变。我现在写作时更小心了。

虽然我早期写的作品和我的爱荷华经历最接近，也最有名，我相信自己现在比那时写得更好。不过，总之，写作付出的努力是相同的，也就是说，至少对我来说，写作总是很困难。现在，我完成一部作品后，不像从前那么确定作品质量，我比从前更能拉开距离，审视作品的缺点，发现缺点后，我会努力做到下一次有进步。不过，我现在写的作品比较少。

给作家上课，还有所有这些学术课程方面的管理工作，让我的写作时间比以前大大减少。我有时回想当年的爱荷华岁月，我会记起打字机时代——还记得那些岁月吗？当时，我在史密斯·葛罗娜电动打字机上写作——回想起那台打字机，我才意识到自己当年可以连续写十个、十二个小时。现在，我基本做不到了，不过能做到这个时的感觉极好。我现在不太浪费时间，也不太浪费纸。尽管如此，即便是效率很高的一天，也只能专心写四五个小时，我能坚持做下去。这是一个变化。

艾伦·格甘纳斯：我真的觉得自己60岁才开始写作。这听起来像你接受采访时说的话，但的确如此。也许因为我42岁时才出版第一本书。我现在还是有刚开始写作时的兴奋感。我还会被一本书会是什么的概念所镇住。写书可能让人退而却步，但它对我有用。已有足够多的书通过我的严格过滤系统；我似乎可以接受足够多的书。

嗯，我会读普鲁斯特或《远大前程》（*Great Expectations*）的前一百页，或亨利·詹姆斯的作品，比如《丛林猛兽》(*The Beast in the Jungle*)，或《到灯塔去》(*To the Lighthouse*)，或《爱玛》(*Emma*)，《鲁宾逊漂流记》(*Robinson Crusoe*)，伊夫林·沃的早期作品，《认真的重要性》(*The Importance of Being Ernest*)，《密西西比河上的生活》(*Life on the Mississippi*)，我现在还像个14岁的孩子：上帝呀，有一天我也能做到这点！那种兴奋和热情让我每天从爬到马背上开始。

唐·华莱士：在斯坦福大学的最后一年，我强烈反对继续待在斯坦福。我说："我们要去纽约。"

那里才是美国文学中心，我们到了那里，如果有些姗姗来迟的话。日子很艰难，我们囊中羞涩，蟑螂个儿很大；但那里也不断涌出作家和艺术家，他们在喧闹声中出入这些场合，从朗诵会到新书出版庆祝会，（免费奶酪和饼干！）再到脏兮兮的市中心阁楼上的大吃大喝——一切都是前高档化、前《欲望都市》(*Sex and the City*)，艾滋病成了同性恋邻居的神秘杀手，歹徒很常见，晚餐是1美元一片的比萨饼。

通向成败有多条路径。我做了六个月临时工（再一次当临时工），之后在一家划船杂志当编辑。为什么去划船杂志？因为我本科论文写的是梅尔维尔。我没去给一群无聊的新生教五个单元的101课修辞，我发现自己在采访哥伦比亚的可卡因走私犯、独自环游世界的水手、在海恩尼斯比赛JFK游艇的从俱乐部出来的少数贵族人士，比如冒险家理查德·布兰森等，剩下的就是性情急躁的唱片公司总裁，他的遗嘱很特别。我碰巧经历过一桩涉及专业鲈鱼渔民的谋杀案件，之后写了本有关那个领域的喜剧小说。1991年，SOHO出版社出版了该小说，书名是《困境》。

我以为，出版该小说后应该会比较容易。事实并非如此。至少对我来说，每本小说都从1的平方开始。

凯瑟琳·甘蒙：我过去习惯这种写作方式，一有想法，就写下来，好像书包里总有纸笔。不一定是笔记本，但有想法时，包里总能找到纸笔，因为总会出现这些词。我写得越多，有关写作方面的有趣建议就越多。

为了参禅，我基本上不当作家了，我会去散步，身上不带纸笔，很多次，我注意到自己有了一个念头，接着我会想，"哦，作家有纸和笔。我不是作家，我身上不再装纸笔。"

故事开头通常是句子或短语，或两个句子，或类似的东西。你不知道故事怎么发展，但那就是开头，如果你继续写下去，会写出东西来。所以，现在我出去散步没带纸笔时，假如我脑子里出现一句话，我会记住，看回家后能否记住这句话。也许，毕竟我是作家，其实我又开始写作了。

我再次开始写作时，知道自己想再次有目的地写作，过段时间寄出自己写的东西。那是一年多以前了，稿子没被录用。我想，"好吧，也许从事写作是个错误。"但是，我投稿的两个地方（我以前在其中一个地方发表过作品）都鼓励我。这足以让你继续写下去。

不过，对我来说，这是另一个问题。我开始写作时的想法是，"我不会过早放弃，"我现在的想法有点儿类似，"我是不是真的又开始写作了？"这是新起点。

艾伦·格甘纳斯：过四十年再来采访我，如果可以的话，但我真的有一种感觉，我刚发动舷外马达，终于发动成功。我的意思是，我有六本书还没出版，我认为这些书比我出的任何一本书都好……他们等我定稿，或者说，等我点头说写完了。经纪人威胁我说，他要带枪进来带走书稿。但这不影响我……该完成的时候就完成了。

亲爱的，60岁的人就是刚满40岁。年过六旬的人都这么说。我真的这样想，人的寿命越来越长，而且以更好的方式照顾自己。这让你继续写下去。我的意思是，我们在爱荷华那会儿，契弗65岁。甚至是他，吸了那么多的烟，喝过的威士忌都能成河了，在爱荷华教完书后还坚持了那么久，不是吗？最后，他也受到好评，受到批评界关注。

那些愿意付出和等待的人总会有好结果。

谢里·克雷默：随着时间的推移，我们的水平是否会提高，这我不知道，但我认为，我们最终会成为理想的作家。那不是改变自己，而是成为我们本来就是的那种作家。我觉得，你慢慢会更好地理解自己的作品。

戏剧界常说，编剧是年轻人的游戏，美国剧院里没有第二幕。这说法多数情况下是正确的：剧院对威廉姆斯很差，对阿尔比也如此，剧院还严重伤害了杜兰这样的剧作家新秀。我觉得，现在的小说家成长环境比以前更好了，他们发展得也更好了。

我刚写完一个剧本。我今年54岁，觉得自己终于找到方法了。这不是说，剧本完美无缺，我终于可以按自己的想法写了。之前，我一直写啊，写啊，很享受那段时间，但不知道怎么发展下去。写到中间，我想，好吧，现在怎么办？我不满现状，于是，我说，好吧，回到起点，它会告诉你怎么做。剧本能产出我们所说的"指针"——它自发产出这些指针，它们自然而然产生了，我如果仔细看的话，它们会告诉我自己需要知道的事情。

20年来，我一直这样建议青年作家……但在自己的作品里找到这些指针非常困难。我第一次重新审视——果然，我需要的一切都在那里找到了。

有些人认为，剧本是自己创造出的，有些人不这样想。我属于中间派。我相信，当自己出现写剧本的念头时，它很完整，有始有终，你要忠实于它，尝试完成剧作。剧院是隐喻的艺术形式，故事有时推动这一形式，有时故事是隐喻，有时是什么？有时，剧本只是重新定义故事和比喻。

简·斯迈利：我在爱荷华期间写的故事对我来说没有意义。我注定当小说家，而且还是现实主义作家，所以，我在冰岛和阿姆斯特丹期间，有意识地去完成审美观上的淬火。**但爱荷华给我一种站在自动扶梯上的感觉，如果只是在扶梯底部，我觉得自己可能会不可避免地往上走。**

加里·约里奥：我第二任妻子克里斯蒂娜让我重新开始写作。2009年3月，我又开始写作。她当时在读理查德·耶茨的小说《复活节游行》(*Easter Parade*，我当时喜欢读这本书；现在我也喜欢他的作品)，其中有个人在爱荷华读过书。那是20世纪50年代末，他们在匡塞特小屋上课，妻子问我："你不是也去过那里？"

"是啊。"我说。

她说："那你干吗不写小说？"

她喜欢读小说，不喜欢读故事，她觉得小说越厚越好，花的钱才值。她发起小小挑战：写点儿我们可以分享的东西。我会写几页，让她看看，然后继续写下去。她鼓励我写完手里的东西。这是我们可以分享的另一件事，你看，我不是在真空中创作。

我开始给网上杂志投短篇故事。我当时一直寻找某种写作社区，妻子帮我通过互联网加入作家团体。团体是"见面"活动，就像那些寻找性活动的团体，但这团体专为作家所设。也有雕塑家团体、风景画家团体等。我参加了团体的第一次会议，会议开得出乎意料的好。

我当时在大改论文里的一个短篇故事，按时代要求修改，与时俱进。克里斯蒂娜读后很喜欢这故事，但她和我太熟悉了，她让我加入这个写作团体。

我们组里最多六个人，这圈子足够小，可以读到每个人写的故事。第一次会议有五人签名，但有两人参加不了，后来就只有我、一个男人和一个女人参加。我们提前把自己写的故事用电子邮件发给对方；其他人用蓝笔轰炸，我们开会时讨论这些作品。我取回作品时，花三十分钟改写，故事改得更好了。

我们在一家咖啡特许经销店见面；我记得叫帕尼罗。就像在克利夫兰汽车站见面似的，但其他人想在一个没有什么特色的地点见面。组里的女作家金·露易丝写了篇艺术家故事，是布鲁克林的一个年轻人。故事像弗兰纳里·奥康纳的作品一样感人，但故事还缺一个结尾。她的才华给我留下深刻印象。另一位男作家写了一本星际旅行小说。我们团体和爱荷华工作坊完全不同，组里有好多写科幻作品的作家；每个人都希望重写斯蒂芬·金的《末日逼近》(*The Stand*)。

埃里克·奥尔森：我给杂志写文章、写非虚构类书时，同时总在写一两本小说，但我总被另一项任务分心，只好放下小说写作，有时一次能放好几个月。谢弗和我一直有合作。写完《城市商业》后，我们一起写博彩书，可我们又分心了。扑克又开始火了，我们就一起写扑克小说，结果又分心了。

1995年，我去时代股份有限公司做编辑工作，一旦有了这种体验，我发誓再不回头。这是启示！毕竟，编辑大权在握，工作量大，不要求付出太多情感。不用整天枯坐在空白页前，不用为没有灵感感到绝望、揪头发。不，让那些一贫如洗的蠢货作家们那样做吧！你可以用蓝笔野蛮对待作家费九牛二虎之力写出的东西！权力感胜利在望，太棒了，真陶醉！

罗宾·格林：我给约翰·法尔斯写脚本之前在《加州杂志》当编辑，我记得第一次体验编辑工作的场景，我发誓再也不当哭哭啼啼的作家了。我那么成功，那么聪明。

唐·华莱士：编辑事业能让我维持生计，每月都能出东西，有即刻满足感，但也意味着在这一领域不为人知：赫斯特报系（Hearst）、康德纳斯杂志（*Conde Nest Traveler*）、《纽约时报》，时代股份有限公司。我致力于成为完美编辑，不是职员作家，我为他人做嫁衣时，也把提取的营养汁留给自己创作时用。虽然我的第三本小说更倒霉，我开始在《哈珀氏》上发表回忆录，还和《海军历史》（*Naval History*）杂志签约写小说连载。

2000年12月，我看到一则新闻：我的高中橄榄球队（当时在季前赛调查中排名第一）要和排名第二的球队打比赛，该球队11年来从未败过。比赛前十个月，我抓住机会从岗位脱身回到南加州，沉浸在两所学校的文化氛围中，和他们的社区、孩子们和教练在一起，当时的高中体育界越来越商业化。2003年，我出了一本《一场出色的比赛》（*One Great Game*），这书可做很好的足球训练书（你想发财的话，写本高尔夫或棒球的书）。去年12月，《洛杉矶时报》甚至回顾了那场比赛，还刊登了书评，称该书是高中体育经典之作，是"划时代作品"。对我来说，最重要的是，这书给我父亲带来快乐，让他和家乡、学校建立联系，当时，我们都知道他将死于癌症。我写的《海军历史》小说赢得当年的作家奖，我爸爸是海军学院毕业生，他和我还有我儿子一起前往安纳波利斯去领奖牌，我在参谋首长联席会议上发表讲话，收获了自己早年无意放弃的东西——父母的认可。

格伦·谢弗：我很喜欢爱荷华，喜欢和工作坊有联系，一个原因是，早些时候，这是对有创造力的思想家形象的肯定。他们录取我了！康尼·布拉泽斯——她不知道她创造了奇迹，我前面说过，当时《德梅因早报》记者过来打听我，她替我美言了几句——过了好多年，我和她以及当时的最高级主任弗兰克·康罗伊重新取得联系。我已经好久没和工作坊联系了。

后来，我给工作坊捐钱建造图书馆和档案馆，和德伊楼是一体，我当时打趣说，我写的支票可能是我的最佳作品。但让我魂牵梦绕的是，我写的MFA论文在档案馆里发臭变烂。我当时想，自己写不出什么好东西。我现在开始重写论文《神圣的激励者》。也许我会把论文拿到工作坊讨论。当然，我会让奥尔森用蓝笔大开杀戒。他还是喜欢用花式猛击法。我在重写中篇小说《踢腿》，已经卖给出版社。

现在的写作过程和过去的不同。我第一次写故事时，故事实际上在和我对话，它告诉我，故事该怎么发展，怎么写。这一次，写作很好玩。谁会想到会是这样？

道格·昂格尔：我还有一本改了三稿的小说，我一直把小说看成一个演员生活的喜剧小说，我让一些人读了这小说，但没人觉得可笑。不过，我觉得小说写得非常可笑，我改了三遍，四年前完成第三稿。但我觉得还需要继续修改。小说在我的文件抽屉里慢火炖着呢。或者说，小说还在硬盘驱动器里冬眠。某一天，我也许会回头再改一稿，看看我的幽默感到底能否传达给读者。

我很高兴自己还健在，庆幸自己还活着，还在继续写作。还有，我很感谢作家朋友，感谢学生，让我与时俱进，总让我产生新想法，通过他们年轻的目光重新认识世界。**我非常，非常感激——言语无法表达我的感激之情——我感谢爱荷华的作家工作坊，工作坊为当初年轻的我提供了机会。**我希望自己不辜负他们给我的信心和鼓励，不辜负工作坊提供的优秀教学活动和经济资助，不辜负工作坊的出色作家和管理员。

我从爱荷华毕业后过得并不容易。生活从来都不容易。我不知道有哪个作家认为生活很容易。不过……我还想得到什么？作家还想要什么？我现在做的难道不是我一直想做的吗？这些难道不是我在爱荷华学到的内容吗？

最后再说一句，我想我可以代表所有作家说这句话，我想说，谢谢你们。谢谢那些一路走来帮助过我们的人。谢谢你们。谢谢。衷心感谢。谢谢你们。感谢。谢谢你们。谢谢你们。谢谢你们！

关于本书里的各位

杰弗里·亚伯拉罕

杰弗里出生在俄亥俄州，在那里长大，毕业于位于牛津的迈阿密大学。1977年获爱荷华作家工作坊诗歌方向的美学硕士学位。

他做过记者，是《洛杉矶时报》和《奥克兰论坛报》(*Oakland Tribune*)的员工作家，还是自由撰稿人，现在在旧金山通信、市场营销和广告领域当顾问，写广告文。他除出版诗歌、短篇小说、杂志文章和报纸专栏文稿外，还出了《我们的宣言：美国顶级公司的301家企业的宣言》（十速出版社，1995年，已出第3版）。杰弗里还是热情洋溢的萨尔萨舞蹈家、摄影师。

马文·贝尔

马文出生在纽约市，在长岛东部中心莫里切斯长大。在纽约州西部的阿尔弗雷德大学就读。获芝加哥大学文学硕士、爱荷华作家工作坊诗歌方向的美学硕士学位。他在军队待了两年后，在爱荷华作家工作坊任教40年。目前，他和妻子多萝西住在爱荷华市和华盛顿州的汤森港，有时住在纽约州萨格港。现在，他在太平洋大学做短期驻校任教工作，教美学硕士课程。他与音乐家、作曲家、舞蹈家和摄影师合作过，经常与俄勒冈州爵士乐团的贝司手格伦·摩尔登台演出，创造了一种新形式诗，名叫"死者"诗。

所获荣誉包括美国艺术和文学学院、美国诗人学院、《美国诗歌评论》颁发的奖项；荣获古根海姆基金会和美国国家艺术基金会的奖学金；受高级富布赖特项目任命，前往南斯拉夫和澳大利亚任职。他是爱荷华第一个桂冠诗人。马文·贝尔的诗包括：

Vertigo: The Living Dead Man Poems (Copper Canyon Press, 2011)

Whiteout: Dead Man Poems by Marvin Bell in Response to Photographs by Nathan Lyons (Lodima Press, 2011)

A Primer about the Flag, children's picture book illustrated by Chris Raschka (Candlewick Press, 2011)

Mars Being Red (Copper Canyon Press, 2007)

Rampant (Copper Canyon Press, 2004)

Nightworks:Poems, 1962—2000 (Copper Canyon Press, 2000)

Wednesday:Selected Poems 1966—1997 (Salmon Publishing, Ireland,1998)

Poetry for a Midsummer's Night (Seventy Fourth Street Productions, 1998)

Ardor:The Book of the Dead Man, Vol.2（诗歌）(Copper Canyon Press,1997)

A Marvin Bell Reader（诗歌散文选集）(Middlebury College Press / University Press of New England, 1994)

The Book of the Dead Man（诗集）(Copper Canyon Press, 1994)

Iris of Creation (Copper Canyon Press, 1990)

New and Selected Poems (Athenaeum, 1987)

Drawn by Stones, by Earth, by Things That Have Been in the Fire（诗集）(Athenaeum, 1984)

These Green-Going-to-Yellow (Athenaeum, 1981)

Stars Which See, Stars Which Do Not See (Athenaeum, 1977，再版, Carnegie Mellon Classic Contemporary Series, 1992)

Residue of Song (Athenaeum, 1974)

The Escape into You (Athenaeum, 1971，再版，Carnegie Mellon Classic Contemporary

Series, 1994)

A Probable Volume of Dreams (Athenaeum, 1969)

Things We Dreamt We Died For (Stone Wall Press, 1966)

其他作品

7 Poets, 4 Days, 1 Book, 与 Istvan Laszlo Geher, Ksenia Golubovich, Simone Inguanez, Christopher Merrill, Tomaz Salamun, and Dean Young 合著 (Trinity University Press, 2009) Segues: A Correspondence in Poetry（与威廉·斯塔福德合写，David R. Godine, 1983)

Old Snow Just Melting: Essays and Interviews (University of Michigan Press, 1983)

道格·博赛姆

道格在伊利诺斯州的欣斯代尔长大。他在克利夫兰的凯斯西储大学学物理，后来转学至伊利诺伊州盖尔斯堡的诺克斯学院学文学，他在那里发现了创意写作课。他12岁开始创作，因为他认为图书有很大力量，写作能赐予力量。1975年获爱荷华作家工作坊小说方向的MFA。"我不认为自己是作家，"他说，"写作只是我做的事情。"从爱荷华州毕业后，他在西南密苏里州立大学教了三年创意写作，之后回到威斯康星大学学数学。20年来，他白天从事计算机行业工作。道格目前住在帕萨迪纳市写小说。

T. C. 博伊尔

T. C.在纽约皮克斯格尔一个工人家庭长大。父母鼓励他好好上学，不过T. C.有其他想法，他打算从事音乐行业。他17岁时，把自己中间的名字"约翰"改为"克莱格桑"（Coraghessan，发音为"kuh-rag-issun"），以示其爱尔兰祖先的敬意。从湖区高中毕业后，他去了波茨坦的纽约州立大学（SUNY），打算主修音乐。但是，他在音乐节目中试演的萨克斯管演奏没取得预想中的成功，他为班级写的剧本赢得笑声后，开始重新思考自己的事业。

1968年，T. C.从纽约州立大学毕业，修了英语和历史专业，在摇滚乐队里演奏过，也"随波逐流"了一阵。后来在高中母校成了老师。

他的处女作是短篇故事《OD和丙型肝炎铁路》，发表在《北美评论》上，这帮他进了爱荷华作家工作坊。1974年获小说创作方向的MFA，继续留在学校，获博士学位。他还担任过《爱荷华评论》的小说编辑。

1978年，T. C.开始在南加州大学任教，担任助理教授，教创意写作。一年后，他出版第一个短篇集《人的堕落》(*Descent of Man*)，1981年出版第一部小说《水上音乐》。他的第三部小说《世界尽头》于1987年获当年"PEN/福克纳奖"最佳小说奖。接着，他在南加州大学全职教授创意写作。当时，他已是USC的创意写作教授。之后，他出了更多小说和短篇故事，荣获无数奖项，包括欧·亨利奖和PEN/马拉默德奖的短篇小说奖。

他的作品已译成至少24种语言。他写的故事发表在美国大多数主要杂志上，包括《纽约客》、《哈珀氏》、《君子》、《大西洋月刊》、《花花公子》、《巴黎评论》、《GQ》、《今典》(*Antaeus*)、《格兰塔》(*Granta*) 和《麦克斯威尼氏》。他与妻子1974年结婚，目前住在圣巴巴拉附近。他们有三个孩子。女儿克丽继承父亲的衣钵，也上了爱荷华作家工作坊。T. C.仍穿红色匡威软底高帮运动鞋。他出版的书有：

When the Killing's Done (Viking, 2011)

Wild Child and Other Stories (Viking, 2010)

The Women (Viking, 2009)

Talk Talk (Viking, 2006)

The Human Fly and Other Stories (Viking, 2005)

Tooth and Claw (Viking, 2005)

The Inner Circle (Viking, 2004)

Drop City (Viking, 2003)

Doubletakes: Contemporary Short Stories, ed. (Wadsworth, 2003)

After the Plague (Viking, 2001)

A Friend of the Earth (Viking, 2000)

Riven Rock (Viking, 1998)

T. C. Boyle Stories (Viking, 1998)

The Tortilla Curtain (Viking, 1995)

Without a Hero (Viking, 1994)

The Road to Wellville (Viking, 1993)

East Is East (Viking, 1990)

If the River Was Whiskey (Viking, 1989)

World's End (Viking, 1987)

Greasy Lake and Other Stories (Viking, 1985)

Budding Prospects: A Pastoral (Viking, 1984)

Water Music (Little, Brown, 1981)

Descent of Man (Little, Brown, 1979)

安东尼·布科斯基

安东尼出生在威斯康星州苏比利尔东区,在圣阿德尔伯特的学校读书,后去威斯康星州立大学苏比利尔分校念大学本科。一年后,他离开学校,1964年夏天参加海军陆战队,去了越南。三年后,他返回学校完成学业。接着,他去布朗大学攻读英语专业硕士学位,后来去了爱荷华作家工作坊,1976年获小说方向的MFA,1984年获英语博士学位。安东尼在母校教英语。他父亲是手风琴演奏者,也是面粉厂工人,曾是五大湖区和海洋上的商船海员。父亲对他的影响显而易见,布科斯基在青年时代写的许多波兰裔美国人故事就是例证。(型号为Scandalli IMPERIO VII的手风琴如今静静地躺在苏比利尔手风琴馆里。)安东尼的奖项包括,克里斯托弗·伊舍伍德基金会颁发的R. V. 卡西尔小说创作资助、《乘车时间》(*Time Between Trains*)被收入书目"编辑的选择"、获休斯顿波兰学院颁发的文学一等奖。他出版的短篇集:

North of the Port (Southern Methodist University Press, 2008)

Time Between Trains (Southern Methodist University Press, 2003)

Polonaise (Southern Methodist University Press, 1998)

Children of Strangers (Southern Methodist University Press, 1993)

Twelve Below Zero (Holy Cow! Press, 1986, 2008)

桑德拉·希斯内罗丝

桑德拉出生在芝加哥，在芝加哥获罗耀拉大学英语学士学位。1978年获爱荷华作家工作坊小说方向的MFA。她父亲来自墨西哥，做室内装潢工作，母亲是墨西哥裔美国人。桑德拉在六个兄弟姐妹中排行老三，是唯一的女孩。她当过教师，给高中辍学学生做过辅导员，在学校做过艺术家，做过大学招生人员，做过艺术行政工作，还在包括加州大学伯克利分校和密歇根州大学安阿伯分校在内的大学做过访问作家。她住在得克萨斯州的圣安东尼奥。所获奖项包括：两次获国家艺术奖学金基金会小说和诗歌创作的资助，获美国图书奖；拍萨诺·多比奖学金；全国墨西哥裔美国人短篇小说大赛二等奖（亚利桑那大学）；兰南基金会文艺奖；纽约州立大学普车斯学院的HDL；麦克阿瑟奖学金。桑德拉在写几本新书，包括散文集《穿着睡衣写作》(*Writing in My Pajamas*)；儿童读物《好样的，布鲁诺》(*Bravo, Bruno*)，成人画书《玛丽，你见过吗？》(*Have You Seen, Marie*)；电影剧本《芒果街上的小屋》，还有几个合作作品，包括艺术项目。她创办了阿尔弗雷多·希斯内罗丝·德尔道德基金会和马康多基金会，专为作家服务。她出版的作品有：

Vintage Cisneros (Vintage, 2004)

Caramelo (Knopf 西班牙版, 2002, 2003)

Caramelo (Knopf, Vintage, 2002, 2003)

El Arroyo de la Llorona (西班牙版, 1996)

Hairs/Pelitos (Knopf Children's Books, 1994)

Loose Woman (Knopf, 1994; Vintage, 1995)

La Casa en Mango Street (Vintage Español, 1992, Vintage Español, Vintage 建社25周年纪念版, 2009)

Woman Hollering Creek and Other Stories (Random House, 1991; Vintage, 1992)

My Wicked Wicked Ways (Third Woman, 1987; Random House, 1992)

The House on Mango Street (Arte Publico Press, 1984; Vintage, 1991; Knopf建社10周年纪念版, 1994; Vintage建社25周年纪念版, 2009)

Bad Boys (Mango Press, 1980)

罗莎琳·德雷克斯勒

罗莎琳是小说家、剧作家、画家,住在新泽西州纽瓦克的包铁区。她喜好画画,20世纪60年代和流行艺术家如安迪·沃霍尔和罗伊·利希滕斯坦一起办过画展。1962年,沃霍尔在他的复制品《玛特皇后的画册》(*Album of a Mat Queen*)里专门画了她,把她描绘成"罗莎·卡罗,墨西哥式的喷火",十年后,该形象成为她的小说女主角。她的视觉艺术曾在惠特尼美国艺术博物馆、赫什霍恩博物馆、雕塑园、沃兹沃思圣殿和沃克艺术中心博物馆展出。

她写的外百老汇剧本演出已三次荣获奥比奖,电视特别节目《莉莉秀:莉莉·汤姆林特别节目》(*The Lily Show: A Lily Tomlin Special*)获艾美奖,四次荣获洛克菲勒剧作创作资助。她还获过古根海姆奖学金,其油画两次荣获波洛克——克拉斯纳奖,获哈佛/拉德克利夫的邦亭油画奖学金。获费城艺术大学视觉艺术荣誉博士学位,罗莎琳还获过雅多及麦克德维尔奖学金。

2011年,罗莎琳准备出版新版复制品和油画。当时她刚写完《树人:严峻的形势》(*Tree Man: A Tough Situation*),她说,"这本书可能出版不了。"部分出版物有:

Vulgar Lives (Chiasmus, 2007)

Dear: A New Play (Applause Books, 1997, 2000)

Art Does (Not!) Exist (Fiction Collective 2, 1996)

Transients Welcome: Three One-Act Plays (Broadway Play Publishing

Inc.,1984)

Bad Guy (Dutton, 1982)

Starburn: The Story of Jennie Love (Simon & Schuster, 1979)

Rocky (以茱莉亚·索雷尔为笔名写的小说，Ballentine Books, 1976)

The Cosmopolitan Girl (M. Evans & Company, Inc., 1974)

To Smithereens (Signet Books, 1972)

One or Another (Dell, 1971)

The Line of Least Existence and Other Plays (Random House, 1967)

I Am the Beautiful Stranger: Paintings of the '60s (Grossman Publishers, 1965)

珍妮·菲尔茨

珍妮出生在芝加哥，在伊利诺伊州的高地公园长大。获伊利诺伊大学创意写作方向的美学学士学位，1976年获爱荷华作家工作坊小说方向的MFA，这有助于锻炼她，为其未来的职业生涯——广告行业——做了准备。32年来，她为麦当劳写广告歌曲，帮助促销安眠药，她经常梦到绿色飞蛾（一种安眠药的外包装上有此图案），同时她在写小说，之后她决定全职写小说，于是离开纽约，和丈夫生活在田纳西州的纳什维尔。她下一本书《快感时代》(*The Age of Ecstasy*)将于2012年由海盗出版社出版。她有个24岁的女儿，两个成年继子女，她比较怀念宝宝啪嗒啪嗒的脚步声，收养了只小黑狗，名叫紫罗兰，紫罗兰觉得珍妮写的作品都很美味。她出版的作品有：

The Age of Ecstasy (待出，Viking, 2012)

The Middle Ages (William Morrow & Co., 2002)

Crossing Brooklyn Ferry (William Morrow & Co., 1997)

Lily Beach (Maxwell MacMillan International, 1993)

她的书还在德国、英国、澳大利亚和新西兰出版。

凯瑟琳·甘蒙

凯瑟琳出生在美国加州洛杉矶。在波莫纳学院获哲学学士学位，1976年获爱荷华作家工作坊小说方向的MFA。1977年至1981年，凯瑟琳是普罗文斯敦美术工作中心研究员，在《纽约书评》印刷制作部工作多年。1991年，她的小说《走出雨天的伊莎贝尔》由水星出版社出版，1992年她在匹兹堡大学开始教授MFA硕士课程。作品发表在《犁头》、《北美评论》、《凯尼恩评论》(*Kenyon Review*)、《马诺阿》(*Manoa*)、《中央公园》(*Central Park*)、《国际小说》、《其他声音》(*Other Voices*)等其他杂志。她曾担任《发现角》的小说编辑，还是美术工作中心研究员选编小说和诗歌选集编辑。凯瑟琳已获NEA和纽约艺术基金会小说创作资助，她在写有关塞勒姆巫术审判的小说过程中，整理了埃丝特·福布斯的文件以及科顿·马瑟的文稿集，为此获美国古玩协会创造性研究奖学金。

2001年，她离开学院和文学市场，开始住在旧金山禅宗中心接受培训。2005年，她被藤信·莱布·安德森任命为禅宗牧师，2010年开始担任住持，在绿龙寺/绿色峡谷农场参加春季实习期。2011年1月，她作为客座教授回到皮特的MFA课程班，希望继续编织写作生活，使之成为参禅生活的一部分。她出版的作品有：

Isabel Out of the Rain (Mercury House, 1991)

Cape Discovery: The Provincetown Fine Arts Work Center Anthology (编辑，Sheep Meadow Press, 1994)

罗宾·格林

罗宾出生在罗得岛。1967年获布朗大学美国文学学士学位，在校期间修过几门约翰·霍克斯教的小说课程。毕业后曾担任斯坦·李的秘书，斯坦·李当时是惊奇漫画公司主编。接着，她成为自由撰稿记者，在盛行新新闻写作的日子里，为《滚石》杂志写作。后来，她想重新写小说，申请了爱荷华作家工作坊，1977年获MFA。

她在爱荷华遇见丈夫米奇·伯吉斯，伯吉斯也是她的文字/制作合作伙伴。(他当时是本科生,修过她的小说课;他们到学期结束后才开始约会,她很快指出这点。)她从爱荷华毕业后,去了洛杉矶,在《加州杂志》做编辑。几年后,爱荷华州的一个同学约翰·法尔斯请她写脚本,这节目是法尔斯和乔舒亚·布兰德合写的《生命中的一年》。自那以后,她继续写作,写了很多广受好评的电视连续剧,包括《北国风云》和《女高音》。

罗宾的CBS系列《北国风云》(*Northern Exposure*)为其赢得艾美奖和两项金球奖。2001年和2003年,《女高音》(*The Sopranos*)赢得艾美奖剧本系列最佳写作奖,2004年获优秀剧本系列奖。2007年,《高音》为她与米奇·伯吉斯共同赢得作家协会奖的最佳剧本系列奖。此外,该剧还为她赢得两个皮博迪奖和金球奖。

电视作品有:

Blue Bloods(2010—present)

The Sopranos(22集,1999—2006)

— "Live Free or Die"(2006)电视片

— "All Due Respect"(2004)电视片

— "Cold Cuts"(2004)电视片

— "Irregular Around the Margins"(2004)电视片

— "Whitecaps"(2002)电视片(十七位甚至更多的作者合著)

Party of Five(4集,1997—1998)

— "Free and Clear"(1998)电视片

— "Of Human Bonding"(1998)电视片

— "Adjustments"(1997)电视片

— "Zap"(1997)电视片

Mr. & Mrs. Smith(1996)电视片(所写内容不确定)

American Gothic(1集,1995)

— "Dead to the World"(1995)电视片(作者)

Northern Exposure(25集,1991—1995)

— "Tranquility Base"(1995)电视片

——"Buss Stop"（1995）电视片（作者）

——"The Mommy's Curse"（1995）电视片

——"Mi Casa, Su Casa"（1995）电视片

——"Full Upright Position"（1994）电视片（二十多位作者合著）

Capital News（1集,1990）

——"Tapes of Wrath"（1990）电视片（作者）

Almost Grown（1集,1988）

——"If That Diamond Ring Don't Shine"（1988）电视片（作者）

A Year in the Life（2集,1988）

——"Peter Creek Road"（1988）电视片（作者）

——"The Little Disturbance of Man"（1988）电视片（作者）

艾伦·格甘纳斯

艾伦出生在北卡罗来纳州的落基山，是教师和商人的儿子。他最初要被培养为画家，在宾夕法尼亚州大学和宾夕法尼亚美术学院学习，已给自己的小说做了三个限量版插图。"越战"期间，他在约克镇号航空母舰上服役三年，在此期间，他转而从事写作。在萨拉·劳伦斯学院获学士学位，从师格雷斯·佩利。1975年获爱荷华作家工作坊小说方向的MFA，导师是约翰·契弗和斯坦利·埃尔金。艾伦的故事和文章发表在《纽约客》、《哈珀氏》、《大西洋月刊》、《巴黎评论》、《纽约时报》等其他出版物。他获过古根海姆奖学金，短篇小说先后收录在《欧·亨利获奖故事集》(*OHenry Prize Stories*)、《最佳美国故事》(*Best American Stories*)、《诺顿短篇小说选集》(*The Norton Anthology of Short Fiction*)和《最佳新编南方故事》(*Best New Stories of the South*)。他的小说已译成16种语言。根据其小说改编的剧作在百老汇上映过，并荣获四次艾美奖。他曾在斯坦福大学、杜克大学和萨拉·劳伦斯学院教写作和文学课，1989年和2010年返回爱荷华作家工作坊任教。他出版的作品有：

The Practical Heart: Four Novellas (Knopf, 2001),获浪达同志文学奖

Plays Well with Others (Knopf,1997)

White People (Knopf,1990),获《洛杉矶时报》图书奖,获国际笔会/福克纳奖提名

Oldest Living Confederate Widow Tells All(Knopf,1989),获美国艺术文学院苏·考夫曼第一虚构作品奖

乔·霍尔德曼

乔出生在俄克拉荷马城。从小在波多黎各、新奥尔良、华盛顿特区和阿拉斯加长大。1967年应招入伍,在越南中部高地参战,是战斗工程师,获紫心勋章。他在马里兰大学获物理学和天文学学士,又读了数学和计算机科学方向的研究生,但他后来退学开始写作,1975年获爱荷华作家工作坊小说方向的MFA。

乔和已婚44年的妻子盖伊住在佛罗里达州盖恩斯维尔市和马萨诸塞州剑桥市。自1983年以来,他一直在麻省理工学院做兼职教授,在密歇根州立大学(克莱瑞恩)、克莱瑞恩西西雅图、纽约州立大学布法罗分校、普林斯顿大学、北达科他州、肯特州立大学和北佛罗里达大学教过写作工作坊。他还做过统计学家助理、图书管理员、计算机程序设计员、音乐家、工人、临时台上讲演者和顾问。他出版的作品有:

Starbound (Ace Books, 2010)

Marsbound (Ace Books, 2008)

The Accidental Time Machine (Ace Books, 2007)

A Separate War (短篇集,Ace Books, 2006)

War Stories (Nightshade Press, 2005),收有1968出版的《战争年》和一些短篇。

Old Twentieth (Ace Books, 2005)

Camouflage (Ace Books, 2004)

Guardian (Ace Books, 2002)

The Coming (Ace Books, 2000)

Forever Free (The Forever War 的续集，Ace Books, 1999)

Forever Peace (Berkley, 1997)，雨果奖、约翰·W. 坎贝尔奖、星云奖

Saul's Death (诗集，Anamnesis Press, 1997)

None So Blind (短篇集，AvoNova Books, 1996)

1968 (novel，Hodder & Stoughton, UK, 1994; William Morrow, Inc.,1995)

Vietnam and Other Alien Worlds (散文，小说，诗集，NESFA Press, 1993)

Worlds Enough and Time (小说，Morrow, 1992)

The Hemingway Hoax (中篇小说，Morrow, 1990)

Buying Time (小说，Morrow, 1989)

Tool of the Trade (小说，Morrow, 1987)

Dealing in Futures (短篇集，Viking, 1985)

Nebula Awards 17 (选集，Holt, 1983)

Worlds Apart (小说，Viking, 1983)

Worlds (小说，Viking, 1981)

World Without End (Star Trek 小说，Bantam, 1979)

Infinite Dreams (短篇集，St. Martin's Press, 1978)

Study War No More (选集，St. Martin's Press, 1977)

All My Sins Remembered (小说，St. Martin's Press, 1977)

Planet of Judgment (Star Trek 小说，Bantam, 1977)

Mindbridge (小说，St. Martin's Press, 1976)

The Forever War (小说，硕士论文，St. Martin's Press, 1975;作者亲定版，Avon 1997; Thomas Dunne Books/St. Martins Press 再版，2009)

Cosmic Laughter (选集，Holt, 1974)

War Year (中篇小说，Holt, 1972)

有些书已译成20种语言出版。乔在各类科幻杂志发表了数十个短篇和中篇，还在主流杂志如《花花公子》上发表过作品。他还出过歌曲和诗歌，主要发表在小杂志上，但也在《哈珀氏》和《奥米》(*Omni*) 上发表过作

品。他有几本书改编成了电影，也有的改编为舞台剧。乔因其独特的创作体裁多次荣获最高荣誉，其中包括雨果奖、星云奖、迪特码奖、雷斯灵奖、世界奇幻奖和约翰·W. 坎贝尔奖。

乔伊·哈乔

乔伊出生在俄克拉荷马州的塔尔萨，是弗斯科吉民族成员。她的诗歌已荣获许多奖项，其中包括新墨西哥州州长卓越艺术奖和美洲土著作家协会终身成就奖；美国诗歌学会的威廉·卡洛斯·威廉姆斯奖。她还出版了荣获四项奖的原创音乐光盘和表演剧，包括最近的作品《蜿蜒穿过银河系》（*Winding Through the Milky Way*），该作品为她赢得年度最佳女歌手的纳米奖（美国土著人音乐奖）。2009年和2011年，获美国艺术家奖学金拉斯姆森资助。她和箭动态乐队参加过国际演出。2009年，独角戏《夜空之翼》（*Wings of Night Sky*）和《晨光之翼》（*Wings of Morning Light*）在富国剧院首演。她是组建土著文化与艺术基金会董事会成员。乔伊为本部落报纸《马斯科吉民族新闻》（*Muscogee Nation News*）写专栏《来来往往》。她住在新墨西哥州的阿尔伯克基。她出版的作品有：

 For a Girl Becoming (青少年文学，University of Arizona Press, 2009)

 How We Became Human, New and Selected Poems (W. W. Norton, 2003)

 A Map to the Next World (W. W. Norton, 2000)

 The Good Luck Cat (Harcourt, 2000)

 Reinventing the Enemy's Language, Contemporary Native Women's Writing of North America (W. W. Norton, 1997)

 The Spiral of Memory (访谈，与 Laura Coltelli 合编，University of Michigan Press, 1996)

 The Woman Who Fell from the Sky (W. W. Norton, 1994)

 Fishing (fine press chapbook, Oxhead Press, 1991)

 In Mad Love and War (Wesleyan University Press, 1990)

 Secrets from the Center of the World (配有斯蒂芬·斯特罗姆摄影的诗

意散文，University of Arizona Press, 1989)

She Had Some Horses (Thunder's Mouth Press 1984, 已出三版, W. W. Norton, 2008)

What Moon Drove Me to This? (I.Reed Books, 1979, 不再版)

The Last Song (poetry chapbook，Puerto del Sol Press, 1975, 不再版)

音乐光盘：

Red Dreams, a Trail Beyond Tears (Mekko Productions, Inc., 2010)

Winding Through the Milky Way (音乐/歌曲, Joy Harjo, Fast Horse Recordings, 2008; Mekko Productions, Inc., 2009)

She Had Some Horses (配乐口头诗歌, Mekko Productions, Inc., 2006)

Native Joy for Real (配乐口头诗歌/歌曲, Joy Harjo, Mekko Productions, Inc., 2004)

Letter from the End of the Twentieth Century (with Poetic Justice, reggae/配乐诗朗诵, Mekko Productions Inc., 2002; Silverwave Records, 1997; Red Horses Records, 1995)

米歇尔·赫恩伊凡恩

米歇尔于1977年在爱荷华作家工作坊读书。这之后的20年里，她一边在食品服务行业工作（服务生、烹饪、给餐厅写评论、写食物专栏），一边写小说。她的第一部小说《圆形岩石》(*Round Rock*)发表在1997年，2003年出版《詹姆斯兰德》(*Jamsland*)，2009年出版《责备》(*Blame*)，入围美国国家图书评论奖。她和丈夫吉姆·波特、小猎犬、黑猫和非洲灰鹦鹉住在加州阿尔塔迪纳市，她自小在那里长大。

加里·约里奥

加里出生在布鲁克林，11岁搬到纽约州马萨波夸市。霍夫斯特拉大学英语学士学位，1976年获爱荷华作家工作坊小说方向的MFA，1984年获圣约翰大学法学院法学博士。他的小说发表在《密西西比评论》(*Mississippi*

Review)、《生铁》(Pig Iron)、《威斯康星评论》、《廉价恐怖小说》(Penny Dreadful)和其他文学杂志和报纸上。他第一任妻子叫克里斯廷·罗姆妮,两人育有一女。目前,他是房地产律师,住在纽约州的艾斯利普和蒙托克。

约翰·欧文

约翰在新罕布什尔州埃克塞特出生并长大,他在那里上了菲利普斯·埃克塞特学院,他写的几本书和短篇小说以那里为背景。他在那里学会摔跤,并成为摔跤助理教练,这项运动对他的人生有很大帮助,他也把自己作为作家的成功归功于这项运动。1965年获新罕布什尔州大学学士学位,后在美国匹兹堡大学学了一年,他在那也经常摔跤,又在维也纳大学和欧洲研究学会待了一年,1967年获爱荷华作家工作坊小说方向的MFA。他一直是"大面包"作家会议(Bread Loaf Writers Conference,又译布雷德洛夫作家制作班)和爱荷华作家工作坊驻校作家;他曾在位于马萨诸塞州霍利奥克山学院和布兰代斯大学任教,在新英格兰各种预备学校当过摔跤教练。所获奖项包括:美国国家艺术基金会和洛克菲勒基金会的资助、美国国家图书奖、奥斯卡最佳改编剧本奖、古根海姆基金会奖学金。由于《盖普眼中的世界》在国际上取得成功,他的书都非常畅销。

约翰与第二任妻子和三个孩子在佛蒙特州、多伦多和安大略省北部生活。他出版的作品有:

Last Night in Twisted River (Random House, 2009)

A Sound Like Someone Trying Not to Make a Sound (儿童文学,2004)

Until I Find You (Random House, 2005)

The Fourth Hand (Random House, 2001)

My Movie Business: A Memoir (Random House, 1999)

A Widow for One Year (Random House, 1998)

The Imaginary Girlfriend: A Memoir (Ballantine Books, 2002)

A Son of the Circus (Random House, 1994)

Trying to Save Piggy Sneed (短篇集，Arcade Publishing, 1996)

A Prayer for Owen Meany (William Morrow, 1989)

The Cider House Rules (William Morrow, 1985), 2000年获奥斯卡最佳剧本改编奖

The Hotel New Hampshire (E. P. Dutton, 1981)

The World According to Garp (E. P. Dutton,1978), 美国国家图书奖

The 158-Pound Marriage (Random House, 1974)

The Water Method Man (Random House, 1972)

Setting Free the Bears (Random House, 1968)

谢里·克雷默

谢里出生在密苏里州斯普林菲尔德市，韦尔斯利学院英语学士学位，1977年获爱荷华作家工作坊小说方向的MFA，1978年获爱荷华剧作家研讨会剧本创作方向的MFA。她获过国家艺术基金会奖学金、纽约艺术奖学金、麦克奈特国家奖学金，获奥黛丽·斯科伯尔－凯尼斯基金会佣金，是新剧家协会首位国家级成员。她在西北大学教过剧本创作，在卡内基·梅隆大学教美学硕士课程，在天主教大学、奥斯丁德州大学米切纳作家中心以及爱荷华剧作家工作坊定期授课，当时，她是工作坊负责人。她住在纽约州和佛蒙特州，目前在佛蒙特州本宁顿学院教剧本创作。她出版的剧本有：

When Something Wonderful Ends (2007年在路易斯维尔人文节上由"演员剧院"首映，Playscripts, Inc.*Humana Anthology,*2007; *The Complete Plays,* 2008, Broadway Play Publishing, 2008,2009)

A Permanent Signal (2004年在爱丁堡艺穗节阿提卡舞台制片公司首映，Broadway Play Publishing *Facing Forward*, 1995)

Things That Break (1997年在弗吉尼亚费尔法克斯第一修正案剧院首映，Broadway Play Publishing *Plays by Sherry Kramer*, 2001)

Partial Objects (1993年在摩尔山剧院首映, Broadway Play Publishing, 2010)

David's Red Haired Death (1991年在华盛顿特区沃利·麦默思剧院首

映，Theatre Communication Group *Plays in Process*,1992; Vintage Books *Plays for Actresses*, 1997; Broadway Play Publishing *Plays by Sherry Kramer*, 2001, 2006), 1992年获简·钱伯斯戏剧创作奖

The World at Absolute Zero (1991年在纽约州马拉松合奏制片厂剧院首映，Broadway Play Publishing,1993)

What a Man Weighs (1990年在纽约第二舞台剧院首映，Broadway Play Publishing, 1993, 2010),1990年获阿诺德·韦斯伯格剧本创作奖；NBC新声音奖，1990；纽约戏剧联盟奖1990；马文·泰勒剧本创作奖，1993

The Wall of Water (1988年在纽黑文的耶鲁剧院首映，Broadway Play Publishing, 1989; *Plays by Sherry Kramer*, 2001,2008),荣获LA剧院女性新剧本奖

The Release of a Live Performance (1982年首次在明尼阿波利斯基本事实剧院上演，Broadway Play Publishing, 2010)

About Spontaneous Combustion (1982年首次在明尼阿波利斯基本事实剧院上演，Broadway Play Publishing, 2010)

约翰·"杰克"·莱格特

杰克出生在纽约。他在安多佛读的高中，1942年从耶鲁大学毕业后，担任美国海军预备役中尉，1945年卸任。他与玛丽·李·法恩斯托克结婚，在1948年至1986年间育有三子。目前，他住在加州纳帕，长期担任纳帕谷作家会议主任。他与第二任妻子埃德温娜·本宁顿（旧金山人）住在儿子设计的房子里。

20世纪50年代，杰克是波士顿霍顿·米夫林出版社编辑和宣传总监，在纽约哈珀与罗出版社当了七年编辑。1969年成为英语专业教授，在爱荷华作家工作坊担任近20年的主任职位。他广泛研究过威廉·萨洛扬的传记，2008年把这些研究作为他曾捐文稿的增编文件捐给大学图书馆。他出版的作品有：

A Daring Young Man: A Biography of William Saroyan (Knopf, 2002), 他的研究文件与草稿成为2003年增编文件。

Making Believe (Houghton Mifflin, 1986)

Gulliver House (Houghton Mifflin, 1979)

Ross and Tom: Two American Tragedies (Simon & Schuster, 1974)

Who Took the Gold Away (Random House, 1969)

The Gloucester Branch (Harper & Row, 1964)

Wilder Stone (Harper & Brothers, 1960)

格日·利普舒尔茨

格日是新泽西女孩,在卑尔根镇长大,那地方因罗氏出名,她是罗氏的粉丝,也因尼克松出名,但她不是尼克松的粉丝。更不要说《女高音》里的詹姆斯·甘多费尼了,格日上高中那会儿,詹姆斯还是孩子。她毕业于马萨诸塞大学(阿默斯特),获基础教育学士学位,1976年获爱荷华作家工作坊小说方向的MFA。她的作品发表在《纽约时报》、《卡利俄珀》(*Kalliope*)、《黑武士评论》(*Black Warrior Review*)、《北大西洋评论》(*North Atlantic Review*)、《大学英语》(*College English*)等其他出版物。她演过独角戏《昔日》(*Once Upon the Present Time*),由小伍迪王在纽约市制作。她的作品《超越阴影——妇女对911的艺术反应》(*Rising Above the Shadow—Women's Artistic Responses to September 11th*)主要是50名女性艺术家——画家、音乐家、舞蹈家和作家的作品。她写的一本小说获纽约州CAPS资助。她的小说获过弗利奖提名,还进入希金奖半决赛。历经27年努力后,她在出版小说和寻找全职教职两方面均受挫,于是决定返校。她往返于俄亥俄州雅典县和纽约亨廷顿站,在俄亥俄州立大学英语系攻读博士学位,与丈夫欧文·黄住在亨廷顿。他们的两个孩子都是有抱负的小提琴家,大卫(24岁)现改为演奏电子乐器,伊丽莎(13岁)目前似乎更喜欢古典音乐。

比尔·曼海尔

比尔出生在新西兰因弗卡吉尔——吉卜林称之为"世上最后的灯

柱"——在奥塔哥大学和伦敦大学学院接受的教育。当时，他是古斯堪的纳维亚语学者，还会发这个音"Eyjafjallajöull"。1975年在惠灵顿维多利亚大学创建新西兰第一个创意写作班，现在是那里的英语和创意写作教授，国际现代文学研究所主任。他当选为新西兰首位桂冠诗人，艺术基金会桂冠诗人，先后五次获新西兰诗歌奖。他还获凯瑟琳·曼斯菲尔德奖学金，前往法国芒通学习，还获过总理奖。他还荣获新西兰杰出贡献骑士勋章。

他出版了很多作品，包括一本《诗集》(Collected Poems，2001年由维多利亚大学和卡可耐特出版社出版)，之后出版的获奖诗集有《解禁》(Lifted)和《闪电的受害者》(The Victims of Lightning)。他最近写的诗发表在《伦敦图书评论》(London Review of Books)、《纽约客》、《伦敦诗歌》(Poetry London)、《体育》(Sport)和《泰晤士报文学增刊》。他以合作著称：在科学领域，他与物理学家保罗·卡拉汉合作过("天使可以吗?"科技—艺术项目)，在视觉艺术方面，与著名毛利人画家拉尔夫·霍特尔合作《歌声的循环》(Song Cycle)和《弊病》(MALADY系列)，和爵士音乐家诺曼·米汉在音乐制作上合作过，出版了光盘《佛教徒的雨》(Buddhist Rain)。

他还写过几个短篇集，包括《南太平洋》(South Pacific)和《我的生活之歌》(Songs of My Life)，是最畅销的文集编辑，其中包括《一百首新西兰诗》(100 New Zealand Poems)和《另一国度：新西兰最佳短篇小说集》(Some Other Country: New Zealand's Best Short Stories)。他编的南极诗歌和小说选集《宽阔的白页》(The Wide White Page)有开创性，他可能有点儿太引以为豪，但他确实访问过南极洲，一次还在南极度过了英雄式的45分钟。

丹尼斯·马西斯

丹尼斯在伊利诺伊州皮奥里亚市长大，是布拉德利大学毕业生，跟从乔治·钱伯斯学创意写作，主修英语和艺术双学位。1974年搬到芝加哥，1978年获爱荷华作家工作坊小说方向的MFA。他的小说有幸得到美国国家艺术基金会资助，曾在雅多当过驻校作家，还两次荣获马萨诸塞州普罗文斯敦美术工作中心资助，在那里担任FAWC写作委员会主席，当时的委员有：格雷斯·佩利和阿兰·杜根。20世纪80年代，他着迷于计算机技术，步入纽约和波士顿出版业，然后在互联网方兴未艾时进入已从事21年的职业生涯——企业通信行业。丹尼斯目前是顾问编委，尤其喜欢帮助首次亮相的小说家和回忆录作家。他与妻子芭芭拉住在加州千橡树中心。他仍在写第一本书。

比尔·麦考伊

比尔在宾夕法尼亚州立大学长大。在宾夕法尼亚州立大学期间（他在放克乐队演奏低音，勤工俭学），他想成为电影制片人，但及时转学英语，获学士学位。毕业后，他去了爱荷华，1977年获作家工作坊小说方向的美学硕士学位。他在多家杂志工作几十年后——一直在《阿瑟·弗洛姆尔的经济旅行》(Arthur Frommer's Budget Travel)、《家长》和其他不太知名的杂志就职——糊里糊涂地进入营销行业。他现在是美林的编辑和作家。他的文章发表在众多刊物上，包括《旅游与休闲》(Travel & Leisure)、《父母》、《优涅读本》(Utne Reader)、《洛杉矶时报书评》(Los Angeles Times Book Review)及《行政总裁》(Chief Executive)。散文集《父亲节：来自现实世界的爸爸手记》于1995年由时报图书公司/兰登书屋出版。他与妻子莎龙和他们的两个十几岁的孩子住在宾夕法尼亚州艾维兰市。

戈登·门能加

戈登出生在爱荷华州赖恩贝克市，在那里长大，获北爱荷华大学英语教育学位。1977年获爱荷华作家工作坊小说方向的MFA。他曾任教于德波大学和俄勒冈州立大学，教文学创作和文学课程。他在田纳西州、俄勒冈州、印第安纳州和爱荷华州举办过朗诵会和研讨会。他的小说发表在《北美评论》、《西北杂志》(Northwest Magazine)、《假的》(Seems)、《开本》(Folio)和其他出版物。他为NPR的《晚上好》(Good Evening)和加里森·凯勒的《大草原家庭伴侣》(*A Prairie Home Companion*)节目撰稿，为一个谈话节目写的独白成为电影《每天》(*Everyday*)的素材，该电影于1999/2000年上映。1995年，他获《芝加哥论坛报》纳尔逊·阿尔格雷短篇小说奖。戈登与妻子琳住在爱荷华市。他们有两个孩子——凯特和安迪。他目前在爱荷华州锡达拉皮兹市寇依学院教授创意写作和电影研究。

埃里克·奥尔森

埃里克出生在加州奥克兰——加油！奥克兰队！——也在奥克兰长大，起初他像当年所有雄心勃勃的新生一样，是加州大学伯克利分校医学预科生，但在参加"有机化学"的第一次测验时，他对医学的兴趣减少了一半。过了很多年，他才大学毕业，后来又做过其他尝试，均半途而废，最后获比较文学学士（古典希腊语，说来话长，这里不赘述）。1977年获小说方向的MFA。2000年，他与格伦·谢弗共同创办现代文学国际研究院，并担任研究院主任，这是个文学智囊团，帮助那些受审查和遭迫害的作家。埃里克在拉斯维加斯还协助建立第一个美国庇护城，是研究院项目。该研究院还经营各种项目，支持国内外作家新秀。此前，埃里克是时代华纳公司健康时代公司定制出版的执行编辑。他在该公司与AOL灾难性地合并后，离开时代华纳公司——换句话说，合并得太晚。之前，他是自由撰稿人。他发表过数百篇杂志文章、几个短篇，六本非小说类作品，包括这本书。他在爱荷华是教学/写作研究员（1976—1977），离开工作坊后获詹姆斯·A.米切纳小说奖学金。最近，他开始深入研究艺术和设计。尽管常识告诉他不要创作，家人和朋友建议他不要创作，他仍继续写小说，写电影剧本。有时，埃里克的确希望他能从困难中挺过来。他出版的作品有：

Concrete at Home: Innovative Forms and Finishes: Countertops, Floors, Walls, and Fireplaces, with Fu-Tung Cheng (Taunton Press, 2005)

Concrete Countertops: Design, Forms, and Finishes for the New Kitchen and Bath, with Fu-Tung Cheng (Taunton Press, 2002)

LifeFit: An Effective Exercise Program for Optimal Health and a Longer Life, with Ralph Paffenbarger, MD, PhD (Human Kinetics Publications,1996)

Forming a Moral Community (Bioethics Consultation Group, Berkeley, California, 1995)

On the Right Track (Bobbs Merrill, New York, 1984)

文章太多了，不再回想。

他的小说有：

"In Turlock,"在写小说的五个小章节（该小说始终没完成），发表在《鲷鱼涌西》杂志，1977年，由村庄之光出版社重印，简·沃茨编辑 (Poet & Printer Press, 1978)

短篇"My Father's Son,"《卡罗来纳季刊》(*Carolina Quarterly*), 1977年冬

明迪·彭妮巴克

她是一位受过专门训练的环境记者，写过《做件绿色的事情：通过简单的日常选择拯救地球》(*Do One Green Thing: Saving the Earth Through Simple, Everyday Choices*，圣马丁出版社，2010年）。她是绿色生活方式网站和博客www.GreenerPenny.com的编辑和创始人，是玛莎·斯图尔特的《身体+灵魂杂志》(*Body + Soul Magazine*) 的专栏作家。

明迪与她在爱荷华的同学唐·华莱士结婚，华莱士于1977年毕业于作家工作坊，获小说方向美学硕士。明迪出生在夏威夷檀香山，由母亲和爷爷奶奶养大，祖母是"哈姆的泡菜"饭店老板，是岛上有名的韩国食品制造商。她终日勤奋学习、在泡菜店努力工作，一天下来精疲力尽。她毕业于培养精英的普纳荷学校，该校由传教士和夏威夷的皇室所建，也是美国总统奥巴马的母校。明迪还获斯坦福大学英语文学学士学位，后来她回到那里，获斯特格纳小说创作资助，还获加州大学法学戴维斯分校博士学位。她在曼哈顿生活27年后，最近和华莱士搬到檀香山居住。他们的儿子罗里·唐纳德·华莱士在斯坦福大学学历史，现在在纽约一家对冲基金公司工作。

明迪的小说和新闻文章发表在《大西洋月刊》、《小说杂志》(*Fiction*

Magazine)、《竹岭》(Bamboo Ridge)、《纽约时报》、《民族》(Nation)、《山脉》(Sierra)、《世界观察》(Worldwatch)、《自然的家庭》(Natural Home)、《E.杂志》(E. Magazine)、TheDailyGreen.com等其他地方。

简·安妮·菲利普斯

简·安妮出生在西弗吉尼亚州巴克汉农市。她在西弗吉尼亚大学主修英语，1978年获爱荷华作家工作坊小说方向的MFA。她的作品已译成12种语言文字出版。她获过古根海姆奖学金，两次获国家基金会艺术奖学金，获拉德克利夫学院班亭研究所的班亭奖学金，获霍华德基金会奖学金，2009年，她的作品入围美国国家图书奖。简·安妮曾在几所学院和大学任教，包括哈佛大学、威廉姆斯大学、波士顿大学和布兰代斯大学。目前，她是新泽西州州立大学罗格斯纽瓦克校区（www.mfa.newark.rutgers.edu）英语系教授，MFA创意写作班主任。她和丈夫有两个儿子。她出版的作品有：

Lark and Termite (小说，Knopf, 2009)，入围美国国家图书奖，入围美国图书评论奖

MotherKind (小说，Knopf, 2000)，麻州图书奖，柑橘奖提名奖(UK)

Shelter (小说，Delta, 1995)，获美国艺术文学院颁发的文学学院奖；《出版人周刊》年度最佳作品

Fast Lanes (短篇集，Vintage, 1987, 2000)

Machine Dreams (小说，Vintage, 1984, 1999)，美国图书评论协会提名奖，《纽约时报》"最佳年度奖"

Black Tickets (Delacorte/Seymour Lawrence, 1979; Delta, 1989)，苏·考夫曼第一虚构作品奖

Counting (短篇集，Vehicle Editions, 1978)，圣劳伦斯奖

Sweethearts (短篇集，Truck Press, 1976)，手推车奖，文学杂志协调委员会费尔斯奖

格伦·谢弗

格伦在加州大学欧文分校获文学学士及硕士学位。1977年毕业于爱荷

华作家工作坊，获MFA。

在他从事游戏行业的30年职业生涯中，担任曼德勒度假集团总裁和首席财政官近20年。他与人共建"永久游戏公司"，任首席执行官。该公司总部在拉斯维加斯，是老虎机公司。

格伦一直是描写现代拉斯维加斯崛起的几本书和众多文章的中心人物，其中包括皮特·阿利的《超级赌场》(*Super Casino*)和加里·普罗沃斯特的《高风险》(*High Stakes*)。《拉斯维加斯杂志》(*Las Vegas Magazine*)把他列为现代拉斯维加斯的发明者之一，《机构投资者》(*Institutional Investor*)杂志介绍他是美国十大企业金融家之一。1999年至2005年，他是宣传拳击锦标赛的世界领先网站发起人。

尽管他离开工作坊后选择了与众不同的道路，但他始终与文学紧密相连。他朋友当中有许多知名作家、散文家、剧作家和诗人。为支持文学艺术的发展，2000年他与埃里克·奥尔森创立公共知识分子智囊团，在内华达大学拉斯维加斯分校创建现代文学国际研究院（之后与UNLV的黑山研究院合并）。该研究院的使命是"认可全世界因受迫害或因审查压抑的作家，并给予他们经济资助"。格伦还是知识产权集团和好莱坞文学代理机构主要拥有人，该代理机构的作者名单里包括以下作家：唐·德里罗、乔伊斯·卡罗尔·奥茨、詹姆斯·埃尔罗伊、丹尼斯·勒翰、理查德·鲁索和斯廷，还有詹姆斯·M.该隐、约翰·奥哈拉和弗兰克·麦考特的文学遗产。IPG是电影《好莱坞庄园》(*Hollywoodland*)和电视连续剧等的执行制片人。

同时，他还是艺术收藏家，是《名利场》艺术专刊（2006年12月）的"著名业余收藏家"——是艺术收藏大家，和保罗·艾伦、斯蒂芬·温、斯·纽豪斯及大卫·洛克菲勒一样。

《所有闪光的东西》(*All That Glitters*)和他的第一部小说《神圣的激励者》是他30年前在爱荷华州期间写的作品，仍有待完成。

格伦还在NBC电视系列节目《拉斯维加斯》(*Las Vegas*)里表演过节目。

简·斯迈利

简出生在洛杉矶，但不久后搬到密苏里州圣路易斯郊区，一直住到她前往瓦瑟学院为止。她从纽约去欧洲待了一年，然后前往爱荷华，1976年获作家工作坊小说方向的MFA。她对死亡的语言产生兴趣（包括古斯堪的纳维亚语、古英语和中古英语、古爱尔兰语、哥特语及古高地德语），于是，她作为富布赖特学者，去冰岛学了一年现代冰岛语，想出了博士论文题目，涉及古斯堪的纳维亚语，没有写完论文——她交了篇创意写作充当博士论文，获博士学位。她在冰岛期间听说北欧格陵兰岛南端有中世纪斯堪的纳维亚殖民地，最终写了小说《格陵兰人》。

她从爱荷华毕业后，去埃姆斯爱荷华州立大学任教，1996年辞职后成为全职作家。她结过三次婚，是两个女儿和一个儿子的母亲，住在加州北部，她有很多匹马，她让这些马在小说里扮演了角色，她的这些马不只有一个用途。

简已获多个文学奖项和荣誉，1985年，短篇小说《丽莉》获欧·亨利奖，1992年，《一千英亩》获普利策奖和美国图书评论奖，2001年，入选美国艺术和文学学院。2001年，《马的天堂》入围柑橘奖。

简的散文和文章散见多个选集，还发表在《哈珀氏》、《沙龙》（*Salon*）、《红皮书》、《时尚》（*Vogue*）、《纽约客》、《米拉贝拉》（*Mirabella*）、《倾城》（*Allure*）、《民族》等杂志。她出版的作品有：

True Blue (Knopf青年读者系列丛书, 2011)

The Man Who Invented the Computer (Doubleday, 2010)

A Good Horse (Knopf青年读者系列丛书, 2010)

Private Life (Knopf, 2010)

The Georges and the Jewels (Knopf青年读者系列丛书, 2010)

Ten Days in the Hills (Knopf, 2007)

Thirteen Ways of Looking at the Novel (Knopf, 2005)

A Year at the Races: Reflections on Horses, Humans, Love, Money and Luck (Knopf, 2004)

Good Faith (Knopf, 2003)

Charles Dickens (Viking, 2003)

Horse Heaven (Knopf, 2000)

The All-True Travels and Adventures of Lidie Newton (Knopf, 1998)

Moo (Knopf, 1995)

A Thousand Acres (Knopf, 1991) 1992，普利策奖

Ordinary Love and Good Will（两个中篇, Knopf, 1989)

The Greenlanders (Knopf, 1988)

The Age of Grief: A Novella and Stories (Knopf, 1987)

Duplicate Keys (Knopf, 1984)

At Paradise Gate (Free Press, 1981)

Barn Blind (Harper & Row, 1980)

道格拉斯·昂格尔（道格·昂格尔）

道格出生在爱达荷州莫斯科市，在阿根廷和德国学习过，1973年获芝加哥大学人文学科通识研究本科学位。1977年获爱荷华作家工作坊小说方向的MFA。他曾在一家周报系列做过摄影师，接着在美国合众国际社（UPI）做过艺术栏目记者，在《贝灵汉先驱报》做过戏剧评论家，还当过编剧家和故事顾问，入选作家协会会员。他曾担任《芝加哥评论》总编，《爱荷华评论》编辑助理，为《麦克尼尔/莱勒新闻时间》(*MacNeil/Lehrer News Hour*) 写过散文，目前是《没有国界的词》(*Words Without Borders*) 和《联络点/Punto de Contacto》(*Point of Contact/Punto de Contacto*) 的执行委员会成员，还是威斯康星大学出版社《美洲文学首创》(*The Americas Literary Initiative* 即TALI）的顾问编辑，该杂志现设在德州理工大学出版社。他曾获富布赖特比较文学基金资助，先后任教于阿根廷、智利和乌拉圭的几所大学，在讲西班牙语的国家里和三十多所大学或艺术院校当过客座教授。道格在雪城大学（Syracuse University）教过八年文学和创意写作课程，1991年，他去内华达大学拉斯维加斯分校任教，在

该校与他人共创国际创意写作项目,并担任第一届主任,后连任主任,任期四年;2007年至2009年,担任内华达大学拉斯维加斯分校英语系主任。2007年入选内华作家名人堂。

奖项包括内华达作家名人堂、内华达摄政局创意活动奖、内华达州银笔奖、华盛顿州长作家奖、中西部作家协会颁发的小说奖、海明威基金会/PEN特别提名奖、富布赖特比较文学资助,还获过约翰·西蒙·古根海姆纪念基金会资助。短篇小说《莱斯莉和山姆》("Leslie and Sam")于2002年获欧·亨利奖提名,是《2002年美国最佳短篇小说集》(*Best American Short Stories 2002*)中的优秀故事。他的第一部小说《离开土地》入围普利策小说奖,第四本小说《沉默的声音》(*Voices From Silence*)入选年末《华盛顿邮报图书世界》(*The Washington Post Book World*),2008年该小说在法国由丹尼尔·阿桑/菲布版再版,书名是《我的亲兄弟》(*Mes frères de sang*),小说最后一章为新作。目前,他在完成两部小说,修改两个剧本。一次,书店店员在朗诵会上这样介绍他,"道格·昂格尔可能是次要作家,但他是美国次要作家中最重要的作家。"道格的第一本能是给拉斯维加斯的好友打电话,派人打断这家伙的腿。不过,他斟酌片刻后对店员深表感激。道格的结论是:"让人知道自己在边缘写作,而不是追随任何主流写作,这更自由、更好。"他出版的作品有:

Looking for War and Other Stories (Ontario Review Press/Persea/W.W.Norton, 2004)

Voices from Silence (A Wyatt book for St. Martin's Press, 1995; Daniel Arsand / Editions Phebus, Paris, 2008 as Mes frères de sang)

The Turkey War (Harper & Row, 1988; Ballantine Books, 1991)

El Yanqui (Harper & Row, 1986; Ballantine Books, 1988)

Leaving the Land (Harper & Row, 1984; Ballantine Books, 1985; Bison Books, University of Nebraska Press, 1995),1985年入围普利策小说奖,获罗伯特·F.肯尼迪奖

唐·华莱士

唐出生在加州长滩。他从小开始写作,一直写到上加州大学圣克鲁兹分校,1978年获爱荷华作家工作坊小说方向的美学硕士,与工作坊同学明迪·彭妮巴克结婚,介绍人是埃里克·奥尔森。他曾在曼哈顿的《赫斯特》、《康德纳斯》、时代公司和《纽约时报杂志》集团做过26年杂志编辑,成为初创企业、体育、休闲,如《帆船》(*Yachting*)、《汽船与帆船》(*Motorboating & Sailing*)、《高尔夫球文摘女性版》(*Golf Digest Woman*)、商业,如《快速公司》(*Fast Company*)、《成功》(*Success*)、妇女杂志,如《自我》(*Self*)、《父母》等出版物的专家。同时,他还从事小说创作,写了近百本小说书评,大多是首次亮相作家的小说,这些书评发表在《柯克斯评论》,他曾在社会研究新学院教小说创作和创意非虚构创作,还曾在佩斯大学研究生出版专业教过新闻。他的杂文、专家评论、专栏、评论及文章发表在《哈珀氏》、《纽约时报》、《柯克斯评论》(*Kirkus Reviews*)、MediaLifeMagazine.com、《绿色指南》(*Green Guide*)、《快速公司》、《海军历史》、《岛屿》(*Islands*)、《葡萄酒观察家》(*Wine Spectator*)、《娱乐》(*Diversion*)、《罗博报告》(*Robb Report*)等刊物上。他写了篇南加州文章,该文章因报道墨西哥,于1985年获墨西哥银笔奖;短篇《禁令》("The Injunction")2006年入选《下站是好莱坞》(*Next Stop Hollywood*,圣马丁出版社)。他荣获美国海军学院颁发的年度作者奖时,经历了与写作相关的最伟大、最奇怪的时刻。2002年,他发现自己在美国海军学院美国武装部队参谋首长联席会议上讲话,在场的还有25名外国武官,几百名海军人员和海洋工作人员,当时,再过几小时,军队将入侵巴格达。他和明迪目前住在檀香山,他们的儿子罗里已操起曼哈顿的指挥棒。他最近完成了一部纪录片的脚本写作,该纪录片题为《那些前辈们》(*Those Who Came Before*),是他对继承古老夏威夷音乐的最后一批歌手和作曲家所做的长达50年的研究结晶,由埃迪·卡梅导演,埃迪·卡梅是夏威夷的子孙和米尔娜·卡梅的创始人。他出版的作品有:

One Great Game: Two Teams, Two Dreams, in the First Ever National

Championship High School Football Game (非虚构作品，Atria Books, 2003)

A Tide in Time: The Log of Matthew Roving (系列小说，海军历史，2000–2003)

Hot Water (小说，Soho Press, 1991)

WaterSports Basics (Prentice-Hall, 1985)

译名对照

A

AIDS, 艾滋病

abetting perfection, "教唆完美"

Abe, Kobo, 安部工房

Abdullah, Nick, 尼克·阿卜杜拉

Abrahams, Jeff, 杰夫·亚伯拉罕

academia, 学术界

academy, the, 学院

Academy Awards, 奥斯卡金像奖

Ada (Nabokov),《阿达》(纳博科夫)

Adams, Alice, 爱丽丝·亚当斯

addiction, 上瘾

Adler Satellite typewriter, 阿德勒卫星打字机

agent, 经纪人

Agee, James, 詹姆斯·阿吉

Agnew, Spiro, 斯皮罗·阿格纽

Agni,《烈火》

Agusta, Leon, 莱昂·阿古斯塔

Aha! moment, 灵感；灵感突现时刻

Albee, Edward, 爱德华·阿尔比

alcohol, 酒精

alcoholic, 酗酒的

alcoholism, 酗酒

Alfred University, 阿尔弗雷德大学

Algren, Nelson, 纳尔逊·阿尔格雷

Alice in Wonderland (Carroll),《爱丽丝奇遇记》(卡罗尔)

American Academy (Rome), 美国学院 (罗马)

American exceptionalism, 美国例外主义

American Poetry Review, The,《美国诗歌评论》

American Review, The,《美国评论》

Amoco, 阿莫科石油公司

Amodio, Jim, 吉姆·阿莫迪欧

Andalusian Dog, An (Buñuel and Dalí),《一只安达卢西亚狗》

Anderson, Jack, 杰克·安德森

Anderson, Robert, 罗伯特·安德森

Anderson, Sherwood, 舍伍德·安德森

Andreasen, Nancy, 南希·安德烈亚森

Angela's Ashes (McCourt),《安吉拉的骨灰》(麦考特)

anger, 愤怒

Annapolis, 安纳波利斯

Anne of Green Gables (Montgomery),《绿山墙的安妮》(蒙哥马利)

Antaeus,《安泰》

Athenaeum, 阿森纽出版社

Antioch Review,《安提俄克评论》

Approval, 认可

Arlt, Roberto, 罗伯托·阿尔特

Arsand, Daniel, 丹尼尔·阿桑

  Las muchachas de Buenos Aires,《布宜诺斯艾利斯女孩》

Mes frères de sang,《我的亲兄弟》

Seven Madmen, The,《七狂人》

Art and Anarchy (Wind),《艺术与混乱》(温德)

Art Instinct, The (Dutton),《艺术创作本能》(达顿)

artistic success, 艺术上的成功

Ascent,《上升》

Ashbery, John, 约翰·阿什伯利

Ashworth, Eric, 埃里克·阿什沃思

Asimov, Isaac, 艾萨克·阿西莫夫

Association of Writers and Writing Programs, 作家与写作计划协会 (AWP)

Astaire, Fred, 弗雷德·阿斯泰尔

Astronomy,《天文》杂志

Athens, 雅典

Atlantic, The,《大西洋月刊》

Atlantic Monthly Press, 大西洋月刊出版社

"At Play in the Fields of Hackademe" (Algren),《在低劣作家学院的场地上游戏》

  (阿尔格雷)

Atwood, Margaret, 玛格丽特·阿特伍德

Atwood, Peggy, 佩吉·阿特伍德

Audience, 读者；听众

Aurignacian, 奥瑞纳

Austen, Jane, 简·奥斯丁

AWP, 作家与写作计划协会

Ayeroff, Fred, 弗雷德·艾尔奥夫

B

Babel, Isaac, 艾萨克·巴贝尔

Backlist, 再版书，重印书，库存书

Baker, Elliott, 埃利奥特·贝克

 Fine Madness, A,《脂粉金刚》

Bald Soprano, The (Ionesco),《秃头女高音》,（尤奈斯库）

Ball, Lois Harjo, 洛伊丝·哈乔·鲍尔

Balzac, Honoré de, 奥诺雷·德·巴尔扎克

Banting, Frederick Grant, 弗雷德里克·格兰特·班廷

"Barn Burning" (Faulkner),《烧马棚》(福克纳)

Barth, John, 约翰·巴思

Barthelme, Donald, 唐纳尔德·巴塞尔姆

Barthes, Roland, 罗兰·巴特

"Battle Between the Hut and the Hill",《小屋与山坡之间的战役》

Bausch, Richard, 理查德·鲍施

Bayonne Bleeder (Wepner),《巴约讷的放血者》(韦普纳)

Beard's Roman Women (Burgess),《比尔德的罗马妇女》(伯吉斯)

Beast in the Jungle, The (James),《丛林猛兽》(詹姆斯)

Beats, The, 垮掉的一代

Beattie, Ann, 安·贝蒂

Becker, Stephen, 斯蒂芬·贝克尔

Beckett, Samuel, 萨缪尔·贝克特

Being Peace (Thich Nhat Hanh),《宁静》(一行禅师)

Bell, Marvin, 马文·贝尔

Bellingham Herald, The,《贝灵厄姆先驱报》

Bellow, Saul, 索尔·贝娄

 Dean's December, The,《院长的十二月》

Theft, A,《偷窃》

Benedict, John, 约翰·本尼迪克特

Bergholz, Susan, 苏珊·伯格霍尔兹

  Mango Street, "芒果街",《芒果街上的小屋》

  Woman Hollering Creek,《女子喊叫小河》

Berkeley, 伯克利

Berra, Yogi, 约吉·贝拉

Berry, Wendell, 温德尔·贝瑞

Berryman, John, 约翰·贝里曼

Best of, 最佳作品

Bestsellers, 畅销书

Beverly Hills, 比佛利山庄

Billy Budds, 比利·巴德们

Black Stallion, The (Farley),《黑骏马》(法利)

Black Tickets (Phillips),《黑色门票》(菲利普斯)

Blake, William, 威廉·布莱克

Blanchot, Maurice, 莫里斯·布朗肖

Blessing, Lee, 李·布莱莘

Block, Lawrence, 劳伦斯·布洛克

blockbuster, 畅销书

blocks, 障碍

Blood Meridian (McCarthy),《血色子午线》(麦卡锡)

"Bluegill" (Phillips),《蓝鳃》(菲利普斯)

Bly, Robert, 罗伯特·布莱

Bobbs-Merrill, 波布斯-梅里尔出版社

Bonnard, Pierre, 比埃尔·波纳尔

book group discussion guides,《读书小组讨论指南》

Book-of-the-Month Club (BOMC), 每月一书俱乐部

BookScan,"扫描书"工具

boom writers,流行作家们

Borges, Jorge Luis,豪尔赫·路易斯·博尔赫斯

Borsom, Doug,道格·博赛姆

Bottle of Milk for Mother, A (Algren),《给母亲的一瓶牛奶》(阿尔格雷)

Boucher, Anthony,安东尼·鲍彻

Bourjaily, Vance,万斯·布杰利

Bowling Green,保龄球绿地地区

Boxcar Children (Warner),《棚车儿童》(华纳)

boxing,拳击

Boyd, Brian,布赖恩·博伊德

Boyle, T.C., T. C. 博伊尔,汤姆·博伊尔

Bradbury, Ray,雷·布拉德伯里

Bradley University,布拉德利大学

Brahe, Tycho,第谷·布拉赫

Bramble Bush, The (Mergendahl)《荆棘丛》(默根达)

Brand, Joshua,乔舒亚·布兰德

Brand, Josh,乔希·布兰德

Branson, Richard,理查德·布兰森

Bridges, Jeff,杰夫·布里奇斯

Brigadier General and the Golf Widow, The (Cheever),《准将和高尔夫寡妇》(契弗)

Bromell, Henry,亨利·布鲁米尔

Brontë, Emily,艾米莉·勃朗特

Brooks, Cleanth,克林斯·布鲁克斯

Brothers, Connie,康尼·布拉泽斯

Brown, Norman O.,诺曼·O.布朗

Brown University,布朗大学

Brownstein, Okkie, 奥奇·布朗斯坦

Buckley, Bill, 比尔·巴克利

Buckley, Chris, 克里斯·巴克利

Bukoski, Anthony, 安东尼·布科斯基

Bukoski, Elaine, 伊莱恩·布科斯基

Buskoski, Tony, 托尼·布科斯基

Bukowski, Charles, 查尔斯·布科夫斯基

Bunting Institute of Radcliff College fellow, 拉德克利夫学院班亭研究所的研究员

Burger King, 汉堡王

Burgess, Anthony, 安东尼·伯吉斯

Burgess, Mitch, 米奇·伯吉斯

Burgess, Mitchell, 米切尔·伯吉斯

Burkard, Michael, 迈克尔·伯卡德

Burke, James Lee, 詹姆斯·李·伯克

Burning Plain and Other Stories, The (Rulfo),《燃烧的原野和其他故事》(鲁尔福)

Burroughs, William, 威廉·巴勒斯

buttons, 按钮

C

CCNY, 纽约城市学院

Caesar, Sid, 希德·凯撒

Cal State (Chico), 加州州立大学奇科分校

California Magazine,《加州杂志》

Calisher, Hortense, 霍顿丝·克里谢尔

Calvino, Italo, 伊塔洛·卡尔维诺

Candy (Southern),《糖果》(萨瑟恩)

Canticle for Leibowitz, A (Miller),《献给莱博维茨的颂歌》(米勒)

Capote, Truman, 杜鲁门·卡波特

Captain Video (TV series),《视频船长》(电视连续剧)

Caramelo (Cisneros),《卡拉米洛披肩》(希斯内罗丝)

Caravaggio, Michelangelo Merisi da, 米开朗基罗·梅里西达·卡拉瓦乔

Carlson, Ron, 罗恩·卡尔森

Carolina Quarterly,《卡罗来纳季刊》

Carver-Hawkeye, 卡佛－鹰眼楼

Carver, Ray, 雷·卡佛

Carver, Raymond, 雷蒙德·卡佛

Case Western Reserve University, 凯斯西保留地大学

Casey, John, 约翰·凯西

Cassill, R.V., R.V.卡希尔

Castelli, Leo, 利奥·斯泰利

Catcher in the Rye (Salinger),《麦田里的守望者》(塞林格)

Cather, Willa, 薇拉·凯瑟

Cat in the Rain (Hemingway),《雨中的猫》(海明威)

Caulfield, Holden, 霍尔顿·考尔菲德

Centaur, The (Updike),《马人》(厄普代克)

Central Valley, 中央谷地

Chairs, The (Ionesco),《椅子》(尤奈斯库)

Chambers, George, 乔治·钱伯斯

Chang, Samantha, 萨曼莎·张

Chaucer, Geoffrey, 杰弗里·乔叟

Chauvet (France), 萧维（法国）

Cheever, John, 约翰·契弗

Chekhov, Anton, 安东·契诃夫

Chicago Tribune,《芝加哥论坛报》

Children at the Gate (Wallant),《大门口的儿童》(沃兰特)

Chin, Marilyn, 玛丽莲·钦

China Blue (Gammon),《中国蓝》(甘蒙)

Chodron, Pema, 佩玛·丘卓

Chomsky, Noam, 诺姆·乔姆斯基

Cider House Rules, The (Irving),《苹果酒屋的规则》(欧文)

Cien años de soledad (Márquez),《百年孤独》(马尔克斯)

Circus Circus, 马戏团广场赌场大酒店

Cisneros, Sandra, 桑德拉·希斯内罗丝

City Business (Olsen and Schaeffer),《城市商业》(奥尔森与谢弗)

CitySports Magazine,《城市体育杂志》

Clark, Geoffrey, 杰弗里·克拉克

Clark, Naomi, 纳奥米·克拉克

Clark, Walter Van Tilburg , 沃尔特·范·提尔伯格·克拉克

Clark, Woody, 伍迪·克拉克

Clarke, Arthur C., 阿瑟·C.克拉克

Cleaver, Eldridge, 艾德利契·克利佛

Cocteau, Jean, 让·科克托

Coffee House, 咖啡馆出版社

Coleridge, Samuel Taylor, 塞缪尔·泰勒·柯勒律治

Colliers,《柯莱尔斯》杂志

Colombo, Álvaro, 阿尔瓦罗·科伦坡

community, 群体；社区

Community of Writers, A (Dana),《作家群体》(达纳)

competitiveness, 竞争力

competition, 竞争；竞争对手

compulsion, 强迫；强迫症

computer, 电脑

Condé Nast,《康德纳斯》

Condé Nast Travel,《康德纳斯旅游》

connections, 联系

Connolly, Cyril, 西里尔·康诺利

Conrad, Joseph, 约瑟夫·康拉德

Conroy, Frank, 弗兰克·康罗伊

 Eleventh Draft, The,《第11版修改稿》

Coover, Robert, 罗伯特·库弗

Copernicus Society, 哥白尼协会

Coralville, 科勒尔维尔

Corso, Gregory, 格雷戈里·科索

Cortázar, Julio, 胡里奥·科塔萨尔

Cortez, Jayne, 杰恩·科尔特斯

Costello, Mark, 马克·科斯特洛

Country Doctor, The (Kafka),《乡村医生》(卡夫卡)

Courage to Create, The (May),《勇于创造》(梅)

Courage to Write, The (Keyes),《写作的勇气》(凯斯)

Crais, Bobby, 鲍比·克雷斯

creative dissertation, 创意写作形式的博士论文

creative process, 创意写作过程

Creative Process, The (Ghiselin),《创意写作过程》(盖斯林)

Creativity and Flow (Csikszentmihalyi),《创造力与思想流动》(米哈伊·森特米哈伊)

creativity, 创造力

creative, 创作的；有创造力的

creative writing, 创作

Crews, Harry, 哈利·克鲁斯

Crichton, Michael, 迈克尔·克莱顿

critical theory, 批评理论

criticism, 批评

Cross-Country Snow (Hemingway),《跨国之雪》(海明威)

Crossing Brooklyn Ferry (Fields),《穿越布鲁克林码头》(菲尔茨)

Crotty, Bob, 鲍勃·克罗蒂

Csikszentmihalyi, Mihaly, 米哈伊·森特米哈伊

Cultural Arts Center, 文化艺术中心

Cummings, E.E., E.E.卡明斯

Cunningham, Michael, 迈克尔·坎宁安

Curley, Daniel, 丹尼尔·柯利

D

DJ, 音乐节目主持人

Dailies, The (Bell),《日记》(贝尔)

Daily Iowan, The,《爱荷华日报》

Dana Girls, The,《丹娜两姐妹》

Dana, Robert, 罗伯特·达纳

Danforth scholarship, 丹福思奖学金

Dante, 但丁

dark nights of the soul, 灵魂处于黑暗中

Darwin, Charles, 查尔斯·达尔文

Darwinian literary studies,《达尔文主义文学研究》

Davis, Betty, 贝蒂·戴维斯

de Bergerac, Cyrano, 西哈诺·德·贝热拉克

de Man, Paul, 保尔·德·曼

de Sade, Marquis, 萨德侯爵

de Vinsauf, Geoffrey, 杰弗里·德·温塞夫

dead man poems (Bell), 《死者诗歌》（贝尔）

Dean Witter, 迪恩·惠特

Dean's December, The (Bellow), 《院长的十二月》（贝娄）

Death of the Novel and Other Stories (Sukenick), 《小说之死和其他故事》（苏肯尼克）

Debbie (former wife of Glenn Schaeffer), 黛比（格伦·谢弗的前妻）

debut novel, 处女作

Denardo, 丹纳尔多

DePauw University, 德波大学

Depression, the, 大萧条时期

depression, 抑郁症

depressed, 抑郁

Derrida, Jacques, 雅克·德里达

Des Moines (Iowa), 德梅因（爱荷华）

Des Moines Register, The, 《德梅因早报》

Devo, DEVO乐队

Dey House, 德伊楼

Dharma, 佛法

Dick, Philip K., 菲利普·K.迪克

Dickens, Charles, 查尔斯·狄更斯

Dickey, Bill, 比尔·迪基

Dickey, James, 詹姆斯·迪基

Dickinson, Emily, 艾米莉·迪金森

Didion, Joan, 琼·迪迪安

Diners Club, 大来俱乐部

Djerassi, 杰拉西

Doctorow, E.L., E. L.多克托罗

Doctorow, Ed,埃德·多克托罗

domesticated writing,"家庭式写作"

Donald Duck,唐老鸭

Donleavy, J.P., J.P.唐利维

Dove, Rita,丽塔·达夫

Downbeat Magazine,《强拍杂志》

downloadable books,能下载的作品

dramatic dialogue,戏剧性对话

Dreiser, Theodore,西奥多·德莱塞

Drexler, Rosalyn,罗莎琳·德雷克斯勒

Drexler, Ros,罗斯·德雷克斯勒

Drowning (Boyle),《溺水》(博伊尔)

Dubie, Norman,诺曼·杜比

Dugan, Alan,阿兰·杜根

Duke University,杜克大学

Durang, Christopher,克里斯多夫·杜兰

Durban, Pam,帕姆·德班

Dutch Masters,荷兰大师

Dutton, Denis,丹尼斯·达顿

    Art Instinct, The,《艺术创作本能》

Dybek, Stuart,斯图尔特·迪贝克

dying art,垂死的艺术

E

EPB (English-Philosophy Building),英语-哲学楼

413

Eakins, Thomas, 托马斯·伊肯斯

East Burlington, 柏林顿东部

Easter Parade (Yates),《复活节游行》(耶茨)

Editions Phebus, 菲布版

edit, 编辑

editing, 编辑

editor, 编辑

Einstein, Albert, 阿尔伯特·爱因斯坦

Elephants Teach, The (Myers),《大师的教导》(迈尔斯)

Eleventh Draft, The (Conroy),《第11版修改稿》(康罗伊)

Eliot,T.S., T.S.艾略特

Elkin, Stanley, 斯坦利·埃尔金

El Paso (Phillips),《埃尔帕索》(菲利普斯)

El regreso de Anaconda (Quiroga),《蟒蛇归来》(基罗加)

Emma (Austen),《爱玛》(奥斯丁)

Enderby (Burgess),《恩德比》(伯吉斯)

Enderby's End (Burgess),《恩德比之死》(伯吉斯)

Endless Love (Spencer),《无尽的爱》(斯宾塞)

Engle, Paul, 保罗·恩格尔

Enlightenment, 启蒙时代；启蒙运动

Entrekin, Morgan, 摩根·恩特里金

Epstein, Jason, 贾森·爱泼斯坦

Erbe, Pamela, 帕梅拉·厄布

Esquire,《君子》

exceptionalism, 例外主义

Exley, Frederick, 弗雷德里克·埃克斯利

experience, 经历；认识

F

FAWC, 美术工作中心

"Face to Face" (Wallace),《面对面》(华莱士)

failure, 失败

Faith of a Writer, The (Oates),《作家的信念》(欧茨)

Falconer (Cheever),《放鹰者》(契弗)

false marketplace, 假市场

Falsey, John, 约翰·法尔斯

Family Circle,《家庭圈》

"Farewell to My Country" (Oginski),《永别了,我的国家》(奥金斯基)

Father's Day: Notes from a Dad in the Real World (McCoy),《父亲节:来自现实世界的爸爸手记》(麦考伊)

Faulkner, William, 威廉·福克纳

"Barn Burning,"《烧马棚》

Faust, 浮士德

Ferlinghetti, Lawrence, 劳伦斯·费林赫迪

Fevertree (Unger),《菲弗特里》(昂格尔)

fiction, 小说

Fiction International,《国际小说》

Field House, 体育场

Fields, Jennie, 珍妮·菲尔茨

Fighting Norman Mailer (Schaeffer),《与诺曼·梅勒交战》(谢弗)

financial aid, 经济资助

Fine Arts Work Center, 美术工作中心

Fine Madness, A (Baker),《脂粉金刚》(贝克)

Finkel, Donald, 唐纳德·芬克尔

Fisketjon, Gary, 加里·菲斯科特乔恩

fitness boom, 全民健身热

Fitzgerald, F.Scott, F.斯科特·菲茨杰拉德

Five-Step Formula, 五步骤公式

Flaherty, Alice W., 爱丽丝·W.弗莱厄蒂

Fleming, Ian, 伊恩·弗莱明

Foerster, Norman, 诺曼·福斯特

For Whom the Bell Tolls (Hemingway),《丧钟为谁而鸣》(海明威)

Ford, Ford Maddox, 福特·马多克斯·福特

Ford, Richard, 理查德·福特

Forever Peace (Haldeman),《永远的和平》(霍尔德曼)

form of fiction, 小说形式

Foster, Naomi Harjo, 纳奥米·哈乔·福斯特

Foucault, Michel, 米歇尔·福柯

Fox, William Price, 威廉·普莱斯·福克斯

France, 法国

Fredonia, 弗里多尼亚

Fromm, Erich, 埃里西·弗洛姆

Frost, Robert, 罗伯特·弗罗斯特

Frumkin, Gene, 吉恩·弗鲁姆金

Fulbright, 富布赖特基金

Fuller, Winston, 温斯顿·富勒

G

GAP, GAP(美国服装品牌)

GE Younger Writers Award, GE年轻作家奖

Gaddis, William, 威廉·加迪斯

Galassi, Jonathan, 乔纳森·加拉西

Galvin, Jim, 吉姆·高尔文

gaming business, 游戏产业

Gammon, Catherine, 凯瑟琳·甘蒙

China Blue,《中国蓝》

Isabel Out of the Rain,《走出雨天的伊莎贝尔》

Gardner, John, 约翰·加德纳

Gass, William, 威廉·加斯

Genet, Jean, 让·热奈特

genius, 天赋；天才

genre fiction, 类型小说，又译体裁小说

George's Buffet, 乔治自助餐饭馆

Gerber, John, 约翰·格柏

Ghiselin, Brewster, 布鲁斯特·盖斯林

Gilbert, Miriam, 米丽娅姆·吉尔伯

Gilbert and Ellice Islands, 吉尔伯特和埃利斯群岛

Gillespie, Dizzy, 迪兹·吉列斯比

Gillette Friday Night Fights,《吉列周五夜战斗》

Ginsberg, Allen, 艾伦·金斯堡

Giroux, Robert, 罗伯特·吉鲁

Givens, Dave, 戴维·吉文斯

Givens, John, 约翰·吉文斯

Godfather, The (Puzo),《教父》(普佐)

Godfrey, Arthur, 阿瑟·戈弗雷

Godwin, Gail, 盖尔·戈德温

Goerner, Lee, 李·戈纳

Goethe, Johann Wolfgang von, 约翰·沃尔夫冈·冯·歌德

Goldbarth, Albert, 阿尔伯特·戈德巴斯

Goldsmith, Oliver, 奥利弗·戈德史密斯

Good Man is Hard to Find, A (O'Connor),《好人难寻》(奥康纳)

Good Soldier, The (Ford),《好兵》(福特)

Come Back, Little Sheba (Inge),《兰闺春怨》(英格)

Gorky Institute, 高尔基研究所

Graham, Jorie, 乔力·格雷厄姆

Grass, Gunter, 君特·格拉斯

Graves, Robert, 罗伯特·格雷夫斯

Graywolf Press, 灰狼出版社

Greasy Lake (Boyle),《油湖》(博伊尔)

Great Expectations (Dickens),《远大前程》(狄更斯)

Great Gatsby, The (Fitzgerald),《了不起的盖茨比》(菲茨杰拉德)

Great Writer Riot of 1976, 1976年作家大暴动

Greece, 希腊

Green Gulch, 绿色峡谷

Green, Robin, 罗宾·格林

Greenlanders, The (Smiley),《格陵兰人》(斯迈利)

Grenier, Robert, 罗伯特·格雷尼尔

Grimble, Arthur, 亚瑟·格林布尔

Grimes, Tom, 汤姆·格兰姆斯

  Workshop, The,《工作坊》

Grossman, Barbara, 芭芭拉·格罗斯曼

Gruber, Howard, 霍华德·格鲁伯

Guadalupe Cultural Arts Center, 瓜达卢佩文化艺术中心

Guerard, Albert, 艾伯特·格拉德

Guest, Corny, 科尼·格斯特

Gurewich, Judith, 朱迪思·古雷维奇

Gurganus, Allan, 艾伦·格甘纳斯

  It Had Wings,《它有翅膀》

H

HIV, 人类免疫缺陷病毒，又称"HIV病毒"

habit of art, 创作习惯

haiku, 俳句

Haldeman, Gay, 盖伊·霍尔德曼

Haldeman, Joe, 乔·霍尔德曼

Hall, Oakley, 奥克利·霍尔

Hamburg Inn number two, 汉堡旅店第二号

Hanh, Thich Nhat, 一行禅师

Hannah, Barry, 巴里·汉纳

Hansen, Ron, 罗恩·汉森

Happy Hollisters, The (Svenson/West),《快乐的霍利斯特家庭》(斯文森/韦斯特)

Hard Water (Becker and Haldeman),《硬水》(贝克与霍尔德曼)

Harjo, Joy, 乔伊·哈乔

Harjo, Naomi, 纳奥米·哈乔

HarperCollins, 哈珀·科林斯出版社

Harper & Row, 哈珀与罗出版社

Harper's,《哈珀氏》

Harrison, Jim, 吉姆·哈里森

Hartman, Carl, 卡尔·哈特曼

Harvard, 哈佛大学

Hawkes, John, 约翰·霍克斯

Hawkeyes, 鹰眼队

Hawthorne, Nathaniel, 纳撒尼尔·霍桑

Hayes, Harold, 哈罗德·海斯

Hearst, 赫斯特

Heavenly Animal, The (Phillips),《神圣的动物》(菲利普斯)

Heinlein, Robert A., 罗伯特·A.海因莱因

Heller, Joseph, 约瑟夫·海勒

Hellman, Lillian, 莉莲·海尔曼

Hello from Thure (Bukoski),《来自塞尔的问候》(布科斯基)

Hemingway, Ernest, 厄内斯特·海明威

Henry Miller On Writing,《亨利·米勒论写作》

Hermes portable typewriter, 便携式爱马仕打字机

Herrera, Juan Felipe, 胡安·费利佩·埃雷拉

Heyerdhal, Thor, 托尔·海尔达尔

Hiassen, Carl, 卡尔·西亚森

Hickey, Dave, 戴维·希基

Hill & Knowlton, 伟达公共关系顾问公司

Hillman, Brenda, 布伦达·希尔曼

Hippie, 嬉皮士

Hofstra University, 霍夫斯特拉大学

Hollow Men,《空心人》

Holly, Buddy, 巴迪·霍利

Hollywood, 好莱坞

Holy Shaker (Schaeffer),《神圣的激励者》(谢弗)

Hopper, Dennis, 丹尼斯·霍珀

Hopper, Edward, 爱德华·霍珀

Hot Water (Wallace),《困境》(华莱士)

Houghton Mifflin, 霍顿·米夫林出版社

House of Mirth (Wharton),《欢乐之家》(华顿)

"house of song,"《颂歌之屋》

House on Mango Street (Cisneros),《芒果街上的小屋》(希斯内罗丝)

Houston, Jim, 吉姆·休斯顿

How Fiction Works (Wood),《小说的作用》(伍德)

Howard, Gerald, 杰拉尔德·霍华德

Howard, Jane, 简·霍华德

Howell, Ross, 罗斯·霍威尔

Huck Finn (Twain),《哈克贝利·费恩历险记》(吐温)

Hugo, Richard, 理查德·雨果

Human Season, The (Wallant),《人类的季节》(沃兰特)

Humboldt State University, 洪堡州立大学

Humphreys, J.R., J.R. 汉弗莱斯

Huneven, Michelle, 米歇尔·赫恩伊凡恩

Huntington Library, 亨廷顿图书馆

Hydra, 伊德拉岛

I

IBM Selectric, 旧式电动打字机

ICM, 国际写作管理部门

Iceland, 冰岛

Iliad, The (Homer),《伊利亚特》(荷马)

Illinois Short Fiction series, 伊利诺伊短篇小说系列

imagination, 想象力

imaginative, 富有想象力的

imagining, 想象出

Importance of Being Earnest, The (Wilde),《认真的重要性》(王尔德)

In the Beauty of the Lilies (Updike),《圣洁百合》(厄普代克)

In These Times,《那些日子》

"In Wheat" (Borsom),《在麦地》(博赛姆)

Inge, William, 威廉·英格

innovation, 创新

inspiration, 灵感

institutionalization, 制度化

internal editor, 内心（内在）编辑

International Creative Management, 国际创作管理部门，又见ICM

International Writing Program, 国际写作项目中心

Internet, 互联网

Ionesco, Eugene, 尤金·尤奈斯库

Iorio, Gary, 加里·约里奥

Iowa Book and Supply, 爱荷华图书及办公用品公司

Iowa City, 爱荷华市

Iowa Experience, 爱荷华经历

Iowa Review, The,《爱荷华评论》

Iowa State Fair, 爱荷华州博览会

Iowa State University (Ames), 爱荷华州立大学（埃姆斯）

Iowa Writer's Workshop, 爱荷华作家工作坊

Isabel Out of the Rain (Gammon),《走出雨天的伊莎贝尔》(甘蒙)

It Had Wings (Gurganus),《它有翅膀》(格甘纳斯)

Italy, 意大利

J

Jacquiline Award for Excellence in English, 杰奎琳最佳英语奖

Jakobson, Roman, 罗曼·雅各布森

James, Henry, 亨利·詹姆斯

Jamesland (Huneven),《詹姆斯兰德》(赫恩伊凡恩)

Jane Eyre (Brontë),《简·爱》(勃朗特)

Jarman, Mark, 马克·贾曼

Jay Gatsby, 杰伊·盖茨比

Jiminy Cricket, 小蟋蟀杰米妮

Jobs, Steve, 史蒂夫·乔布斯

Johnny Tremain (Forbes),《约翰尼·特雷曼》(福布斯)

John's Market, 约翰市场

Johnson, David, 大卫·约翰逊

Johnson, Denis, 丹尼斯·约翰逊

Joint Chiefs of Staff, 参谋首长联席会议

Jones Lecturer, 琼斯讲师

Joyce, James, 詹姆斯·乔伊斯

Jung-Beeman, Mark, 马克·荣-比曼

Jung, C.G., C.G.荣格

Justice, Donald, 唐纳德·贾斯蒂斯

K

KCJJ, KCJJ电台

K-Mart Realism, 凯马特超市公司式现实主义

Kafka, Franz, 弗朗兹·卡夫卡

Karten, Terry, 特里·卡特恩

Kawabata, Yasunari, 川端康成

Kayak,《独木舟》杂志

Keats, John, 约翰·济慈

Keillor, Garrison, 加里森·凯勒

Kennedy, John Fitzgerald, 约翰·菲兹杰拉德·肯尼迪

Kenner, Hugh, 休·肯纳

Kerouac, Jack, 杰克·凯鲁亚克

Kesey, Ken, 肯·凯西

Keyes, Ralph, 拉尔夫·凯斯

Khrushchev, Nikita, 尼基塔·赫鲁晓夫

Kicks (Schaeffer),《踢腿》(谢弗)

Kidder, Tracy, 特雷西·基德

Kiley, Richard, 理查德·基利

King David, 金·大卫

King, Stephen, 斯蒂芬·金

Kingsborough Community College, 国王区社区学院

Kinsella, Bill, 比尔·金塞拉

Kipling, Rudyard, 鲁德亚德·吉卜林

Kiribati, 基里巴斯岛国

Kizer, Carolyn, 卡罗琳·凯泽

Knox College, 诺克斯学院

Kodama, Maria, 玛丽亚·柯达玛

Kon-Tiki (Heyerdahl),《孤筏重洋》(海尔达尔)

Kornblum, Alan, 艾伦·科恩布鲁姆

Kramer, Sherry, 谢里·克雷默

Kuhn, Thomas S., 托马斯·S.库恩

L

LA, 洛杉矶

LA Times,《洛杉矶时报》

LA Weekly,《洛杉矶周刊》

LBJ (Lyndon Baines Johnson), LBJ（林登·贝恩斯·约翰逊）

La gallina degollada yotros cuentos (Quiroga),《斩首母鸡及其他故事》（基罗加）

Ladies Home Journal,《女性家庭刊物》

Lake McBride, 麦克布莱德人造湖

Landres, Hope, 霍普·兰德尔

Lappin, Linda, 琳达·拉平

Las muchachas de Buenos Aires (Arlt),《布宜诺斯艾利斯女孩》（阿尔特）

Last Song, The (Harjo),《绝唱》（哈乔）

Las Vegas, 拉斯维加斯

Las Vegas Strip, 拉斯维加斯地带

Latino Young Alternative High School, 非传统式拉丁裔青年高中

Laurel Review, The,《月桂树评论》

Lawrence, D.H., D.H.劳伦斯

Lawrence, Sam, 萨姆·劳伦斯

Leafstorms (Márquez),《枯枝败叶》（马尔克斯）

Leaving the Land (Unger),《离开土地》（昂格尔）

LeCarre, John, 约翰·勒卡雷

"Lechery" (Phillips),《好色》（菲利普斯）

Lee, Harper, 哈珀·李

Lee, Stan, 斯坦·李

Leggett, Jack, 杰克·莱格特

Leiber, Fritz, 弗里兹·李博尔

Leonard, Elmore, 爱尔摩·伦纳德

Letters to a Young Poet (Rilke),《给青年诗人的十封信》（里尔克）

Letting Go (Roth),《放任》（罗斯）

Levis, Larry, 拉里·莱维斯

Liebling, A.J., A.J.利布林

Life on the Mississippi (Twain),《密西西比河上的生活》(吐温)

Light in the Piazza (Spencer),《广场上的光》(斯宾塞)

Lily Bart, 丽莉·巴特

Lily Beach (Fields),《丽莉海滩》(菲尔茨)

Lime Twig, The (Hawkes),《陷阱》(霍克斯)

Lipschultz, Geri, 格日·利普舒尔茨

Lish, Gordon, 戈登·利什

"Literary Campus and the Person of Letters, The"(Solotaroff),《文学校园和文人》(索洛塔洛夫)

literary culture, "文学文化"

literary fiction, 文学作品

Literary Review, The,《文学评论》

Little House on the Prairie (Wilder),《草原上的小家》(怀德)

Loewi, Otto, 奥托·洛伊

Logan, John, 约翰·洛根

Lolita (Nabokov),《洛丽塔》(纳博科夫)

Longfellow, Henry Wadsworth, 亨利·沃兹沃思·朗费罗

Looney Tunes,《疯狂旋律》

López, Barry, 巴里·洛佩斯

Lorca, Federico García, 费德里戈·加西亚·洛尔卡

Los Angeles Times,《洛杉矶时报》

Louisiana State, 路易斯安那州

Love in the Time of Cholera (Márquez),《霍乱时期的爱情》(马尔克斯)

Love's Body (Brown),《爱的身体》(布朗)

Lowell, Robert, 罗伯特·洛厄尔

low-residency program's, 短期住校班

Loyola University of Chicago, 芝加哥的洛约拉大学

Luhan, Mabel Dodge, 梅伯尔·道奇·卢汉

Luisi, Kim, 金·露易丝

Lummi College of Aquaculture, 隆米水产养殖学院

Lummi Indian tribe, 隆米印第安部落

Lurie, Alison, 艾莉森·劳瑞

lyric, 歌词；抒情诗人

M

MBA, 工商管理硕士学位

MIT, 麻省理工学院

MacArthur Award, 麦克阿瑟奖

MacDonald, David R., 戴维·R.麦克唐纳

MacDonald, Ross, 罗斯·麦克唐纳

Macelli, Liliana, 利利亚娜·麦萨丽

Machine Dreams (Phillips),《机器梦想》(菲利普斯)

Macondo, 马康多

Mad Men,《狂人》

magical realism, 魔幻现实主义

Maguire, Michael, 迈克尔·马奎尔

Mailer, Norman, 诺曼·梅勒

Man from Uncle,《秘密特工》

Man with the Golden Arm, The (Algren),《金臂人》(阿尔格雷)

Mandalay Resort Group, 曼德勒度假集团

Manet, Édouard, 爱德华·马奈

Manhire, Bill, 比尔·曼海尔

Mann, Thomas, 托马斯·曼

Marcuse, Herbert, 赫伯特·马尔库塞

Márquez, Gabriel García, 加布里埃尔·加西亚·马尔克斯

Marvel Comics, 惊奇漫画公司

"Mary" (Borsom),《玛丽》(博赛姆)

Mason, Alane Salierno, 阿兰·塞利诺·梅森

Mathis, Dennis, 丹尼斯·马西斯

Matthews, Bill, 比尔·马修斯

Maxwell, William, 威廉·马克斯韦尔

May, Rollo, 罗洛·梅

McCarthy, Cormac, 科马克·麦卡锡

McCourt, Frank, 弗兰克·麦考特

McCoy, Bill, 比尔·麦考伊

McCoy, Horace, 霍勒斯·麦考伊

McCullers, Carson, 卡森·麦卡勒斯

McGraw-Hill, 麦格劳-希尔出版社

McGurl, Mark, 马克·麦格尔

Mc-Murtry, Larry, 拉里·麦克-默特里

McPhee, John, 约翰·麦克菲

McRoberts, Bob, 鲍勃·麦克罗伯茨

McSweeney's,《麦克斯威尼氏》杂志

meaning of life, the, "生命意义"

Means Real Estate, 米恩斯房地产

Meany, Tom, 汤姆·米尼

Mechanic Muse, The (Kenner),《机动缪斯》(肯纳)

Meditation, 冥想

Melville, Herman, 赫尔曼·梅尔维尔

Memoir, 回忆录

Mennenga, Gordon, 戈登·门能加

Mercury House, 水星出版社

Merritt Hospital, 梅里特医院

Merwin, W. S., W. S. 默温

Mes frères de sang, (Arsand),《我的亲兄弟》(阿桑)

metafiction, 元小说

Metamorphosis (Kafka),《变形记》(卡夫卡)

metaphor, 隐喻

Metz, Robin, 罗宾·梅斯

Miami University, 迈阿密大学

Michaels, Lenny, 莱尼·迈克尔斯，另见，伦纳德·迈克尔斯

Michaels, Leonard, 伦纳德·迈克尔斯

Michaels, Lorne, 洛恩·迈克尔斯

Michelangelo, 米开朗琪罗

Michener, James, 詹姆斯·米切纳

Midnight Disease, The (Flaherty),《午夜疾病》(弗莱厄蒂)

Midsummer Night's Dream, A (Shakespeare),《仲夏夜之梦》(莎士比亚)

Mill, the, 磨坊饭店

Miller, J.Hillis, J.希利斯·米勒

Miller, Sue, 苏·米勒

Miller, Walter, 沃尔特·米勒

Mindbridge (Haldeman),《思想桥》(霍尔德曼)

minimalist, 极简主义者

Minor Heroism (Gurganus),《微不足道的英雄主义》(格甘纳斯)

Mishima, Yukio, 三岛由纪夫

Mishkin, Julie, 朱莉·米什金

Missouri Review, The,《密苏里评论》

Mojave Desert, 莫哈韦沙漠

Moo (Smiley),《穆尔大学》(斯迈利)

Morrison, Jim, 吉姆·莫里森

Mozart, Wolfgang Amadeus, 沃尔夫冈·阿马德乌斯·莫扎特

Mr. Wizard,《魔法师先生》

Muse, 缪斯

Musial, Stan, 斯坦·缪斯阿尔

Music Center, 音乐中心

Meyer, Nicholas, 尼古拉斯·迈耶

Myers, D.G., D.G.迈耶斯

My Father's Son (Olsen),《我父亲的儿子》(奥尔森)

N

NEA grant, 美国国家艺术基金会资助

Nabokov, Vladimir, 弗拉基米尔·纳博科夫

Nancy Drew,《南希·朱尔》

Naked Poetry,《赤裸诗集》

Naropa Institute, 那洛巴学院

National Book Award, 美国国家图书奖

National Endowment for the Arts grant, 美国国家艺术基金会资助

National Security Agency, 美国国家安全局

Naval Academy, 海军学院

Naval History,《海军历史》杂志

need for approval, 需要认可

Nelson Algren Award, 纳尔逊·阿尔格雷短篇小说奖

Neruda, Pablo, 巴勃罗·聂鲁达

New Hampshire, 新罕布什尔州

New Journalism, 新新闻写作

New Letters,《新文学》

New Mexico State University, 新墨西哥州立大学

New Orleans Review,《新奥尔良评论》

New Rivers Press, 新河出版社

New York Athletic Club, 纽约体育俱乐部

New York Review of Books,《纽约书评》

New York Times, The,《纽约时报》，又见《时报》

New York University, 纽约大学

New Yorker, The,《纽约客》

Newberg, Esther, 埃丝特·纽伯格

Newman's Gym, 纽曼健身房

Newsweek,《新闻周刊》

"Night Vision" (Gammon),《夜视》(甘蒙)

1968,《1968》，另见《蜘蛛网》

Nixon, 尼克松

nkishi, 神药

Nobel Prize, 诺贝尔奖

No One Writes to the Colonel (Márquez),《没人给他写信的上校》(马尔克斯)

North American Review, The,《北美评论》

Northeast Urban Writers, 东北城市作家

Northern Exposure (Brand and Green),《北国风云》(布兰德和格林)

Northwestern State University of Louisiana, 路易斯安那州西北州立大学

Northwestern University, 西北大学

Northwest Passage (Roberts),《西北航道》(罗伯茨)

O

O.D. and Hepatitis Railroad or Bust, The (Boyle),《OD和肝炎铁路或胸围》

（博伊尔）

158-Pound Marriage, The (Irving),《158磅婚姻》（欧文）

Oates, Joyce Carol, 乔伊斯·卡罗尔·欧茨

Obayani, Kambon, 贾邦·奥巴亚尼

O'Brien, Edna, 埃德娜·奥布莱恩

O'Connor, Flannery, 弗兰纳里·奥康纳

Oe, Kenzaburo, 大江健三郎

Oginski, Count, 奥金斯基伯爵

Old Man and the Sea, The (Hemingway),《老人与海》（海明威）

Old Norse, 古斯堪的纳维亚语

Oldest Living Confederate Widow Tells All (Gurganus),《往日情怀》（格甘纳斯）

Olivetti portable, 奥利维蒂手提打字机

Olsen, Cheryl, 谢里尔·奥尔森

Olsen, Eric, 埃里克·奥尔森

Olsen, Tillie, 蒂莉·奥尔森

Olympic Auditorium, 奥运礼堂

O'Neill, Eugene, 尤金·奥尼尔

On Becoming a Novelist (Gardner),《论小说家的成长过程》（加德纳）

On Being Blue (Gass),《论忧郁》（加斯）

On Her Majesty's Secret Service (Fleming),《最高权威》（弗莱明）

On the Origin of Stories: Evolution, Cognition, and Fiction (Boyd),《故事的起源：演化、认知与小说》（博伊德）

On the Road (Kerouac),《在路上》（凯鲁亚克）

"One Family, Repeatedly" (Gurganus),《一个家庭，反复如此》（格甘纳斯）

One Great Game: Two Teams, Two Dreams, in the First Ever National Championship High School Football《伟大游戏：两支队伍，两个梦想，首届全国高中足球冠军杯比赛》

One Hundred Years of Solitude (Márquez),《百年孤独》（马尔克斯）

Originality, 独创性

Ortiz, Simon, 西蒙·奥尔蒂斯

Oscar, 奥斯卡

overnight success, 一夜成名

Ox Bow Incident, The (Clark),《牛弓事件》（克拉克）

Oxenhandler, Noelle, 诺伊尔·奥森汉德勒

P

p'Bitek, Okot, 奥考特·庇代克

PR, 公关

Paar, Jack, 杰克·帕

Pacific University, 太平洋大学

Paley, Grace, 格雷斯·佩利

Palm at the End of the Mind, The (Stevens),《思想尽头的棕榈树》（史蒂文斯）

Parents,《父母》杂志

Paris Review,《巴黎评论》

Parker, Sarah Jessica, 莎拉·杰西卡·帕克

Parra, Nicanor, 尼卡诺尔·帕拉

Passion, 激情

patricide as a motive in American literature, 美国文学的一个母题，"弑父"

Paul Stuart clothes, 保罗·斯图尔特服装

Pawnbroker, The (Wallant),《"月花"的房客》（沃兰特）

Pearson-Lehman, 皮尔逊－雷曼

Pedersen Kid, The (Gass),《彼得森小子》（加斯）

Penn State, 宾夕法尼亚州

Penner, Jonathan, 乔纳森·彭纳

Pennsylvania Academy of Fine Arts, 宾夕法尼亚美术学院

Pennybacker, Mindy, 明迪·彭妮巴克

"Perpetual Motion" (Borsom),《永远的动作》(博赛姆)

Peters, Bob, 鲍勃·彼得斯

Petersen, Mary Bunker, 玛丽·邦克·彼得森

Peyton Place,《佩顿的地方》

Phillips, Jayne Anne, 杰恩·安妮·菲利普斯

Pigeon Feathers (Updike),《鸽羽》(厄普代克)

Piece of My Heart, A (Ford),《心之彼方》(福特)

Pitt, Bruce, 布鲁斯·皮特

Pizarro, Francisco, 弗朗西斯科·皮萨罗

Plato, 柏拉图

Play It as It Lays (Didion),《顺其自然》(迪迪安)

Playhouse 90,《剧院90分》

Playwright, 剧作家

Playwrights' Workshop, 剧作家工作坊

Ploughshares,《犁头》

Poe, Edgar Allan, 埃德加·爱伦·坡

poem, 诗歌

poet, 诗人

Poetry,《诗歌》

"poetry seminar, the," "诗歌研讨会"

Poetry: The World's Voice (Engle),《诗歌:世界的声音》(恩格尔)

Poetry Workshop, 诗歌工作坊

pointers, 指针

Pomona College, 波莫纳学院

Pony Express, 小马快递公司

Poorhouse Fair, The (Updike),《贫民院义卖会》(厄普代克)

Pope, Bob, 鲍勃·布培

Porter, Katherine Anne, 凯瑟琳·安·波特

Portnoy's Complaint (Roth),《波特诺的怨诉》(罗斯)

Portrait of a Lady, The (James),《贵妇画像》(詹姆斯)

Posey, Alexander, 亚历山大·波西

Postmodernist, 后现代主义作家

Pound, Ezra, 埃兹拉·庞德

Prairie Home Companion, A (Keillor),《草原之家导读》(凯勒)

Prairie Meadows Race Track, 草原草甸赛马场

Pretend Dinners (Kinsella),《假装晚宴》(金塞拉)

Price, Reynolds, 雷诺兹·普莱斯

Price, Richard, 理查德·普莱斯

Princeton, 普林斯顿大学

professional degree, 职业必需的学位

Program Era, The (McGurl),《项目时代》(麦格尔)

Program in Creative Writing, 创作班

prose, 散文

Proust, Marcel, 马塞尔·普鲁斯特

Provincetown Fine Arts Work Center, 普罗文斯敦美术工作中心，另见PFAWC

publication, 出版，出版物，出版社

publishing, 出版

Puerto del Sol Press, 波尔多·戴尔·索尔出版社

Puig, Manuel, 曼纽尔·普伊赫

Pumping Irony (Olsen),《抽取反讽》(奥尔森)

Puritans, 清教徒

Pursuit of Happiness, The (Rogers),《追求幸福》(罗杰斯)

Pushcart Prize, 手推车奖

Pushkin, Aleksandr, 亚历山大·普希金

Puzo, Mario, 马里奥·普佐

Pynchon, Thomas, 托马斯·品钦

Q

Quarry,《采石场》杂志

Quarry West,《鲷鱼涌西》

Quarterly West,《西部季刊》

Quest,《追寻》

Quiroga, Horacio, 奥拉西奥·基罗加

quonset huts, 匡塞特小屋

R

Rabbit Run (Updike),《兔子，跑吧》(厄普代克)

racino,《赛马赌场》

Rago, Henry, 亨利·罗岛

Ramada, 华美达酒店

Random House, 兰登书屋

Reading Group Fellows, 读书会会员

reality programming, 真人节目

Red Bird Farm, 红鸟农场

Red and the Black, The (Standhal),《红与黑》(司汤达)

Red Badge of Courage, The (Crane),《红色英勇勋章》(克莱恩)

Redbook,《红皮书》

regionalism, 地域主义

Reichl, Ruth, 露丝·赖克尔

rejected, 反对，拒绝；退稿

remaindered, 卖剩下的

Remington manual typewriter, 雷明顿手动打字机

revision, 修改

rewrite, 重写

Rhinoceros (Ionesco),《犀牛》(尤奈斯库)

Rhode Island School of Design, 罗德岛设计学院

Rich, Adrienne, 艾德里安娜·里奇

Richmond District, 列治文区

Rilke, Rainer Maria, 莱纳·玛利亚·里尔克

Riven Rock (Boyle),《裂开的岩石》(博伊尔)

Roberts, Kenneth, 肯尼思·罗伯茨

Robinson Crusoe (Defoe),《鲁滨孙漂流记》(笛福)

Robinson, Edward Arlington, 爱德华·阿灵顿·罗宾逊

Roche, Maggie, 玛吉·罗氏

Roche, Suzzy, 苏兹·罗氏

Roche, Terre, 特雷尔·罗氏

Roches, the, 罗氏一家

Rock Springs (Ford),《石泉城》(福特)

Rocket Jockey (St.John),《火箭赛马》(圣约翰)

Rocky (Stallone),《洛基》(史泰龙)

Rogel, Kim, 金·罗吉

Rogers, Tom, 汤姆·罗杰斯

Rogers, Thomas, 托马斯·罗杰斯

Rolling Stone Magazine,《滚石》杂志

Romani, Kristine, 克里斯廷·罗姆妮

Romero, Leo, 利奥·罗梅罗

Rose for Emily, A (Faulkner),《献给艾米丽的玫瑰》(福克纳)

Rossner, Judith, 朱迪思·罗斯纳

Roth, Phillip, 菲利普·罗斯

Round Rock (Huneven),《圆形岩石》(赫恩伊凡恩)

Route of the Zephyrs (Bukoski),《和风路线》(布科斯基)

Rulfo, Juan, 胡安·鲁尔福

Rumi, 鲁米

Russell, Bertrand, 伯特兰·罗素

Russian Tea Room, 俄罗斯茶室

Russo, Richard, 理查德·鲁索

Rutgers University Newark, 罗格斯大学纽瓦克分校

Ruth, Babe, 贝比·鲁斯

S

SUNY Potsdam, 纽约州立大学波茨坦分校

sabbatical, 学术休假

Saint Louis Globe Democrat,《圣路易环球民主党人》

Salinger, J.D., J.D.塞林格

San Antonio, 圣安东尼奥

Sanchez, Ricardo, 里卡多·桑切斯

Santa Monica,《圣莫尼卡》

Sarah Lawrence College, 萨拉·劳伦斯学院

Sarajevo, 萨拉热窝

Sasha (Jayne Anne Phillips's dog), 萨莎(简·安妮·菲利普斯的狗)

Saturday Evening Post,《星期六晚邮报》

Scarlet Letter, The (Hawthorne),《红字》(霍桑)

Schaeffer, Glenn, 格伦·谢弗

Schramm, Wilbur, 威尔伯·施拉姆

Schultz, Bruno, 布鲁诺·舒尔茨

science fiction, 科幻小说

screenplay, 剧本

Secret Agent (TV show),《特务》(电视节目)

self-editing, 自我编辑

Settle, Mary Lee, 玛丽·李·赛特尔

Seven Beauties (Wertmüller),《七美人》(沃特穆勒)

Seven Sisters, 七姐妹

Shakespeare, William, 威廉·莎士比亚

She Had Some Horses (Harjo),《她有群马》(哈乔)

Shelley, Percy, 珀西·雪莱

Sherlock Holmes, 夏洛克·福尔摩斯

Shop Talk (Roth),《商店谈话》(罗斯)

Silag, Lucy, 露西·希拉格

Silko, Leslie, 莱丝莉·西尔科

Simak, Clifford D., 克里夫特·D.西马克

Signature,《签名》

Sitwell, Dame Edith, 伊迪丝·西特韦尔夫人

Six-Day War,《六日战争》

Skillings, Roger, 罗杰·斯基林斯

Skipper, Louie, 路易·斯基珀

Slaughterhouse Five (Vonnegut),《五号屠场》(冯内古特)

small presses, 小出版社

Smiley, Jane, 简·斯迈利

Smith-Corona electric, 史密斯·葛罗娜电动打字机

Smithsonian, 史密森学会

Smollett, Tobias, 托比·斯莫列特

sober, 清醒

sobriety, 不酗酒

Soho Press, SOHO 出版社

Solotaroff, Ted, 特德·索洛塔洛夫

Sopranos, The (Green),《女高音》(格林)

Sorel, Julia, 朱莉娅·索莱尔，另见罗莎琳·德雷克斯勒

Sorel, Julien, 于连·索莱尔

Sorrow (Gammon),《悲伤》(甘蒙)

Soul on Ice (Cleaver),《冰上之灵》(克利佛)

South Carolina, 南卡罗来纳

Southern gothic, 南方哥特式小说

Southern, Terry, 特里·萨瑟恩

Southwest Missouri State University, 西南密苏里州立大学

Soviet threat, 苏联威胁

Spencer, Elizabeth, 伊丽莎白·斯宾塞

Spencer, Scott, 斯科特·斯宾塞

Spider's Web ,《蜘蛛网》

Spinrad, Norman, 诺曼·斯宾拉德

spirituality, 精神层面

Splendor in the Grass (Inge),《天涯何处无芳草》(英格)

Sportswriter, The (Ford),《体育记者》(福特)

Sputnik, 人造地球卫星

Starbuck, George, 乔治·斯塔巴克

State College (Pennsylvania), 宾夕法尼亚州立大学

St. Elsewhere (Falsey),《神圣的异地》(法尔斯)

St. Frances de Sales, 圣弗朗西斯·德·萨勒斯

St. James Episcopal Church, 圣詹姆斯主教教堂

St. John, David, 大卫·圣约翰

St. Jude, 圣裘德

St. Lawrence Writers Conference, 圣劳伦斯河作家会议

St. Mark's Poetry Project, 圣马克诗人项目

St. Regis Hotel, 圣瑞吉酒店

Stafford, William, 威廉·斯塔福德

Stallone, Sylvester, 西尔维斯特·史泰龙

Stand, The (King),《末日逼近》(金)

Stanford University, 斯坦福大学

Statements,《声明》

Stegner Award, 斯特格纳奖学金

Stegner, Page, 佩奇·斯特格纳

Stegner, Wallace, 华莱士·斯特格纳

Steinbach, Meredith, 梅里迪斯·斯坦贝奇

Steinbeck, John, 约翰·斯坦贝克

Stendhal, 司汤达

Stephen King On Writing (King),《斯蒂芬·金论写作》(金)

Sterling, John, 约翰·斯特林

Stern, Richard, 理查德·斯特恩

Stevens, Wallace, 华莱士·史蒂文斯

stockbroker, 股票经纪人

stockbroker school, 股票经纪人学校

Stone, Robert, 罗伯特·斯通

story, 故事

Strand, Mark, 马克·斯特兰德

Studs Lonigan (Farrell),《斯塔兹·朗尼根》(法雷尔)

Straight Arrow Books, 直箭图书出版社

Structure of Scientific Revolutions, The (Kuhn),《科学革命的结构》(库恩)

Success, 成功

Sukenick, Ronald (or Ron), 罗纳德·苏肯尼克（或罗恩·苏肯尼克）

Sundaz,《假期》周刊

Sunset Boulevard, 日落大道

Superior (Wisconsin), 苏必利尔（威斯康星）

Sweethearts (Phillips),《甜心》(菲利普斯)

Sweet Valley High series,《甜蜜高谷》系列丛书

Syracuse University, 雪城大学

T

TWF, 教学兼创作研究员

Taata, 塔塔

Tagore, Rabindranath, 罗宾德拉纳特·泰戈尔

Talk Talk (Boyle),《论谈话》(博伊尔)

Talking Heads, Talking Heads 乐队

Tarr, Yvonne Young, 伊冯·扬·塔尔

Tate, Allen, 艾伦·泰特

Tate, James, 詹姆斯·泰特

Tea and Sympathy (Anderson),《茶与同情》(安德森)

Teaching Writing Fellow, 教学兼创作的研究员

Tenants of Moonbloom, The (Wallant),《"月花"的房客》(沃兰特)

Tennyson, Alfred Lord, 阿尔弗雷德·丁尼生爵士

Terkel, Studs, 斯特兹·特克尔

Thackeray, William Makepeace, 威廉·梅克皮斯·萨克雷

Theft, A (Bellow),《偷窃》(贝娄)

They Shoot Horses, Don't They? (McCoy),《他们在射杀马，不是吗？》(麦考伊)

Thousand Coffins Affair, The (Avallone),《千棺事理》(阿瓦隆)

Theon, Aelius, 埃利斯·西昂

Theseus, 忒修斯

This Monkey, My Back(Boyle),《这猴子，我的背部》(博伊尔)

Thousand Acres, A (Smiley),《一千英亩》(斯迈利)

Through the Looking Glass (Carroll),《镜中奇遇记》(卡罗尔)

Thunder's Mouth Press, 桑德茅斯出版社

Time Inc., 时代股份有限公司

Times Books, 时报图书公司

TimeWarner, 时代华纳

Tin House,《锡屋杂志》

"To make a prairie, you need a clover and a bee..." (Dickinson), "去造一个草原，你需要一株三叶草和一只蜜蜂……"(狄金森)

To Smithereens (Drexler),《献给斯密斯林思夫妇》(德雷克斯勒)

To the Lighthouse (Woolf),《到灯塔去》(伍尔夫)

"Toes" (Kramer),《脚趾》(克雷默)

Tolstoy, Leo, 列夫·托尔斯泰

Tonys, 托尼奖

Toothpaste Press, 牙膏出版社

Toperoff, Sam, 山姆·托普洛夫

Track of the Cat, The (Clark),《猫的足迹》(克拉克)

Trillin, Calvin, 卡尔文·特林

Truck Press, 特拉克出版社

Tubbs, Tony, 托尼·塔布斯

Tutuola, Amos, 阿莫斯·图图欧拉

Twain, Mark, 马克·吐温

Twelve Below Zero (Bukoski),《零下12度》(布科斯基)

twiff, 教学兼创作的研究员

Twitchell, Chase, 蔡斯·特威切尔

Tzu, Sun, 孙子

U

UCLA, 加州大学洛杉矶分校

UNIX, UNIX操作系统

UNLV, 拉斯维加斯大学

UC Berkeley, 加州大学伯克利分校

UC Irvine, 加州大学欧文分校

UC Santa Cruz, 加州大学圣克鲁斯分校

US News & World Report,《美国新闻与世界报道》

USS Yorktown, 航空母舰USS约克镇号

Ultimate Good Luck, The (Ford),《最后的好运》(福特)

Ulysses (Joyce),《尤利西斯》(乔伊斯)

Uncle Authur's Bedtime Stories (Maxwell),《亚瑟叔叔讲的睡前故事》(马克斯韦尔)

Undervalued, 被低估的

Underwood manual typewriter, 安德伍德手动打字机

Unger, Douglas (or Doug), 道格拉斯·昂格尔(或道格·昂格尔)

Unitarian Universalist minister, 一神论普教派牧师

University of Arizona, 亚利桑那大学

University of Chicago, 芝加哥大学

University of Colorado, 科罗拉多大学

University of Illinois Press, 伊利诺伊大学出版社

University of Iowa, 爱荷华大学

University of Michigan Press, 密歇根大学出版社

University of Montana, 蒙大拿大学，另见米苏拉

University of New Mexico, 新墨西哥大学

University of North Carolina, 北卡罗莱纳大学

University of Northern Iowa, 北爱荷华大学

University of Pittsburgh, 匹兹堡大学

University of Virginia, 弗吉尼亚大学

University of Wisconsin, 威斯康星大学

University of Wisconsin LaCrosse, 威斯康星大学拉克罗斯分校

University of Wisconsin Superior, 威斯康星大学苏必利尔分校

University of Wisconsin Press, 威斯康星大学出版社

Unspeakable Practices, Unnatural Acts (Barthelme),《不可言说的习惯》，《不自然的行为》（巴塞尔姆）

Updike, John, 约翰·厄普代克

Urdang, Constance, 康斯坦茨·厄当

V

V (Pynchon),《V》（品钦）

Valéry, Paul, 保罗·瓦列里

Validation, 认可

Value, 价值

Van Tilburg, Mark, 马克·范·提尔伯格

Vassar College, 瓦瑟学院

Vaughn, Stephanie, 斯蒂芬妮·沃恩

Velazquez, Diego, 迭戈·维拉斯奎兹

Verne, Jules, 儒勒·凡尔纳

Verification, 核实

Vietnam War, 越南战争

Vintage, 优秀出版社

Vintage Contemporary, 优秀出版社出的当代系列丛书

Vogan, Sara, 萨拉·沃根

Voices from Silence (Unger),《沉默的声音》(昂格尔)

von Clausewitz, Carl, 卡尔·冯·克劳塞维茨

Vonnegut, Kurt, 库尔特·冯内古特

W

Waiting for Godot (Beckett),《等待戈多》(贝克特)

Waldman, Anne, 安妮·瓦尔德曼

Wall Street, 华尔街

Wallace, Don, 唐·华莱士

Wallant, Edward, 爱德华·沃兰特

War and Peace (Tolstoy),《战争与和平》(托尔斯泰)

War Year (Haldeman),《战争年》(霍尔德曼)

Ward, Stan, 斯坦·沃德

Warhol, Andy, 安迪·沃霍尔

Warren, Robert Penn, 罗伯特·潘·沃伦

Wasteland (Eliot),《荒原》(艾略特)

Water Music (Boyle),《水上音乐》(博伊尔)

Watts, Alan, 艾伦·瓦茨

Waugh, Evelyn, 伊夫林·沃

Weir, Ann, 安·韦尔

Wellesley, 韦尔斯利学院

Welty, Eudora, 尤多拉·韦尔蒂

Wepner, Chuck, 查克·韦普纳

Wenner, Jann, 詹恩·温纳

Wertmüller, Lena, 莉娜·沃特穆勒

Weschler, Lawrence, 劳伦斯·威斯勒

West Virginia University, 西弗吉尼亚大学

western tradition, 西方传统

Wharton, Edith, 伊迪丝·华顿

Whatcom Community College, 沃特科姆社区学院

White Shadow (Falsey),《白影》(法尔斯)

Whitman, Walt, 沃尔特·惠特曼

Wilbers, Stephen, 斯蒂芬·威尔伯斯

Wilbur, Richard, 理查德·威尔伯

Wilde, Oscar, 奥斯卡·王尔德

Wilkins, Damien, 达米安·威尔金斯

Williams, Robert, 罗伯特·威廉姆斯

Williams, Robin, 罗宾·威廉斯

Williams, Tennessee, 田纳西·威廉斯

Williams, William Carlos, 威廉·卡洛斯·威廉姆斯

Wilson, Robley, 罗布利·威尔逊

Wind, Edgar, 埃德加·温德

Wind, Sand and Stars (de Saint-Exupéry),《风沙星辰》(圣埃克苏佩里)

Winesburg, Ohio (Anderson),《小镇畸人》(安德森)

Wisconsin Review,《威斯康星评论》

Wise Blood (O'Connor),《智血》(奥康纳)

witchcraft, 巫术

Woiwode, Larry, 拉里·沃武德

Wolfe, Thomas, 托马斯·沃尔夫

Wolff, Tobias (also Toby), 托比斯·沃尔夫（又名托比·沃尔夫）

Woman Hollering Creek (Cisneros),《女子喊叫小河》（希斯内罗丝）

Wong, Bob, 鲍勃·黄

Wood, James, 詹姆斯·伍德

Woodland-Davis Daily Democrat,《伍德兰－戴维斯民主党日报》

Woolf, Virginia, 弗吉尼亚·伍尔夫

Wordsworth, William, 威廉·华兹华斯

World According to Garp, The (Irving),《盖普眼中的世界》（欧文）

World Wide Web, 万维网

World's End (Boyle),《世界尽头》（博伊尔）

Woman Who Fell From the Sky, The (Harjo),《从天上掉下来的女人》（哈乔）

workshop, 工作坊

Workshop, The (Grimes),《工作坊》"格兰姆斯"

workshop method, 工作坊方法

workshop model, 工作坊模式

"workshop writing,""工作坊作品"

Worn Earth (Engle),《破旧的地球》（恩格尔）

Would You Please Be Quiet, Please? (Carver),《请您安静好吗?》（卡佛）

wrestler, 摔跤手

wrestling, 摔跤

Wright, Amy Burk (former Mrs. Doug Unger), 艾米·伯克·赖特（前道格·昂格尔夫人）

Wright, James, 詹姆斯·赖特

writer's block, 作家的创作障碍

"Writing in the Cold: The First Ten Years"(Solotaroff),《坐冷板凳：第一个十年》（索洛塔洛夫）

writing process, 写作过程

Wuthering Heights (Brontë),《呼啸山庄》(勃朗特)

Y

Yaddo, 雅多资助

Yahoo, 雅虎

Yale University, 耶鲁大学

Yale Younger Poets Prize, 耶鲁大学年轻诗人奖

Yates, Richard, 理查德·耶茨

Year in the Life, A (Brand and Falsey),《生命中的一年》(布兰德和法尔斯)

Year of the Quiet Sun, A (Zanussi),《寂静太阳年》(扎努西)

Yeats, William Butler, 威廉·巴特勒·叶芝

Yellow Springs, 黄温泉市

图书在版编目（CIP）数据

我们要当作家 /（美）奥尔森, 谢弗编著; 李晋译. —北京:商务印书馆, 2021
ISBN 978 − 7 − 100 − 11235 − 2

Ⅰ.①我… Ⅱ.①奥… ②李… Ⅲ.①文学创作 —文集 Ⅳ.①I04-53

中国版本图书馆 CIP 数据核字（2015）第086951号

权利保留，侵权必究。

我 们 要 当 作 家

〔美〕 埃里克·奥尔森
　　　 格伦·谢弗 　编著
　　　　　　李 晋 译

商 务 印 书 馆 出 版
（北京王府井大街36号 邮政编码 100710）
商 务 印 书 馆 发 行
山西人民印刷有限责任公司印刷
ISBN 978 − 7 − 100 − 11235 − 2

2021年5月第1版	开本 889×1194 1/32
2021年5月第1次印刷	印张 14⅝

定价: 79.00元